Unerbittlich ist der Tod

Weltbild Taschenbuch

Die Autorin

Natasha Cooper ist gebürtige Londonerin und arbeitete lange in einem Verlag, bevor sie sich ganz dem Schreiben zuwandte. Außer ihren Romanen schreibt sie auch für zahlreiche Zeitungen und Magazine sowie für den Rundfunk. Sie war Vorsitzende der *Crime Writers' Association*. 2002 wurde sie für den *Dagger in Library* nominiert, den Preis für das beliebteste Bibliotheksbuch.

natasha
COOPER

Unerbittlich ist der Tod

Roman

Aus dem Englischen von Ulrike Laszlo

Weltbild

Die englische Originalausgabe erschien 2009 unter dem Titel
No Escape bei Pocket Books.

Das Zitat auf Seite 86 stammt aus
Agatha Christie, Die Mausefalle.

Besuchen Sie uns im Internet:
www.weltbild.de

Projektleitung: Eliane Wurzer, München
Übersetzung: Ulrike Laszlo, München
Redaktion: Dr. Thomas Rosky, München
Umschlaggestaltung: zeichenpool, München
Umschlagmotiv: Getty Images, München (© abu19m)
Satz: a v a k Publikationsdesign, München
Druck und Bindung: CPI Moravia Books s.r.o., Pohorelice
Printed in the EU
ISBN 978-3-86800-343-7

2015 2014 2013
Die letzte Jahreszahl gibt die aktuelle Ausgabe an.

Zum Andenken an Susanna Yager

Danksagungen

Ich muss vielen Menschen danken, einschließlich Professor Bernard Knight und Dr. Anthony Bateman, die mich beide enorm mit ihrer Berufserfahrung unterstützt haben und mit fast identischen Worten zu mir sagten: »Das ist ein Roman; du kannst schreiben, was du willst.« Fidelis Mornan half mir mit den Informationen über die Insel, die ich so verwendet habe, dass sie in meine erdachte Geschichte passen.

Viele andere haben mir Informationen geliefert, mich inspiriert, beraten und konstruktive Kritik geäußert. Dazu gehören Elizabeth Atkinson, Suzanne Baboneau, Mary Carter, Emma Dunford, Jane Gregory, Isabelle Grey, Stephanie Glencross, Peter McKay, Sheila Turner, Libby Vernon und Julie Wright. Ich bin ihnen allen dankbar.

Natürlich sind alle Charaktere in diesem Roman frei erfunden und stehen in keiner Verbindung zu Personen des wahren Lebens, tot oder lebendig, weder auf der Insel noch auf dem Festland. Und in dem Jahr, in dem ich diesen Roman geschrieben habe, fand kein Motorbootrennen im Solent statt.

N. J. Cooper, 2008

Prolog

Dan streckte sich auf der Decke aus und ließ sich die wärmende Augustsonne ins Gesicht scheinen. Er strich mit der linken Hand träge über das von den Schafen abgefressene Gras von Chillerton Down nahe des alten Kalksteinbruchs, während seine rechte seinem achtzehn Monate alten Sohn als Spielzeug diente. Das Gefühl des Zahnfleischbisses und der klebrigen Spucke an seinen Fingern verlieh diesem ohnehin perfekten Tag zusätzlichen Zauber.

»Ich habe dich fotografiert, Daddy. Ich habe ein Bild von dir gemacht.«

Dan schlug die Augen auf und lächelte seine Tochter an. Aus dieser Perspektive wirkte ihr Gesicht rundlich und süß wie das einer Putte an der Decke einer toskanischen Kirche.

»Lass Daddy schlafen«, sagte Izzie. Ihre Stimme klang auf angenehme Weise belustigt. »Er ist erschöpft, weil er so viele Schokoladenkekse gegessen hat.«

Dan richtete den Blick von dem breitgedrückten Oval des Gesichts seiner Tochter zu dem schmalen, perfekt geformten seiner Frau. Die Mischung aus Spott und Fürsorge war so typisch für sie, dass er am liebsten die Arme ausgestreckt und sie zu sich heruntergezogen hätte, so, als lägen sie miteinander im Bett.

»Wo wäre ich nur ohne dich?«, meinte er.

»Durch Besessenheit, Pflichtbewusstsein und schrecklichen Ehrgeiz an deinen Schreibtisch gefesselt«, erwiderte sie und schob sich eine weiche dunkle Haarsträhne aus dem Gesicht.

»Ich habe ein Bild von dir gemacht, Marienkäfer. Ich habe ein Bild von dir«, sang Anna und drückte wie wild auf den Auslöser der Kamera, während sie auf den Boden starrte.

»Deine Schwester wird uns Rede und Antwort stehen müssen, Izzie.« Träge deutete Dan mit dem Finger auf das Mädchen in den Fußstapfen von Cartier-Bresson, das jetzt auf die Bäume am Feldrand zutanzte. Ihr rosafarbenes Kleid schrumpfte zu einem einzigen hellen Punkt in der Mitte seiner verschwommenen Wahrnehmung. »Dass sie ihre Kamera nicht mehr haben wollte, ist noch lange kein Grund, unser Leben in eine pausenlose Diaschau zu verwandeln.«

Izzie schraubte den Deckel auf das alte Honigglas, in das sie die Vinaigrette gefüllt hatte und leckte sich die goldfarbenen öligen Tropfen von den Fingern.

»Anna wird in ein paar Tagen genug davon haben und die Kamera vergessen. Genauso wie sie die Fossilien vergessen hat, wegen denen wir eigentlich hierher gekommen sind. Ich nehme an, wir sollten dankbar sein, dass es sich um eine Digitalkamera handelt und wir nicht das Entwickeln des ganzen Films bezahlen müssen. Sollte es ihr gelingen, ein Bild zu schießen, ohne dabei ihren Daumen vor die Linse zu halten, können wir es speichern und den Rest taktvoll löschen.«

»Wir könnten dieses eine sogar ausdrucken«, meinte Dan und zog seine Finger zurück, woraufhin sein Sohn prompt seinen neuesten Trick durchführte und sich mit seinem mittlerweile beachtlichen Gewicht auf Dans Zwerchfell warf. »Autsch! Das hat man nun vom Familienleben.«

Izzie hatte die Picknickreste verstaut, hob Jake hoch und klemmte ihn sich zwischen ihren Arm und ihre Rippen.

»Du liebst es doch«, entgegnete sie und sah auf ihn hinunter. »Ist dein Magen in Ordnung?«

»Sicher.« Dan drückte prüfend dagegen. »Zumindest wird er sich wieder beruhigt haben, wenn ich mich von der größeren Operation im Bauchraum erholt und etwa ein Jahr Physiotherapie hinter mich gebracht habe.«

»Weichei!« Izzie legte ihre Finger auf ihren Mund und drückte sie dann kurz an seine Stirn.

Ihre Fähigkeit, das zappelnde Kleinkind unter dem Arm zu

halten, ohne ins Schwitzen zu kommen oder irgendeine andere Tätigkeit zu unterbrechen, beeindruckte ihn. Aber es war ihr schon immer auf übermenschliche Weise gelungen, Mutterschaft als eine wunderbare Nebenbeschäftigung in einem leichten Dasein darzustellen. Er konnte sich ein Leben ohne sie nicht mehr vorstellen.

»Wo ist Anna?«, fragte sie, und ihre Stimme klang so scharf wie selten.

»Wahrscheinlich fotografiert sie Würmer und Mücken«, meinte er und stützte sich auf einen Ellbogen, um in die Richtung zu schauen, in die ihre Tochter verschwunden war.

Zwischen den Bäumen knallte ein Schuss durch die warme Luft.

»Anna!« Izzie setzte Jake rasch auf die Decke und rannte auf das weitläufige Dickicht am Rand des Felds zu.

»Da jagt sicher nur jemand Kaninchen«, rief Dan ihr nach, überrascht von ihrer Überreaktion.

Ein weiterer Schuss krachte in der trägen Stille des Nachmittags. Dieses Mal klang er noch näher. Dan lauschte. Vögel zwitscherten. Und er hörte die summenden, brummenden Hintergrundgeräusche, die typisch für eine verlassene, ländliche Gegend waren. Aber keine Stimmen.

In der Stille nach den Schüssen beunruhigte ihn das Fehlen von menschlichen Stimmen. Er sprang sekundenschnell auf die Füße, hob Jake auf und tastete mit seiner freien Hand nach seinem Telefon, während er auf das Dickicht zulief und dabei die Namen seiner Frau und seiner Tochter rief.

Sein keuchender Atem war so laut, sein Herz klopfte so heftig in seiner Brust, und Jake brüllte so kräftig, dass er viel zu spät das Geräusch trampelnder Schritte am Rand des kleinen struppigen Wäldchens vor sich hörte.

Er setzte Jake rasch auf den Boden und zerrte sein Telefon aus der Hosentasche. Seine Finger schienen angeschwollen zu sein, und sie waren so schwitzig, dass sie von den winzigen Tasten abrutschten. Fluchend machte er seinen ersten Versuch, die

Notrufnummer 999 zu wählen, rückgängig und versuchte es noch einmal.

»Daddy! Daddy! Monster!« Jake schwankte auf seinen Beinchen, packte mit einer Hand Dans Hose und deutete nach vorne.

Dan schaute in die Richtung, in die Jake mit dem Finger zeigte, und sah eine in der Tat monströse Gestalt in einem zerlumpten braunen Mantel, der ihr fast bis zu den Füßen reichte. Das Gesicht war von einer eng anliegenden schwarzen Wollmaske mit ausgefransten Löchern für die Augen bedeckt. Unglaublicherweise hielt das Wesen eine kurze, breite Waffe in den behandschuhten Pfoten. Die beiden Läufe waren absolut ruhig.

»Wer sind Sie?«, fragte Dan, als ihn etwas Schweres heftig an der Brust traf.

Kochendheiße Schmerzen schossen durch seinen gesamten Körper. Als seine Knie nachgaben, drehte er sich um, um seinen Sohn zu schützen, und fiel zu Boden. Das Letzte, was er sehen konnte, waren die scharfen Kanten der Läufe, die sich an seinem Gesicht vorbei direkt auf Jakes Augen richteten.

1

Pling. Pling. Pling.

Regentropfen fielen vom Speicher unter dem undichten Ziegeldach in die Schüsseln, die Karen gestern, nach ihrer Ankunft am späten Nachmittag, überall in der Küche aufgestellt hatte. Als sie die sich rasch ausbreitenden Pfützen entdeckt hatte, waren ihr gleich die abgestoßenen Emailschüsseln eingefallen, und sie hatte sie, ohne darüber nachdenken zu müssen, sofort im untersten Regal des einzigen Küchenschranks gefunden.

Allerdings hatte sie sich nach den achtzehn Jahren, in denen sie nicht mehr hier gewesen war, nicht mehr daran erinnert, wie schäbig dieses kleine Ferienhäuschen auf der weniger beliebten Seite der Isle of Wight war. Zuletzt hatte sie es im Alter von fünfzehn Jahren durch einen Tränenschleier gesehen. Sie war damals zum Begräbnis ihrer geliebten Großmutter auf die Insel gekommen.

Pling.

Großmutter hatte früher auch die Schüsseln benutzt, um solche Regentropfen aufzufangen, bis zwei Jahre vor ihrem Tod das Dach neu gedeckt worden war. Karen hatte nicht damit gerechnet, dass das so schnell wieder nötig sein würde.

Pling.

Sie machte sich auf den nächsten Tropfen gefasst, so wie sie damals auf den nächsten Schnarchanfall ihres Mannes gewartet hatte. Es hatte ein schrecklicher Rhythmus darin gelegen: sieben Schnarcher, die sich im Abstand und in der Intensität steigerten, bis sie zu einem gewaltigen Schnarchlaut anschwollen. Danach herrschte mindestens zwei Minuten Stille, bevor es von Neuem begann. Anfangs war sie einfach neben Peter liegen geblieben – stumm und frustriert. Später, in ihrem fünfjährigen Ehekrieg, hatte sie sich oft aufgesetzt, sein verschwitztes, stoppeliges Gesicht betrachtet und daran gedacht, ihm ein Kissen auf Nase und Mund zu drücken, bis er tot war.

Pling. Pling. Pling.

Ein Bellen in der Ferne unterbrach den Rhythmus der Tropfen und riss sie aus ihren schlimmen Erinnerungen. Das Geräusch klang wie ein Trompeten. Man hatte sie davor gewarnt, dass sie vor allem bei starken Regenfällen damit rechnen musste.

Ihr nächster Nachbar in diesem unheimlichen, morastigen Wäldchen glaubte anscheinend, er stamme von Elefanten ab und begrüßte den Regen immer mit einem triumphierenden Trompeten. Im Dorf erzählte man sich, dass er vor Jahrzehnten hierher geschickt worden war, weil es seiner Familie zu peinlich geworden war, mit ihm auf der vornehmeren Seite der Insel zu leben.

Pling.

»Er ist vollkommen harmlos«, hatte Jan Davies, die normalste unter ihren anderen Nachbarn, Karen gestern erklärt. »Er hat ein fantastisches Gedächtnis, faltige Haut, die an seinem Körper irgendwie zu groß wirkt, obwohl er fett genug ist, und dann noch diese Angewohnheit, bei Regen zu trompeten. Ansonsten wird er Sie in keiner Weise belästigen.«

Pling. Pling.

Jetzt erinnerte das Geräusch der Tropfen Karen an Kriegsfilme, in denen angespannte junge Männer mithilfe von Sonargeräten nach feindlichen U-Booten und Torpedos suchten, die sie in wenigen Sekunden töten konnten.

Sie wandte sich wieder ihrem Laptop und der E-Mail an ihren Freund zu, um sich selbst davon abzuhalten, zu viel über die unterschiedlichen Arten von Gefahren nachzudenken, mit denen sie rechnen musste. Das Häuschen hatte keinen Breitbandanschluss – nicht einmal eine Telefonleitung –, aber sie konnte ihren Text auf einem Memorystick speichern und morgen auf ihrem Heimweg vom Gefängnis damit in ein Internetcafé gehen.

Korrespondenz mit Will munterte sie immer auf, auch wenn sie meist etliche Veränderungen vornahm. Manchmal war es besser, einiges zu ändern, denn so konnte sie Dinge aussprechen, über die sie nie wirklich mit ihm reden würde. Oft löschte sie ganze Absätze, bevor sie die E-Mail abschickte. Sie tippte:

Ich rufe mir immer wieder ins Gedächtnis, dass wir in meiner Familie keine Fehler machen. Niemals. Manchmal »klappen« unsere Pläne nicht, aber das eröffnet uns die Möglichkeit, über neue Pläne und weitere Erfolge nachzudenken.

Das Problem ist allerdings, dass es mir nicht immer hilft, mir das vor Augen zu führen. Wenn ich eine Liste von all den Dingen machen müsste, die ich falsch gemacht habe – abgesehen von meiner Rückkehr hierher (vielleicht) –, dann würde diese so aussehen.

»Verdammt«, sagte sie laut, fest entschlossen, positiver zu denken. »Benimm dich nicht so mitleiderregend.«

Sie schnappte sich ihr Telefon und fuhr die Straße, die aus dem Wald führte, hinauf bis zu dem Punkt, an dem sie Gespräche führen und empfangen konnte. Sie drückte auf die Kurzwahl für Wills Handy.

»Hi«, begrüßte sie ihn, als er sich meldete. »Bist du beschäftigt?«

»Ich bin nie zu beschäftigt, um mit dir zu sprechen«, erwiderte er, und sie hörte am Klang seiner Stimme, dass er lächelte. »Wie sieht's bei dir aus?«

»Düster. Trostlos. Und alles voll von Erinnerungen, die ich im Augenblick nicht gebrauchen kann.«

Am liebsten hätte sie hinzugefügt: Deshalb wollte ich mit meinem belastbaren, unverwüstlichen, großartigen Freund sprechen, der sich nie aus der Ruhe bringen lässt. »Wie war dein heutiges Programm?«

Will war Neurochirurg im Brighton Hospital, und er hatte

immer eine lange Liste von Patienten, die seine Fähigkeiten in Anspruch nehmen wollten.

»Gut. Nichts allzu Schwieriges dabei. Aber wir haben einen fünf Jahre alten Jungen hier, an dessen Gliom wir nicht sicher herankommen können. Ich muss morgen mit den Eltern sprechen und ihnen erklären, warum wir nicht operieren werden.«

»Wie schrecklich!«, rief Karen aus. Ein solches Gespräch wäre für sie unsagbar schwer. »Für sie und für dich.«

»Das gehört zu meinem Job. Auf manche Weise ist es einfacher, als mörderische Psychopathen in Gefängnissen zu befragen, wie du es tust.«

»Vielleicht. Kannst du am Wochenende freimachen und dir meine ausgefallene Behausung anschauen? Allerdings muss ich dich warnen – hier gibt es lediglich eine Wohnküche, zwei kleine Schlafzimmer und eine baufällige Dusche.«

»Ich hoffe, dass ich es schaffe«, meinte er, und wieder klang in seiner Stimme ein Lächeln mit. »Ich lasse es dich wissen, sobald ich kann.«

»Großartig. Und ich hoffe, dass ich bis zu deiner Ankunft einen Weg gefunden habe, das Leck im Dach zu reparieren. Ansonsten wirst du über die Schüsseln mit Regenwasser stolpern.«

»Lass dich von dem Leck nicht ablenken.« Seine Stimme klang immer noch unbeschwert, aber es lag ein unüberhörbarer autoritärer Ton darin, den sie nicht ausstehen konnte. Sie waren jetzt seit drei Monaten zusammen, und hin und wieder schien er zu vergessen, dass sie nicht zu den Assistenzärzten in seinem Team gehörte. «Es ist nicht wichtig, deine Arbeit aber schon.«

»Aber du hältst nichts von meiner Arbeit«, entgegnete sie und hoffte, dass sie sich selbstsicher und belustigt anhörte.

»Das ist nicht fair. Ich kann nur nicht nachvollziehen, wie du einen scheinbar unwiderlegbaren Diagnosetest entwickeln willst. Wie kannst du jemals genug Beweismaterial über die Entstehung und die Gründe einer gefährlichen schweren Persönlichkeitsstörung sammeln, indem du einfach etliche Personen interviewst? So psychopathisch sie auch sein mögen, aber ...«

Will hielt mit seinem wohlüberlegten Gegenangriff lange genug inne, um ihr bewusst zu machen, dass kühle Rationalität manchmal viel irritierender sein konnte als gedankenlos geäußerte Vorurteile und laute Entgegnungen. Sie begriff immer noch nicht, warum sie ihn so unwiderstehlich fand, wo er sich mit seiner unerschütterlichen Selbstbeherrschung, seinem sehnigen Körper und seiner blonden Igelfrisur so sehr von allen anderen Männern unterschied, an denen sie jemals Gefallen gefunden hatte.

»Aber«, fuhr er fort, »das heißt nicht, dass ich glaube, es wäre den Versuch nicht wert. Oder dass irgendeine andere Psychologin, ob auf forensischem oder einem anderen Gebiet, es besser machen könnte. Du gehörst zu den Besten, Karen.«

»Aaah«, seufzte sie und hatte ihm bereits vergeben. »Du schaffst es wirklich, dass sich ein Mädchen wieder besser fühlt. Ich werde jetzt lieber aufhören, Will. Schlaf gut.«

»Das tue ich immer. Pass auf dich auf. Tschüs.«

Sie saß im Wagen, umklammerte das harte kleine Telefon und dachte daran, wie unterschiedlich sie und Will an ihre Arbeit herangingen.

Für ihn war das Gehirn eine Ansammlung von verschieden geformten Massen, die in ihrer Beschaffenheit einem weichen Rührei glichen, eine übersichtlich angeordnete Reihe von Regionen, die von alten Gelehrten und chirurgischen Forschern benannt worden waren. Sie fanden, dass der Hippocampus einem Seepferdchen glich; die Amygdala wurde als Mandelkern bezeichnet, weil sie so geformt war; das Corpus callosum, auch Großhirnbalken genannt; das Kleinhirn; die Ganglien; all das ballte sich um den Hirnstamm, der bis zum Rückgrat hinunterreichte und Bewegungen, Gedanken, Sprache und Verhalten durch elektrische Impulse regelte; jeder Teil des Ganzen konnte von Läsionen, Erkrankungen und Tumoren betroffen sein, die er mit seinem Skalpell operativ entfernte und korrigierte.

Obwohl ihr die physischen Charakteristika bekannt waren, war für sie das Gehirn eine Masse von Angst und Freude, ein Behältnis von Erinnerungen an Bestrafung und Verzweiflung, ein Erzeuger von Impulsen, die Aufregung, Scheu, Furcht, Hoffnung und Panik hervorriefen; und hin und wieder war es auch ein angsterregendes Labyrinth, in dessen dunkler Mitte ein Monster lauerte, das gefunden, benannt und, mit ein wenig Glück und Mut, getötet oder zumindest unschädlich gemacht werden konnte.

Als sie feststellte, dass sie bereits fünf Minuten lang auf die Regentropfen starrte, die hintereinander über die Windschutzscheibe rollten, legte sie das Telefon zur Seite und fuhr zur Kreuzung an der Hauptstraße. Dort war genug Platz, um den Wagen zu wenden, sodass sie zu ihrem kleinen Parkplatz vor dem Häuschen zurückkehren konnte.

Schon beim Öffnen der Tür fiel ihr auf, dass die Pling-Geräusche nicht mehr zu hören waren. Dann sah sie, warum: das Wasser floss jetzt über die Ränder der Emailschüsseln. Sie mussten rasch geleert werden, bevor der Fußboden wieder überschwemmt war. Und sie sollte auch auf den Dachboden steigen, um die Eimer auszukippen, die sie dort oben aufgestellt hatte. Möglicherweise würde es noch die ganze Nacht regnen.

Danach würde sie sich ernsthafte Gedanken über ihren morgigen Besuch im Parkhurst-Gefängnis und ihre erste Begegnung mit Spike Falconer machen müssen. Der Mann hatte ein Ehepaar und zwei kleine Kinder aus nächster Nähe mit einem Gewehr erschossen – aus einem Grund, den bis jetzt noch niemand herausgefunden hatte.

2

Am nächsten Morgen hielt Karen ihren klapprigen Wagen an der Stelle an, von der aus Funkkontakt bestand. Von hier hatte sie am vergangenen Abend Will angerufen. Sie parkte am Rand der kleinen Straße, um den nachfolgenden Verkehr nicht zu behindern.

Es war nur eine Sprachnachricht hinterlassen worden – keine SMS-Nachrichten. Sie presste das Telefon ans Ohr und hörte wieder seine Stimme, so frisch und unbefangen wie immer: »Ich habe mich über deinen Anruf gestern gefreut, aber du hast dich niedergeschlagen angehört. Ich hoffe, deine Stimmung ist jetzt besser. Pack es heute an und vergiss alles Negative, was ich jemals über Psychologie gesagt habe. Wenn du mit deinen Untersuchungen über gefährliche schwere Persönlichkeitsstörungen etwas erreichst, wird dir dic Welt zu Füßen liegen. Tschüs.«

Ein breites Lächeln erschien auf ihrem Gesicht und verbannte die Hälfte der trüben Gedanken, die ihr im Kopf herumgingen, seit sie aufgewacht war. Will übertrieb, aber wenn ihr ein Durchbruch gelänge, würde das ihre Karriere fördern, und das war dringend nötig. Max Pitton, der Leiter ihrer Fakultät an der Universität von Southampton wäre erfreut, und der Gefängnisdirektor würde sich in seinem Entschluss, ihr Zugang zu seinem berüchtigsten Insassen zu gewähren, bestätigt fühlen.

Parkhurst war in ein Trainingsgefängnis der Kategorie B umgewandelt worden, nachdem es in der Mitte der 90er-Jahre einige peinliche Ausbrüche gegeben hatte. Jetzt saßen dort nur Lebenslängliche ein, bei denen man das Risiko eines Ausbruchs oder einer erneuten Straffälligkeit nicht allzu hoch einschätzte. Spike Falconer gehörte definitiv zur Kategorie A, aber die Gefängnisse mit höchster Sicherheitsstufe waren alle belegt. Man hatte ihn nach Parkhurst gebracht, weil er auf der Insel aufgewachsen war und es für ihn hier ein gutes Betreuungsprogramm gab, das dazu beitragen würde, ihn während der Verbüßung seiner lebenslangen Haftstrafe ruhig zu halten.

Karen verstaute ihr Telefon im Handschuhfach und drehte den Zündschlüssel. Der Motor sprang an, zuverlässig wie immer, aber als sie auf das Gaspedal stieg, bewegte sich der Wagen nicht. Als sie über ihre Schulter aus dem Fenster schaute, sah sie, dass die Räder sich in dem feuchten Schlamm drehten. Erdbrocken flogen hinter ihr auf, wie bei einem Terrier, der nach einer verlockenden Beute grub.

Sie legte den Rückwärtsgang ein und versuchte es noch einmal. Es wäre unsinnig, den Wagen noch weiter in den Matsch zu fahren. Aber wenn sie es schaffte, dass die Reifen griffen, konnte sie ihn vielleicht mit einem raschen Gangwechsel nach vorne bringen.

Die Reifen griffen nicht. Das Kreischen, das laut wurde, als sie sich vergeblich durch die Oberfläche des Schlamms drehten, ging ihr durch Mark und Bein. Sie stellte den Motor ab, ließ die Handbremse unten und stieg aus, um zu sehen, ob sie den Wagen auf die Straße zurückschieben konnte. Sie rutschte mit einem Fuß aus, stieß mit dem Knie gegen die Stoßstange und verschmutzte ihre weite schwarze Leinenhose, die sie am Morgen mit großer Sorgfalt gebügelt hatte.

»Scheiße!«

Sie richtete sich auf und kramte nach einem Taschentuch, um sich den gröbsten Schmutz von den Händen zu wischen. Zumindest hatte sie keine Schlammflecken auf ihrem cremefarbenen Leinenblazer.

Glücklicherweise funktionierte das Telefon hier, sodass sie Hilfe holen konnte. Obwohl sie darauf lieber verzichtet hätte. Einen Abschleppwagen herbeizuholen, würde ihr das Gefühl geben, sich wie eine Idiotin verhalten zu haben, und es würde sie ein Vermögen kosten – das war in ihrem Budget eigentlich nicht vorgesehen. Und außerdem würde sie zu spät zu Spike kommen; das konnte sich fatal auf ihre Chancen auswirken, ihn zu Gesprächen mit ihr zu überreden.

Durch ihre Begegnungen mit den anderen fünf Mördern, die sie bisher interviewt hatte, wusste sie genau, dass Spike ihr niemals etwas Brauchbares erzählen würde, solange er ihr nicht traute – und Vertrauen würde sich nicht einstellen, wenn sie ihn gleich zu Beginn im Stich ließ.

»Kann ich Ihnen helfen?«, fragte eine bestimmte männliche Stimme hinter ihr.

Karen fuhr erleichtert herum und sah einen großen, durchnässten Mann in einer altmodischen Kniehose aus Tweed, einem Pullover aus Armeebeständen und gestrickten Kniestrümpfen vor sich. Er wiederholte sein Angebot, ihr zu helfen und sah sie prüfend aus klaren braunen Augen an. Sein lichtes graues Haar war über seine gewölbte, glänzende Stirn gestrichen, und seine faltige Haut war durchzogen von geplatzten Äderchen und gerötet vom langen Aufenthalt im Freien. Sie schätzte ihn auf Ende sechzig oder Anfang siebzig, war sich aber nicht sicher.

Über seinem Arm lag ein Gewehr. Karen stellte erleichtert fest, dass es geöffnet war. Bevor sie gestern abend das Licht ausgemacht hatte, hatte sie jede Version der Geschichte über das Picknickmassaker gelesen. Seitdem musste sie unentwegt an Gewehre denken.

Sie lächelte vorsichtig und war erleichtert, als er ihr Lächeln erwiderte.

»Sie sehen ja, was ich angestellt habe«, sagte sie. »Ich bin an den Straßenrand gefahren, um zu telefonieren, und jetzt stecke ich fest. Ich habe schon versucht, den Wagen herauszuschieben, aber es hat nicht geklappt.«

Mit seinem schlaffen Körper wirkte er nicht stark genug, um es besser machen zu können.

»Machen Sie sich keine Sorgen«, beruhigte er sie. »Warten Sie hier.«

Er drehte sich um und stapfte zwischen den dünnen Bäumen davon. In den achtzehn Jahren, in denen sie nicht mehr hier gewesen war, hatte sie oft ihre Erinnerungen an dieses Wäldchen hervorgeholt und sich selbst eingeredet, dass es einer Disney-Landschaft glich, mit sonnigen Lichtungen, glänzenden Moosbänken, herabstürzenden Wasserfällen und kristallklarer Luft, voll von Hüttensängern und Schmetterlingen. Die düstere Wirklichkeit hätte kaum weiter davon entfernt sein können.

Die gewöhnlichen, unansehnlichen Erlen und die struppigen Koniferen wuchsen dicht nebeneinander, und viele von ihnen wurden langsam von Efeu erstickt. Der graue Schlamm auf dem Boden war von halbverrottetem Laub und wahrscheinlich auch von toten Schnecken und Schlimmerem noch glitschiger geworden. Lediglich die wenigen abgelegenen Ferienhäuser wie das ihre setzten Zeichen in dieser Trostlosigkeit.

Sie sah einen dünnen Rauchfaden in die Luft steigen und entdeckte die Umrisse eines verzinnten Kamins. Das musste das Haus sein, zu dem ihr exzentrischer Retter gegangen war. Sie hörte seine knirschenden, schlurfenden Schritte zurückkommen, noch bevor sich seine graugrüne Kleidung von der umliegenden Vegetation abhob.

Das Gewehr hatte er zurückgelassen, er trug jetzt einen Stapel dicker, alter Sacktücher über dem Arm. Der Gestank stieg ihr schon aus einigen Metern Entfernung in die Nase, eine Mischung aus Feuchtigkeit, Schimmel und irgendeinem stechenden Tiergeruch. Er kam auf sie zugeeilt.

»Damit sollte es klappen«, erklärte er.

Sie konnte sich nicht vorstellen, wie das gehen sollte und beobachtete ohne große Hoffnung, wie er einen Sack nach dem anderen ausschüttelte, was den Gestank noch verstärkte. Sie unterdrückte einen Würgereiz. Er breitete die Sacktücher aus und legte sie aufgehäuft vor ihre Reifen, sodass sie in die Richtung des sicheren, festen Straßenbelags zeigten.

»Steigen Sie wieder ein«, forderte er sie auf, »und jagen Sie den Motor hoch, bevor Sie losfahren. Das Sackleinen sollte Ihren Reifen genügend Halt geben. Na los – versuchen Sie es.«

»Okay.« Sie lächelte wieder, war aber immer noch nicht überzeugt. »Doch treten Sie zur Seite, für den Fall, dass ich ins Schleudern geraten sollte. Ich möchte Sie nicht verletzen.«

»Keine Sorge. Machen Sie schon. Versuchen Sie es nur.«

Sie zog die Handbremse an, für den Fall, dass etwas passieren sollte, ließ den Motor an, gab Gas und ließ dann langsam die Bremse los. Wie durch ein Wunder fanden die Reifen auf den Säcken Halt, und in wenigen Sekunden holperte das Auto über den Straßenrand. Als sie sich versichert hatte, dass der Wagen sicher stand, kurbelte sie ihr Fenster herunter und bedankte sich bei dem Fremden.

»Wie heißen Sie?«, fragte sie dann.

Er schenkte ihr ein steifes Grinsen, das nicht zu den tiefen Falten in seinem Gesicht zu passen schien, und antwortete ernst: »In dieser Gegend nennen sie mich üblicherweise den Elefantenmenschen, weil ich von Elefanten abstamme, aber meine Familie nennt mich Roderick.«

»Danke, Roderick«, sagte sie. »Sie haben mir das Leben gerettet.«

»Übertreiben Sie nicht«, erwiderte er mit ernstem Tadel wie ein Schullehrer.

Er bückte sich, um seine Säcke aufzuheben, die jetzt die Schlammspuren ihrer Reifen trugen, und stapfte mit ihnen zurück zu seinem Haus.

Sie beobachtete im Rückspiegel, wie er in der Dunkelheit der Bäume verschwand und dachte, dass er eher wie ein riesiger Hobbit als wie ein Elefant aussah. Sie würde sich einige Säcke besorgen, damit sie das beim nächsten Mal auch selbst machen konnte. Ein alter Teppich wäre vielleicht sogar noch besser.

An der Kreuzung zur Hauptstraße blieb sie stehen und wartete auf eine Lücke in dem vorbeifahrenden Verkehr, als sie Jan Davies aus ihrem Häuschen kommen sah. Offensichtlich hatte sie das Motorengeräusch von Karens Wagen erkannt. Karen winkte, als sie Jan auf sich zukommen sah, zog die Handbremse an und öffnete das Fenster.

»Wie war die letzte Nacht, Karen?«, fragte Jan und legte ihre arthritische Hand auf die Fensterkante. »Ich habe mir Sorgen gemacht wegen des starken Regens. Deine Großmutter hätte nicht gewollt, dass du das dort unten allein ertragen musst. Bei euren Besuchen hat sie sich immer solche Mühe gegeben, um für dich und Aidan alles nett zu machen.«

»Das weiß ich.« Karen lächelte. »Und ich weiß auch, wie gut du zu ihr warst, als sie so krank geworden ist. Ich wünschte, ich könnte bleiben und ein wenig mit dir plaudern, aber ich komme zu spät, wenn ich nicht sofort losfahre.«

»Natürlich, Schätzchen.« Jan richtete sich auf. »Saus los und hab einen schönen Tag. Wir trinken irgendwann eine Tasse Tee miteinander, wenn du nicht so viel zu tun hast.«

»Darauf freue ich mich schon, Jan. Vielen Dank.«

Der Verkehr hatte sich beruhigt, während sie miteinander gesprochen hatten, und Karen bog links in die Hauptstraße ein und fuhr in Richtung Newport, der Hauptstadt der Insel. Sie wandte sich noch einmal nach links und folgte dann den Schildern nach Cowes und zum Parkhurst-Gefängnis.

Dass das Gefängnis ursprünglich einmal ein Militärhospital gewesen war, sah man nur noch an dem eleganten Ziegelbau des 19. Jahrhunderts und den großen Fenstern an einem der Gebäude. Der Rest variierte zwischen viktorianischen Flügeln, die Scheunen glichen, und einer unfreundlichen Verkleidung aus modernen roten Ziegelplatten. Karen parkte dort, wo man sie hinverwiesen hatte, ließ ihr Telefon im Wagen und machte sich auf den Weg zum Empfangsbereich.

Sie wurde freundlich, aber gründlich durchsucht. Die Gefängnisbeamtin fuhr mit ihren Händen an Karens Beinen auf und ab, fasste ihr in den Hosenbund und griff ihr in die Taschen.

»Gute Kleidung«, meinte sie lächelnd, als sie zurücktrat. »Locker. Und auch leicht zu pflegen.«

Karen schenkte ihr eine kurzes Lächeln. Sie hatte genügend Erfahrung mit der Atmosphäre in Männergefängnissen, um sicherzustellen, dass ihre Kleidung an keiner Stelle ihres hochgewachsenen Körpers eng anlag. Das olivgrüne T-Shirt, das sie über ihrer Hose trug, war weit genug, um ihre Brüste zu verbergen, und das lange Jackett versteckte die Kurven ihrer schmalen Taille und ihrer Hüften. Sie hatte ihr schulterlanges blondes Haar zurückgebunden und zu einem lockeren Knoten zusammengesteckt, der durch ein einfaches Gummiband gehalten wurde.

»Haben Sie irgendwelche Pläne, Schlüssel oder einen Schirm bei sich?«

Karen hatte nur ihre Schlüssel dabei: einen großen klappernden Schlüsselbund an einem Metallring. Sie waren nicht nur für das Häuschen, sondern auch für ihre Wohnung in Southampton, ihr Büro in der Universität, ihren Aktenschrank mit vertraulichen Unterlagen und für das Penthouse ihrer Eltern in London. Ihre Autoschlüssel waren an einem separaten Lederband befestigt.

»Die müssen Sie ja nach unten ziehen«, meinte die aufgeräumte Beamtin, während sie Karen alle Schlüssel abnahm. »Wenn Sie jetzt bitte Ihre Taschen durch den Scanner schieben. Prima. Jim Blake wird in einer Minute bei Ihnen sein. Er wird Ihnen dann den Ablauf erklären und Sie zu Spike bringen.«

»Jim Blake?«, fragte Karen und hob ihre Stimme am Ende, um mehr Informationen zu bekommen.

»Er ist der Beamte, der Ihnen am besten helfen kann. Spike reagiert besser auf ihn als auf alle anderen. Und er mag ihn. Ah, da kommt er schon.«

Er war groß, hatte einen widerspenstigen roten Haarschopf und eine Ansammlung von Sommersprossen auf seiner Nase, die ihn aussehen ließen, als hätte ihm jemand Cayennepfeffer über das Gesicht gestreut. Aber seine Größe und seine breiten

Schultern verliehen seinem Auftreten Autorität. Karen fand, er machte einen vernünftigen Eindruck, und sein Lächeln war freundlich.

»Sind Sie Ms Taylor?«, fragte er mit tiefer Stimme und langgezogenen Vokalen, was, wie sie sich plötzlich erinnerte, charakteristisch für die Insel war.

Das versetzte sie direkt in ihre Kindheit zurück, sogar stärker, als es Jan Davies oder die Schüsseln mit den Regentropfen getan hatten. Sie konnte beinahe das Gesicht ihrer Großmutter sehen und den pudrigen, alten Geruch nach Gebisshaftcreme riechen, der sie immer umgeben hatte.

»Doktor Taylor«, erklärte sie und riss sich rasch in die Gegenwart zurück. »Aber das spielt keine Rolle. Und wenn ich mich ›Ms‹ nenne, hält das die Leute davon ab, mir von ihrem Juckreiz und ihren Verdauungsproblemen zu berichten. Vielen Dank, dass Sie gekommen sind.«

»Wie viel wissen Sie über Spike? Hier entlang.« Jim Blake führte eine seiner großen Hände an ihr vorbei, um ein Gittertor aufzuschließen. Er stieß es auf und ließ sie durchgehen. Dann schloss er wieder ab, bevor er sie zur nächsten Tür brachte.

Trotz ihrer Erfahrungen in anderen Gefängnissen war sie verblüfft, dass es hier nach nichts anderem als nach Desinfektionsmittel roch. Das deutete auf eine allgemeine Sauberkeit hin, wie sie in jedem modernen Krankenhaus vorherrschte.

»Ich weiß nur, dass er mit achtzehn Monaten von einem gut situierten Ehepaar von der Insel adoptiert wurde.« Sie warf einen Blick über die Schulter auf Jims Gesicht, während sie seine Frage beantwortete.

Er schloss die nächste der cremefarben gestrichenen Stahltüren auf und folgte ihr auf den ungewöhnlich breiten, mit Vinyl ausgelegten Gang, in dem auf beiden Seiten blanke, verschlossene Türen lagen.

»Und dass er beinahe von Anfang an ein merkwürdiges Verhalten zeigte, das schlimmer wurde, als der leibliche Sohn seiner Adoptiveltern zu ihm auf die Schule kam«, fuhr sie fort. »Dass er mit vierzehn die Schule abgebrochen hat, Drogen nahm, zu viel trank und schließlich von der Familie vor die Tür gesetzt wurde, als er achtzehn war. Damals wurde die erste vage Diagnose über ›eine Art Persönlichkeitsstörung‹ zu einer unsozialen Persönlichkeitsstörung und später zu einer ausgeprägten gefährlichen schweren Persönlichkeitsstörung erweitert.«

»Das ist mehr oder weniger alles. Eine Weile übernachtete er in Jugendherbergen, dann lebte er auf der Straße und machte überall auf der Insel allen eine Menge Ärger. Haben Sie neuere Fotos von ihm gesehen?«

»Nur die Aufnahmen in den Zeitungen und in den Akten, die mir seine Verteidiger geschickt haben«, erwiderte sie, überrascht von seiner Frage. »Warum?«

Er trat neben sie und zog die an einer Kette befestigten Schlüssel von seinem Gürtel, um das nächste Tor aufzusperren. »Weil er jetzt, wo er nicht mehr trinkt und keine Drogen mehr nimmt und durch die viele Zeit, die er im Trainingsraum verbringt, superfit geworden ist. Er ist der schönste junge Mann, den Sie wahrscheinlich jemals treffen werden.«

Karen dachte an das verschwommene Gesicht, dass sie aus der Zeitung und von den Fotokopien der Anwälte angestarrt hatte. Spike hatte ganz ansprechend ausgesehen, bis auf seine schlechte Haut, seine wütend starrenden Augen und seine verkniffenen Lippen, aber keineswegs schön.

»Das kommt unerwartet«, meinte sie. »Aber ist es wichtig?«

Jim hielt inne, nachdem er den Schlüssel ins Schloss gesteckt hatte, und drehte ihn dann mit einer Entschlossenheit um, die sie überraschte.

»Das würde ich sagen. Daran liegt es, dass … dass einige Menschen ihn so sehr hassen. Es bringt sie dazu, ihn schärfer zu verurteilen als einen hässlichen Mann, der dieselben Dinge getan hat.«

»Interessant.« Seine analytische Einschätzung verblüffte sie.

»Haben Sie noch nicht bemerkt, dass von schönen Menschen erwartet wird, besser zu sein als der Rest von uns? So, wie man von Kindern erwartet, dass sie unschuldig sind. Deshalb werden die Leute so wütend, wenn sie von ihnen verletzt werden.«

Karen wünschte, ihr Kassettenrekorder würde laufen. Sie wusste mittlerweile, dass nur wenige Gefängnisbeamte der Klischeevorstellung entsprachen, dumm wie Bohnenstroh, einfallslos, engstirnig und tyrannisch zu sein, aber sie freute sich immer, so scharfsinnige wie Jim kennenzulernen.

»Aber Sie müssen das ja wissen«, meinte er und betonte den Satz so, dass sie ihn in Bezug auf ihren Beruf und nicht auf ihr Aussehen verstand.

Obwohl sie groß und nicht im Entferntesten dick war und eine Haut hatte, die bei dem ersten heißen Sonnenstrahl eine sanfte Bräune annahm, gefielen ihr ihr kleines rundes Gesicht, ihr blondes Haar und ihre haselnussbraunen Augen nicht besonders – sie konnte darin nichts Anziehendes sehen. Sie hätte viel lieber tizianrotes Haar und smaragdgrüne Augen gehabt, oder rabenschwarzes Haar und strahlendblaue Augen.

»Seit wann kennen Sie ihn?«, wollte sie wissen.

»Seit vier Jahren. Seit er hierher in Untersuchungshaft kam, nachdem diese Familie erschossen worden war.«

Karen bemerkte, dass er sich nicht auf ›das Picknickmassaker‹ bezogen hatte, was ein weiterer Punkt war, der für ihn sprach.

»Macht er Ihnen Ärger?«

»Kaum. Er scheint sich hier sicherer zu fühlen, als er es draußen jemals getan hat. Er weiß, was man von ihm erwartet, und meistens richtet er sich danach.«

»Das ist charakteristisch für gefährliche schwere Persönlichkeitsstörungen. Es ist interessant, dass Sie das so deutlich bei Ihrer Arbeit mit ihm erkannt haben.«

»Ich habe mich über Persönlichkeitsstörungen informiert und dann auf entsprechende Symptome geachtet. Sie werden jetzt mit ihm allein sein, so wie Sie es sich gewünscht haben.

Aber es gibt einen Alarmknopf an Ihrer Seite des Tisches. Drücken Sie ihn sofort, wenn Sie beunruhigt sind. Ich glaube nicht, dass er auf Sie losgehen wird. Doch bisher ist es noch niemandem gelungen, herauszufinden, was ihn zum Ausrasten bringt. Also sollten Sie darauf vorbereitet sein.«

»Danke«, sagte sie und ignorierte das Kratzen in ihrer Kehle, das die vertraute Reaktion ihres Körpers war, wenn sie sich bedroht fühlte.

»Neben der Tür befindet sich die normale Klingel, die Sie drücken können, wenn Sie gehen wollen. Falls Sie sie in dreißig Minuten nicht gedrückt haben, werden wir kommen und Sie herausholen.«

Er stieß die Tür auf.

3

Karen war froh über Jims Warnung. Sie hatte noch nie so etwas wie die überirdische Perfektion von Spikes Gesicht gesehen. Botticellis Engel gemischt mit Hollywoods Actionhelden und die beste Haut, die ihr jemals bei einem Gefängnisinsassen begegnet war.

»Hi«, begrüßte er sie mit einer Stimme, in der keine Spur des Inselakzents herauszuhören war. »Mein Anwalt hat mir gesagt, dass Sie gekommen sind, um mich hier rauszuholen.«

Dann lächelte er und zog dabei seine Lippen so weit auseinander wie ein PR-trainierter Prominenter. Doch im Gegensatz zu berühmten Persönlichkeiten hatte er schreckliche Zähne: fleckig und angeschlagen. Sie waren das einzig Hässliche an ihm. Karen erwiderte sein Lächeln und stellte fest, dass sich sein Gesichtsausdruck nicht veränderte, selbst als sie weiterging. Seine Gesichtszüge wirkten, als würden sie mit Sekundenkleber in dieser Position festgehalten.

»Das ist es nicht, warum ich hier bin«, erwiderte sie.

Jim hielt sich noch neben der Tür auf. Sie fragte sich, ob er etwas sagen wollte und warf ihm über die Schulter einen Blick zu. Er beobachtete Spike aufmerksam, so, als wolle er einschätzen, wie es sich an diesem Morgen mit dessen Selbstbeherrschung verhielt.

Karen wandte sich wieder um und sprach weiter. »Ich bin gekommen, weil ich an einer Studie über Menschen arbeite, bei denen verschiedene Arten von Persönlichkeitsstörungen diagnostiziert wurden. Ich möchte verstehen, was mit diesen Menschen geschehen ist und warum. Ich habe das Ihren Anwälten deutlich erklärt, als ich anfragte, ob ich Sie besuchen dürfe. Ich hoffe, sie haben Ihnen das gesagt?«

Spike nickte, noch immer mit dem unveränderten Lächeln auf den Lippen. Karen hörte, wie Jim zurücktrat und die Tür hinter sich schloss. Anscheinend war er der Meinung, dass der Häftling, für den er verantwortlich war, heute ruhig genug war, um sie gefahrlos mit ihm allein zu lassen. Sie registrierte die Position des großen runden roten Alarmknopfs. Die schwere Stahltür klapperte laut, als sich das automatische Schloss aktivierte, und das Geräusch wurde von den harten Oberflächen ringsumher zurückgeworfen.

Spike zeigte keine Reaktion. Das Geräusch war ihm wohl zu vertraut, um ihn zu stören. Sein Gesicht entspannte sich immer noch nicht. Er sah aus wie jemand, dem man gesagt hatte, was ein Lächeln war, der aber nie den Sinn dahinter verstanden hatte, dachte Karen. Und das würde passen. Empathie war für jede Person mit einer schweren Persönlichkeitsstörung beinahe unmöglich.

»Ich hatte zwei«, sagte er und brachte seine perfekten Lippen endlich wieder in ihre Ausgangsposition.

»Wie bitte?« Sie ging weg von der Tür, auf den Stuhl zu, den man ihr direkt gegenüber von Spike an den Tisch gestellt hatte. »Zwei was?«

»Diagnosen. Persönlichkeitsstörungen. Zwei zum Preis von einer!« Er hob aufgeregt die Stimme. »Das hilft Ihnen sicher, oder? Meine zwei Diagnosen, Dr Taylor. Sie werden Ihnen helfen, nicht wahr?«

»Wahrscheinlich«, erwiderte sie mit betont ruhiger Stimme. »Es gibt viele Dinge, die ich Sie fragen möchte. Ist das in Ordnung?«

Er steckte beide Hände in die Taschen seiner Jeans und lehnte sich so weit zurück, dass sein Stuhl kippte, bis dieser nur noch auf zwei Beinen balancierte. Sie bemerkte, wie schlank und muskulös er war.

»Ich habe diese Leute nicht erschossen, wissen Sie«, sagte er so mechanisch, als würde er etwas wiederholen, was er auswendig gelernt hatte. »Ich habe geschlafen. Tief und fest geschlafen.

Deshalb wusste ich nicht, warum die Polizisten mich anschrien und schüttelten, als sie mich aufweckten.«

Er wartete auf ihre Antwort, aber sie hatte noch nichts zu sagen.

»Meine Anwälte haben Ihnen sicher erzählt, was tatsächlich passiert ist«, fuhr er fort. »Das sollten sie zumindest tun.«

»Das haben sie«, erwiderte Karen leichthin und hoffte, dass ihre Stimme nur unbedrohliche, gute Stimmung ausdrückte.

Sie wusste aus den Akten, dass er seinen Rausch ausgeschlafen hatte, als die Polizei ihn nach der Erschießung fand. Er war nur etwa einen Kilometer von dem Ort entfernt gewesen, wo es passiert war.

Später hatten sie seinen abgerissenen alten braunen Tweedmantel und die schwarze Wollmaske in einem Graben gefunden. Die Untersuchungen hatten schon bald ergeben, dass die Spritzer auf dem Stoff mit dem Blut übereinstimmten, das man der Leiche der kleinen Anna Sanders entnommen hatte. Die Position aller vier Leichen ließ darauf schließen, dass sie Spikes erstes Opfer gewesen war.

Der Tweedmantel war um eine abgesägte Schrotflinte gewickelt gewesen, die überall seine Fingerabdrücke trug. In der Manteltasche waren vier Patronenschachteln gewesen, ebenfalls übersät mit seinen Fingerabdrücken. Obwohl er immer wieder geleugnet hatte, jemals Zugang zu irgendeiner Waffe gehabt zu haben und behauptet hatte, er habe seinen Schlafplatz an diesem Tag nicht verlassen, hatte keiner der Beteiligten jemals Zweifel an seiner Schuld gehabt.

Aber seine Persönlichkeitsstörung bedeutete, dass er dafür niemals die Verantwortung würde übernehmen können. Also hatte es keinen Sinn, zu versuchen, ihn dazu zu bewegen. Stattdessen wollte Karen, dass er ihr etwas von seinen Wahrnehmungen und von der Welt in seinem Kopf erzählte. Sie wusste, dass sie ihn dazu bringen musste, sie zu mögen und ihr zu vertrauen. Nur dann wäre er bereit, mit ihr zu kooperieren.

»Sie haben mich auch gewarnt, dass Sie nicht fortwährend

nur Fragen beantworten wollen«, fuhr sie mit einem freundlichen Lächeln fort.

Spike lachte. Das wäre ermutigend gewesen, hätte sie nicht einen Anflug von Verachtung in seiner Stimme gehört. Sie wartete ab.

»Manchmal antworte ich, weil mir hier drin so langweilig wird.« Seine Sprache war ein wenig langsamer geworden, so, als wolle er die boshaften Untertöne damit hervorheben. »Und manchmal tue ich es nicht. Sie werden vorher nie wissen, wie der Tag verlaufen wird, wenn Sie hierher kommen.«

»Ich verstehe.«

»Gut. Denn genauso läuft es, Dr Taylor: Sie dürfen mich fragen, was immer Sie wollen, und mir ist es erlaubt, nichts dazu zu sagen.« Er lachte wieder und zog die Schultern nach vorne, als könnte er sich vor Freude kaum halten. »Es wird so sein, als würden Sie zu einem Buchmacher gehen. Sie schließen eine Wette ab und wissen nicht, ob Sie gewinnen werden oder der Buchmacher. Okay?«

»Gut«, antwortete sie. »Das wird sicher Spaß machen.«

Alle ihre bisher untersuchten Personen hatten ähnliche Versuche gemacht, sie zu manipulieren. Keiner der Befragten war auch nur annähernd so gerissen gewesen wie fiktionale Psychopathen in Gestalt eines Hannibal Lector, oder so erfolgreich. Einige waren intelligent gewesen, andere nicht. Aber alle hatten die Fähigkeit besessen, äußerste Verachtung für jeden um sie herum zu zeigen.

Als sie den Stuhl zurückzog, um sich schließlich zu setzen, achtete sie darauf, dass sie den Alarmknopf erreichen konnte.

»Er funktioniert auch«, verkündete Spike von der anderen Seite des Tisches. »Der Alarmknopf.«

»Gut«, erwiderte sie, fest entschlossen, ihm nicht zu zeigen, dass er sie aus der Fassung gebracht hatte und ihm damit keine Genugtuung zu verschaffen. Seine Fähigkeit, ihren Gedanken zu folgen, war unerwartet. »Danke. Haben Sie etwas dagegen, wenn ich unser Gespräch auf Band aufzeichne?«

»Ganz und gar nicht. Also, womit wollen wir anfangen? Wie es kommt, dass ich böse geboren bin?«

Sie zwang sich dazu, sein Lächeln zu erwidern und schüttelte den Kopf. Für den Fall, dass der Kassettenrekorder nicht funktionieren sollte, holte sie einen Stift und einen großen weißen linierten Notizblock aus ihrer Aktentasche.

»Heute Morgen möchte ich gern, dass Sie mir Ihre Geschichte erzählen. Erzählen Sie mir, wer Sie sind.«

Er runzelte die Stirn. Bei dieser Geste bewegte sich sein Gesicht aus dem Schatten und machte es noch interessanter. Draußen zogen offenbar Wolken über den Himmel, denn ein Sonnenstrahl fiel durch das kleine Fenster hoch oben an der gegenüberliegenden Wand und vergoldete für ein oder zwei Sekunden sein glattes helles Haar.

»Geschichte? Welche Geschichte?«

»Die meisten Menschen haben eine Geschichte, die sie sich selbst erzählen, um einen Sinn darin zu sehen, was sie tun und was andere Leute mit ihnen tun«, begann sie und malte ein kompliziertes Schlüsselmuster oben auf ihren Block, um ihm den Eindruck von Ungestörtheit zu vermitteln, während er sich überlegte, was er sagen wollte. »Wir ergänzen sie, wenn etwas Schwieriges geschieht – oder wenn etwas nicht so läuft, wie wir es wollen.«

Sie sah auf, um sicherzugehen, dass er sie verstand. Er nickte, als ob er dachte, dass sie Unterstützung bräuchte, aber er sagte nichts. Ihre bislang unveröffentlichte Theorie besagte, dass man, wenn man eine glaubhafte Geschichte erzählen konnte, um sein eigenes Handeln und seine Motive zu erklären, eine Chance hatte, alles zu überwinden, was einem angetan worden war, so schlimm es auch gewesen sein mochte.

Wenn sie recht hatte, war niemand mit einer schweren Persönlichkeitsstörung dazu fähig, denn die Unfähigkeit, Verantwortung zu übernehmen oder Motive von vergangenen Erfahrungen zu akzeptieren, war ein Teil dieser Verfassung. Bisher hatten die Befragungen, die sie in Gefängnissen überall im Land durchgeführt hatte, ihre Theorie bestätigt. Sie hoffte, dass sie lange genug Bestand haben würde, um Teil der von ihr empfohlenen Diagnostik für gefährliche schwere Persönlichkeitsstörungen zu werden.

»Einige religiöse Menschen erzählen ihre Geschichten anhand der Anschauungen, die sie von ihren Priestern gelernt haben. Andere verwenden dazu das, was ihre Eltern ihnen immer gesagt haben«, fuhr sie fort, um Spike zu ermutigen. »›Sie ist die Unordentliche, Hübsche, und ihre kleine Schwester ist die Ordentliche, Kluge, Schlichte, die niemals gegen eine Regel verstößt.‹ Verstehen Sie, was ich meine?«

»So ist es.«

Karen wartete und lächelte ermutigend, aber er schwieg.

»Was hat Ihre Familie über Sie gesagt?«

Er zuckte die Schultern. »Ich bin der Sonderling, der Böse, und Silas ist das Traumkind, das immer tut, was man von ihm erwartet.«

»Haben Sie das geglaubt?«, fragte sie und unterdrückte ihr aufkommendes Mitgefühl.

Wenn sie brauchbare Forschungen durchführen wollte, musste sie ihre eigenen Gefühle aus solchen Sitzungen komplett heraushalten. Sie würden ihre intellektuelle Reaktion auf das Gehörte verfälschen und möglicherweise dazu führen, dass sie Dinge sah, die nicht existierten. Und auf diese Weise würde sie ihre eigenen Geschichten über ihn erfinden. Das würde das ganze Projekt verzerren.

Spike lachte mit einem hohen, schwankenden Laut, wie ein kichernder Betrunkener, der vorgab, dass sein Gehirn ihn nicht im Stich ließ, während er gleichzeitig nicht mehr verstand, was die anderen sagten.

»Und dann gibt es noch die Glücklichen«, fuhr Karen fort, als das beklemmende Geräusch aufgehört hatte und Spike deutlich gezeigt hatte, dass er nichts dazu sagen würde. »Diejenigen, die ihre eigenen Geschichten erfinden und dazu nur das verwenden, was sie selbst gesehen haben und was sie über die Welt denken.«

»Glücklich oder schlau?«, fragte Spike und klang plötzlich wieder ganz normal. Es hatte den Anschein, als wäre er interessiert und fähig, ihren Ideen ohne Schwierigkeiten zu folgen.

Sie wusste aus den Akten, dass er in der Schule in jeder Klasse Unsinn getrieben, geschwänzt und immer wieder Ärger gemacht hatte, bis er dann gar nicht mehr erschienen war. Aber keiner der Lehrer, die versucht hatten, ihm etwas beizubringen, hatte je an seinem IQ gezweifelt.

»Vielleicht ist glücklich und schlau dasselbe«, erwiderte sie. Im Augenblick war sie bereit, das Gespräch in jede Richtung gehen zu lassen, die er zuließ.

»Was ist Ihre Geschichte, Dr Taylor?«

Karen wählte ihre Worte sehr sorgfältig. Sie wollte ihm genug sagen, um ihm das Gefühl der Gleichberechtigung zu geben, ohne jedoch irgendetwas preiszugeben, was er gegen sie verwenden könnte.

»Ich habe das Glück, eine gute Ausbildung zu haben, die mir eine bezahlte Arbeit ermöglicht, die mir Spaß macht. Und ich bin hart im Nehmen. Das trägt zu meinem Glück bei.«

Spikes Interesse stieg sofort merklich. »Was haben *Sie* überlebt?«

»Nichts außer meiner Kindheit, meiner Jugend und den Frustrationen, mit denen jeder fertig werden muss«, antwortete sie und kaschierte geschickt den ungewollten Hinweis auf Schwäche. Sie würde einem Probanden wie Spike niemals irgendetwas über die Kämpfe erzählen, die sie mit Peter ausgefochten hatte.

»Selbst wenn es sich nur um ganz gewöhnliche Sachen handelt, wird man zum Opfer, wenn man eine Geschichte erzählt, in der andere Menschen einem etwas angetan haben«, fuhr sie fort.

Er nickte verständig, so, als wisse er alles über Opfer. Aber er erzählte ihr immer noch nichts von seiner Vergangenheit.

Sie bemühte sich weiter. »Wenn man eine Geschichte darüber erzählt, wie man sich wehrt, dann wird man zum Stärkeren, zum Sieger.«

Sie hielt inne und fügte dann mit einer Entschlossenheit hinzu, die sich von ihrem gewöhnlichen Tonfall stark unterschied: »Und niemand kann einem dann mehr etwas tun.«

»Sofern sie dich nicht töten.« Spikes Gesicht war engelsgleich wie immer. Vor ihr tauchte plötzlich ein erschreckend klares Bild davon auf, wie Peter gestorben war, und sie schloss für eine Sekunde die Augen.

»Warum schauen Sie mich nicht an, Dr Taylor?« Spike kicherte. »Ich werde Sie nicht töten. Nicht, während Jim direkt vor der Tür steht, bereit, sofort hereinzustürmen und Sie zu retten.«

»Natürlich, Sie haben recht«, erwiderte Karen und ignorierte ganz ruhig seine spöttische Bemerkung. »Niemand überlebt es, wenn er getötet wird. Was ist mit Ihrer Geschichte? Was können Sie mir darüber erzählen? Was ist Ihnen passiert?

»Das ist einfach.« Er klang überlegen, so, als hätte er seiner Meinung nach einen Sieg über sie errungen.

Er ließ seinen Stuhl wieder auf alle vier Beine fallen, sodass er sich nach vorne über den Tisch beugen konnte. Die Tischplatte war zu groß, als dass er den Arm ausstrecken und sie hätte berühren können, aber seine Bewegung in ihre Richtung sollte die Wirkung haben, eine Intimität zwischen ihnen anzudeuten, die beinahe beunruhigender war als sein Gekicher.

»Ich bin der Inselfreak. Ein Killer von Geburt an. Ein verdorbenes Monster. Eine Zeitbombe, die nur darauf wartet, zu explodieren.«

Er lachte, wich rasch zurück und kippte seinen Stuhl wieder nach hinten. Karen erkannte die Schlagzeilen der Boulevardpresse. Sie fand es interessant, dass er sich so gut artikulieren konnte und viele Dinge über sie so leicht begriff, jedoch überhaupt nicht in der Lage war, zu verstehen, was sie von ihm wollte, wenn sie ihn bat, seine Geschichte zu erzählen. Das war eine traurige, aber nützliche Bestätigung all ihrer Hypothesen über gefährliche schwere Persönlichkeitsstörungen.

Aber das reichte noch nicht. Sie wünschte, er und seine Anwälte hätten sich nicht gegen die psychometrischen Tests ausgesprochen, die sie mit ihm hatte machen wollen. Noch besser wäre eine Kombination aus Tests und einer parallelen Reihe von Hirnszintigrafien gewesen. Dadurch hätte sie sehen können, welche Hirnareale auf ihre sorgfältig ausgearbeiteten Anreize reagiert hätten.

Am Ende ihrer halben Stunde stand sie auf, um auf die Klingel neben der Tür zu drücken. Dann wollte sie ihre Sachen zusammenpacken, während sie auf ihre Befreiung wartete.

»Wissen Sie, was Sie mich hätten fragen sollen?«, meinte Spike gesprächig.

»Nein. Was?«

»Wie es sich anfühlt, in die Augen eines Kleinkinds zu schauen und sie dann mit einem Gewehr durch seinen Hinterkopf zu blasen.«

Karen drückte noch nicht auf den Klingelknopf. Das war natürlich eines der vielen Dinge, die sie hören wollte, aber zu ihren eigenen Bedingungen, und nicht als Teil eines seiner Spielchen.

»Warum sollte ich das tun?«, fragte sie und ging zurück zum Tisch, damit sie ihm in die Augen schauen konnte. Die Iris waren klar und graugrün, und das Weiße glänzte gesund. Ihr Rekorder lief immer noch.

»Weil es das ist, was Sie interessiert.« Wieder ließ er den Stuhl auf alle vier Beine zurückfallen, und der Knall hallte durch den Raum, als das Metall auf den Betonboden krachte. »Diese Sache mit den Geschichten ist nur ein Vorwand. Sie sind wie alle anderen. Sie wollen wissen, wie es ist, wenn man tötet, wie es passiert, wie es sich anfühlt, wie es einen Menschen für immer verändert, wie aufregend es ist.«

»Was hätte es für einen Sinn, Sie danach zu fragen?«, fragte

Karen mit vorgetäuschter Unschuld. »Sie haben mir soeben gesagt, dass Sie es nicht getan hätten.«

Einen Augenblick lang sah er sie verdutzt an, dann kicherte er wieder. Es klang wild und so, als würde er an den äußersten Rand seiner Selbstbeherrschung schliddern. Als er wieder sprach, wurde seine Stimme mit jedem rasch und atemlos hervorgestoßenen Wort höher.

»Ich sehe schon, dass ich unsere Gespräche genießen werde, Dr Taylor. Wie ich schon sagte, hier wird es mir zu langweilig. Morgen um die gleiche Zeit, Dr Taylor? Wir können über weitere Geschichten und weitere Morde sprechen, richtig, Dr Taylor? Viele Morde.«

Dieses Mal drückte sie auf die Klingel der Befreiung, während ihr seine hohe, eindringliche Wiederholung ihres Namens in den Ohren klang.

4

Die Begegnung hatte Karen zu sehr aufgewühlt. Sie konnte nicht direkt wieder in ihr düsteres Häuschen zurückfahren. Die Mischung aus Adrenalin, nachlassender Angst und einer noch größeren Neugier, als sie sie vor dem Treffen mit Spike verspürt hatte, gab ihr das Gefühl, sie hätte eine Überdosis Red Bull getrunken.

Während sie zu ihrem Wagen ging, kramte sie in ihrer großen Schultertasche aus braunem Leder nach der Nachricht, die Professor Pitton ihr geschickt hatte, um sie zu einer aufsehenerregenden und damit karrierefördernden Studie anzuspornen.

Gefährliche schwere Persönlichkeitsstörung ist eine gute Wahl. Im Moment besteht auch bei Nichtfachleuten großes Interesse an diesem Thema. Selbst in der Politik, denn die Regierung plant, Personen, bei denen eine solche Störung diagnostiziert wurde, einzusperren, bevor diese ein wie auch immer geartetes Verbrechen begehen könnten. Ungeheuerlich. Möglicherweise wäre das annehmbar, wenn es eine diagnostische Methode gäbe, die so eindeutig ist wie ein Bluttest. Aber die gibt es nicht, wie Sie wissen. Bis die Oxfordstudie fertiggestellt ist, gibt es lediglich die Liste der vermeintlichen Symptome. Finden Sie etwas Besseres, bevor die anderen es tun, und Sie werden Karriere machen. MP

Die Idee ist nicht schlecht, dachte Karen, während sie an den anderen Autos vorbeiging, aber die Interviews mit meinen ersten fünf Testpersonen haben mich nicht weitergebracht, und wenn Spike weiter seine Spielchen spielt wie heute, wird er mir auch nicht viel helfen. Was wird der Professor tun, wenn ich versage?

Da er ihre wahren Gründe nicht kannte, die sie nach Peters

Tod zu einem Studium der akademischen Psychologie bewogen hatten, versuchte Max Pitton ständig, in ihr den Wunsch zu wecken, mehr zu erreichen, als sie bereits erreicht hatte: gute, wenn auch spät erworbene Qualifikationen, einen interessanten Job, der ihr ein bescheidenes Leben ermöglichte und in Zukunft möglicherweise eine Nebentätigkeit als Gerichtssachverständige in Strafprozessen.

Er kombinierte gern Ermutigung mit unerbittlichem Anstacheln, als glaubte er, Beleidigungen würden sie zu dem beruflichen Erfolg und der öffentlichen Anerkennung treiben können, die er besaß. Eines Tages war er in ihr Büro in der Universität gestürmt und hatte sie gefragt, warum sie ›einen solch langweiligen, banalen kleinen Artikel‹ für eine der Fachzeitschriften geschrieben hatte.

»Ich weiß, es plagt Sie, dass Sie so spät angefangen haben«, hatte er gesagt, »aber Sie sind sehr gut, haben Potenzial und könnten wirklich etwas erreichen. Allerdings sabotieren Sie sich ständig selbst und stellen damit Ihre Talente als höchstens mittelmäßig dar. Was immer es auch ist, lassen Sie es hinter sich, Karen.«

Wenn ich das nur könnte, dachte sie, während sie den Wagen aufschloss und Pläne für den Rest des Tages schmiedete.

Die Leute, die gehört hatten, dass sie nach so langer Zeit auf die Insel zurückkehren würde, hatten ihr prophezeit, wie eigenartig sie ihr vorkommen würde, wie sehr sie alles als Rückschritt empfinden würde, wie erstaunlich freundlich alle – von den Busfahrern bis zu den Passanten – zu ihr sein würden, wie sehr man hier vom Tumult des wahren Lebens abgeschnitten wäre. Die wenigen Einwohner, denen sie bisher begegnet war, hatten das alles bestätigt. Selbst der Elefantenmensch war der Inbegriff der Höflichkeit der alten Welt gewesen.

Damals, als sie und Aidan als Kinder hierher in die Ferien geschickt worden waren, war ihr dieser Ort wie der Himmel auf Erden vorgekommen. Wenn sie an den Reiz von glasierten Äpfeln zurückdachte, an Autoskooter, an die morschen Paddelboote, die in der Brandung der Totland Bay wild hin und her schaukelten, und an Fish'n'Chips in dampfigen Kneipen, dann fragte sie sich, wie viel dieser Glückseligkeit von dem Gefühl der absoluten Sicherheit herrührte, die ihre Großmutter ihr gegeben hatte.

Ihre Eltern hatten ihr dieses Gefühl nie vermittelt; sie waren zu sehr mit ihrer Arbeit beschäftigt gewesen, um ihren Kindern viel Aufmerksamkeit zu schenken. Manchmal, wenn ihre Werbeagentur gut gelaufen war, dann machten sie herrliche Familienausflüge nach Disney World in Florida oder zum Skifahren nach Frankreich. Aber es hatte auch andere Zeiten gegeben. Zeiten, in denen Kunden nicht gezahlt, Rechnungen ins Haus geflattert waren und Gerichtsvollzieher an die Tür geklopft hatten.

Die Kinder hatten in diesen Situationen lernen müssen, so zu tun, als bräuchten sie nichts. Sie hatten lernen müssen, sich mit ihren Eltern zu verstecken, still und bewegungslos, bis die Schuldeneintreiber beschlossen, dass niemand zu Hause war, und aufgaben.

Karen würde nie vergessen, wie sie zum ersten Mal ihren Vater weinend unter dem Bett kauernd gesehen hatte. Sie musste damals drei oder vier Jahre alt gewesen sein. Wenn man den stärksten Erwachsenen in seinem Leben zu einem mitleiderregenden Häufchen Elend zusammensinken sah, hinterließ das Spuren.

Aidan hatte sich zurückgezogen und war in die Vereinigten Staaten gegangen, sobald sein letztes Schuljahr beendet war. Karen hatte ihm nie gesagt, wie verlassen sie sich damals gefühlt hatte, trotz all seiner Briefe und seiner Versprechen, sie nachzuholen, »sobald ich es mir leisten kann.«

In ihrer Einsamkeit und Furcht war Peter wie gerufen gekommen. Sie hatte ihn ein paar Tage nach ihrem Abitur kennengelernt. Vier Monate später hatten sie geheiratet, und Aidan war so wütend auf sie gewesen, dass er ihr bis nach Peters Tod nicht mehr geschrieben hatte.

Es hatte eine Weile gedauert, bis sie wieder so vertraut miteinander umgehen konnten wie früher, aber jetzt, zehn Jahre später, konnte sie mit Aidan beinahe so reden wie mit sich selbst.

Sie erreichte den Stadtrand von Cowes und hielt Ausschau nach einem Internetcafé, während sie an flachen Schieferhäusern und edwardianischen Fachwerk-Ungetümen vorbeifuhr. Schon bald befand sie sich in der Nähe des Zentrums, das viel älter und hübscher war als der Rest, und auch viel belebter.

Einige der Gebäude hatten Fassaden aus dem gleichen unbearbeiteten Schiefer wie die Landhäuser; andere waren mit Stuck verziert und weiß oder gelb gestrichen. Bunte Fähnchen waren quer über die Seitenstraße gespannt, um eines der vielen Rennen und Festivals vorzubereiten. Durch jeden Spalt zwischen den Gebäuden sah sie die weißen Segel teurer Jachten, die im Solent schaukelten, und die nackten Masten von anderen, die noch an ihren Ankerplätzen und Stegen vertäut waren.

Sie kurbelte das Fenster herunter und nahm den vertrauten salzigen Geruch wahr, der sich auf nicht unangenehme Weise mit Benzindämpfen vermischte. Möwen kreisten gellend schreiend über ihr und stürzten sich auf jedes kleine essbare Bröckchen, das Passanten fallen ließen.

Als sie ein geeignetes Internetcafé entdeckt hatte, verfluchte sie im Stillen die neue Fußgängerzone in der High Street und die vielen hässlichen gelben Doppellinien, aber schließlich fand sie einen Parkplatz und schloss den Wagen ab. Acht Minuten später saß sie mit einem Pappbecher Kaffee neben sich an einem freien Computer. Die E-Mail an Will konnte warten, bis sie Aidan die Neuigkeiten berichtet hatte.

Er machte sich jetzt in Boston, Massachusetts einen Namen als Strafverteidiger. Er hatte Will noch nicht kennengelernt. Sie hoffte, sie würden sich verstehen. Wenn nicht, würde Will gehen müssen. Aidans tiefe Abneigung gegen Peter hätte sie vor dem warnen müssen, was möglicherweise passieren würde. Sie würde ihn nie wieder ignorieren.

Nachdem sie sich eingeloggt hatte, wartete sie, bis das System hochgefahren war und zog in der Zwischenzeit das Gummiband aus ihrem Pferdeschwanz, sodass ihr blondes Haar offen über ihre Schultern fiel. Außer bei Besuchen im Gefängnis trug sie ihr Haar immer offen, in der Hoffnung, es würde ihr kleines rundes Gesicht, das sie von ihrer Mutter Dillie geerbt hatte, ein wenig kaschieren.

Zu Dillies Körpergröße von 1,60 passte das kleine runde Gesicht gut; es sah sogar sehr hübsch aus. Karen war 1,74 groß und fand, dass es bei ihr absurd aussah.

Sie fand die erhoffte E-Mail von Aidan in ihrem Posteingang. Sie lautete nur:

Ich beneide dich um deinen Aufenthalt auf der Insel. Ist das Häuschen noch so, wie es war? Geht Großmutters Geist in den Räumen um? Hast du dir schon Krabbensandwiches und Tee in Freshwater gegönnt? Und gibt es ein Lokal, wo du dein geliebtes Sushi bekommst? Irgendwie taucht das in meinen Erinnerungen an die Insel nicht auf. Axx

Sie drückte auf ›Antworten‹ und tippte rasch:

Keine Geister. Es würde sich weniger unbewohnt anfühlen, wenn es ein paar gäbe. Das Häuschen ist winzig, dunkel und feucht. Ganz und gar nicht so, wie ich es in Erinnerung hatte, obwohl ich mich an die Schüsseln für die Regentropfen sofort erinnert habe.

Weißt du, dass es nicht einmal eine richtige Küche gibt? Kein Wunder, dass Dillie das Häuschen nie gemocht hat. Ich frage mich, warum sie es nicht hergerichtet und dann an Feriengäste vermietet hat – oder es in einer der finanziellen Krisen verkauft hat. Obwohl ich mir vorstellen kann, dass es nicht viel einbringen würde, und vielleicht hat sie es auch für den Fall behalten, dass sie das Geschäft ganz verlieren und dann einen Zufluchtsort brauchen.

Hier kann man mit sehr wenig auskommen – vorausgesetzt, man setzt nicht mit einem Auto auf einer der Fähren über!

Jedenfalls, die Küche: nur ein Calor-Gaskocher, eine alte Topfspüle auf Beinen, ein Tisch, eine Art Fliegenschrank mit Maschendraht an der Vorderseite, ein paar Regale mit gesprungenen Tellern und Tassen und eine zusammengewürfelte Sammlung von verbogenem Besteck. Kein einziges scharfes Messer zu finden. Würde ich länger hier bleiben, müsste ich neue Sachen kaufen, aber für sechs Wochen? Das ist es nicht wert. Der Kühlschrank ist ekelhaft.

Wie stehen die Dinge in Boston? Verbringst du immer noch deine Zeit damit, überall dort Ungerechtigkeit zu bekämpfen, wo sie ihr hässliches Gesicht zeigt, oder hast du auch ein paar Minuten Zeit für Freunde … für Romantik? Ich würde mich freuen, wenn du jemanden kennenlerntest.

Karen hielt einen Moment inne, ohne die Finger von den klebrigen Tasten zu nehmen, und fügte dann, obwohl die E-Mail ohnehin schon viel zu lang war, schnell hinzu:

Vor allem, wenn sie Engländerin wäre. Wir haben hier auch viel Ungerechtigkeit zu bekämpfen, weißt du. Kxx

Als der Bildschirm leer war, schrieb sie Will in etwa das Gleiche und fügte noch eine Schilderung ihrer Rettung durch den Elefantenmenschen hinzu. Als ihre halbe Stunde am Bildschirm fast vorbei war, überprüfte sie noch einmal ihren Posteingang und fand eine neue Nachricht von ihrem Professor.

Wie ist es gelaufen? MP

Ihr blieben nur noch neunundfünfzig Sekunden, und sie tippte rasch:

Gut. Noch nichts Brauchbares. Aber ein Anfang. K

Und dann sah sie, dass er unter seine Initialen noch eine zweite Zeile gesetzt hatte, die sie beim ersten Lesen nicht bemerkt hatte:

Bekam gestern einen merkwürdigen Anruf von Ihrer Ex-Schwiegermutter. Will die Details nicht per E-Mail weitergeben. Rufen Sie mich an.

Der Bildschirm wurde dunkel und spiegelte damit ihre Stimmung wider. Das Letzte, was sie jetzt brauchte, war eine Auseinandersetzung mit dieser Frau, die sie so lange gehasst hatte. Auch wenn es nur in räumlicher Distanz stattfand, es passte ihr ganz und gar nicht.

Ein vertrauter, kräftiger und blecherner Ton riss sie aus ihren Gedanken. Einen Moment lang konnte sie ihn nicht zuordnen, bevor sie begriff, dass es sich um den Klingelton ihres Handys handelte. War Helens erneutes Auftauchen in ihrem Leben für diesen Gedächtnisschwund verantwortlich? Karen griff mit beiden Händen in ihre große Tasche und schaffte es, sich zu melden, bevor sich die Voicemail einschaltete. Das gelang ihr nicht oft.

»Oh, hi«, sagte eine muntere und selbstsichere männliche Stimme. »Detective Chief Inspector Charles Trench. Sie waren heute Morgen in Parkhurst bei Spike Falconer.«

Er machte eine Pause.

»Das stimmt«, erwiderte Karen. »Woher wissen Sie das?«

»Wir müssen uns unterhalten.«

Sie bemerkte, dass er ihre Frage nicht beantwortet hatte, also fragte sie noch einmal.

»Auf dieser Insel bleibt nichts geheim«, meinte er beiläufig. Seine Stimme klang so, als käme er von einer viel weiter nördlich und östlich gelegenen Gegend als von diesem diamantförmigen Fleckchen, das am unteren Ende Großbritanniens schwamm. »Können wir uns treffen?«

»Warum?«, wollte sie wissen.

»Spike behauptet, er sei unschuldig und habe mit den Morden am Chillerton Down nichts zu tun.«

»Und Sie dachten …?«

»Dass Sie sich seine Geschichte hier auf der Insel anhören sollten, bevor Sie ihm solche Behauptungen abkaufen.«

»Das klingt, als würden Sie glauben, dass ich ihn zu entlasten versuchen wollte. Keine Sorge, Chief Inspector. Ich habe kein Interesse an seinem nächsten Einspruch. Das habe ich dem Gefängnisdirektor deutlich gesagt, als ich ihn darum gebeten habe, mit Spike sprechen zu dürfen.«

Sie erinnerte sich an die aufgeschlossene und hilfreiche Reaktion des Direktors. Er hatte gesagt, sie sei willkommen, wenn Spike bereit wäre, mit ihr zu sprechen. Die Gefängnisverwaltung bräuchte so viele Erkenntnisse über gefährliche schwere Persönlichkeitsstörungen wie möglich, um herauszufinden, wie sie am besten mit ihrem schwierigsten Insassen umgehen sollte.

»Wollen Sie denn nichts über seinen Hintergrund wissen, Dr Taylor?«, fragte Trench. »Und darüber, was er hier auf der Insel sonst noch getan hat?«

»Natürlich will ich das.«

»Dann sprechen Sie mit mir«, sagte Trench.

»Heißt das, ich soll ins Polizeirevier kommen?«

Er lachte und klang dabei jünger. »Seien Sie nicht so misstrauisch. Ich schlage vor, wir treffen uns in einem Pub. Wo sind Sie jetzt?«

»Ich trinke gerade einen Kaffee in Cowes.«

»Dann sind Sie etwa 18 Minuten von dem besten Pub der Insel entfernt.«

»Warum so weit weg? In meinem Reiseführer steht, dass es hier an jeder Ecke eine Kneipe gibt.«

»Das stimmt schon. Aber diese ist eine Fahrt wert. Haben Sie einen Stift zur Hand? Ich beschreibe Ihnen den Weg.«

Zwanzig Minuten später parkte Karen ihren Wagen auf einem kleinen asphaltierten Platz neben einem weiß gekalkten Gebäude, das aussah wie ein Bild von Beatrix Potter. In einer Ecke tranken sogar ein paar Gänse aus einem alten Steintrog. Ein hin und her schwingendes Schild verkündete, dass es sich hier um das *Goose Inn* handelte. Nur ein anderes Auto verdarb das Bild – ein auf Hochglanz polierter dunkelblauer Ford, der jedem gesetzestreuen Fahrer mittleren Alters hätte gehören können.

Trotzdem musste es der Wagen des Cops sein, dachte sie. Sie stieß die quietschende Tür des Pubs auf. Im Inneren entdeckte sie einen Mann mit Jeans, die einmal schwarz gewesen waren, und einer Antiklederjacke. Es war schwer, seine Größe zu schätzen, denn er lehnte an der grobgeschnitzten Holztheke und unterhielt sich mit einer Frau, die sehr hübsch gewesen wäre, hätte sie nicht so müde ausgesehen. Ihr dunkelbraunes Haar war nach hinten gebunden. Sie hatte ein perfekt ovales Gesicht und einen blassen Teint, der um Kinn und Nase ein wenig pickelig war. Unter ihren Augen lagen unschöne dunkelgraue Halbmonde.

Die beiden sahen so aus, als wären sie in ein privates und wichtiges Gespräch vertieft. Nach einem Augenblick sah sich der Mann um.

Ein leichtes Lächeln umspielte seine Lippen, die voll und lebhaft waren und den Anschein vermittelten, dass der Mann sich darauf verstand, die Freuden des Lebens zu genießen. Er sah aus wie Mitte dreißig – wie Karen –, aber sie verstand sich nicht besonders gut darauf, das Alter von Männern einzuschätzen. Er hätte auch älter sein können.

»Chief Inspector Trench?«, fragte sie ein wenig zweifelnd.

»Ja. Sie müssen Dr Taylor sein.« Er musterte sie von oben bis unten, als wolle er ihre sorgfältig zusammengestellte, farblose Kleidung abschätzen, die sie für ihren Besuch bei Spike gewählt hatte.

»Ganz und gar nicht, was ich erwartet habe«, fuhr er fort. »Bei ›Doktor‹ und ›Gerichtspsychologin‹ habe ich nicht an eine große Blondine vom Titelblatt eines Magazins gedacht. Was darf ich Ihnen bestellen?«

Wenn Fremde ihr übertriebene Komplimente machten, wurde Karen misstrauisch, also beschloss sie, einen klaren Kopf für das, was nun kommen würde, zu bewahren und sagte, sie hätte gern etwas Alkoholfreies. Die Frau hinter der Bar wirkte beleidigt, bot ihr aber Orangensaft, Tomatensaft oder Ananassaft an und deutete auf eine Reihe kleiner verstaubter Flaschen hinter der Bar.

»Sie sollten sich Pegs Bitter nicht entgehen lassen«, meinte Chief Inspector Trench. »Es ist selbstgebraut und schmeckt großartig.«

Peg, dachte Karen. Wer hieß heutzutage noch Peg. Das gab es nur noch auf der Insel.

»Ich bin keine Biertrinkerin«, erklärte sie laut. »Tomatensaft, bitte. Mit Worcestersauce, wenn Sie haben.«

Beide seufzten, als wollten sie damit zum Ausdruck bringen, dass sie nichts von derartiger Sturheit hielten. Karen legte rasch ihr Geld auf den Tresen, bevor Chief Inspector Trench ihr das Getränk bezahlen konnte.

Als er sich aufrichtete, sah sie, dass er etwa vier oder fünf Zentimeter größer war als sie; also musste er knapp 1,80 sein. Er hatte breite Schultern und große Hände, und als er ihre Getränke nahm und zu einem kleinen runden Tisch an einem der winzigen Fenster voranging, bemerkte sie, dass er sich bewegte wie jemand, der sich seiner Kraft bewusst war und es verstand, damit umzugehen. Er stellte die Gläser auf den Tisch und drehte sich zu ihr um.

Karen musterte ihn prüfend. Seine dunklen Augen waren klar, und er hatte leichte Bartstoppeln. Mit seiner Motorradjacke und der abgewetzten Jeans, die seine kräftigen Schenkel nicht verbarg, sah er eher aus wie ein verdeckt ermittelnder Drogenfahnder in irgendeiner Innenstadt als wie ein Chief Inspector, der ein so spießiges Auto fuhr.

»Was wollen Sie wirklich von mir?«, fragte sie und lächelte ihn zum ersten Mal an.

»Setzen Sie sich, dann sage ich es Ihnen.«

Sie ließ ihre braune Ledertasche auf den Boden fallen und setzte sich. Es entging ihr nicht, dass er wartete, bis sie Platz genommen hatte, und erst dann seinen Stuhl zurückzog. Ganz offensichtlich war auch er von den altmodischen Sitten der Insel infiziert.

Das karamellfarbene Bier sah schrecklich süß aus, aber er trank genüsslich einen großen Schluck, bevor er ein Foto aus der Innentasche seiner Jacke zog, es mit der Vorderseite nach unten auf den Tisch legte und so verbarg, was darauf zu sehen war.

»Sind Sie zimperlich?«, fragte er.

5

Ich bin forensische Psychologin«, erwiderte Karen. »Ich beschäftige mich mit Mördern, Vergewaltigern und Pädophilen. Natürlich bin ich nicht zimperlich.«

Das war nicht die Wahrheit, aber das brauchte Chief Inspector Trench nicht zu wissen.

»Okay«, sagte er. »Kurz bevor die Familie Sanders erschossen wurde, gab es einen anderen Mord, unten an der Alum Bay.«

Alum Bay, dachte sie, abgelenkt durch die Erinnerung daran, wie sie den farbigen Sand gesammelt hatte, der sich dort über Jahrtausende in Schichten abgelagert hatte. Alle Souvenirläden am Strand verkauften Glasröhrchen und Glasmodelle der Leuchttürme, gefüllt mit den Sandschichten. Rosa und blau und gelbbraun und grün. Weitere Erinnerungen überfluteten sie.

»Dr Taylor?«

Sie zwinkerte rasch, um die Vergangenheit zu verdrängen. »Wir haben einmal einen Delfin in der Alum Bay gesehen, und daran musste ich gerade denken. Wer wurde ermordet?«

»Eine Schwimmerin. Eine junge Frau, die die Insel besuchte. Ihr Mann hat sie als vermisst gemeldet, als sie nicht von ihrem üblichen Bad am Morgen zurückkam. Man nahm an, sie sei ertrunken. Die Leiche wurde vier Monate später angeschwemmt.«

»Und was hat das mit Spike zu tun?«, erkundigte sich Karen.

Trench drehte das Foto um, ohne ihre Frage zu beantworten. Karen sah die Leiche einer Frau, die bereits teilweise verwest und abgefressen war. Was immer sich von dem toten Fleisch ernährt hatte, hatte sich am linken Bein der Frau bis zum Knochen durchgebissen. Von ihrem Kopf und ihrem Hals war noch einiges übrig, und man konnte erkennen, dass sie mit etwas Scharfem erwürgt worden war. Die verbliebene Haut an ihrem Körper wies regelmäßige Schnitte von den Schultern bis zu den Füßen auf. Es waren ordentliche Linien, immer im gleichen Abstand horizontal in ihr Fleisch geritzt. Sie hatten eine verblüffende Ähnlichkeit mit den Streifen in den Klippen, die im Hintergrund zu sehen waren.

»Der Pathologe sagt, die Schnitte wurden ihr erst nach dem Tod zugefügt«, erklärte Chief Inspector Trench. Er deutete auf die dunklen Druckstellen und Einbeulungen an ihrem Schädel. »Aber selbst nach den vielen Wochen im Wasser gab es winzige Spuren von Ziegelstaub, der sich tief in diesen Wunden abgesetzt hatte. Man nimmt an, dass ihr Schädel nicht durch die Wellen, die sie gegen den Meeresboden geschleudert haben, zerschmettert wurde, sondern dass man ihr den Kopf mit einem Ziegel eingeschlagen hat, bevor sie erwürgt wurde. Danach hat man ihr die Schnitte beigebracht und sie anschließend ins Meer geworfen. Ich glaube, dass Spike das getan hat.«

»Alum Bay ist ein beliebter Strand«, meinte Karen und wahrte die professionelle Distanz zu der Frau, die all das hatte erleiden müssen. »Gab es niemanden, der die Tat beobachtet hat? Oder Spuren im Sand gefunden hat? Oder Blut?«

»Wir haben keinen Grund anzunehmen, dass er es direkt am Strand getan hat. Wahrscheinlich hat er sie auf dem Weg vom Hotel überfallen, sie an einem ruhigen Ort getötet und sie dann irgendwo an der Küste ins Meer geworfen. Wir haben eine Menge Informationen über die Gezeiten und die möglichen Stellen gesammelt, an denen man eine Leiche ins Wasser werfen kann, damit sie dann irgendwann in der Alum Bay angespült wird. Aber das ist für Sie jetzt nicht wichtig.«

»Nichtsdestotrotz ist derjenige, der es getan hat, ein großes Risiko eingegangen, gesehen zu werden.«

»Ist es nicht genau das, was Psychopathen tun? Nicht über Risiken nachdenken; einfach nur eine Chance ergreifen, wenn sie sie sehen. Zumindest hat uns das unser Seelenklempner gesagt.«

Karen hatte das Gefühl, dass Trench keine lange Erklärung über den Unterschied wünschte, der zwischen der Art von Mördern bestand, die es genossen, alles minutiös zu planen und ihre Befriedigung aufzuschieben, und denjenigen – wie Spike –, deren Verhalten so chaotisch war, dass ihre Gewaltausbrüche unvorhersehbar waren und oft durch eine unverständliche Mischung aus verschiedenen Reizen ausgelöst wurden.

»Deshalb sind sie so schwer zu überführen«, fuhr Trench mit überraschender Verbitterung fort.

»Ich verstehe nicht, warum«, meinte Karen. Sie fragte sich, was ihn antrieb, welche Erfahrungen der Vergangenheit ihn zu einem Beruf geführt hatten, in dem er sich Fotos von verstümmelten Frauen wie dieses ansehen musste.

»Keine offenkundige Beweiskette, die wir rekonstruieren könnten«, erwiderte er mit einer Ungeduld, die besagte, dass sie diese Frage nicht hätte stellen sollen. «Wir haben kein Muster, dem wir folgen können; wir kennen nicht den Grund für ihre Taten. Selbst wenn wir einen von ihnen schnappen, haben die verdammten Anwälte die Möglichkeit, den Fall vor das Berufungsgericht zu bringen und die wenigen Beweisstücke, die wir haben, zunichte zu machen.«

»Und was sind die wenigen Beweise, die Sie für Spikes Beteiligung an dem Mord der Schwimmerin in der Alum Bay haben?«

»Das ist mein Problem. Die Leiche hat zu lange im Wasser gelegen. Deshalb können wir bei den kriminaltechnischen Untersuchungen nichts finden, was seine Anwesenheit beweisen könnte. Aber ich habe das.« Trench holte ein weiteres Bild hervor. Es war verknittert und viel älter und zeigte einen Labrador, der von den Hinterläufen bis zum Kinn aufgeschlitzt war. Der Hund lag auf dem Rücken, und seine Eingeweide lagen in einem Haufen auf einer Seite.

»Ich habe darüber gelesen«, sagte Karen. Sie wünschte, sie

hätte ein anderes Getränk als Tomatensaft gewählt. Rasch schob sie ihr Glas zur Seite und rief sich ins Gedächtnis, dass sie nicht zimperlich war und dass ihr Menschen mehr bedeuteten als Tiere. Es half ihr nicht. »Obwohl es schwer zu glauben ist, hat Spike das im Alter von sieben Jahren getan. Er war noch zu klein, um ein ordentliches Grab auszuheben. Der Gärtner der Familie stolperte über den halb eingegrabenen toten Hund, als er noch warm war. Woher haben Sie das Foto?«

»Spikes Vater rief damals die Polizei. Unser Fotograf hat das Bild gemacht, und es wurde zu den Akten genommen. Uns ging es ebenso wie Ihnen – wir konnten nicht glauben, dass ein Siebenjähriger so etwas getan haben konnte. Die Familie holte sich einen Experten vom Festland. Er hielt uns einen ausführlichen Vortrag über Kinder, die Tiere verstümmeln – und darüber, was die meisten von ihnen später taten, von Brandstiftung in der Schule bis zum Mord. Er hätte ein Hellseher sein können. Spike hat seitdem das gesamte Programm abgespult.«

Karen runzelte die Stirn. »Sie sagen ›wir‹ und ›uns‹, aber Sie können damals noch nicht hier gewesen sein.«

»Nein. Ich habe es nur in Kurzform zusammengefasst. Und ich habe die Akten gelesen.«

»Warum? Was treibt Sie dazu? Spike sitzt sicher im Gefängnis. Selbst wenn er in Berufung geht, wird er damit keinen Erfolg haben. Das müssten Sie doch wissen, selbst wenn Sie Anwälte nicht leiden können. Waren Sie hier, als er die Familie beim Picknick erschossen hat? Woher rührt Ihr Interesse daran?«

»Ich mag keine großen ungelösten Fälle in meinem Bereich«, erwiderte Trench. Er nahm wieder den lockeren Tonfall von vorher an, aber das täuschte keinen Moment lang über seine Entschlossenheit hinweg. »Sehen Sie sich das an.«

Er legte ein drittes Foto zu den anderen beiden. Auf diesem war der Labrador auf seinen ausgeweideten Bauch gedreht worden. Auf seinem Rücken sah man einen einzigen geraden horizontalen Schnitt, der so sauber ausgeführt war, dass er von einer Maschine stammen könnte.

Karen ignorierte es. Im Augenblick war sie mehr an Chief Inspector Trenchs Motiven, ihr diese Bilder zu zeigen, interessiert, als an den frühesten Erscheinungsformen von Spikes Persönlichkeitsstörung.

»Sie halten sich also an der unrealistischen Hoffnung fest, dass Sie den Tod der Schwimmerin auf irgendeine Weise Spike anlasten können, weil das eine bequeme Methode wäre, ein ungelöstes Verbrechen aus Ihren Büchern zu löschen. Habe ich das richtig verstanden?«, fragte sie.

»Was ist daran falsch?«

»Ich glaube nicht, dass Ihnen das auf diese Weise gelingen wird.« Karen deutete auf das Foto von dem Hund, mit all seinen widerwärtigen Beweisen menschlicher Grausamkeit. »Es gibt keinen Zusammenhang zwischen diesem hier, der Schwimmerin und der Familie Sanders.«

»Schauen Sie genauer hin.« Trench fuhr mit seinem Zeigefinger über den Rücken des Labradors auf dem Schwarz-Weiß-Foto, wobei er immer wieder innehielt.

Sie starrte auf die Fotografie und bemerkte, dass sein Fingernagel sehr kurz und sehr sauber war, und dass seine Hände nach der traditionellen Pears-Seife rochen.

»Ich sehe durchaus ein paar undeutliche Kratzer.« Sie lehnte sich zurück und sah ihn an. »Aber Sie können mir nicht erzählen, dass es sich dabei um bewusst parallel ausgeführte Schnitte handelt, so wie sie auf der Leiche der Schwimmerin zu erkennen sind.«

»Warum nicht? Schauen Sie noch einmal genau hin.«

Karen fühlte sich an gerissene Kunsthändler erinnert, die Restauratoren (oder Fälschern) beschrieben, was sie auf einer gewöhnlichen Leinwand ›sahen‹, die sie übermalt haben wollten, um einen besseren Preis dafür erzielen zu können. Sie warf einen Blick zur Bar. Die erschöpft wirkende Frau nippte an einem Glas Wasser.

»Sind Sie sich sicher, dass Sie darüber in der Öffentlichkeit sprechen sollten?«, fragte Karen.

Trench sah ebenfalls zu der Frau hinter der Bar hinüber und schüttelte dann den Kopf.

»Sieht sie interessiert aus?«

»Nicht besonders«, erwiderte Karen.

Sie hob das Foto auf und sah es sich noch einmal gründlich an, bis sie gezwungen war, zuzugeben, dass sie Spuren von horizontalen Linien in regelmäßigen Abständen erkennen konnte. Aber sie waren sehr undeutlich, und, obwohl sie nicht viel von Fotografie verstand, nahm sie an, dass die Linien möglicherweise durch falsche Lagerung des Fotos oder durch einen Schaden an dem Originalnegativ entstanden waren.

»Selbst wenn es sich um Schnitte handelt, was soll das beweisen?«

Als Trench keine Antwort gab, fügte sie spöttisch hinzu: »Haben Sie keine weiteren Fotos mehr, die Sie mir zeigen wollen? Keine weiteren Verbrechen, die Sie bequemerweise Spike Falconer in die Schuhe schieben möchten?«

»Jede Menge. Ich dachte, diese hier würden ausreichen, damit Sie uns helfen. Ich wusste nicht, dass Sie sich genauso verhalten würden wie diese verdammten Anwälte und ihn auch noch verteidigen.«

»Wie ich Ihnen bereits gesagt habe, ist es nicht meine Absicht, ihn zu verteidigen.«

Sie fragte sich, warum Trench sich so sicher war, dass sie auf Spikes Seite stand, und bezog es auf die naturgemäße Antipathie zwischen ihren Berufen. Sie hatte noch keine persönlichen Erfahrungen damit gemacht, dass die Polizei psychisch kranke Verdächtige schlecht behandelt hatte, aber es gab mehr als genug Berichte von ihren Kollegen, um sie misstrauisch zu machen. Vielleicht hatte er sich das angeeignet.

Niemand, der für Gerechtigkeit eintrat, konnte jemals vergessen, was in den schlimmsten Fällen geschehen war, wie in dem Fall von Stefan Kisko, dem man ›geholfen‹ hatte, ein Verbrechen zu gestehen, zu dem er körperlich nicht in der Lage gewesen war. Er hatte sechzehn Jahre im Gefängnis gesessen, bevor sein Fall schließlich noch einmal aufgenommen wurde. Tragischerweise war er kurz nach seiner Entlassung gestorben.

»Wenn ich Ihnen irgendwie helfen kann, ohne dass es meine Forschungsarbeit oder meine Unabhängigkeit beeinträchtigt«, fügte Karen hinzu und rief sich ins Gedächtnis, dass ebenso wie Trench sich wahrscheinlich sehr von den Polizisten im Fall Kisko unterschied, Spike nichts mit deren Opfer gemein hatte. »Ich sehe keinen Grund, warum ich es dann nicht tun sollte. Aber was genau soll ich tun?«

»Helfen Sie mir, dafür ein Geständnis zu bekommen«, erwiderte Trench und tippte auf das Foto, das die Leiche der Schwimmerin in der Alum Bay zeigte.

Karen öffnete den Mund, um abzulehnen, doch sie hatte keine Zeit, etwas zu sagen, denn Trench sprach bereits weiter.

»Wir haben ihn von einigen Beamten mehrere Male befragen lassen, aber sie kommen nicht voran. Er lacht nur und sagt kein Wort.«

»Vielleicht hat er nichts zu gestehen. Möglicherweise weiß er nichts über die Schwimmerin«, meinte Karen. »Haben Sie daran schon gedacht?«

»Warum sagt er das dann nicht? Wie gesagt – er will nicht reden; er kichert nur, als würde er sich großartig amüsieren. Und dann fleht er die Beamten an, wieder zurückzukommen, weil er sich in seiner Zelle so sehr langweile.«

Karen zuckte unangenehm berührt zusammen, als sie die Beschreibung von Spikes Verhalten wiedererkannte. »Falls Sie recht haben sollten und es eine Verbindung zwischen dem Hund und der Schwimmerin gibt, was ich immer noch für sehr unwahrscheinlich halte, dann hätte es noch weitere solche Schnittverletzungen gegeben. Nicht unbedingt einen Mord, aber ganz sicher solche Schnitte. Zuerst weitere Tiere, und dann Menschen, in einer konstanten Steigerung von Gewalt, bis er schließlich einen Menschen getötet hätte. Ohne diesen Prozess hat Ihre Theorie keine Chance auf Bestand.«

Trench grinste sie an, als hätte sie ihm soeben gesagt, dass er im Lotto gewonnen hatte, anstatt fachlich kompetent kaltes Wasser über seine Ideen zu schütten.

»Endlich!«, rief er. »Seit Monaten bemühe ich mich, das den Leuten zu erklären, doch sie wollen es nicht kapieren. Aber Sie sind eine Expertin, also können wir vielleicht jetzt irgendwie weiterkommen. So wie ich es sehe, gibt es keinen gesetzestreuen Mann Ende zwanzig, der eines Tages aufwacht und sich denkt: Oh, ich würde gern jemanden umbringen. Wir ...«

Sein Handy klingelte. Er warf einen Blick auf die Telefonnummer auf dem Display, schnitt eine Grimasse und schien das Handy zurück in seine Tasche stecken zu wollen.

»Nehmen Sie ab«, sagte Karen. »Es stört mich nicht.«

»Sicher?«

»Ja.«

Er drehte sich halb von ihr weg, sodass sie nicht umhin kam, ihm zuzuhören.

»Eve?«, fragte er. »Was ist los? Ich bin gerade sehr beschäftigt.«

Ein leises, blechernes Summen kam aus dem Telefon. Karen konnte nichts verstehen, sondern hörte lediglich, dass Trench ungeduldig seufzte.

»Nein. Mir geht es gut ... Natürlich nicht. Was meinst du damit? Sie ist ein Profi, zum Teufel.«

Es folgte eine Pause, und Karen drängte sich der Verdacht auf, dass mit ›sie‹ sie gemeint war. Sie fragte sich, wer Eve war.

»Nein. Lass das«, sagte Trench. »Wir sehen uns, wenn ich zurückkomme. Hast du nichts zu tun?«

Er legte auf und drehte sich mit einem reumütigen Lächeln zu Karen um. Plötzlich sah sie, dass sein Gesicht eine grobere Version desjenigen von Robert Downey Jr war.

»Verdammt« Manchmal hasse ich es, immer freundlich sein zu müssen«, sagte er lachend. »Also, wo waren wir stehen geblieben? Ja. Spikes andere Opfer. Wir haben sie noch nicht gefunden, aber ich weiß, dass sie hier sind, irgendwo vergraben auf der Insel. Und sie alle tragen Schnittwunden am ganzen Körper.«

Karen schauderte bei dem Gedanken, dass das sonnige Paradies ihrer Kindheit ein Friedhof für eine Reihe von ermordeten, verstümmelten Frauen sein könnte.

»Wieso vergraben?«, fragte sie und fiel so schnell sie konnte wieder in ihre professionelle Rolle zurück. »Die Schwimmerin wurde nicht vergraben. Und wer könnten die anderen Opfer sein? Wurden andere Frauen von hier als vermisst gemeldet?«

»Einige«, erwiderte er. »Und Hunderte vom Festland. Es muss sich nicht um Einheimische der Insel gehandelt haben. Sie könnten von überall hergekommen sein, bevor sie Spikes Pfad gekreuzt haben. Und auch wenn er die Schwimmerin oder die Familie Sanders nicht vergraben hat, so hat er versucht, den Hund zu verbuddeln.«

»Aber das ist kaum …«, wandte Karen ein.

»Ich habe mir von der Liste der vermissten Personen vier herausgesucht.« Trench war offensichtlich fest entschlossen, seine vollständige Theorie zu erklären, solange er die Möglichkeit dazu hatte. »Aber mein Budget erlaubt mir keine Ermittlungen. Hätte ich ein Geständnis von Spike oder zumindest einen Hinweis darauf, dann würde ich die Mittel dafür bekommen. Ich meine, es ist doch eindeutig, dass er sich auf Besucherinnen konzentrierte, und …«

»Moment, warten Sie. Sie machen hier schon wieder einen Riesensprung. Woher wollen Sie wissen, dass er sich auf Touristinnen konzentrierte?«

Trench sah sie an, als wäre sie ein hirnloser Wurm, der einen schleimigen Pfad auf seiner wunderbaren, klaren Theorie hinterließ.

»Die Schwimmerin wollte hier ihre zweiten Flitterwochen mit ihrem Mann verbringen. Dan Sanders und seine Frau waren mit ihren Kindern in den Schulferien hier. Es ist doch offensichtlich.«

»Und welchen Rückschluss ziehen Sie daraus?« Karen war

sich bewusst, dass sie sich anhörte wie Max Pitton, wenn er besonders nervtötend war. Aber sie dachte, das könnte Trench dazu bringen, ihr zu verraten, was wirklich hinter seiner Besessenheit steckte.

»Dass Spike morden wollte, aber Einheimische mied. Vielleicht dachte er, er käme mit einem Mord an einer Touristin eher davon. Wie alle diese Serienmörder, die es auf Ausreißerinnen oder Prostituierte abgesehen haben. Dr Taylor, ich weiß, dass Spike auch andere Frauen auf dem Gewissen hat. Sie wissen das auch. Und Sie müssen mir helfen, sie zu finden.«

»Ich habe keine Ahnung, wie ich Ihnen dabei helfen könnte. Außerdem gibt es in jedem Fall ein Problem mit Ihrer Theorie. Ein einzelner Mord und die Verstümmelung einer Frau wie bei der Schwimmerin liegen Welten von einem Amoklauf wie in Chillerton Down entfernt«, stellte sie fest. »Die meisten Studien haben gezeigt, dass Mörder entweder die eine oder die andere Variante wählen, aber nicht beide. Es ist eher wahrscheinlich, dass ein anderer die Schwimmerin getötet hat.«

»Zwei psychopathische Mörder, die zur gleichen Zeit auf einer kleinen Insel tätig werden? Ich bitte Sie, Dr Taylor. Das ergibt keinen Sinn. Nun schauen Sie sich das an.« Trench fischte zwei weitere Fotos aus seiner Brieftasche. Beide zeigten große, schlanke Frauen mit langem dunklem Haar, das um ihre hübschen Gesichter flog.

»Pferde«, murmelte Karen, ohne nachzudenken.

»Wie bitte?«, fragte er verwirrt.

»Menschliche Gesichter werden in Rosinenbrötchen und Pferde unterteilt«, sagte sie rasch. Sie wollte nicht so klingen, als würde sie Scherze über seine Theorie der aufgeschlitzten und ermordeten Frauen machen. Daran war rein gar nichts lustig. »Diese beiden sind Pferde. Sie sind ein Rosinenbrötchen.«

»Vielen Dank.« Sein Gesicht leuchtete auf, als er wieder grinste und dabei seine unebenen, aber strahlend weißen Zähne entblößte. »Ich dachte immer, dass ich gar nicht so schlecht aussehen würde.«

»Keiner behauptet, dass Rosinenbrötchen nicht umwerfend aussehen können«, erwiderte sie und passte sich seinem Tonfall an. »Pferde werden allerdings üblicherweise für klüger und wichtiger gehalten als wir.«

Er neigte den Kopf zur Seite und musterte sie.

»Wir? Das gefällt mir. Okay, mit der Vorstellung, dass wir ein Paar hinreißender Rosinenbrötchen sind, kann ich mich anfreunden.« Er hielt kurz inne und deutete dann auf eines der Fotos. »Zurück zur Arbeit. Diese Frau ist Isabelle Sanders zu Lebzeiten. Und das ist die Schwimmerin, bevor Spike sie erwischte.«

»Ich räume ein, dass eine Ähnlichkeit besteht.« Karen drückte sich bewusst förmlich aus, da sie begriff, dass er glaubte, sie würde mit ihm flirten. »Aber könnte das nicht Zufall sein?«

»Warum sollte es? Ich habe auch Bücher von Fallanalytikern des FBI gelesen«, fügte er hinzu, bevor sie weitere Einwände vorbringen konnte. »Wir alle wissen, dass sich Serienkiller auf einen bestimmten Frauentyp festlegen. Wenn nun Spike Isabelle Sanders gesehen hat, sie als nächstes Opfer ausgewählt hat und dann von den anderen Familienmitgliedern gestört wurde, bevor er sie aufschlitzen konnte?«

»Sie wurde allerdings erschossen und nicht niedergeschlagen oder erwürgt. Und das ist meines Erachtens charakteristischer für Serienkiller als das Aussehen ihrer Opfer. Sehen irgendwelche der anderen möglichen Opfer ähnlich aus wie diese beiden?«

Er nickte. »Die vier, die ich aus der Vermisstenliste herausgesucht habe. Aus diesem Grund habe ich sie ausgewählt. Diejenige, die am wahrscheinlichsten in Frage kommt, heißt Claire Wilkins. Sie rief ihre Eltern aus Bristol an, wo sie vor acht Jahren die Universität besuchte, und erzählte ihnen, dass sie nicht nach Hause kommen könne, weil ihr das Geld ausgegangen sei und sie einen Job als Bedienung hier auf der Insel in Freshwater angenommen habe. Sie ist hier nicht gemeldet, darum gab es auch keinerlei Untersuchungen. Sie könnte schwarz gearbeitet haben. Vielleicht wird sie deshalb in keinen Unterlagen genannt. Wie auch immer – sie ist nie wieder nach Hause zurückgekehrt.«

Er griff in die Innentasche seiner Jacke und holte noch ein Foto heraus. Karen warf einen Blick darauf und sah eine viel jüngere Ausgabe von Isabelle Sanders. Das gleiche lange, feingeschnittene Gesicht und das gleiche glatte, schulterlange dunkle Haar. Ihr Lächeln war nicht so selbstbewusst wie das von Isabelle, und ihre Verletzlichkeit wirkte sehr anziehend.

»Achtzehn, als sie verschwand«, erklärte er und beobachtete Karens Gesichtsausdruck.

»Und Sie wollen, dass ich Spike frage, ob er sie getötet hat, und wie und warum und wo er ihre Leiche versteckt hat?«

War Trench tatsächlich so naiv, was ihre Rolle und ihre Fähigkeiten betraf?

»Nein«, erwiderte er ohne theatralisches Getue. »Ich möchte, dass Sie mir eine Anleitung dazu geben, wie ich ihn zu einem Geständnis bringen kann.«

»Warum ist das so wichtig, nach dieser langen Zeit, wo er ohnehin eine lebenslange Strafe verbüßen wird, wahrscheinlich ohne die Möglichkeit, jemals auf Bewährung entlassen zu werden?«

Trench zog seine dichten schwarzen Augenbrauen zusammen. »Natürlich ist das wichtig. Denken Sie an Wilkins' Eltern, die immer noch darauf warten, dass Claire nach Hause kommt. Sie war ihr einziges Kind.«

»Und das motiviert Sie, nicht wahr?«, stellte sie fest. »Es hat nichts mit Ihren Zielen, Ihrer Verbrechensstatistik und Ihren Karriereaussichten zu tun?«

»Zynisch!«

»Aber ich habe recht, stimmt's?«

»Vielleicht.« Sein stoppeliges Gesicht verzog sich, als hätte irgendeine Macht allen Humor ausgelöscht. »Wir haben auf der

Insel einen Ruf zu bewahren. Hier werden keine Morde begangen.«

»Außer dem Picknick-Massaker. Es gibt nicht viele Touristenorte, die sich mit so etwas rühmen können. Was kümmert Sie der Ruf der Insel? Sie könnten überall arbeiten, und Sie sind kein *Caulkhead.* Sie sind ein *Overner* aus Newcastle«, stellte sie fest und benutzte bewusst die Ausdrücke für Einheimische und Zugereiste.

»Woher wollen Sie das wissen?« Er hob sein Bierglas.

Sie lachte. »Oh, bitte! Ich bin sicher nicht Professor Higgins, aber ich kann einen Geordie-Akzent erkennen, wenn ich ihn höre. Als ich verheiratet war, habe ich in North Yorkshire gelebt und Stimmen wie Ihre in jedem Zug gehört, mit dem ich gefahren bin.«

»Ich muss los.« Er schob ihr eine Visitenkarte zu und stand auf. »Lassen Sie mich wissen, wie Sie mit Spike vorankommen.«

Karen nahm die Karte in die Hand und sah, dass seine komplette Büroadresse und auch seine Handynummer darauf abgedruckt waren.

»Wenn es irgendetwas gibt, was ich weitergeben kann, werde ich das tun«, erwiderte sie und sah ihn an. »Aber ich kann nicht für Sie arbeiten.«

»Das weiß ich. Falls Sie etwas brauchen sollten, während Sie hier sind, rufen Sie mich an«, fügte er freundlicher hinzu.

Dann verschwand er, ohne eine Antwort abzuwarten. Karen dachte kurz daran, die Frau hinter der Theke zu fragen, wie er wirklich war und was die Inselbewohner von ihm hielten. Doch sie sah noch mitgenommener und erschöpfter aus als zuvor, also ließ Karen sie in Ruhe.

6

Karen trat aus dem Pub in milchiges Licht. Nur ein schwacher Sonnenstrahl schimmerte durch die dicken schwarzen Wolken. Die Gänse drängten sich hinter ihrem Trog zusammen, als würden sie weiteren Regen erwarten.

Eher März als Hochsommer, dachte sie und fröstelte. Sie wusste, sie sollte auf Max' Nachsatz reagieren, konnte sich mit dem Gedanken jedoch nicht anfreunden.

Glücklicherweise gab es wichtigere Dinge, die sie gerade beschäftigten, zum Beispiel die Vorstellung, dass Spike andere Frauen, die Isabelle Sanders ähnelten, getötet haben könnte und deren Leichen irgendwo auf der Insel abgelegt oder vergraben hatte.

Karen dachte an den weichen, klebrigen Boden, in dem ihr Wagen heute Morgen steckengeblieben war und würgte. Sie bekämpfte ihre Übelkeit mit der einzigen Methode, die sie kannte – sie lenkte sich durch eine nüchterne Analyse ab. Nichts – nicht einmal eine von Chief Inspector Trenchs wilden Spekulationen – deutete darauf hin, dass jemand jemals irgendetwas in der Nähe des Häuschens vergraben hatte, also war es absurd, dass ihr jetzt übel wurde.

Als sie wieder in ihrem Wagen saß und sich auf den Weg nach Cowes machte, kreisten ihre Gedanken immer noch um den aufgeschlitzten Labrador und die vermissten Frauen, und es fiel ihr schwer, jetzt daran zu denken, Lebensmittel einkaufen zu müssen. Aber sie würde später etwas zu essen brauchen, und im Ferienhaus waren nur noch Brot, Milch und Joghurt. Bei dem Zustand des Kühlschranks würden Milch und Joghurt bis zum morgigen Frühstück wahrscheinlich schon verdorben sein.

In einem kleinen Supermarkt fand sie eine reichliche Auswahl an getrockneten und in Dosen abgefüllten Lebensmitteln, also lud sie sich einen Korb voll. Die einzigen frischen Sachen, die sie dazulegte, waren Milch, ein Laib Vollkornbrot und ein großes Stück Cheddar.

Sie warf einen Blick auf die vorgeschnittenen Fleisch- und Fischstücke in der Kühltruhe. Nichts davon reizte sie. Was Fisch betraf, mochte sie ohnehin nur Sushi, und das musste ganz frisch und von bester Qualität sein. Diese Stücke von Schollen und Schellfisch machten den Eindruck, als lägen sie schon längere Zeit auf den in Folie verpackten Plastikschalen. Das Fleisch sah auch nicht verlockender aus.

Später entdeckte sie einen Metzgerladen, aber das war noch schlimmer. Als sie durch das Fenster auf die Ansammlung von Koteletts, Leber und Nieren starrte, die durch Plastikpetersilie voneinander getrennt waren, versuchte sie sich ins Gedächtnis zu rufen, dass sie nicht empfindlich war. Aber der Geruch nach Blut war zu stark, und der schwache Gestank nach Urin, der von den Nieren kam, widerte sie so sehr an, dass sie husten musste.

Außerdem kann ich in Newport immer frische Lebensmittel einkaufen, was und wann ich will, da ich ohnehin jeden Tag ins Gefängnis fahren werde, dachte sie.

Newport, wo das Parkhurst-Gefängnis lag, war, laut Reiseführer, das Einkaufszentrum der Insel.

Heute Abend würde sie Sardinen aus der Dose essen, zerdrückt und mit Zitronensaft angerichtet, sodass sie nicht nach irgendetwas aussahen, was jemals gelebt hatte. Danach Orangen. Das würde ihr reichen. Und es war billig. Und gesund. Sardinen hatten viel Omega-3-Fettsäuren. Und auch Kalzium, wenn man die Gräten nicht entfernte, bevor man sie zerdrückte.

Eine Palette von funkelnden Küchengeräten im Schaufenster eines Geschäfts im Zentrum von Cowes gefiel ihr wesentlich besser als die Ansammlung von totem Fleisch. Als sie auf die schimmernden Geräte und die glänzenden Stapel Schüsseln aus Edelstahl starrte, fühlte sie sich wie ein Kind in den Büchern von Charles Dickens, das die Nase an die Scheibe eines Spielzeugladens presste. Ein Chinois-Sieb hing wie eine Glocke über einem Turm aufgestapelter Cuisinox-Pfannen, die, wie sie aus Erfahrung wusste, wahrscheinlich ein Leben lang halten würden. Als sie mit Peter verheiratet gewesen war, hatte sie acht Stück davon gehabt. Helen hatte sie ihr zur Hochzeit geschenkt und nach Peters Tod wieder mitgenommen, damit die Gläubiger sie nicht in die Hände bekamen.

Karen riss sich los und schlenderte zum Pier hinunter, wo Red-Jet-Katamarane, die von der Geschwindigkeitsbegrenzung ausgenommen waren, alle halbe Stunde von Southampton angedüst kamen. Es wäre so leicht, einen der Katamarane zu besteigen, Max Pitton in seinem Büro in der Universität oder in seiner Wohnung aufzusuchen und herauszufinden, was genau Helen zu ihm gesagt hatte.

Normalerweise würde Karen danach den vertrauten Weg zu ihrer eigenen Wohnung antreten, die hoch unter dem Dach eines nicht mehr genutzten Lagerhauses lag. Sie vermisste die helle, saubere Leere und die Art, wie das Licht, das vom Meer widergespiegelt wurde, von einer der großen weißen Wände zur anderen übersprang.

Von dem Moment an, in dem sie mit dem Makler durch die Tür gegangen war, hatte sie gewusst, dass sie dort wohnen wollte. Obwohl sie mit dem Bauherrn ein wenig hatte feilschen können, hatte sie doch eine beängstigend hohe Summe aufnehmen müssen. Aber es war es ihr wert – jetzt hatte sie eine große, helle Wohnung, die ganz allein ihr gehörte. Bevor die Bauarbeiter ihre Arbeit beendet hatten, waren die Ratten die einzigen ständigen Bewohner dort gewesen. Sie hatten sich wahrscheinlich von den dort gelagerten Waren ernährt, als die Hafenanlage noch in Betrieb war.

Der Gedanke an die Ratten hatte sie nie gestört. Sie waren von dort vertrieben worden, lange bevor sie die Wohnung zum ersten Mal gesehen hatte, und jetzt war jede Oberfläche dort hart, schimmernd und sauber. Alles war sichtbar. Es gab keinen

Winkel, in dem sich Geheimnisse verbergen könnten oder unbekannte Schrecken, die sie eines Tages überfallen würden.

Aber im Augenblick war sie von dort verbannt. Nachdem die Zinsen vor Kurzem gestiegen waren, war es sehr schwer geworden, die Hypothek zurückzuzahlen. Sie konnte sich keine Zusatzkosten leisten, also hatte sie die Wohnung für den ganzen Sommer an einen amerikanischen Freund von Aidan vermietet. Mit der Miete, die er ihr dafür bezahlte, würde sie durchhalten können, vorausgesetzt, sie leistete sich keinerlei Luxus. Aber die Vorstellung, dass ein Fremder – selbst wenn es ein Freund von Aidan war – ihre wenigen Dinge anfasste und ihr Reich durcheinanderbrachte, gefiel ihr nicht.

Jetzt werde nicht sentimental, befahl sie sich selbst, als sie zu ihrem Wagen zurückging.

Vor ihrem Parkplatz befand sich ein kitschiger Antiquitätenladen. Davor waren zwei Ständer mit zerknitterten Drucken aufgebaut, die mit einer dicken Plastikplane vor dem Regen geschützt waren. Da es im Moment nur noch tröpfelte, wagte sie es, die Plane anzuheben und durch die Bilder zu blättern. Alles war ihr recht, um den Anruf bei ihrem Professor noch ein wenig hinauszuschieben.

Die meisten Bilder waren aus Büchern herausgeschnitten worden und zeigten die üblichen schlecht gedruckten Abbildungen von Pflanzen und Trachten, von denen Besitzer von Läden wie diesem anscheinend glaubten, dass sie sich an jedem Touristenort des Landes gut verkaufen ließen. Eine größere, aufwendiger gedruckte bräunliche Fotografie vom Osborne House, Queen Victorias riesigem, in italienischem Stil erbauten Strandhaus am anderen Ende von Cowes hatte sich mit der Ecke der Plastikhülle verhakt. Und sie musste ihre schwere Tasche abstellen, um mit beiden Händen weiterblättern zu können. Dahinter fand sie ein kleineres Bild, das Kiplings Geschichte von Toomai von den Elefanten darstellte.

Karen erinnerte sich noch gut daran. Ihre Großmutter hatte Kipling ebenso geschätzt wie Shakespeare und Aesop, aus deren Werken die gesamte Bibliothek ihres Häuschens bestand. Sie hatte Karen und Aidan während deren Kindheit immer wieder aus *Geschichten für den allerliebsten Liebling* und *Das Dschungelbuch* vorgelesen, und sie hatten sich vor achtzehn Jahren für ihre Beerdigung beide ihre Lieblingsstellen daraus ausgewählt.

Dieses Bild zeigte den kleinen Toomai, wie er von einer Reihe Elefanten geehrt wurde. Sie hoben alle ihre Rüssel und trompeteten den offiziellen Salut, den sie, wie sie gelernt hatten, sonst nur dem Vizekönig zuteil werden ließen.

Der mit Bleistift auf der Rückseite vermerkte Preis war so niedrig, dass Karen das Bild hochhob, um es sich genauer anzusehen. Als sie sich versichert hatte, trug sie das Bild in den Laden und legte 8,25 Pfund auf die Theke.

»Sollen wir es einpacken?« Die Verkäuferin sah aus wie dreizehn, hatte gegeltes blauschwarzes Haar und einen Stecker in der Nase.

»Ja, bitte. Es ist ein Geschenk.«

»Ich werde nachschauen, ob wir ein hübsches Papier dafür haben. Es dauert nicht lang.«

Karen lehnte sich gegen die Theke und rief Max Pitton an.

Er meldete sich nicht, also musste sie ihm eine Nachricht hinterlassen. Sie bemühte sich um einen lockeren Tonfall. »Hi, ich bin es, Karen. Sie haben mir in Ihrer E-Mail geschrieben, dass Helen sich am Telefon merkwürdig verhalten habe. Erzählen Sie mir mehr darüber. Ich habe in meinem Ferienhaus keinen Empfang, aber Sie können mir eine Nachricht hinterlassen, und ich werde Sie morgen um diese Zeit wieder anrufen.«

»Geht das?«, fragte die Verkäuferin und legte ein flatterndes lilafarbenes Einwickelpapier auf die Theke. »Das ist außer Zeitungspapier alles, was wir haben.«

»Das sieht großartig aus«, erwiderte Karen. »Danke.«

Vom Elefantenmenschen war keine Spur zu sehen, als Karen an die Tür seines Hauses klopfte, um ihm das Bild als kleinen

Dank für die Rettung am Morgen zu geben. Also riss sie ein Blatt aus ihrem Notizblock, schrieb ein paar Worte, steckte den Zettel an das Paket und lehnte das Bild gegen die Haustür. Das einfache Wetterdach aus Wellblech würde den Regen sicher abhalten.

Ihr eigenes Häuschen war nicht einladender als am Abend zuvor. Sie packte ihre mageren Vorräte aus, kippte das Regenwasser aus den Schüsseln und nahm ihre Notizen mit in das Schlafzimmer, das sie sich früher mit Aidan geteilt hatte.

Auf den durchhängenden Liegen befanden sich immer noch die alten Decken. Sie waren aus bunten Quadraten zusammengesetzt, die Großmutter aus den Wollresten ihrer jeweiligen Stricksachen angefertigt hatte. Karen konnte die Entstehung der Decken anhand der Strickjacken und Pullover, die sie an Weihnachten und zu ihrem Geburtstag bekommen hatte, zeitlich nachverfolgen.

Da gab es die pinkfarbenen, weißen und lavendelfarbenen Quadrate aus Mohair-Resten von ihren ersten Strickjacken, die immer winzige, schwer zu schließende Perlmuttknöpfe hatten. Die dicke rote und marineblaue Wolle stammte von Aidans grobgestrickten, burschikosen Pullovern. Es gab sogar ein paar Vierecke aus dem feinen, unglaublich seidigen meerfarbenen Garn, das von dem letzten Stück übrig geblieben war, das Großmutter für sie gestrickt hatte: ein bezaubernder glatter Schal, den sie immer getragen hatte, wenn sie krank war, bis er buchstäblich auseinandergefallen war. Selbst jetzt konnte sie sich noch an das Gefühl erinnern, dass sie hatte, als sie ihn um ihre nackten Schultern trug.

Sie blinzelte und nahm die Kissen von einem Bett, um sie auf das andere zu legen. So konnte sie ihren Nacken und ihren Rücken stützen und ihre Akten lesen. Und wenn sie sich angezogen unter beide Decken kuschelte, würde sie es auch warm genug haben. Wer konnte glauben, dass es Sommer war?

Nach ihrem morgigen Besuch im Gefängnis würde sie auf die andere Seite der Insel fahren, um Spikes Adoptiveltern kennenzulernen. Sie musste unbedingt wissen, wann genau ihnen zum ersten Mal etwas Ungewöhnliches an dem Jungen aufgefallen war, den sie vor achtundzwanzig Jahren zu sich genommen hatten.

Zum Glück hatte Max gute Kontakte zu höheren Stellen; er hatte ihr einige Informationen besorgt, die sie selbst nie bekommen hätte. So hatte sie die formlosen Aufzeichnungen erhalten, die einer der ersten Sozialarbeiter nach seinem Besuch bei dem Colonel und dessen Frau gemacht hatte.

V. sehr selbstsicher. Fam. schon im Besitz von Großtl. der Insel lange vor Q.Vic & Osb'ne. Karriere nicht nennensw. Gleich nach Ernennung zum Colonel in Pens. gegangen. Keine Medaillen.

Karen las belustigt die Randnotiz, die der Professor an dieser Stelle angebracht hatte: »Während seines Dienstes gab es keine Kriege, daher auch keine Medaillen. Idiot.« Sie schmunzelte bei dieser vertrauten Ungeduld und Launenhaftigkeit und richtete ihre Aufmerksamkeit wieder auf die Aufzeichnungen.

Mrs = charmant. Warm. Ganz in Ordnung. Nur ihr Durchhalteverm. ist ? Habe erklärt, dass adopt. Kinder oft nicht koop.; unehrl. Vor allem bei diesem Hintergr. Wünschte, ich hätte von positiven früheren Fällen ber. können, aber wie? Weiß nicht, was dieses Mal pass. wird. Und werden sie ihn wieder nehmen, wenn alle Risik. erklärt sind? Seine einz. Hoffnung, armer kl. Bastard.

»Arme Frau«, hatte Max auf den Zettel gekritzelt, den er beigelegt hatte. »Sie ist der Schlüssel. Wenn Sie sie dazu bringen können, offen mit Ihnen zu sprechen, dann haben Sie eine Chance, die Kette zu entwirren, die nach Chillerton führt. Mütter erkennen immer die ersten Anzeichen, wenn Schaden droht, und die zuversichtlichen versuchen, dem Einhalt zu gebieten.«

Ja, dachte Karen und sah auf die rissige Decke und die Spinnweben, die wie gespenstische Verzierungen dort oben hingen. Deshalb waren die Theorien der 50er- und 60er-Jahre über Kühlschrankmütter so grausam. Man hatte ihre Kälte dafür verantwortlich gemacht, wenn ihre Kinder an Schizophrenie oder Autismus litten. Erst später fand man heraus, dass diese Erkrankungen hauptsächlich genetisch bedingt waren und nichts mit dem Verhalten der Mütter zu tun hatten.

Unvermittelt fiel ihr ein spöttischer Spruch ein, der auf dem Spielplatz immer gerufen worden war: »Wer den Furz zuerst gerochen, dem ist er aus dem Loch gekrochen.«

»Unsinn!«, sagte sie laut.

Die Wege, wie Meinungen sich in der Gesellschaft manifestierten und verbreiteten, hatten sie immer fast ebenso sehr interessiert wie die Schwierigkeiten und Gefahren einer Adoption. Und sie war sich ihrer Verantwortung durchaus bewusst. Sie war nicht die erste Psychologin, die sich ein Thema aussuchte, um ihre eigenen Gefühle ins Reine zu bringen. Es störte sie, dass so viele Theoretiker in ihrem Bereich und in verwandten Fachrichtungen anderen Menschen eine so immens große Bürde auferlegten, indem sie Ideen veröffentlichten, die ihnen zwar bei ihren eigenen Nöten halfen, aber keine allgemeine Anwendung fanden.

Die Vorstellungen von Kühlschrankmüttern war nur ein Beispiel für dieses Problem. In Karens Augen standen Freuds Theorien über die inzestuösen Fantasien von Kindern an erster Stelle der schlimmsten Beispiele. Laut seinem Schüler Ernest Jones hatte Freud seine gesamte Theorie über den Ödipuskomplex auf dieser einen Kindheitserinnerung aufgebaut: Der Begründer der Psychoanalyse hatte sich erinnert, dass er beim Anblick seiner nackten Mutter sexuelle Erregung verspürt hatte. Später hatten einige Wissenschaftler Jones' Behauptung angefochten, aber wenn es stimmte, hatten Hunderte Menschen wegen Freuds Rationalisierung dieses einen aufwühlenden Moments gelitten.

Nach Karens Ansicht hatte die Erfindung des Ödipuskomplexes zwei schädliche Auswirkungen gehabt: die erste bestand darin, dass man tatsächlichen Opfern sexuellen Missbrauchs jahrzehntelang unterstellt hatte, den Missbrauch erfunden zu haben – er habe lediglich in ihrer Fantasie stattgefunden; die andere war die Theorie, dass jeder, der an irgendeiner Neurose litt, sein sexuelles Verlangen gegenüber einem seiner Elternteile unterdrückt haben musste.

Seit sie Ernest Jones' Theorien gelesen hatte, war sich Karen bewusst, wie leicht und gefährlich es wäre, ihre eigenen Erfahrungen zu verallgemeinern. Sie sollten keinerlei Einfluss auf ihre Arbeit haben. Peters Tod kurz vor ihrem einundzwanzigsten Geburtstag, ihre Schuldgefühle und der Hass seiner Mutter waren alles Dinge, die sie ignorieren musste. Wenn sie jemals wieder ganz zur Ruhe kommen wollte, dann würde sie in die Dunkelheit und zu dem Schmerz zurückkehren und sich damit beschäftigen müssen. Aber nicht jetzt. Im Augenblick musste sie sich mit anderen Gedanken und Gefühlen auseinandersetzen.

Karen rutschte unbehaglich unter den aus Vierecken zusammengenähten Decken hin und her. Vielleicht hat Will recht, dachte sie, und der einzige sichere Weg, jemanden zu beurteilen, liegt darin, sich seine Physiognomie und seine Verbindungen im Gehirn anzuschauen, da sie die einzigen wissenschaftlich messbaren Faktoren sind.

Psychometrische Tests könnten für statistische Wahrscheinlichkeit sorgen, und Scans vom Gehirn während praktischer und geistiger Aufgaben könnten Schäden auf eine Art belegen, die niemand anzweifeln konnte. Aber jede von einem Psychologen vorgebrachte Theorie konnte von jedem angefochten werden, der dazu eine andere Meinung hatte.

War Spikes Gehirn jemals untersucht worden?

Sie blätterte durch die Akten, konnte jedoch keinen Hinweis darauf finden, dass jemals Ultraschalluntersuchungen durchgeführt worden waren. Und es gab auch noch viele andere Lücken. Irgendwo, in irgendeinem Archiv, musste sich das Original seiner Geburtsurkunde befinden, sowie weitere offizielle und weniger zugängliche Akten, die erklären würden, warum ihn die Kommunalbehörden als Baby in Pflege gegeben hatten.

Eigentlich sollten die Falconers alle Details wissen, aber in vielen Fällen wurden die Adoptiveltern nicht über alles informiert. Manchmal hatten auch die Sozialarbeiter nicht alle Informationen, oder sie waren nicht ausreichend geschult worden, um alles auszuwerten und in verwendbarer Form weiterzugeben. Manchmal wurde auch einiges verschwiegen, weil die Adoption die einzige Hoffnung für ein Baby war und wahrscheinlich gar nicht erst beantragt würde, wenn alle Risiken offenlagen.

Sie mussten jedoch gewusst haben, dass ihr neuer Sohn keinen perfekten Start in dieses Leben gehabt hatte. Sehr wenige Babys in England wurden direkt nach der Geburt adoptiert. Die meisten hatten eine traumatische Zeit hinter sich, in der sie zeitweilig betreut wurden, nachdem sie von ihren leiblichen Eltern getrennt worden waren. Diejenigen, die Glück hatten, wurden an hoffnungsvolle Familien weitergegeben. Manchmal klappte die Adoption. Oft aber auch nicht.

Als Karen vor zehn Jahren für ihren ersten Abschluss gelernt hatte, hatte sie gelesen, dass die Art und Weise, wie ein Baby vor seinem zweiten Lebensjahr behandelt wird, Einfluss auf die Entwicklung seines präfrontalen Cortex hat. Das war der Bereich des Gehirns, der für Empathie und die Fähigkeiten, aus der Vergangenheit zu lernen, zuständig war – Fähigkeiten, die für Männer wie Spike Falconer ein großes Problem darstellten.

Einige Psychiater glaubten, dass durch eine Therapie der Mangel an Fürsorge wieder gutgemacht werden könnte; andere waren der Meinung, der Schaden sei irreparabel. Will und die Chirurgen, mit denen er zusammenarbeitete, wussten, dass sie nicht weiterhelfen konnten. Nicht einmal der verrückteste der verrückten Wissenschaftler hatte jemals die Transplantation eines funktionierenden präfrontalen Cortex bei einem Menschen vorgeschlagen, um dessen unzulänglichen Cortex auszutauschen.

Bei dem Gedanken an verrückte Wissenschaftler fiel ihr Will ein, und sie musste lächeln, als sie an ihre erste Begegnung mit ihm dachte.

Als eine der vielen Personen, zu denen Max Pitton Kontakt hatte, war Will vor drei Monaten an die Southampton Universität gekommen, um dort eine Vorlesung über die Auswirkungen eines speziellen Tumors eines Patienten zu halten. Mit zunehmendem Wachstum hatte das Geschwür auf den präfrontalen Cortex gedrückt und zu schweren Verhaltensstörungen geführt, die zuerst auf eine Reihe psychischer Fehlsteuerungen zurückgeführt worden waren. Nachdem der Tumor entfernt worden war, hatten sich die Stimmung und das Verhalten des Patienten wieder normalisiert. Es hatte niemals psychische Probleme gegeben, und all die Experten, die alles von Depressionen bis zur Schizophrenie diagnostiziert hatten, standen da wie Idioten.

Will hatte seine Vorlesung sehr locker gehalten, dabei großes Wissen gezeigt, mit einem leichten, aber herb-trockenen Witz gesprochen und auf eine Reihe von Beispielen verwiesen, die nichts mit seinem Arbeitsalltag zu tun hatten und zeigten, dass er nicht zwanghaft auf seinen Bereich festgelegt war und mit Scheuklappen durch die Welt lief.

Karen war nach der Vorlesung mit ihm und Max zum Abendessen ausgegangen und hatte plötzlich einen beängstigenden Wutanfall bekommen. Irgendetwas an der Art, mit der Will ihren Beruf schlechtgemacht hatte, hatten bei ihr die Sicherungen durchbrennen lassen, und sie war ausgerastet.

Soweit sie sich jetzt noch daran erinnern konnte, war es in erster Linie um Folgendes gegangen: Weil er immer so verächtlich über Psychologie redete, hatte sie ihn beschuldigt, dass er, wäre er in den 50er-Jahren Neurochirurg gewesen, mit Freuden lebenszerstörende Lobotomien an jungen Frauen vorgenommen hätte, nur weil sie sich ihren Eltern widersetzt, Sex vor der Ehe gehabt oder einem unehelichen Kind das Leben geschenkt hatten.

Letztendlich hatte sie ihm noch an den Kopf geworfen, dass

er, wenn er nicht zugab, dass es rein psychologische Probleme gab, nicht nur gefährlich, sondern so wenig hilfreich wie ein schlecht programmierter Roboter wäre.

In gewisser Weise konnte sie ihren Wutausbruch nicht ganz nachvollziehen, und Wills erstaunlich ruhige Reaktion darauf hatte dazu geführt, dass sie Max allein gelassen und in eine Bar gegangen waren, die ihr gefiel. Später waren sie in ihrer großen, beinahe leeren Wohnung gelandet, wo das dünne bläuliche Licht der Sterne durch die Fensterläden schimmerte, und sie hatte sich zum ersten Mal seit Peters Tod wieder auf eine Beziehung eingelassen.

Wenn sie jetzt an ihre erste Diskussion zurückdachte, erkannte Karen, dass Will sehr leicht mit Erzählungen von wesentlich schlimmeren Exzessen anderer Psychiater und Psychologen hätte kontern können. Kühlschrankmütter und gestörte Kinder waren nicht die einzigen Menschen, die unter den Ideen ihrer Vorgänger gelitten hatten. Es ging vor allem um diejenigen, die, weil ihr eigenes Sexleben zu kurz kam, jegliche Form des menschlichen Leids irgendeiner sexuellen Funktionsstörung zuschrieben.

Selbst Winnicott, den sie immer noch verehrte, hatte einen Artikel veröffentlicht, in dem er schrieb, dass Nasenbohren stellvertretend für anale Masturbation stand.

Sie kratzte sich an der Nase, erhob sich vom Bett und ging in Großmutters Zimmer. Die Möbel waren alle noch mit Tüchern bedeckt. Als Karen eines davon von dem Bücherregal zog, sah sie nicht nur Aesops Fabeln und die gesammelten Werke von Kipling in geknickten grünen Einbänden, sondern auch den alten Shakespeare. Sie blätterte durch die Sonette und fand eines, das sehr gut auf Will zu passen schien: Wer weh tun könnte, und es doch nicht tut …

7

Ich habe über meine Geschichte nachgedacht«, erklärte Spike, als Jim Blake Karen am Dienstag in den Besucherraum führte. »Wollen Sie sie hören?«

Karen schwieg einen Moment lang. Sollte sie ihn ermutigen oder nicht? Wäre es besser, sein Redebedürfnis zu ignorieren und ihn so vielleicht dazu zu bewegen, ihr die Wahrheit statt einer einstudierten wirren Geschichte zu erzählen?

Nein, dachte sie. Ich kann ihn nicht um etwas bitten und ihn dann abwürgen, wenn er sich zur Kooperation bereit zeigt.

»Großartig. Ja. Danke«, erwiderte sie.

»Ich bin hier drin wegen etwas, was ich nicht getan habe.« Er wirkte selbstgefällig und schien sich überlegen zu fühlen – genau wie ihre anderen fünf Gesprächspartner, als sie dachten, sie hätten sie auf irgendeine Weise übertrumpft. »Ich werde Berufung einlegen, und alles wird in Ordnung kommen. Wie hört sich das an?«

»Sehr gut. Interessant«, antwortete sie, obwohl sie damit eine weitere Bestätigung dafür hatte, dass er nicht verstand, was sie von ihm wollte, und es ihr auch nicht würde geben können. »Ich habe allerdings gehofft, Sie würden mir erzählen, welche Rolle Ihr Bruder in der Geschichte spielt.«

Sie sah mit Freude, dass die Großspurigkeit aus Spikes Grinsen verschwand.

»Warum?«

»Es ist sicher schwierig für ihn, der jüngere Bruder des Inselfreaks zu sein. So haben Sie sich gestern doch bezeichnet, nicht wahr?«

Zuerst schmollte er, doch dann breitete sich ein strahlendes Lächeln auf seinem Gesicht aus, das jedoch nicht im Entferntesten überzeugend wirkte. »Nur manchmal. Manchmal hilft ihm das.«

»Wie meinen Sie das?«

»Hätte er jemals einen Ruf gehabt, wäre er wohl der Insel-Feigling gewesen, also braucht er mich. Ich verprügele ein paar seiner Feinde, und dann wissen sie, dass ich auf ihn aufpasse. Und ich bin gefährlich, also lassen sie ihn in Ruhe.« Jetzt verhielt er sich wieder selbstgefällig. Aber er vermied es, ihr in die Augen zu schauen.

Karen senkte den Kopf, als sie sich Notizen machte. Sie war sich bewusst, dass er sie beobachtete und kippte ihren Notizblock leicht, damit er nicht lesen konnte, was sie schrieb, selbst wenn er in der Lage sein sollte, ihre verkehrt herum stehende Schrift zu entziffern.

Heute schien die Sonne nicht. Schwarze Wolken hielten das Licht ab, und Spikes Haar wirkte beinahe mausgrau statt glänzend blond.

»War er dankbar, als Sie sich seine Peiniger vorgenommen haben?«, wollte sie wissen. Als sie aufsah, schaute er rasch zur Seite.

»Was glauben Sie denn? Er hat vor allem Angst. Wenn er weiß, dass ich in der Nähe bin, kann er sich entspannen.«

»Was hat ihm Angst gemacht?«, erkundigte sich Karen. Sie fragte sich, ob der verletzliche kleine Bruder möglicherweise ein hilfreiches Auffanglager für Spikes eigene unterdrückte Ängste war. Aus ihrer Erfahrung wusste sie, dass selbst die grausamsten und skrupellosesten Mörder enorme Ängste hatten, die sie jedoch nicht einmal vor sich selbst zugaben.

»Vor allem Pa.« Spike grinste, sah ihr aber immer noch nicht in die Augen. »Wollen Sie wissen, was er mit uns gemacht hat, Dr Taylor?«

Karen nickte. Sie würde sich bald mit dem Colonel treffen und brauchte alle Informationen, die Spike ihr zu geben bereit war.

»Er wollte, dass wir gut im Sport waren – in den Sportarten, die er Spiele nannte –, und Silas konnte keinen Ball fangen, selbst wenn man ihm den Ball aus einer Entfernung von fünf Zentimetern zuwarf. Also wurde er dazu gezwungen, immer wieder zu üben, den ganzen Tag lang, jeden Tag. Und wenn er nicht gut genug war – oder einfach umkippte, weil er nicht mehr stehen konnte –, bekam er nichts zu essen.« Spike kippte seinen Stuhl auf die altvertraute Weise nach hinten und kicherte. »So hat er es gelernt.«

Karen saß da und beobachtete ihn, bis er seinen Heiterkeitsausbruch wieder unter Kontrolle hatte – oder bis er begriff, dass er damit nicht den gewünschten Effekt erzielte.

»Und was war mit Ihnen, Spike?«, fragte sie betont kühl, da sie die Szene, die er ihr beschrieben hatte, nicht so recht glauben konnte. »Was hat er mit Ihnen gemacht?«

»Nichts.«

»Tatsächlich? Selbst wenn er Sie nicht dazu gezwungen hat, einen Ball zu fangen, bis Sie zusammengebrochen sind, muss er doch irgendetwas mit Ihnen getan haben.«

»Sie würden jetzt wohl gern hören, dass er mich geschlagen und vergewaltigt hat, richtig?« Spike richtete seinen Blick auf eine Stelle über ihrer Schulter. Als sie ein wenig zur Seite rückte, um ihn dazu zu bringen, ihr in die Augen zu schauen, starrte er stattdessen auf den Boden.

»Spike?«, sagte sie behutsam.

»Pa tut so etwas nicht.« Seine Stimme klang gereizt. Dann schenkte er ihr ein schmales Lächeln und fügte hinzu: »Er macht Silas Angst. Aber mich kann er nicht einschüchtern, denn ich bin angsteinflößender als er.«

»Das ist interessant.« Sie war überrascht, dass Spike nicht wie erwartet versuchte, sich selbst als Opfer eines anderen Menschen darzustellen. »Haben Sie ihn als Kind gemocht? Oder waren Sie zu sehr damit beschäftigt, sich in ein Wesen zu verwandeln, das ihm Angst einflößte?«

Einen winzigen Moment lang – vielleicht ein Zehntel einer Sekunde – wirkte er betroffen, doch dann verzog er die Lippen zu einem noch breiteren Grinsen und entblößte seine hässlichen, ungepflegten Zähne.

»Er ist der erste erwachsene Mann, mit dem ich Zeit verbracht habe. Ich glaube, jeder mag ihn. Was ist schon Mögen oder Nichtmögen?«

»Und wie ist es jetzt?«

»Was?«

»Wissen Sie jetzt, wie es ist, wenn man jemanden mag?«

»Ich mag Jim.«

»Nur Jim?« Karen senkte den Kopf, um ihr zunehmendes Interesse zu verbergen, während sie sich Notizen machte.

»Ja.«

»Warum mögen Sie ihn?«

Sie konnte gut verstehen, warum jemand mit einem so chaotischen Leben wie Spike sich zu einem Mann hingezogen fühlte, der so verlässlich zu sein schien wie Jim. Einen Augenblick lang dachte sie daran, wie sehr sie das an Will genoss.

Spike ließ sie auf seine Antwort warten. Entweder hatte er kein Zeitgefühl, oder ihm fehlte im Gegensatz zu den meisten Menschen das Bedürfnis, Gesprächspausen zu füllen. Er sagte nichts. Und als sie den Blick hob, stellte sie fest, dass er dieses Mal auch die Augen nicht schloss.

»Er ist fair«, erklärte Spike schließlich. »Immer gleich. Man weiß, woran man mit Jim ist, Dr Taylor.«

»Und Fairness wissen Sie zu schätzen, nicht wahr?«

»Natürlich.« Sein überraschter Gesichtsausdruck wirkte ehrlich. »Tut das nicht jeder?«

»Und wem sind Sie begegnet, der sich nicht fair verhalten hat?«

»Den Lehrern in der Schule.« Sein Gesichtsausdruck wirkte ein wenig verächtlich, so, als hätte sie das wissen müssen. »Sie schieben mir alles in die Schuhe, was dort passiert. Wie all die anderen auch.«

»Wofür haben sie Ihnen die Schuld gegeben?«

Er zuckte die Schultern. »Pinkeln in die Ecken, kleinere Kinder verprügeln, Dinge kaputt machen, Lehrbücher vollkritzeln, Raufereien anfangen, Feuer legen, Tiere verletzen.«

»Und das alles haben Sie nie getan?«

»Die einzigen, die ich je verprügelte, waren die Typen, die Silas Angst eingejagt haben. Und ich pinkle niemals in Ecken. Oder lege Feuer. Und ich habe Lara niemals weh getan.«

»Wer ist Lara?«, fragte Karen und sah zu, wie er seine Schultern hochzog und sich abwandte. War das der erste Hinweis, dass Trenchs Verdächtigungen begründet waren? Sie ließ ihre Stimme ein wenig wärmer klingen als sonst. »Erzählen Sie mir von Lara, Spike.«

»Sie ist ein Labrador.«

»Die Hündin, die … getötet wurde?«

»Und aufgeschlitzt. Und halb begraben. Ja.« Er sah für einen Moment nach vorne. Rasch richtete er seinen Blick wieder zur Seite.

»Wollen Sie damit sagen, dass Sie es nicht getan haben?« Sie benutzte jetzt wieder ihren professionellen, neutralen Tonfall – sie wollte sichergehen, dass sie ihn nicht zu etwas verleitete, was er ohne ihre Andeutungen nicht sagen würde.

»Natürlich nicht. Ich liebe Lara. Sie gehört mir, Dr Taylor.« Mit jedem Wort wurde seine Stimme höher und schneller. Aber er kicherte noch nicht, also konnte sie vielleicht noch etwas Sinnvolles aus ihm herausbekommen. »Ich habe sie an meinem vierten Geburtstag bekommen, als sie noch ein Welpe war, Dr Taylor. Silas hat gerade zu laufen begonnen, er war mir ständig im Weg und hat meine Autos kaputt gemacht.«

»Also, wer hat sie getötet?« Karen sah die Liste der Symptome für gefährliche schwere Persönlichkeitsstörungen vor ihren Augen, als läge ein Lehrbuch aufgeschlagen vor ihr. Die Unfähigkeit, Schuld einzugestehen, stand ganz oben, gemeinsam mit Gewalt, Manipulation, unsozialem Verhalten, dem Untergraben von Autorität, Schwierigkeiten beim Knüpfen und Beibehalten von Beziehungen, Drogenmissbrauch und noch vielem mehr.

»Wahrscheinlich war es Pa, um uns Angst einzujagen. Oder vielleicht ein Fremder, Dr Taylor.« Er lachte wild. »Hier auf der Insel gibt es viele Verrückte, wissen Sie. Ich mag der Inselfreak sein, Dr Taylor, aber ich bin nicht allein.«

Karen versuchte, nicht an den Elefantenmenschen zu denken. »Woher wissen Sie das?«

»Ich habe sie getroffen, als ich auf der Straße gelebt habe. Da gibt es einen, der außerhalb von Sandown pennt.« Spike beruhigte sich, und sein Lächeln wirkte jetzt natürlicher und überzeugender. »Er ist ein Spanner.«

»Ein Spanner?« Dieser kriminologische Begriff war Karen noch nicht untergekommen.

»Er schleicht durch die Gegend, beobachtet andere und wichst sich dabei einen ab. Außerdem entblößt er sich vor kleinen Kindern. Sauerei. Und dann gibt es noch Batty Betty, die mit Schlamm und Laub ihr Gesicht tarnt. Wie ein Kommandosoldat, verstehen Sie? Und die Cracksüchtigen aus Yarmouth ... Sie würden nicht glauben, wie die drauf sind.«

»Haben Sie sich in Yarmouth Ihre Drogen besorgt?«

Sein Lächeln wurde breiter, wirkte aber immer noch echt. Einer seiner Schneidezähne war so spitz, dass er aussah, als wäre er von jemandem zugefeilt worden.

»Manchmal. Und manchmal von Touristen.«

»Sind Sie vielen Touristen begegnet?«, fragte Karen und dachte dabei an Trenchs Theorie, dass Spike sich vor allem auf weibliche Besucher der Insel konzentriert hatte.

»Eigentlich nicht. Ich jage ihnen Angst ein. Sie erwarten keine wandelnde Vogelscheuche, die in einem langen, zerlumpten Mantel mit einer Wollmaske auf dem Gesicht aus dem Wald gestürzt kommt.« Er neigte den Kopf in ihre Richtung, nicht bedrohlich, sondern eher wie ein Freund, der in einer Bar mit ihr plauderte. Seine Stimme klang nicht mehr hysterisch. Er wirkte sehr vernünftig und hörte sich auch so an. Wie schon zuvor war das erschreckender als sein wildes Gekicher.

»Manchmal mache ich das mit Absicht. Ich stürme aus dem

Wald und sehe mir an, wie sie davonlaufen. So wie in dem Kinderlied mit den drei blinden Mäusen. Verstehen Sie, was ich meine?«

Karen nickte.

»Und manchmal ziehe ich mir die Wollmaske vom Gesicht, nachdem ich sie erschreckt habe, und lächle sie freundlich an. Ungefähr so.« Er hob sein Gesicht leicht an, legte einen sanften Ausdruck in seine Augen und ließ seine Lippen leicht zittern.

Karen hatte noch nie jemanden gesehen, der so verletzlich wirkte. Es fiel ihr schwer zu glauben, dass Spike dieses Gefühl, dass er nun für sie darstellte, nicht irgendwann einmal tatsächlich empfunden hatte. Und es schien offensichtlich zu sein, dass sein Vater ihn dazu veranlasst hatte, so heftig er das auch abstreiten würde.

»Und dann sage ich, dass meine Freundin sich verletzt hätte und ich sie mit einem Taxi zum Krankenhaus bringen müsste, aber mir das Geld dafür fehlte.«

»Hat das funktioniert?«

»Meistens.« Seine Stimme klang verschwörerisch, so, als könnten sie gemeinsam eine Gaunerei aushecken. »Aber zuerst muss ich sie erschrecken, sonst fühlen sie sich zu sicher, und dann haben sie genügend Zeit, sich zu überlegen, ob sie mir glauben oder nicht. Und dann entscheiden sie sich dagegen.« Er lachte wieder.

»Hatten Sie das vor, als Sie auf die Familie Sanders gestoßen sind?«, fragte Karen.

»Auf wen?«

»Die Familie, die in Chillerton ein Picknick gemacht hat und erschossen wurde.«

»Ich war das nicht. Das habe ich Ihnen doch schon gesagt.«

Er warf einen Blick auf seine Armbanduhr, deutete mit einer Kopfbewegung auf die Tür, kippte seinen Stuhl nach vorne und zeigte damit an, dass das heutige Gespräch beendet war.

»Das war's?«, fragte Karen nach einigen Minuten des Schweigens.

»Das war's. Denken Sie sich für morgen eine interessante Frage aus. Sonst könnte ich mich so langweilen, dass ich nicht mehr kooperieren möchte. Und was geschieht dann mit Ihrer Forschungsarbeit, Dr Taylor?«

Sie wartete wieder, um ihre Würde nicht zu verlieren, und machte sich bereit, den Summer für Jim Blake zu drücken. Bevor sie auf den Knopf drückte, wagte sie eine letzte Frage.

»Hatten Sie jemals Streit mit den ›Verrückten‹, die Sie kennengelernt haben, als Sie auf der Straße lebten?«

»Wer ist denn hier auf bösen Klatsch aus?« Spikes Stimme klang leicht amüsiert, aber auch ein wenig angespannt, so, als ob er etwas Groberes, Gefährlicheres zu verbergen versuchte. »Wer hat Ihnen das gesagt? Haben Sie mit der Polizei gesprochen? Sie sollten eigentlich auf meiner Seite sein. Das ist sonst niemand, außer Jim, und er zählt nicht, weil Pa ihn dafür bezahlt, dass er mich bespitzelt. Ich brauche Sie. Nur deshalb habe ich mich auf die Gespräche mit Ihnen eingelassen. Und nur deshalb erzähle ich Ihnen Dinge, die ich sonst niemandem verrate.«

Sie lächelte schweigend und gab sich uninteressiert, und das erzielte genau den Effekt, den sie sich gewünscht hatte. Spike begann zu sprechen, und die Worte kamen so schnell aus ihm herausgesprudelt, dass sie sich anstrengen musste, um die wichtigen Dinge aus dem Geplapper herauszusortieren.

»Als ich aufwachte, hat er mich angepinkelt, Dr Taylor. Das können Sie mir nicht vorwerfen. Jeder hätte so reagiert wie ich. Er hat mich angepisst, Dr Taylor. Wenn Sie darüber nachdenken, werden Sie mich verstehen. Sie hätten das auch getan.«

»Was haben Sie denn getan?«

Er kicherte. »Ich habe mir seinen Schwanz gegriffen. Und ihn gedreht. Und mit der anderen Hand habe ich nach meinem Messer getastet. Ich wollte ihm das Ding in Scheiben abschneiden, wie eine Salami, und ihm dann stückweise in den Mund stopfen, Dr Taylor. Das hätten Sie auch gewollt. Jeder hätte das gewollt, Dr Taylor. Ihm das Ding in den Hals stopfen.«

»Wie war es?«, erkundigte sich Jim, als er ihr die endlose Reihe der Türen und Gittertore aufsperrte und sie wieder in die reale Welt hinausbegleitete. Es klang so, als wäre er wirklich gespannt auf ihre Antwort, was interessant war, wenn man Spikes Mischung aus Zuneigung und Verachtung für ihn bedachte. Karen fragte sich, ob Jim tatsächlich von den Falconers dafür bezahlt wurde, dass er ihnen alles über Spike berichtete.

»Es ist nicht leicht, ihn zu verstehen«, sagte sie leise. Sie versuchte immer noch, die Bilder zu verarbeiten, die er in ihr geweckt hatte.

»Das sagen Sie mir? Aber es ist gut zu wissen, dass auch Experten nicht aus ihm schlau werden. So, und nun fahren Sie nach Sandown?«

»Weiß denn jeder auf dieser Insel über meinen Tagesablauf Bescheid?« Sie erinnerte sich daran, dass Chief Inspector Trench genau gewusst hatte, wann sie nach ihrem ersten Besuch das Gefängnis verlassen hatte.

»Die meisten.« Jim Blake sperrte das letzte Torschloss auf. »Das ist eine kleine Gemeinde, und Sie sind eine echte Neuheit. Man stellt Fragen, und jeder, der irgendetwas dazu sagen kann, gibt Antworten. Und ein paar Leute, die nichts wissen, erfinden etwas. Der Direktor ist allerdings sehr zufrieden mit Ihnen.«

»Ach ja? Warum?«

»Weil Spike gestern keine Probleme gemacht hat. Manchmal ist er nach einem Besuch schwer zu ertragen – er macht dann nur Ärger. Aber gestern, nach Ihrem Besuch, war er sanft wie ein Lamm. Der Direktor glaubt, Sie tun ihm gut, und das sollte unterstützt werden.«

Karen überlegte, ob sie ihm sagen sollte, dass sie mit Spike keine Therapie machte, und dass, selbst wenn sie es täte, eine einzige Sitzung bei niemandem eine Verhaltensänderung hervorgerufen hätte.

»Bekommt er oft Besuch?«, fragte sie.

»Nur von seiner Cousine. Sie kommt an jedem dritten

Dienstag des Monats am Nachmittag. Manchmal geht es ihm danach gut, aber hin und wieder benimmt er sich anschließend wie ein Monster und ist nur auf Ärger aus. Der Direktor hatte befürchtet, es könnte nach den Sitzungen mit Ihnen ebenso sein.«

»Nun, schön, dass er zufrieden ist«, meinte sie. »Danke, Jim. Wir sehen uns morgen.«

»Okay, Dr Taylor. Bis dann.«

Karens Termin im White House in Sandown war erst um halb vier, also hatte sie glücklicherweise noch genügend Zeit, um etwas zu essen. Spikes Erzählungen über seinen Vater mochten übertrieben sein, aber sie zeigten deutlich, dass die Arbeit mit ihm nicht leicht werden würde.

Sie könnte natürlich nach Cowes fahren, wo es jede Menge Pubs, Restaurants und Cafés in allen Preisklassen gab. In einem davon zu sitzen und auf das Meer und die Jachten zu schauen, wäre schön, vorausgesetzt, sie würde nicht von den räuberischen Möwen belästigt.

Oder sie könnte zum *Goose Inn* zurückfahren. Auf der handgeschriebenen Speisekarte, auf die sie gestern einen Blick geworfen hatte, waren ein paar verlockende Gerichte zu einem vernünftigen Preis aufgelistet gewesen. Und dort lief sie nicht Gefahr, Trench in die Arme zu laufen. So klein die Insel auch sein mochte, wenn es um Klatsch ging, war sie doch sicher groß genug, um solche zufälligen Treffen zu vermeiden.

Sein dunkelblauer Ford stand nicht auf dem Parkplatz, als sie dort einbog. Am Zaun lehnten einige Mountainbikes, und daneben parkten zwei schlammbespritzte Autos. Beide waren ihr nicht bekannt, also stellte sie ihren Wagen daneben ab.

Als sie die Tür zu dem Lokal aufstieß, wurde sie von fröhlichen Stimmen begrüßt. Ein angenehmer Kontrast zu dem vertraulichen, leise summenden Geflüster, das sie am Tag zuvor erlebt hatte. Die Wirtin, wenn sie das überhaupt war, sah immer noch übermüdet aus und gab nicht zu erkennen, dass sie sie wiedererkannte, als Karen ein kleines Bier der selbstgebrauten Marke und Hühnchen mit Pastete mit grünen Oliven bestellte, um sie versöhnlich zu stimmen.

»Gute Wahl«, bemerkte einer der Mountainbiker und deutete auf seinen eigenen Teller. Offensichtlich suchte er ein Gespräch mit ihr.

Karen lächelte und setzte sich an den am weitesten entfernt gelegenen Tisch. Sie zog ihre Notizen hervor, um zu zeigen, dass sie nicht an einer zwanglosen Unterhaltung interessiert war.

Ihre Hochnäsigkeit diente nicht nur ihrem Selbstschutz. Sie musste ein Rätsel lösen. Nichts in den Berichten über Spike hatte auf seine Art des Humors hingewiesen. Dass er über Humor verfügte, zeigten seine Erzählungen über Batty Betty mit ihrem Tarn-Make-Up und all die anderen exzentrischen Inselbewohner, die er bei seinem Leben auf der Straße kennengelernt hatte.

Auch sein offenes Geständnis, dass er Touristen bewusst getäuscht und in Angst und Schrecken versetzt hatte, um sich dann über sie lustig zu machen, irritierte sie. All das passte nicht zu einem chaotischen Mann mit einer Persönlichkeitsstörung, der versehentlich über eine Familie beim Picknick gestolpert war und dann alle grundlos erschossen hatte. Sein Geständnis zeigte zu sehr sein Bewusstsein von sich selbst und anderen Menschen.

Die Tatsache, dass er am Ende ihrer Sitzung am Morgen ausgerastet war, eine Erregung wie aus dem Lehrbuch gezeigt und eine brutale Fantasie geschildert hatte, reichte ihr nicht aus, um ihre Zweifel zu beseitigen.

Immerhin war er intelligent. Sein Vokabular und seine Fähigkeit, seine Stimme zu verändern und andere Personen nachzuahmen, zeigten das ganz deutlich. Und Jim Blake, der ihm Bücher besorgt hatte, hatte ihr gesagt, dass er einiges über Persönlichkeitsveränderungen gelesen hatte. Vielleicht hatte Jim einige dieser Informationen an Spike weitergeleitet, obwohl es

Insassen der Gefängnisse verboten war, medizinische Texte zu lesen. Und vielleicht hatte Spike von der gegenwärtigen Fachliteratur genug aufgeschnappt, um zu ahnen, dass die Diagnose über gefährliche schwere Persönlichkeitsstörungen nicht ganz so eindeutig war, wie manche Psychiater und Anwälte sie darstellten. Möglicherweise war sein Einverständnis für die Gespräche mit Karen und die Zurschaustellung all dieser widersprechenden Symptome Teil eines langfristigen Plans für seine Berufung.

In diesem Fall hatte die Familie Sanders vielleicht doch wegen Isabelle Sanders' Aussehen sterben müssen, so wie Chief Inspector Trench es vermutete. Wenn das wahr war, machte er sich mit Recht Sorgen um alle Frauen mit länglichem Gesicht und schulterlangem dunklem Haar, die als vermisst gemeldet worden waren. Wie die achtzehn Jahre alte Claire Wilkins.

Karen ging eine eindringliche Melodie und ein irritierender Reim nicht mehr aus dem Kopf:

Drei blinde Mäuse,
Drei blinde Mäuse.
Ha, wie sie rennen!
Ha, wie sie rennen.
Sie rannten zur Bäuerin unverwandt.
Die nahm ein großes Messer zur Hand
Und schnitt sogleich –
Schnipp schnapp!
Schnipp,schnapp!
Den armen Mäusen die Schwänze ab.
Oh, was für ein schrecklich grausamer Schwapp.
Für drei blinde Mäuse.

Spike hatte diesen Kinderreim instinktiv gewählt, um zu beschreiben, wie er Touristen erschreckte, bis sie vor ihm davonliefen. Gab es auch eine Verbindung zwischen dem Kinderreim und seiner erfundenen Rache an dem Mann, der ihn angepinkelt hatte? Oder überinterpretierte sie ein simples Zusammentreffen von Zufällen?

Falls es doch einen Zusammenhang gab, könnte es dann auch eine Verbindung zu den sauber ausgeführten Schnitten auf der Haut der toten Schwimmerin und vielleicht auch zu den Schnitten auf Lara, dem Labrador, geben? Messer und Schnitte spielten auf jeden Fall eine Rolle in Spikes Innenleben.

»Bitte sehr.« Die Wirtin stellte einen dampfenden Teller vor Karen auf den Tisch und legte das in eine Papierserviette eingeschlagene Besteck daneben.

Erst jetzt bemerkte Karen, warum die Frau so müde wirkte – sie war schwanger. Der gewölbte Bauch deutete auf den vierten oder fünften Monat hin.

»Sie hätten es mir nicht bringen müssen«, erklärte Karen sofort. »Ich hätte es mir von der Theke holen können, falls Sie keine Hilfe haben. Sind Sie hier ganz allein?«

Die Wirtin schüttelte lächelnd den Kopf. Eine Haarsträhne löste sich von der Haarnadel und fiel ihr wie eine dunkle Wolke locker über die Wange. Das machte sie noch attraktiver.

»Nur an den Wochentagen«, erwiderte sie und seufzte. »An den Wochenenden hilft mir mein Vater, und mein Mann unterstützt mich auch, wenn er kann, aber er fährt Taxi und ist ständig unterwegs. Ich sehe ihn nicht sehr oft. Über die Cowes Week habe ich ein paar Studenten gefunden, die mir helfen, aber an normalen Werktagen ist nie viel los, also bin ich dann allein.«

»Und Sie kochen auch?«, fragte Karen mitfühlend. Selbst für jemanden, der nicht durch eine Schwangerschaft belastet war, hörte sich das nach viel Arbeit an.

»Ja.« Die Frau beugte sich zu ihr vor. »Aber in großen Portionen, die ich dann einfriere und in der Mikrowelle aufwärme. Aber verraten Sie mich nicht«, flüsterte sie.

»Das werde ich nicht«, versicherte Karen. Sie verstand jetzt, warum die Pastete mit Kartoffeln und nicht mit Teig bedeckt war – Teig wurde in der Mikrowelle nie richtig knusprig. »Das riecht wirklich gut. Vielen Dank.«

»Möchten Sie noch etwas trinken?«

»Lieber nicht. Ich muss noch fahren. Und ich möchte keinen Ärger mit Ihrem Freund von der Polizei bekommen.«

»Er ist kein Freund von mir. Und nach den Fragen zu urteilen, die er stellt, scheint er nicht an Verkehrsdelikten interessiert zu sein«, erwiderte sie bitter. »Aber Sie tun gut daran, darauf zu achten.«

Die Pastete war Grund genug, wieder hierher zu kommen. Karen aß sie bis auf den letzten Krümel auf und trank dann ihr Bier aus, das nicht so süß war, wie seine bräunliche Farbe glauben ließ. Danach hatte sie keinen Grund mehr, das Telefonat mit Max Pitton noch weiter hinauszuschieben.

Dieses Mal nahm er sofort ab. Er klang munter und beschäftigt.

»Hi«, meldete sie sich, ohne ihren Namen zu nennen. Er würde ihre Stimme ohne Schwierigkeiten erkennen. »Sie wollten mir Neuigkeiten von meiner Ex-Schwiegermutter berichten.«

»Ach ja«, erwiderte er mit seiner vertrauten tiefen Stimme, die so klang, als würde jemand Steine in einem Metalleimer aneinanderreiben. »Sie hat mich in einem ungünstigen Moment angerufen. Ich hatte gerade Besuch vom Rektor und seiner Frau und daher keine Zeit, ihr Fragen zu stellen. Aber sie sagte mir, dass Sie für all die Betrügereien, zu denen Sie ihren ›armen Sohn‹ gezwungen haben, bevor er sich das Leben genommen hat, bestraft werden sollten. Er habe keinen anderen Ausweg gesehen, sich von Ihren bösartigen Manipulationen zu befreien.«

Er hielt inne, aber Karen sagte nichts dazu. Vor ihren Augen tauchte ein deutliches Bild von Max' rundem Gesicht mit dem Doppelkinn und den ausdrucksstarken Augen auf, die in Sekundenschnelle statt des vertrauten Spotts ein boshaftes Lächeln widerspiegeln konnten.

»Ich dachte mir, Sie sollten das wissen«, fügte er hinzu.

»Danke. Das ist nicht so schlimm wie die letzte Anschuldigung. Demnach soll ich ihn erschlagen haben. Und um mein Verbrechen zu vertuschen, soll ich ihn in seinen Wagen gezerrt und diesen an einen Baum gefahren haben.«

Karen hörte selbst, wie verbittert ihre Stimme klang und fügte etwas gelassener hinzu: »Sie hat ihn sehr geliebt. Er war ihr einziges Kind, also ist es verständlich, dass sie jemanden für seinen Tod verantwortlich machen muss. Allerdings dachte ich, sie wäre allmählich darüber hinweg. Haben Sie eine Ahnung, warum sie erneut damit anfängt und was der Auslöser gewesen sein könnte?«

»Ich nehme an, sie hatte getrunken«, erklärte Max mit einer Schonungslosigkeit, die Karen bereits erwartet hatte.

Sie fragte sich, wie seine Frau damit umgegangen war, und ob seine Art wohl etwas mit der Scheidung zu tun gehabt hatte. Er war allerdings nicht immer so ruppig. Einige Male hatte er sich Karen gegenüber ausgesprochen liebenswürdig verhalten.

»Sie klang, als hätte sie schon eine Weile vor ihrem Anruf bei mir getrunken«, fuhr er fort. »Aber Sie sollten etwas dagegen unternehmen, wenn Sie können. Was sie zu mir sagt, spielt keine Rolle, aber Sie wollen sicher nicht, dass irgendjemand auf die Idee kommt, Sie könnten eine Betrügerin sein. In unserer Welt sind wir auf einen guten Ruf angewiesen.«

Karen schob ihre Zunge zwischen die Zähne und biss kräftig darauf. Nach allem, was sie mit Peter zu seinen Lebzeiten durchgemacht hatte, war der Gedanke, dass sein Geist ihre berufliche Zukunft ruinieren könnte, unerträglich.

»In der Vergangenheit sind so viele zweifelhafte Experten unter Beschuss geraten«, fügte Max hinzu. »Daher ist man jetzt sehr vorsichtig, wen man auswählt. Wenn es nur den leisesten Verdacht der Unehrlichkeit gibt, wird kein namhafter Anwalt etwas mit Ihnen zu tun haben wollen, und Sie brauchen Ihre Karriere bei Gericht nicht mehr selbst in den Sand setzen, denn sie wird vorbei sein, bevor sie überhaupt begonnen hat.«

»Es ist nicht gerade einfach, Helen unter Kontrolle zu halten«, meinte Karen und weigerte sich, auf die weitere herausfordernde Bemerkung über ihre selbstzerstörerischen Tendenzen einzugehen. »Warum hat sie sich dieses Mal Sie als Zielperson ausgesucht? Hat sie dazu etwas gesagt?«

»Nur, dass sie bei Google einen Bericht über Ihren letzten Erfolg gelesen habe, daher auch wisse, dass ich mehr oder weniger Ihr Boss bin, und sie der Meinung sei, ich sollte wissen, mit welcher Art von Frau ich mich eingelassen habe.«

»Reizend! Danke, Professor. Ich werde mich darum kümmern.«

»Wie laufen die Sitzungen mit Spike Falconer? Erzählt er Ihnen etwas Nützliches?«

»Ich bin noch nicht sehr weit gekommen. Er spielt Spielchen, wie ich erwartet habe. Einen Moment lang gibt er sich verletzlich und vernünftig, im nächsten beginnt er, hysterisch zu kichern. Irgendetwas verheimlicht er mir – wahrscheinlich etwas Bedeutendes.« Sie hielt inne und überlegte, ob sie ihm von Chief Inspector Trenchs Verdacht erzählen sollte, entschloss sich jedoch, das für sich zu behalten.

Max konnte manchmal sehr bestimmend sein, und sie wollte sich ihre eigene Meinung darüber bilden, ob möglicherweise noch andere aufgeschlitzte Leichen irgendwo auf der Insel vergraben waren, bevor sie ihm auch nur einen kleinen Hinweis darauf gab.

»Ich habe schon ein paar Ideen, aber noch nichts Stichhaltiges.«

»Das war zu erwarten. Alle sind sich einig, dass Spike einen hohen IQ hat, also führt er Sie an der Nase herum, um gegen die Langeweile dort drin anzukämpfen. Bleiben Sie am Ball, und vermasseln Sie das nicht. Sie schaffen das, Karen, wenn Sie sich nicht täuschen lassen. Ich muss jetzt los. Wiederhören.«

»Aber …«, begann sie, doch die Leitung war bereits tot.

Er hatte aufgelegt.

Sie steckte das Handy wieder in ihre Tasche, als ihr der Gedanke kam, dass sie jetzt auch gleich Helen anrufen könnte. Zur Mittagszeit würde sie wohl noch nicht betrunken sein.

Aber Helen meldete sich nicht, und Karen wollte keine Nachricht auf dem Anrufbeantworter hinterlassen, die andere hören konnten. Sie stellte ihr Telefon ab und legte es in ihre Tasche, halb erleichtert, aber auch frustriert.

Das White House war ein freundlich wirkendes, zweistöckiges Gebäude, das auf einem erhöhten Plateau lag und wahrscheinlich im späten 18. Jahrhundert erbaut worden war. An jeder Seite der von Säulen umgebenen Haustür befanden sich zwei hohe Fenster, und im ersten Stock gab es fünf davon. Das Mansardendach aus Schiefer besaß ein einzelnes rundes Fenster in der Mitte, das wie ein alles sehendes Auge aussah.

Den Abhang vor dem Haus zierte ein in präzisen, diagonalen Streifen gemähter grüner Rasen, der betonte, dass das Haus sich aus der Landschaft erhob. Rings um das Haus waren in regelmäßigen Abständen Musterbäume gepflanzt worden. Eine Rotbuche auf der linken Seite stand symmetrisch zu einer Libanonzeder im Vordergrund. Die dunklen Blätter ließen das reine Weiß der klassischen Fassade noch weiter entfernt von dem alltäglichen Trubel des wirklichen Lebens erscheinen.

Das ist der englische Traum, dachte Karen.

Sie wollte diese Symmetrie nicht durch ihren schäbigen Wagen stören, also fuhr sie um das Haus herum an die Seite, wo der Kies unter ihren Reifen knirschte. Das war sicher die richtige Lösung. In einem abgetrennten Innenhof, der von zwei Seiten mit Wänden eingegrenzt war, und an dessen dritter Seite sich eine Reihe Gewächshäuser befand, entdeckte sie drei Autos und einen Landrover, die alle sorgfältig in einer Reihe geparkt waren. Sie steuerte ihren alten Fiesta dazwischen.

Als Karen ihren Wagen abschloss, öffnete sich die Hintertür, und eine große, schlanke Frau in einer blassgrauen Leinenbluse tauchte auf und winkte ihr zu. Ihr Haar hatte beinahe die gleiche Farbe wie der Stoff, und ihr Teint war nur einen Ton wärmer. Sie hatte ihr Haar zu einem französischen Knoten zusammengebunden und trug antike Perlenohrringe und eine dazu passende Halskette.

Anders als die Perlenketten, die von den erfolgreichen Anwältinnen und Bankerinnen getragen wurden, die sie während ihrer Ehe kennengelernt hatte, handelte es sich hier nicht um eine Anreihung von ebenmäßigen großen Perlen, die sich an den Hals ihrer Trägerinnen schmiegten. Sylvia Falconers Kette bestand aus einer langen unterteilten Schnur, an der die größte Perle nur einen Durchmesser von etwa einem halben Zentimeter hatte und so auf ihrer Brust lag, dass sie beinahe in dem v-förmigen Ausschnitt ihres Kleides verschwand.

»Sie müssen Dr Taylor sein«, sagte sie mit einer sanften Stimme, in der nichts von der Arroganz lag, mit der Karen gerechnet hatte. »Bitte kommen Sie herein. Mein Mann wird auch gleich da sein.«

Sie führte Karen in ein Wohnzimmer, das ebenso ruhig und perfekt war wie das Äußere des Hauses.

Hier ist noch eine Menge Geld vorhanden, dachte Karen. Und ein sehr traditioneller Geschmack.

Vorhänge aus dickem Chintz an den hohen Fenstern hielten die Zugluft ab. Der Teppich ohne Flor sah sehr alt aus und schien aus Frankreich zu kommen. Die zarten, leichten Möbel aus verschiedenen Hölzern glänzten. Hinter den Glastüren der Vitrinen war Porzellan ausgestellt, und die in wuchtige, aber nicht polierte goldene Rahmen gefassten Bilder stellten in weichen Farben gemalte Landschaften dar. Unter dem geschwungenen Kaminsims aus weißem Marmor flackerte ein Feuer, obwohl es beinahe schon August war.

»Wer hätte ahnen können, dass wir trotz der globalen Erwärmung einen so feuchten und kühlen Sommer haben würden?«, sagte Mrs Falconer fröstelnd. »Ich hoffe, das Wetter wird sich nächste Woche bessern, sonst werden in Cowes viele Geschäfte Einbußen erleiden.«

»Ja, ist das nicht schrecklich?« Karen erkannte, dass die Frau sich bemühte, dieses Treffen als gesellschaftlichen Anlass zu sehen. Hätte sie sich als Mutter eines unkontrollierbaren Mörders mit einer Psychologin auseinandersetzen müssen, wäre sie ebenfalls nervös gewesen.

»Ich hasse den Regen«, fügte Karen hinzu. »Aber ich bin froh, dass ich diese Gelegenheit habe, mit Ihnen allein zu sprechen. Darf ich Ihnen ein oder zwei Fragen stellen, bevor Ihr Ehemann sich zu uns gesellt?«

Die feinen grauen Augenbrauen zogen sich zusammen, und der Blick aus den unerwartet lebhaften Augen richtete sich zur Tür.

»Mütter bemerken immer mehr als alle anderen«, fuhr Karen beruhigend fort. »Ich wollte Sie fragen, wodurch Sie zuerst auf Spikes … Schwierigkeiten aufmerksam geworden sind.«

Mrs Falconer entspannte sich sichtlich, als hätte sie mit einer viel schwierigeren Frage gerechnet. Sie setzte sich auf einen tiefen Sessel an der linken Seite des Kamins und zupfte ihren Rock sorgfältig um ihre Knie zurecht.

»Ich hatte keine Erfahrung mit Babys oder kleinen Kindern«, erklärte sie. »Daher weiß ich nicht, ob ich Ihnen weiterhelfen kann. Überrascht hat mich schon am Anfang, dass er nie geschrien hat. Er war erst achtzehn Monate alt, als wir ihn bekamen, und ich hatte erwartet, dass er oft weinen und Anzeichen eines Traumas zeigen würde … Oder zumindest Heimweh hätte.«

Karen nickte. »Und das hat er nicht getan? Ich stimme Ihnen zu – das ist merkwürdig.«

»Und er war so ein folgsamer Junge … so einfach. Zumindest am Anfang.«

»Und wie haben Sie sich dabei gefühlt?« Karen sah keinen Grund dafür, ihr zu erklären, dass schwer vernachlässigte oder verletzte Babys lernten, nicht zu schreien oder irgendwelche Forderungen zu stellen, da sie auf die schlimmste Art und Weise hatten erfahren müssen, dass Schmerz oder Verlassenwerden darauf folgten.

»Zuerst war ich erleichtert«, erwiderte Mrs Falconer mit einem liebenswürdigen, zittrigen Lächeln. »Ich war so nervös. Schließlich hatte ich mir seit so langer Zeit ein Kind gewünscht, dass ich überzeugt war, irgendetwas verkehrt zu machen. Dass ich ihm schaden könnte.« Sie fröstelte wieder, dieses Mal weniger vornehm, zwang sich aber gleich zu einem Lächeln und sagte: »Verstehen Sie, was ich meine?«

»Ja, natürlich, obwohl ich noch keine eigenen Kinder habe. Aber Sie haben dann doch eines bekommen, richtig?«

»War das nicht merkwürdig? Nachdem ich so lange nicht schwanger geworden war. Mein Arzt erklärte mir jedoch, das passiere manchmal. Ich nehme an, Sie als Psychologin verstehen das, aber ich war verblüfft, als er mir sagte, dass es wahrscheinlich an meiner nervlichen Verfassung gelegen hatte, dass ich vorher nicht empfangen konnte.«

Karen sah überrascht, dass sie plötzlich zusammenzuckte, doch dann hörte auch sie Schritte im Flur vor dem Zimmer. Beide wandten sich erwartungsvoll zur Tür, und zu Karens Verwunderung stand Mrs Falconer auf und ging rasch hinüber, um ihren Mann zu begrüßen, als sei er ein Gast in ihrem Haus.

Er tätschelte geistesabwesend ihre Schulter und kam auf Karen zu, um ihr die Hand zu schütteln.

Karens erster Gedanke war, dass er sicher oft mit dem seit Langem vermissten Aristokraten Lord Lucan verwechselt wurde. Wie Lucan war Colonel Falconer groß und hatte sein dunkles Haar nach hinten gekämmt. Er hatte ein nach herkömmlichen Maßstäben attraktives Gesicht und trug über den vollen Lippen ein schmales Bärtchen.

Sie wusste aus den Akten, dass Falconer vierundsiebzig Jahre alt war, und nahm an, dass er sein Haar und seinen Oberlippenbart färbte. Das war merkwürdig, wenn man bedachte, dass seine Frau ihr Haar in dem natürlichen silbergrauen Ton beließ.

Spike hätte sehr gut zu diesen beiden gepasst, wie Karen dachte. Er war so hochgewachsen wie sie, ebenso gut aussehend, wenn nicht sogar noch attraktiver, und genauso schlank. Körperlich gesehen wäre er ihr idealer Sohn gewesen.

Hatte es am Alter der beiden gelegen, dass man ihnen nur ein vorgeschädigtes Kind zur Adoption gegeben hatte? Der Colonel musste Mitte vierzig gewesen sein, als Spike zu ihnen kam, und seine Frau hatte damals bereits die vorgeschriebene Altersgrenze erreicht.

»Guten Tag, Dr Taylor«, begrüßte Colonel Falconer mit einer lebhaften, aber beherrschten Stimme, so wie sie sie von einem Mann seines Aussehens erwartet hatte. »Wir freuen uns sehr über Ihren Besuch, aber ich muss Sie warnen – ich habe Zweifel daran, dass Sie uns helfen können. Spike war von Geburt an eine wandelnde Zeitbombe. Niemand wird das jetzt noch ändern können.«

Sie lächelte und senkte dann leicht unterwürfig den Blick, so wie ihm das ihrer Einschätzung nach gefiel. Als sie ihn wieder ansah, musterte er sie immer noch auf eine Weise, die sie früher einmal als schmeichelhaft empfunden hätte. Damals hatte sie sich jedoch immer so gefühlt, als befände sie sich am Rand des Lebens und als ob niemand sie brauchen oder sich für sie interessieren würde. Sie lächelte wieder, dieses Mal entschuldigend.

»Ich wünschte, ich könnte Ihnen meine Hilfe anbieten, aber deshalb bin ich nicht hier, Colonel Falconer. Mein Ziel ist es, mehr über gefährliche schwere Persönlichkeitsstörungen herauszufinden. Nicht mehr und nicht weniger.«

»Verstehe. Meine Frau und ich können Ihnen darüber nicht viel sagen. Der Schaden war schon angerichtet, lange bevor wir den Jungen zum ersten Mal gesehen haben.«

»Schaden?«

»Irgendein Schaden muss wohl entstanden sein, oder nicht? Ich kann mir nicht vorstellen, dass ein Kind so wild und gewalttätig wird, wenn ihm nichts angetan wurde.« Die Stimme des Colonels klang barsch und schroff. »Aber uns hat man nichts über sein Leben erzählt, bevor wir ihn bekamen. Nichts.«

»Niemals?«, fragte Karen und sah von einem zum anderen.

Mrs Falconer presste sich noch weiter gegen die Rückenlehne ihres Sessels, so, als wäre es normal für sie, dass ihr Mann alle schwierigen Fragen beantwortete.

In ungewöhnlichem Maß gefällig, dachte Karen und konnte es wieder einmal nicht lassen, die Menschen, denen sie begegnete, in die verschiedenen psychologischen Kategorien einzuordnen. Sie dachte an Max' Überzeugung, dass Sylvia Falconer den Schlüssel zu Spikes Problemen hatte.

»Nicht genug«, erwiderte der Colonel und brachte Karen dazu, sich genauso aufmerksam auf ihn zu konzentrieren, wie er das bei ihr tat.

Sie bemerkte, dass seine Gesichtsmuskeln zuckten, so, als würde er sich bemühen, einiges nicht auszusprechen.

»Das hat Sie sicher wütend gemacht«, meinte sie versuchsweise und sah, dass sich das Zucken verstärkte.

Als sie eine leichte Bewegung von Sylvia Falconer wahrnahm, drehte sie sich um, damit sie sie besser sehen konnte. Mrs Falconer hatte ihre Arme starr an ihre Seiten gepresst und mit den Händen das Kissen, auf dem sie saß, am Rand gepackt. Sie biss sich auf die Unterlippe und sah ihren Mann mit dem Gesichtsausdruck eines Kindes an, das sich vor dem Wutausbruch eines Erwachsenen fürchtete. Als er Karen mit lauter, bellender Stimme antwortete, sah sie rasch zur Seite.

»Ich konnte schließlich jemanden dazu bewegen, mir mehr zu erzählen«, erklärte er Karen und ignorierte dabei seine Frau völlig. »Eine drogensüchtige Mutter, der Vater verschwunden, das Kind halb verhungert und vernachlässigt. Ein verantwortungsbewusster Nachbar hat sich schließlich an das Sozialamt gewandt und die Frau dort gemeldet. Selbst nachdem ich das erfahren hatte, hat niemand zugegeben, dass es tatsächlich Missbrauch physischer oder sexueller Art gegeben hatte. Allerdings hat der kleine Bastard sich den Schädel gebrochen, als er vom Tisch fiel, während seine Mutter, die Schlampe, ihn ausnahmsweise einmal gewickelt hat.«

»Ständige Vernachlässigung richtet größere Schäden an als

tatsächlicher Missbrauch«, erklärte Karen. Sie empfand Mitgefühl für alle Beteiligten.

»Ach ja? Nun, in Spikes Fall war das sicherlich ein Rezept für ein Desaster. Er hätte niemals zur Adoption freigegeben werden dürfen, und wenn es nach mir gegangen wäre, hätten sie ihn beim ersten Anzeichen von Ärger wieder zurücknehmen müssen.«

»Aber er hat doch nie …«

»Sylvia!«

»Es tut mir leid, Fergus.« Sie senkte den Kopf.

Karen wartete, aber als keiner der beiden etwas sagte, versuchte sie, ihnen ein Stichwort zu geben.

»Mrs Falconer, Sie haben aber doch gesagt, dass er am Anfang ein so umgängliches Baby war. Was ist geschehen? Wann hat sich das geändert?«

»Das weiß ich nicht«, flüsterte sie und warf ihrem Mann einen flehenden Blick zu, den er jedoch ignorierte.

»Meiner Frau fällt es schwer, darüber zu sprechen«, erklärte er Karen. »Deshalb wäre ich Ihnen dankbar, wenn Sie sich kurz fassen könnten.«

»Sicher ist das hart«, meinte Karen ernst. »Aber wann haben Sie zum ersten Mal festgestellt, dass etwas mit Spike nicht stimmte?«

»Als er den Hund tötete. Eine Hündin. Labrador.« Der Colonel zeigte jetzt so wenig Gefühl, dass er ebenso eine Einkaufsliste hätte diktieren können. »Guter Stammbaum. Und im allgemeinen ein guter Hund. Er hat sie aufgeschlitzt. Mit einem Messer, das er sich aus der Küche gestohlen hatte, hat er sie hinter den Gewächshäusern aufgeschnitten, bevor er dann vergeblich versucht hat, sie im Gemüsegarten zu verscharren.«

Karen bemerkte, dass Mrs Falconer ihre Augen schloss. Anscheinend konnte sie es nur ertragen, diese Geschichte noch einmal zu hören, wenn sie sich ganz in sich zurückzog.

»Ja, das weiß ich«, erklärte Karen. »Allerdings ist mir nicht klar, woher Sie wissen, dass Spike das getan hat.«

»Das Messer war in seinem Zimmer versteckt. Auf seiner Kleidung war Blut. Und er hat es zugegeben, als wir ihn danach gefragt haben.«

»Dann scheint es kaum einen Zweifel daran zu geben«, erwiderte Karen vorsichtig. »Ich verstehe. Was ist sonst noch passiert? Ich meine, welche Dinge hat Spike noch getan, die Sie so sehr beunruhigt haben?«

»Er hat die Kinder im Ort terrorisiert, die Jungen in der Schule, jeden, den Silas, mein Sohn ...«

»Unser jüngerer Sohn«, warf Mrs Falconer ein. Sie hielt immer noch ihre Augen geschlossen.

»Jeden, den Silas von der Schule mit nach Hause gebracht hat«, beendete Colonel Falconer seinen Satz, als wäre er nicht unterbrochen worden. »Spike hat alle bestohlen und nie ein Zeichen von Reue gezeigt. Wie Sie sich vorstellen können, haben wir ihn genau beobachtet, nachdem der Hund zu Tode gekommen war, aber wir konnten nicht immer alles im Keim ersticken. Andere Tiere haben gelitten. Allerdings keine Haustiere, sondern kleine Wildtiere. Nach Lara haben wir es nicht mehr gewagt, weitere Tiere im Haus zu halten. Das konnten wir einfach nicht tun, oder?«

»Für mich hört sich das so an, als hätten Sie alles getan, was in Ihrer Macht stand, und Sie haben sehr viel Geduld bewiesen«, erklärte Karen. Sie wollte, dass er sich so wohl wie möglich fühlte und ihr alles erzählte, was sie wissen wollte. »Warum haben Sie Spike dann letztendlich aus dem Haus geworfen?«

»Er war achtzehn. Erwachsen. Und die Seelenklempner. Entschuldigung, das nehme ich zurück. Ich sollte Ihre Kollegen nicht so nennen. Sie hatten eine gefährliche schwere Persönlichkeitsstörung diagnostiziert, und wir waren am Ende unserer Kräfte. Uns war klar, dass es nur noch eine Frage der Zeit war, bis er einem Menschen etwas Schreckliches antun würde, und darauf zu warten machte meine Frau krank. Außerdem gefährdete er auch meinen eigenen Sohn, und ...« Der Colonel lächelte plötzlich, als hoffte er dadurch einen angenehmeren Eindruck als bisher zu vermitteln. »Und mich hat das alles in den Wahnsinn getrieben. Ich hoffe, dieser Ausdruck ist in Gegenwart einer Expertin nicht zu frivol.«

»Wir Seelenklempner benutzen privat oft solche Worte.« Karen lachte, und er stimmte mit ein. »Sie müssen eine sehr schwere Zeit gehabt haben.«

»Ja, das ist wahr«, erwiderte er grimmig, und sein Anflug von Belustigung war verflogen. »Und es ist nicht leicht, alles noch einmal aufleben zu lassen. Also wenn Sie noch etwas wissen möchten, sagen Sie es mir bitte jetzt, damit wir ein solches Gespräch nicht noch einmal führen müssen.«

Karen hatte noch tausend Fragen im Kopf, die sie stellen wollte, aber sie wusste, dass sie sich auf die wichtigsten beschränken musste.

»Sind Sie erleichtert, dass die Familie Sanders Spikes einzige Opfer sind?«

»Ja.« Die einzige Silbe aus Sylvia Falconers Mund klang so leidenschaftlich wie ein Peitschenhieb. »Alle haben uns ständig einreden wollen, dass diese Gräueltat nur eine in einer ganzen Serie war. Aber das ist nicht wahr. Irgendetwas muss passiert sein, das Spike an diesem Tag dazu gebracht hat, sie zu töten. Das passt nicht zu ihm. Glauben Sie mir das. Sie müssen ihn erschreckt oder irgendwie bedroht haben. So muss es gewesen sein.«

»Sylvia, rede keinen Unsinn«, befahl der Colonel. »Damit verwirrst du Dr Taylor und machst dich selbst krank. Dr Taylor, wenn es sonst nichts mehr zu besprechen gibt …«

»Wie hat Ihr anderer Sohn auf Spikes Handeln reagiert?«, fragte Karen und überlegte dabei, wie viel von dem, was Spike ihr über die Ängste seines Bruders erzählt hatte, wahr sein konnte.

Jetzt, wo sie den Colonel kennengelernt hatte, konnte sie sich möglicherweise sogar vorstellen, dass er seinen jüngeren Sohn dazu gezwungen hatte, einen Ball zu fangen, bis dieser vor Erschöpfung zusammengebrochen war. Aber irgendwie schien es immer noch unwahrscheinlich.

Sylvia Falconer schluckte heftig und schien zu einer Bemerkung anzusetzen, aber ihr Mann kam ihr zuvor.

»Silas hatte während seiner gesamten Kindheit große Angst vor Spike. Allerdings hat er uns das nie gesagt. Zu starke Selbstdisziplin, natürlich. Aber wir konnten es sehen. Seine Angst führte zu Albträumen. Jede Nacht wachte er schreiend auf. Und er war oft grundlos krank. Nach einer gewissen Zeit hatte er so große Angst davor, was Spike seinen Freunden antun könnte, dass er niemanden mehr mit nach Hause brachte, und wir ihn mehr oder weniger dazu zwingen mussten, Geburtstagsfeiern und Ähnliches zu organisieren. Es war nur machbar, wenn wir Spike in die Obhut anderer Leute gaben und die Party feierten, während er nicht da war. Und selbst dann schloss sich Silas manchmal im Bad ein. Es war unerträglich für ihn und für uns.«

Sylvia sah Karen mit einem Gesichtsausdruck an, den diese nicht deuten konnte. Bevor sie eine Frage stellen konnte, die ihr vielleicht hätte einen Hinweis geben können, sprach Colonel Falconer weiter.

»Also haben wir Silas in ein Internat geschickt. Am Anfang hatte er schreckliches Heimweh, aber es war seine einzige Chance. Und er hat sie genutzt. Er macht sich gut in der Stadt. Wird respektiert und hat Erfolg.«

Aufgrund des Wenigen, was Karen über traditionelle Armeefamilien wusste, hätte sie angenommen, dass alle Söhne auf ein Schulheim geschickt würden.

»Aber Spike haben Sie nie in ein Internat gegeben, oder?«, fragte sie und bemühte sich um einen neutralen Tonfall.

Mrs Falconer stand auf, strich ihren Rock glatt und murmelte irgendetwas davon, dass sie sich um das Gericht im Herd kümmern müsse. Als sie gegangen war, sprach ihr Mann weiter und machte ihr ein Geständnis.

»Um ganz ehrlich zu sein, war ich nicht bereit, Geld in

Spikes Ausbildung zu stecken, Dr Taylor. Hätte er irgendeine Neigung zu Büchern oder Spielen gezeigt, hätte ich das getan, egal, was es mich gekostet hätte. Aber da er keine Anstalten machte, mit irgendeinem Lehrer zu kooperieren, beschloss ich, dass die örtliche Schule mehr als gut genug für ihn war. Wie Sie sehen, kann meine Frau nicht länger darüber reden. Falls Sie noch weitere Fragen haben, schreiben Sie mich bitte an. Auf diese Weise müssen wir sie nicht damit belasten, und ich werde mich bemühen, Ihnen alles zu sagen, was Sie wissen möchten. Danke für Ihren Besuch.«

Karen stand folgsam auf und hoffte, auf ihrem Weg nach draußen noch rasch in die Küche gehen zu können, um mehr über Mrs Falconer zu erfahren und das zu hören, was sie bisher nicht hatte sagen können. Der Colonel bestand jedoch darauf, sie zur Haustür zu begleiten. Er stand auf den Stufen und winkte ihr nach, als Karen von seinem wunderschönen, aber unglücklichen Haus wegfuhr.

Irgendwie musste sie es schaffen, seine Sperre zu durchbrechen und noch einmal allein mit seiner Frau zu sprechen. Und vielleicht sollte sie auch nach London fahren, um sich dort mit Silas zu treffen.

Karen fragte sich, ob er jemals nach Hause kam oder ob er sich ein sicheres Leben abseits der Heimat eingerichtet hatte, in welchem es die Insel nicht mehr gab.

8

Karen träumte von Leichen, unfallbeschädigten Autos, gebrochenen Schädeln und Blut. Aber als sie aufwachte, ging es ihr überraschend gut. Sie blieb einen Moment liegen und dachte darüber nach, warum sie sich so behaglich fühlte.

Der Regen hatte aufgehört. Das ständige Trommeln auf dem Dach war verschwunden. Jetzt hörte sie draußen Vögel zwitschern und kleine Tiere im Gestrüpp herumhuschen. Und die Schritte eines Erwachsenen, der auf ihre Haustür zukam.

Sie warf die karierte Bettdecke zurück und griff nach ihrem Kimono, um halbwegs ordentlich angezogen zu sein. Aber niemand klopfte an der Tür oder rief nach ihr. Sie setzte sich auf die Bettkante, wartete und lauschte. Dann hörte sie einen dumpfen Aufprall, so, als hätte jemand etwas auf ihre Veranda fallen lassen. Danach wieder Schritte, die sich nun rasch entfernten und in der Ferne verklangen.

Ihre Jeans lag auf dem Stuhl am Fuß des Bettes. Sie griff nach einem frischen Slip, zog sich die Jeans an und streifte sich eines der Sweatshirts von dem Stapel über, der darauf wartete, in den Waschsalon gebracht zu werden. Ansehnlich genug, um jemandem zu begegnen, rannte sie barfuss zur Tür und öffnete sie.

Kein Zeichen von irgendjemandem, der die schmale Straße entlang oder durch das Wäldchen gegangen sein könnte. Sie blieb einen Moment lang stehen, genoss die Wärme und die Sonnenstrahlen, die durch die leise raschelnden Blätter drangen und sogar diesen bedrückenden Wald erhellten.

Dann fiel ihr ein, dass sie ein Geräusch gehört hatte, als ob jemand etwas auf ihre Veranda geworfen hätte. Sie sah sich um, würgte plötzlich und ging rückwärts, bis sie mit den Fersen an die Holzschindeln des Hauses stieß.

Am Rand der Veranda lag eine große, zugeknotete durchsichtige Plastiktüte, in der etwas Rosafarbenes glitzerte. Sie konnte zwei gekrümmte Rückgrate erkennen; einige ineinander verschlungene Gliedmaßen; Fleischstücke. Ganz frisch. Und sehr klein.

Ihre Träume von letzter Nacht kamen ihr wieder ins Gedächtnis, und sie presste eine Hand auf ihren Mund.

»Du bist nicht zimperlich«, sagte sie laut, aber sie wusste, dass sie sich selbst ebenso belog, wie sie Chief Inspector Trench vor drei Tagen belogen hatte.

Dann entdeckte sie unter der Tüte ein Stück Papier, auf dem etwas geschrieben war. Zögernd tastete sie sich mit einem nackten Fuß vorwärts, drückte den großen Zeh auf den Rand des Blatts und zog es zu sich heran. Als sie sich bückte, um den Zettel aufzuheben, erkannte sie, was sich in der Tüte befand.

Kaninchen. Gehäutet und ohne Kopf. Fleisch, keine Leichen von Babys.

Sie schwitzte, schämte sich und kämpfte um Selbstbeherrschung. Schließlich entfaltete sie den Brief. Er war nicht unterschrieben, aber die Handschrift war gut zu lesen – die Art von altmodischer, geradliniger Schrift, die man früher ›gebildeten‹ Menschen zugeschrieben hatte.

Ich weiß nicht, ob Sie Kaninchen mögen, aber man kann mit Zwiebeln und Thymian ein gutes Schmorgericht daraus machen. Bärlauch passt auch gut dazu. Ich habe die Köpfe abgeschnitten, als ich sie gehäutet und ausgenommen habe, weil ich weiß, dass Damen mit den Köpfen nichts anfangen können. Es dürften keine Schrotkugeln mehr drin sein, aber achten Sie trotzdem darauf, falls ich ein oder zwei davon übersehen haben sollte. Daran kann man sich die Zähne ausbeißen.

Karen lehnte sich gegen die Holzschindeln ihres Häuschens und dachte daran, dass Peter sie in London in mit Michelin-Sternen prämierte Restaurants ausgeführt und sie Kaninchen bestellt hatte. Nie wieder. So köstlich es auch geschmeckt haben mochte. Nie wieder.

Sie hob die Tüte an einer der zusammengeknoteten Ecken hoch und trug sie ins Haus. Diese Kaninchen waren wahrscheinlich ein Geschenk von Roderick, dem Elefantenmenschen, der sich damit für das Bild von Kipling revanchieren wollte.

Was um alles in der Welt sollte sie sagen, falls er sie fragte, wie es ihr geschmeckt hatte? Wenn sie vorgab, sie gut gefunden zu haben, würde er ihr möglicherweise weitere bringen. Aber die Wahrheit wäre unhöflich. Wahrscheinlich war es am besten, die Tüte auf einer ihrer Fahrten über die Insel in irgendeinem unauffälligen Mülleimer verschwinden zu lassen.

Sie zog die Tür des ständig brummenden Kühlschranks auf und legte die Tüte fürs Erste dort hinein, um sich später der Sache anzunehmen.

Neben dem Spülbecken in der Küche lag ein grobkörniges Stück Seife aus Olivenöl. Karen drehte den Hahn für das heiße Wasser auf und schrubbte ihre Hände, bis sie runzlig und sehr sauber waren. Sie wünschte sich, die Seife würde richtigen Schaum abgeben.

»Was ist Ihnen zugestoßen?«, fragte Spike, als sie in das Besprechungszimmer kam.

»Was meinen Sie damit?«

»Sie wirken betroffen. Verletzt. Hat Sie jemand schlecht behandelt?« Er klang besorgt und sah sie mitfühlend an.

Sie schüttelte den Kopf und fragte sich neugierig, ob das der Beginn eines neuen Spiels war oder ob er tatsächlich zu Empathie fähig war.

»Ich habe heute Morgen einen dummen Fehler gemacht«, erklärte sie, in der Hoffnung, mehr über seine Absichten zu erfahren. »Jemand hat mir einige Kaninchen gebracht, die er für mich geschossen und gehäutet hatte. Ich dachte, es wären …«

»Tote Babys? Sie sehen genauso aus, nicht wahr? Aber mit

Zwiebeln und Bärlauch kann man ein gutes Schmorgericht daraus machen«, warf Spike ein und lachte. Karens Magen zog sich schmerzhaft zusammen.

Er hatte genau die Worte des Elefantenmenschen wiederholt. Nur ein Zufall, wie sie sich sagte, aber ausreichend, um das Gefühl des Ekels von heute Morgen noch einmal aufleben zu lassen.

»Und das Gehirn ist auch nicht schlecht, wenn man großen Hunger hat. Anders als das Fleisch, weil es eine andere Konsistenz hat. Aber gut. Man kann es aus dem Kopf heraussaugen.«

»Haben Sie viele Kaninchen geschossen?«, fragte sie. Sie fing sich sehr schnell wieder und hoffte, dass er nicht bemerkt hatte, wie sie für einen Moment die Fassung verloren hatte.

»Geschossen? Wie hätte ich sie denn schießen sollen, Dr Taylor? Sie sollten nicht versuchen, mich hereinzulegen.« Sein Lächeln wirkte jetzt keineswegs mehr freundlich. »Wie ich schon mehrmals sagte, besitze ich keine Waffe. Deshalb habe ich diese Leute auch nicht erschießen können. Und deshalb werde ich Berufung einlegen, und dieses Mal werde ich hier rauskommen.«

Karen machte sich eine Notiz über das, was er gerade gesagt hatte, um beide daran zu erinnern, dass sie aus beruflichen Gründen hier war und ihn und seine Gedankenwelt erforschen wollte.

»Aber ich habe eine Menge Kaninchen getötet«, fuhr er fort. »Das tut man, wenn man an einem Ort wie diesem auf der Straße lebt. Es gibt Tausende von ihnen. Sie sind überall auf der Insel und leicht zu fangen. Man fängt sie mit Schlingen. Mit einem Draht um den Nacken. Das ist leicht und geht schnell. Na ja, normalerweise; manchmal wehren sie sich.«

Er hielt inne, beobachtete sie und leckte sich die Lippen. Sie ging nicht darauf ein – für eine Reaktion von ihr musste er ihr noch mehr bieten.

»Wenn Sie mir morgen ein Stück festen Draht mitbringen, dann zeige ich Ihnen, wie man das macht, Dr Taylor. Es muss etwa einen halben Meter lang sein. Am besten funktioniert es mit dem Gartendraht mit der grünen Umhüllung aus Plastik.« Seine Stimme wurde jetzt wieder so hoch, wie sie sie schon kannte.

Sie machte sich eine weitere Notiz. Dass sie sich einen Moment nicht auf ihn konzentrierte, verstärkte offensichtlich seine Entschlossenheit, ihr eine Reaktion zu entlocken.

»Wenn der Draht mit Plastik umwickelt ist, dann ist das Risiko geringer, dass man ihre kleinen pelzigen Köpfe abtrennt und eine Sauerei veranstaltet«, fuhr er fort und sprach immer schneller. »So eine Sauerei will man nicht haben, Dr Taylor. Zu viel Blut. Und es sieht nicht schön aus, wenn die Köpfe abgerissen werden. Sie bringen mir doch morgen einen Draht mit, Dr Taylor, oder?«

»Nein«, erwiderte sie, ohne weiter darauf einzugehen, und wartete, was sie jetzt noch zu hören bekommen würde.

Er sagte jedoch nichts mehr, sondern legte seine Hände auf die Tischkante und stützte die Handgelenke auf. Dann hob er seine gekrümmten Finger an, sodass er einen Kreis damit bilden konnte, und rammte sie schließlich mit einer solchen Geschwindigkeit aneinander, dass ein Fingerknöchel knackte. Bei dem Geräusch krampfte sich ihr Magen wieder zusammen.

Er war viel zu intelligent, um anzunehmen, dass sie ihm tatsächlich so etwas Gefährliches wie einen langen Draht in die Hand geben würde. Wieder wartete sie ab.

»Es funktioniert nicht immer beim ersten Mal«, fuhr er etwas ruhiger fort, so, als versuchte er es nun mit einer anderen Taktik, nachdem die erste keinen Erfolg gebracht hatte. »Aber wenn die Schlinge ihnen nicht den Hals gebrochen hat, dann schlägt man ihnen einen Stein auf den Kopf. Immer wieder, bis sie tot sind. Einen Stein. Oder einen Ziegel.«

Sie dachte an die Schwimmerin, der der Kopf mit einem Ziegelstein eingeschlagen worden war, bevor sie erdrosselt wurde, wenn man Chief Inspector Trenchs Informationen glauben durfte. War das der richtige Moment, um die Fragen zu stellen, mit denen er sie beauftragt hatte?

»Jim sagt, sie hätten sich gestern mit meinen Eltern getroffen.« Spike schenkte ihr ein ausgesprochen höfliches Lächeln und schlüpfte wieder in eine andere Rolle. »Wie sind Sie mit Ihnen zurechtgekommen? Hat Pa Ihnen erzählt, dass Jungen Disziplin und Spiele brauchen, um Teamgeist und Ehrgeiz zu entwickeln?«

Karen schüttelte den Kopf.

»Oh, dann ist er wohl immer noch der Meinung, dass ›es sehr unfair von den Behörden war, mir ein psychopathisches Baby aufzuhalsen‹, richtig?« Er legte geballte Arroganz in seine Stimme und klang noch aufgeblasener als sein Vater.

»So hat er es nicht gesagt, Spike.«

»Aber das denkt er. Und deshalb hasse ich ihn.«

»Wie alt waren Sie, als Sie zum ersten Mal den Eindruck bekamen, dass er so über Sie denkt?«

Spike kippte seinen Stuhl noch schneller als sonst nach hinten. Karen musste sich zusammenreißen, um nicht ihre Hand auszustrecken oder ihn zu ermahnen, vorsichtig zu sein. Bei einem Aufprall auf dem harten Boden könnte er sich den Schädel brechen. Und dann würde sie nichts mehr von ihm erfahren.

»Als er mich beschuldigte, Lara getötet zu haben.«

»Lara?«

»Sie konzentrieren sich nicht, Dr Taylor. Oder tun Sie nur so, um mich wieder auszutricksen? Ich habe Ihnen gestern von ihr erzählt. Sie war mein Labrador.«

»Warum haben Sie sie Lara genannt?«

»Das habe ich nicht.«

»Wer hat den Namen für sie ausgesucht?«

Spike zuckte die Schultern. »Ich nehme an, jemand, der *Doktor Schiwago* gelesen hat. Man nimmt an, dass die echte Lara zum KGB gehörte und Pasternak, den armen Kerl, die ganze Zeit über ausspioniert hat. Haben Sie das gewusst? Jim hat mir erst letzten Monat ein Buch darüber geliehen.«

»Ich glaube, das habe ich auch irgendwo gelesen.« Karen war fasziniert von dem flüchtigen Blick, den er ihr auf die verschlungenen Pfade seiner Fantasie gestattet hatte. »Und glauben Sie, dass es stimmt?«

»Es ergibt Sinn, oder nicht?«

»Warum?«

»Alle diese Zufälle. Sie treffen sich immer wieder irgendwo in Russland und verlieben sich wieder ineinander, und alles wirkt zufällig. Da ist es doch viel wahrscheinlicher, dass man sie ihm hinterhergeschickt hat, um ihn zu beobachten, ihn im Auge zu behalten, ihn zu kontrollieren und alles zu berichten, was er tat.« Spike sah Karen über den Tisch hinweg ernst an, so, als wollte er ihr zu verstehen geben, dass er ihr jetzt nichts vormachte. »Wie ich schon sagte – armer Kerl.«

»Haben Sie sich auch so gefühlt, als Sie aufwuchsen? So, als würde man Sie ständig beobachten und Berichte über Sie abgeben?«

Sein breites Lächeln war jetzt wieder wenig überzeugend. »Natürlich.«

»Und was haben Sie dagegen unternommen?« Karen zeichnete ein weiteres Muster oben auf das Blatt, auf dem sie sich die Notizen dieses Tages machte, und hoffte wieder, dass ihn der Anschein, ungestört zu sein, dazu verleitete, ihr etwas Aufrichtiges zu sagen.

»Ich habe mitgespielt. Ihnen das gegeben, was sie haben wollten. Bis ich genug davon hatte. Ich hatte es satt. Deshalb ist das Leben auf der Straße besser. Du kannst tun, was du willst, und musst dir nicht ständig diese Stimmen anhören.«

»Stimmen?«, fragte sie ein wenig zu schnell. In den Akten, die sie gelesen hatte, war nie die Rede davon gewesen, dass er jemals Probleme mit inneren Stimmen gehabt hatte.

»Stimmen am Telefon, Stimmen, die sich etwas zuflüstern, sich etwas berichten und Fragen stellen. Wo ist Spike? Was hat er getan? Ist er gefährlich? Ist er psychotisch? Ist er krank? Geht es um etwas, was er getan hat? Kann er behandelt werden? Wie können wir ihn davon abhalten, dass er andere verletzt? Wie können wir ihn loswerden?«

Er ließ den Stuhl krachend auf alle vier Beine zurückfallen.

»Das alles können sie nicht gesagt haben«, widersprach Karen. »Nicht so, dass Sie es hören konnten.«

»Natürlich haben sie das getan. Ständig. Und wenn sie es nicht ausgesprochen haben, dann haben sie es sich gedacht. Wie in den Cartoons, wo eine Sprechblase über den Köpfen erscheint. Warum können wir Spike nicht zurückgeben? Pa wollte mich von vornherein nicht adoptieren. Und als Silas auf die Welt kam, seine Gene trug und bereit war, genauso wie er zu werden, hatten sich seine Anforderungen an mich ohnehin erübrigt.«

Überrascht von seiner Redegewandtheit und von seinen Erkenntnissen sah Karen ihn erwartungsvoll an und hoffte auf mehr. Aber er lachte nur.

»Sie haben anscheinend nicht die richtigen Fragen gestellt, Dr Taylor«, meinte er. »Und Sie sind Doktor der Psychologie! Sind Sie tatsächlich auf seinen Versuch hereingefallen, Sie davon zu überzeugen, dass er ein Gutmensch sei?«

»Was war das Schlimmste, was Sie jemals getan haben?«, warf sie schnell ein und hoffte auf eine rasche, spontane Reaktion.

Er starrte an die Wand über ihrem Kopf und schien sich mit aller Kraft zu konzentrieren. Seine Lippen bewegten sich, und er lächelte wie jemand, der in einer geheimen Erinnerung schwelgte.

»Ich habe in der Kirche gewichst«, erklärte er und sah sie herausfordernd an, als wollte er sie dazu provozieren, ihm nicht zu glauben. »Pa war ent … setzt. Genauso hat er es ausgesprochen, als wären es zwei Wörter mit einer langen Pause dazwischen. Ich hatte ihn noch nie so aufgeregt erlebt.«

»Was hat er getan?«, wollte sie wissen. Als Spike ihr keine Antwort gab, fragte sie nach. »Sind Sie bestraft worden?«

»Er hat mich nicht geschlagen, falls Sie das meinen. Er sagte, er sei entsetzt, und dass ich nicht in eine normale menschliche

Gesellschaft passe. Dann schickte er mich für drei Tage in mein Zimmer. Das war der längste Stubenarrest, den ich jemals bekommen hatte, Dr Taylor. Ich hörte, wie er zu meiner Mutter sagte, dass ich ein Tier sei, das man niemals sozialisieren könne, und dass sie eine sentimentale Närrin sei, wenn sie das glaube.«

Er schwieg. Sein Gesicht war ausdruckslos, und er begann, mit seinen Fingern zu spielen; er schlang sie ineinander, bog sie, streckte sie wieder und bewegte sie auf und ab, wie Kinder das zu dem Reim über Kirche und Kirchturm taten.

»Wie haben Sie sich dabei gefühlt?«, fragte Karen schließlich.

Spike legte seine Hände flach auf den Tisch und warf einen Blick auf seine Uhr, wie jemand, der ungeduldig dem Ende einer mühsamen Geschäftsbesprechung entgegensah.

»Gelangweilt«, erwiderte er und sah mit einem Lächeln auf. »Drei Tage allein sind sehr langweilig, wenn man die anderen unten hören kann. Ich habe mein Essen auf einem Tablett bekommen, aber sie durfte nicht mit mir reden, wenn sie es mir gebracht hat. Wir können das jetzt nicht mehr in allen Einzelheiten besprechen, Dr Taylor. Sie müssen gehen. Ihre halbe Stunde ist gleich vorüber. Drücken Sie auf die Klingel. Und vergessen Sie nicht, auf dem Heimweg Bärlauch zu besorgen; das gibt dem Kanincheneintopf den richtigen Geschmack.«

Es fiel ihr schwer, ihm jetzt den Rücken zuzukehren, wo er ihr gerade die ersten Hinweise auf das gegeben hatte, was sie wissen wollte. Aber er hatte recht: ihre Zeit war abgelaufen. Der Beamte, der kam, nachdem sie geklingelt hatte, war ihr nicht bekannt.

»Ist Jim nicht da?«, fragte sie, nachdem er die Tür hinter ihnen geschlossen hatte.

»Er hilft am Empfang aus. Sie finden ihn dort, falls Sie mit ihm sprechen möchten.«

»Danke.«

Sie wartete an dem eingeglasten Schreibtisch, bis der Geistliche, der gerade zu Besuch kam, sein Taschenmesser und seinen Regenschirm abgegeben hatte, holte sich dann ihre Schlüssel und nickte Jim zu. Er schien sich mit ihr unterhalten zu wollen, aber für diesen Morgen hatte sie genug. Sie war sich jetzt sicher, dass Spike wesentlich mehr Kontrolle über seine Gedanken und seine Äußerungen hatte – und wahrscheinlich auch über seine Taten –, als er vorgegeben hatte. Er konnte auch sehr gut über Ereignisse aus seiner Vergangenheit sprechen und sogar seine Theorie begründen, dass das Vorbild für Lara im wirklichen Leben eine Mitarbeiterin des KGB gewesen sein musste, die man auf Boris Leonidovich Pasternak angesetzt hatte.

Auf keinen Fall war er ein einfacher, unbeholfener Psychopath, der eine Familie nur auslöschte, weil er an einem heißen Sommertag unerwartet über sie stolperte. Vielleicht hatte Spike wirklich Isabelle Sanders ausgesucht, weil sie seinem Idealbild eines Opfers entsprochen hatte. Und als er vom Rest der Familie gestört worden war, hatte sich aus dem genüsslichen Töten einer Einzelperson ein Mordrausch entwickelt.

Karen war sich bewusst, dass sie Trench einen Anruf schuldete, um mit ihm über seine Theorien zu diskutieren, aber das würde sie noch aufschieben. Zuerst musste sie ihren Kopf wieder frei bekommen.

Auf dem Heimweg fuhr sie nach Newport, um ihre Vorräte an Essen und Getränken aufzufüllen.

Als sie um die letzte Kurve bog, sah sie einen Mann auf ihrer Veranda sitzen. Ohne nachzudenken, trat sie mit aller Kraft auf die Bremse. Die Reifen drehten sich in dem Schlamm, der im Schatten der Bäume immer noch wie eine Ölschicht auf dem Asphalt lag, obwohl es heute nicht geregnet hatte.

Sie riss das Lenkrad herum, um das Rutschen und Schleudern mit Gegenlenken abzufangen, wie Peter es ihr damals gezeigt hatte, als sie noch seine folgsame Bewunderin gewesen war. Das Auto drehte sich einmal um die eigene Achse, bevor es mit der Motorhaube zum Haus gerichtet zum Stehen kam.

Der Mann stand auf – es war Will Hawkins, der eigentlich

fünfzig Meilen entfernt auf der anderen Seite des Solent in einem Operationssaal stehen und das Gehirn eines Patienten aufschneiden sollte.

Karen umklammerte das Lenkrad und dachte an Spikes Anspielungen auf Zufälle, die eigentlich keine waren, und daran, dass hier jeder wusste, was sie auf der Insel tat und ihr irgendjemand widerliche Päckchen mit Fleisch von toten Kaninchen brachte.

Aber im Augenblick wollte sie sich mit keinem dieser Themen beschäftigen und wartete stattdessen auf eine Erklärung. Will stieg die beiden niedrigen Stufen hinunter auf den rutschigen Weg und kam auf sie zu. Karen öffnete die Wagentür und beugte sich vor, eine Hand immer noch auf dem Lenkrad, und den Ellbogen des anderen Arms auf die Lehne ihres Sitzes gestützt.

»Was zum Teufel ist passiert?«, fragte er. Seine Stimme klang angespannt – entweder war er erschrocken oder verärgert.

»Ich bin ins Rutschen geraten«, erklärte sie unnötigerweise und war allmählich wieder in der Lage, mehr als nur ihre Gefühle wahrzunehmen.

Er trug seine Lieblingsjeans, die auf der Hüfte saß, und ein wunderschön geschneidertes pinkfarbenes Baumwollhemd, das seinen langen, schlanken Oberkörper zur Geltung brachte und ihn jünger als seine 39 Jahre wirken ließ. Sein helles Haar war wie immer leicht zerzaust und sah aus, als wäre er gerade aus der Dusche gestiegen und hätte es sich mit einem rauen Handtuch kräftig abgerubbelt.

Als sie aus dem Wagen stieg, stellte sie erleichtert fest, dass ihre Knie nicht zitterten und sie ruhig atmete.

»Ich habe heute Morgen bereits einen Schnellkurs über körperliche Reaktionen auf unnötige Ängste belegt«, fügte sie hinzu. »Du warst nur eine weitere Fußnote, für den Fall, dass ich das Wesentliche nicht begriffen haben sollte. Was zum Teufel tust du hier an einem Donnerstag?«

»Einer unserer Patienten wurde gestern nach einer Routineoperation positiv auf MRSA getestet. Alle Operationssäle wurden daraufhin für eine gründliche Reinigung geschlossen, also habe ich meine Schichten getauscht. Ich habe dir eine Nachricht auf deinem Telefon hinterlassen. Hast du sie nicht erhalten? Ich kann bleiben, bis die letzte Fähre am Samstag zurückfährt. Er hielt einen Moment inne und sah sie vorsichtig an. »Wenn das in Ordnung ist.«

»Sicher. Großartig. Komm rein.« Karen kramte in ihrer Hosentasche nach dem großen, klimpernden Schlüsselbund, an dem auch ihr Hausschlüssel befestigt war.

Obwohl sie sich sehr auf das Wochenende mit Will gefreut hatte, rief sein unerwarteter Besuch unbehagliche, widerstrebende Gefühle in ihr hervor. Sie hatte ihre Pläne für den heutigen Tag bereits gefasst, und darin war kein Platz für jemand anderen. Unterbrechungen ihrer Routine waren für sie noch nie einfach gewesen.

»Warum hängst du sie nicht an den Bund mit deinen Autoschlüsseln?«, fragte er und deutete auf den schweren Schlüsselbund.

»Weil ich dann beide verlieren könnte«, erwiderte sie und hoffte, dass er ihr ihre Abneigung gegen seinen heutigen Besuch nicht anmerkte. »So kann ich Ersatzschlüssel im Haus und im Handschuhfach des Wagens aufbewahren.«

»Ich habe noch nie jemanden kennengelernt, der so viele Vorsichtsmaßnahmen gegen mögliche eigene Fehlleistungen trifft«, meinte Will, während er seine vertraute Wochenendtasche aus khakifarbenem Segeltuch an den starken braunen Lederriemen hochhob, beinahe eine Parodie eines submilitärischen Männlichkeitssymbols, das, wie sie hoffte, überhaupt nicht zu seinem wahren Charakter passte.

So wenig Mühe, wie es ihn kostete, sie hochzuheben, hätte sie auch aus Papiertaschentüchern bestehen und nichts als Federn enthalten können. Selbst wenn sie nicht gewusst hätte, dass er mit Gewichten trainierte, hätte es diese Bewegung verraten. Er stellte die Tasche im Haus neben die Tür, sodass sie nicht im Weg stand.

»Erzähl mir von dem Schnellkurs«, sagte er, und jetzt klang seine Stimme nicht mehr so steif. »Wer hat dir Angst eingejagt? Dein Psychopath?«

»In einer Minute«, erwiderte sie und reichte ihm die Einkaufstasche aus festem Baumwollstoff, in der sie die frische Milch und das Hähnchen verstaut hatte, das sie nach ihrem Besuch im Gefängnis gekauft hatte. »Könntest du das für mich in den Kühlschrank legen?«

»Oh«, stieß er hervor. »Was hast du denn da …? Ach, ich sehe schon. Das sind nur ein paar Kaninchen. Ich dachte …«

»Ich auch.« Karen begann, sich zu entspannen. »Freut mich, dass es nicht nur mir so ging. Das hat mich heute Morgen aus der Fassung gebracht. Ich konnte beinahe spüren, dass meine Amygdala blinkte wie ein Leuchtturm.«

»Du hast dich aber keiner Gehirnsonographie unterzogen, oder?« Er klang besorgt.

»Nein, aber ich habe lange genug studiert, um zu wissen, wie sich Angst darstellt.«

»Und zu wissen, welche Ströme von Cortisol produziert werden, wenn die Amygdala aufleuchtet, nehme ich an«, sagte er dozierend und nüchtern, womit er sie, wie sie annahm, beruhigen wollte. »Und wenn sie nicht in einer sofortigen körperlichen Betätigung abgebaut werden, setzen sie sich fest, erzeugen zunehmenden Stress und führen letztendlich zu Migräne, Magenbeschwerden, Depressionen und wahrscheinlich noch zu vielem mehr. Kein Wunder, dass du gereizt bist.«

»Deshalb habe ich für heute Nachmittag einen ausgiebigen Spaziergang geplant, um diese Chemikalien aus meinem System zu entfernen«, erwiderte Karen und schob ihren Wunsch nach Alleinsein zur Seite. Will war hier. Sie konnte ihn jetzt nicht wegschicken. »Kommst du mit?«

»Natürlich. Und wenn wir zurückkommen, können wir die Kaninchen zubereiten – sie schmecken herrlich, wenn man sie gut kocht, es bleiben keine Reste von irrationalen Ängsten zurück, und …«

Er hielt inne, als wolle er ihr Zeit geben, sich zu äußern oder den Satz für sie zu beenden. Sie schwieg jedoch und bereitete sich darauf vor, dass auch er ihr jetzt sagen würde, dass man sie mit Zwiebeln und Bärlauch schmoren musste.

»Und hast du schon zu Mittag gegessen?«, fragte er.

»Noch nicht.«

Er öffnete seine Reisetasche und zog eine in Zellophan verpackte und mit roten Bändchen verschnürte Pastete und ein langes, schmales, in braunes Papier gewickeltes Päckchen heraus. Das Päckchen legte er auf den unaufgeräumten Tisch, den sie sowohl zum Arbeiten als auch zum Essen benutzte. Dann reichte er ihr feierlich die Pastete.

»Als ich in Lymington auf die Fähre warten musste, habe ich das gekauft«, erklärte er. »Eine traditionelle Schweinefleischpastete. Wir könnten sie jetzt mit ein paar von deinen Äpfeln essen. Kein Kochen. Kein Stress.«

»Großartig«, meinte sie, obwohl ihr nicht danach zumute war, etwas so Rosafarbenes wie die Füllung einer Schweinefleischpastete zu essen. »Und ich habe noch Wein. Wenn du bis Samstag frei hast, darfst du dir doch ein Glas genehmigen?«

Er nickte. Sie spürte mit einem Mal ein ungewohntes Gefühl, das sie zu ihm hinzog, so, als würde ihr Unterbewusstsein sich in seine Arme werfen wollen und ihn bitten, sie für immer vor allen anderen Menschen zu schützen. Lautlos sagte sie ihrem Unterbewusstsein deutlich, was es ihrer Meinung nach tun sollte.

»Du weißt, dass dein Professor glaubt, dass deine Schale die härteste ist, auf die er jemals gestoßen ist«, sagte Will mit einem Blick über seine Schultern, während er das Zellophan von der Pastete zog und sie auf einen großen, gesprungenen Teller legte. »Noch bevor wir uns persönlich kennengelernt haben, hat er mir gesagt, dass er sich nicht sicher sei, ob jemals jemand in der Lage sei, sie zu knacken.«

Karen schraubte gerade den Korkenzieher in den Korken der Flasche Bordeaux und hielt inne. »Ist das eine dieser schrecklichen männlichen Sexualmetaphern?«

»Wenn das so sein sollte, habe ich sie noch nie gehört. Essen wir hier?«

»Ich habe mich schon gefragt, ob er dich herausgefordert hat und wir deshalb gleich in der ersten Nacht miteinander im Bett gelandet sind. Ja. Ich räume gleich meine Bücher vom Tisch. Einen Moment noch.«

»Soweit ich mich erinnern kann, kam in dieser ersten Nacht der Vorschlag, in deine Wohnung zu gehen, von dir«, meinte Will. Seine Stimme klang jetzt wesentlich entspannter, und er strich ihr mit dem Zeigefinger sanft über den Nacken.

Sie atmete genussvoll den vertrauten Duft seiner Haut ein, eine Mischung aus reiner Seife und den Kugeln aus Zedernholz, die er, wie er ihr erzählt hatte, zwischen seine Kleidungsstücke legte, um die Motten fernzuhalten. Sie wandte sich ihm zu, um ihn zu küssen, während sie immer noch die Flasche Wein am Korkenzieher festhielt.

»Das klingt gar nicht nach mir«, sagte sie, als sie sich wieder zurückzog.

»Na ja, ich hätte es niemals gewagt, das vorzuschlagen, nachdem du in dem Restaurant so heftig reagiert hast.«

»Aber du hast nicht gezögert, oder?«

»Keine Sekunde.« Er legte ihr beide Hände auf die Schultern. »Wer hätte das schon getan?«

Sie lachte, aber sie konnte das Bild von ihm und Max Pitton nicht verdrängen, und sah vor sich, wie Max sich über ihre vermeintliche Unverwundbarkeit bei dem Besuch seines berühmten Redners geäußert hatte. Vielleicht hatten sie Wetten abgeschlossen, wie lange es dauern würde, bis Will sie ›knackte‹.

Sei nicht paranoid, ermahnte sie sich.

»Was ist in dem anderen Päckchen?«, fragte sie laut, fest entschlossen, ihre Gedanken wieder in die Gegenwart zu lenken.

»Du hast mir in deiner ersten E-Mail geschrieben, dass die Messer hier nichts taugen.« Will zog die Schublade des alten Schranks auf und zog ein verbogenes, rostiges Messer hervor. »Und ich sehe jetzt, was du damit gemeint hast. Also habe ich eines mitgebracht. Aber ich finde, du solltest damit nicht die Pastete aufschneiden. Dafür nehmen wir noch dieses hier.«

Neugierig stellte sie die Weinflasche auf den Tisch und griff nach dem Päckchen. Er hatte das braune Papier so sorgfältig und fest mit Klebeband befestigt, dass keine Ecken abstanden. Sie musste mit den Fingernägeln an einer Seite kratzen, bis sie ein Stück des Klebebands fassen und abziehen konnte. Unter der braunen Verpackung fand sie ein weiteres Päckchen aus weißem Karton, und darin befand sich eine lange, mit matter, dunkelblauer Seide bezogene und mit winzigen Knochenverschlüssen versehene Schachtel.

»Meine Güte!« Sie sah zu ihm auf. »Ein Sushi-Messer!«

»Ich weiß, wie sehr du dieses widerliche, schleimige Zeug magst, und ich dachte, jetzt, wo du dich auf einer Insel befindest, hast du sicher die Möglichkeit, dir frischen Fisch zu besorgen. Und dafür solltest du ein richtiges Messer haben.«

»Aber ein solches!« Sie klappte die Schachtel ganz auf, um sich das begehrenswerteste Messer der Welt anzuschauen – das Messer eines japanischen Chefkochs mit einer keramischen Klinge. »Sie kosten ein Vermögen.«

»Und sie sind hier nicht leicht zu bekommen. Aber man hat mir gesagt, das sei das beste. Und nur darauf kam es mir an.«

»Wir müssen uns morgen Fisch besorgen.«

»Nur, wenn ich meinen gekocht serviert bekomme. Kannst du dir wirklich den Freitag freinehmen?«

»Warum nicht? Ich kann mir meine Zeit einteilen – ich werde dafür nicht bezahlt. Leider. Ich werde im Gefängnis anrufen und sagen, dass ich erst am Montag wiederkommen werde. Das ist kein Problem«, erwiderte sie, klappte die mit Seide bezogene Schachtel zu und stellte sie auf einen Ehrenplatz auf dem Regal über der Spüle. Wenn sie niemand in das Abspülwasser fallen ließe, sollte sie dort in Sicherheit sein.

Nach dem Mittagessen gingen sie die Straße zum Strand hinunter. Karen war sich sicher, dass sie ihn für sich allein haben würden. Dieser Teil der Insel war nicht sehr einladend. Der Strand war nur etwas über einen Meter breit und bestand hauptsächlich aus großen, runden, blassgrauen Steinen, auf denen man schlecht laufen konnte. Ringsherum versperrte ein düsterer Wald die Aussicht auf die Landschaft.

Das Meer war heute schlammgrau und schwappte so träge über die Steine, als hätte es keine Kraft. Das Wasser roch nach verfaultem Seegras und den toten Vögeln, die in den trüben Wellen trieben und bereits halb von Krebsen und Krabben aufgefressen worden waren.

Auf der anderen Seite des Solent sah die grüne Landschaft von Hampshire ganz normal aus – ruhig und sicher. Einige Jachten fuhren die schmale Wasserstraße hinauf und hinunter, zu weit entfernt von dem Strand, um sie zu stören.

Will legte einen Arm um ihre Schulter und küsste sie aufs Ohr. »Du bist nicht unglücklich hier, oder?«

»Nein. Die Gespräche mit Spike frustrieren mich. Und verwirren mich. Ich bin mir nicht sicher, ob ich jemals etwas Nützliches aus ihm oder seinen Eltern herausbekommen werde.« Sie wandte sich ihm zu und war wie immer überrascht davon, welch umwerfende Wirkung er auf sie hatte.

Der aufgeknöpfte Kragen seines Hemds zeigte seine Schlüsselbeine und ließ seinen Hals noch länger und ebenmäßiger erscheinen.

»Und ich war nervös«, fügte sie hinzu und versuchte, sich mehr auf ihre Unterhaltung als auf seinen Körper zu konzentrieren.

»Das habe ich bemerkt.«

»Es war sehr interessant, meinen Seelenzustand zu beobachten«, sagte Karen. Sie wollte nicht, dass Will das Gefühl bekam, er hätte ihre angeblich undurchdringbare Schale durchbrochen. »Ich weiß, dass mein Gehirn zu nützlichen Einsichten kommen wird, sobald Spike mir irgendetwas Wahres verrät. Dann wird es mir wieder gut gehen. Das ist lediglich der diffuse Start eines jeden Projekts.«

»Und dass du nun wieder in dem Ferienhaus deiner Kindheit bist? Ist das nicht schwierig für dich?«

»Irgendwie schon.« Sie war erleichtert, dass sie ihm nicht alles erklären musste, was in ihr vorgegangen war. »Wahrscheinlich war das der Hauptgrund für meine Nervosität, natürlich außer der Tatsache, dass du mir gefehlt hast.«

»Sicher.« Er lachte gezwungen, als wüsste er, wie schwer es ihr fiel, ihn in ihre Privatsphäre eindringen zu lassen.

»Früher war Aidan immer mit mir hier«, fügte sie hinzu. »Und jetzt kann ich nicht einmal mit ihm telefonieren, wenn ich nicht ein Stück die Straße hinunterfahre. Und selbst eine E-Mail kann ich nur schreiben, wenn ich in die Stadt fahre. Wir waren eine Einheit, er und ich. Wir beide gegen den Rest der Welt.«

»Ich habe mir schon gedacht, dass es so war. Wie steht es jetzt mit deinem Cortisolspiegel? Können wir schon zurückgehen?«, fragte Will und legte beide Arme um ihre Taille.

Sie schmiegte sich an ihn und spürte, wie sich seine Füße in die runden grauen Steine eingruben, als er sie festhielt.

»Wenn nur diese Kieselsteine nicht wären …«, murmelte sie.

»Du ungezogenes Mädchen«, sagte er und benutzte einen der Lieblingsaussprüche ihrer Großmutter. Dann drehte er sie so zu sich herum, dass er sie küssen konnte. Mit ihren 1,74 war sie nur ein paar Zentimeter kleiner als er. »Komm. Vergiss den Spaziergang. Wir haben wichtigere Dinge zu tun. Lass uns zurückgehen.«

9

Am Freitag beschloss Karen, mit Will eine Besichtigungstour zu machen, da er vorher noch nie auf der Insel gewesen war. Sie wollte ihm alles zeigen, was hier schön war, aber auch die düstere Nordküste und die finsteren Wälder. Zuerst fuhren sie zu den Needles, den drei Kreidefelsen, die vor der Küste der Alum Bay im Meer aufragten.

Am Strand tummelten sich etliche Familien, bauten Sandburgen, paddelten im Meer und sammelten Krebse, genau wie sie und Aidan das vor beinahe dreißig Jahren getan hatten. Wie sie sah, gab es immer noch kandierte Äpfel und Zuckerwatte zu kaufen. Und jetzt, wo die Temperatur anstieg, waren auch die Wespen zur Stelle.

»Erinnerst du dich noch daran, wie sich das Zeug in eine widerliche feste rote Masse verwandelte, wenn man daran lutschte?«, fragte Will und deutete auf einen kleinen Jungen, der mit einer mit blassrosa Zuckerwatte gefüllten Plastiktüte an ihnen vorbeilief.

»Allerdings. Ekelhaft!«, erwiderte Karen und fragte sich, ob das vielleicht der Grund war, warum sie keine Süßigkeiten mochte. »Aber an den Geschmack kann ich mich nicht mehr erinnern. Merkwürdig. Kandierte Äpfel habe ich noch im Gedächtnis, Zuckerwatte jedoch nicht, obwohl da sicher noch etwas anderes drin war als Zucker. Hast du jetzt Lust auf ein Mittagessen? Ich habe mir gedacht, ich fahre mit dir zu einem Pub, das ich auf der anderen Seite der Insel entdeckt habe. Das Essen dort ist gut, und man kann sich dort wohlfühlen.«

»Wird es an einem so sonnigen Tag im August nicht überfüllt sein? Wir könnten uns auch etwas zum Mitnehmen kaufen und zu Hause essen.« Will verzog das Gesicht. »Wir haben so wenig Zeit, und ich will dich nicht mit anderen teilen.«

»Musst du denn wirklich schon so bald wieder zurückfahren? Steht am Sonntag eine Operation an?«

»Wenn der Operationssaal bis dahin wieder steril ist, ja. Dann sind alle Patienten dran, die eigentlich am Donnerstag hätten operiert werden sollen.«

»Ist die Liste lang?«

»Ein Granulom und zwei Meningiome. An eines davon ist schwer heranzukommen. Wir werden versuchen müssen, es durch die Wange zu erwischen.«

Wenn er über seine Arbeit sprach – und das kam nicht sehr oft vor –, dann konnte Karen verstehen, warum er ihren Tätigkeitsbereich auf absurde Weise schwammig fand. Wenn ein Tumor aus einem Gehirn entfernt werden musste, dann war man sich über das Problem im Klaren, auch wenn es keine Garantie dafür gab, dass die Operation problemlos verlaufen und es nicht zu unvorhergesehenen Schäden kommen würde. In ihrem Beruf war alles viel verschwommener, und es unterlag stärkeren Diskussionen und Interpretationen.

»Und du?«, fragte er. »Wirst du ins Gefängnis fahren, um die heutige Sitzung nachzuholen?«

»Das bezweifle ich. Ich werde mir die Aufnahmen von den Gesprächen mit Spike anhören, an meinen Notizen arbeiten und die neuesten Veröffentlichungen über gefährliche schwere Persönlichkeitsstörungen lesen, um herauszufinden, welcher Fall in den Lehrbüchern seinem am meisten gleicht. Und ich möchte versuchen, einen Einheimischen zu finden, der bereit ist, mit mir über seine Eltern zu sprechen.«

»Daher also das Pub.« Er lächelte. »Wahrscheinlich wird es heute weniger überfüllt sein als an einem Sonntag vor dem Start der Cowes Week. Ich verstehe. Also lass uns dort hinfahren.«

»Bist du sicher?«

»Aber ja. Wenn du mich dabei hast, ist es sicher viel leichter, mit jemandem ins Gespräch zu kommen. Meine Gegenwart wird verhindern, dass man dich als Schnüfflerin betrachtet.«

»Richtig.« Karen lachte. »Doch ich glaube, die Kneipe wird dir gefallen.«

Der Parkplatz war voller als gewöhnlich, aber die erste Person, die Karen ins Auge fiel, als sie die Kneipe betraten, war Chief Inspector Trench. Wie beim letzten Mal stützte er sich auf die Theke und trug dieselben abgewetzten Jeans. Wegen der gestiegenen Temperaturen hatte er jedoch seine Lederjacke gegen ein schwarzes Polohemd eingetauscht. Er hob die Hand und fragte sie, ob er ihr etwas zu trinken bestellen könne.

»Das ist Will Hawkins«, stellte sie ihren Freund vor. »Will, das ist Chief Inspector Trench, der ebenfalls Interesse am Fall Spike Falconer hat.«

Die beiden Männer schüttelten sich die Hand, und sie beobachtete interessiert Wills Reaktion. Er hatte einmal behauptet, einen guten Riecher dafür zu haben, ob jemand vertrauenswürdig war. Sie freute sich zu sehen, dass sein schmales Gesicht sich entspannte, als er den Polizisten anlächelte.

»Wie geht es Spike?«, fragte Trench und wandte sich Karen zu. »Man sagt, Sie hätten ihn bereits dazu gebracht, Ihnen aus der Hand zu fressen.«

»Der Klatsch auf dieser Insel ist grauenhaft!«, erklärte sie. »Und falsch. Er versucht, mit mir zu spielen, aber bisher umkreisen wir uns noch. Wer immer Ihnen das auch erzählt haben mag, irrt sich.«

Trench lachte. »Ich höre nie auf den Klatsch, nur auf meine Informanten. Und dieser weiß, worüber er spricht, wenn es um Parkhurst geht.«

Er musterte sie gründlich, sodass sie sich ihrer eng anliegenden schwarzen Caprihose bewusst wurde, die sie extra ausgesucht hatte, um Will mit ihren langen gebräunten Beinen zu beeindrucken. Außerdem hatte sie ihre Zehennägel himbeerrot lackiert.

»Ich hoffe, Sie fahren so nicht nach Parkhurst – Sie würden einen Aufruhr verursachen. Ich habe noch nie ein Rosinenbrötchen mit solchen Beinen gesehen. Was kann ich Ihnen beiden bestellen?«

»Lassen Sie mich das machen.« Will klang belustigt. »Karen hat mir gesagt, das Bier hier sei hervorragend. Möchten Sie auch ein Glas?«

»Gern. Danke.«

»Karen?«

»Ich habe mich noch nicht entschieden. Warum geht ihr nicht mit euren Getränken in den Garten? Wir haben in diesem Sommer noch nicht viel Sonne abbekommen und sollten uns nichts davon entgehen lassen. Ich bin in einer Minute wieder bei euch.« Karen ging zu der Tür, die mit ›Toiletten‹ beschriftet war.

»Klar. Chief Inspector Trench?«

«Charlie. Von mir aus gern.«

Als Karen zurückkam, stellte sie erfreut fest, dass die beiden im Garten saßen und sich angeregt miteinander unterhielten. Peg wischte die Theke ab.

»Hi«, begrüßte Karen sie. »Sie sehen nicht mehr ganz so müde aus.«

»Danke.« Die Frau lächelte. »Man hat mir gesagt, die ersten drei Monate seien die schlimmsten, also ist es jetzt höchste Zeit, dass ich mich wieder besser fühle.«

Sie strich sich über ihren gewölbten Bauch.

»Ist es Ihr erstes Kind?«

»Ja. Wir haben es so lange versucht, dass ich die Hoffnung schon aufgegeben hatte. Deshalb habe ich nach dem Tod meines Onkels auch diese Kneipe übernommen. Niemand aus unserer Familie wollte sie haben, und ich dachte, wenn ich ohnehin keine Kinder bekommen könnte, dann sollte ich besser einen Job haben, also … Und dann ganz plötzlich das.«

»Ich wusste nicht, dass das ein Familienunternehmen ist. Dann sind Sie also ein *caulkhead?*«

Peg lächelte, als Karen den Ausdruck der Einheimischen gebrauchte. »Ich, meine Eltern und alle Großeltern.«

»Dann kennen Sie alle einheimischen Familien hier.«

»Die meisten, ja.«

»Auch die Falconers?«

»Was darf ich Ihnen bringen?« Pegs Stimme klang frostig, und sie spannte ihre Muskeln an und zeigte damit deutlich, dass ihr diese Frage nicht gefiel.

»Preiselbeersaft, falls Sie welchen haben«, erwiderte Karen und nahm die Zurückweisung hin. Dann fiel ihr ein, dass das Angebot an nichtalkoholischen Getränken hier beschränkt war, und sie änderte ihre Bestellung auf Tomatensaft mit einem guten Schuss Worcestersoße. Damit schmeckte der Saft wenigstens nicht so süßlich.

Sie bezahlte und trug ihr Glas in den Garten. Als sie sich gesetzt hatte, sagte sie zu Trench:

»Haben Sie mich hierher gelockt, um sie auszuhorchen, weil sie nicht mit Ihnen über die Falconers sprechen wollte?«

Sein Gesicht mit den dunklen Bartstoppeln verzog sich zu einem breiten Grinsen. »Mehr oder weniger. Ich dachte, jemand, der nicht von der Polizei kommt, hätte mehr Erfolg. Und noch dazu, wenn es sich um eine Frau handelt.«

»Dann hätten Sie mir das vorher sagen sollen. Hätte ich das gewusst, hätte ich offenere Fragen gestellt. Warum will sie nicht darüber sprechen? Alle anderen hier tun das.« Karen dachte an seine Bemerkung, die er vorher über Spikes Reaktion auf sie gemacht hatte, und fügte rasch hinzu: »Auch wenn dabei falsche Dinge verbreitet werden.«

Sie warf Will schnell einen entschuldigenden Blick zu. Er zuckte mit den Schultern und drückte damit gleichermaßen Verärgerung wie auch Verständnis dafür aus, dass sie mit ihrer Arbeit seinen Urlaub verdarb. Er streckte sein Gesicht in die Sonne, offensichtlich fest entschlossen, alles aus diesem Aufenthalt hier herauszuholen, was er nur konnte.

Als er seinen Hals reckte, traten unter seiner blassen Haut

seine Sehnen wie bei einem Bodybuilder hervor. Sie hoffte, er würde sich keinen Sonnenbrand holen.

»Sie ist Sylvia Falconers Nichte«, erklärte Trench.

»Was?« Der Anblick von Wills Hals hatte bei Karen die Erinnerungen an das große, ruhige weiße Haus und die Atmosphäre von Reichtum und Standesbewusstsein, gemischt mit Kälte und Elend, für den Moment total verdrängt.

»Und diese Frau stammt aus einer Familie, die eine Kneipe betreibt?«

»Warum nicht?« Trench schien sich über ihre Verwunderung zu amüsieren.

»Weil Colonel Falconer ein schrecklicher Snob ist. Wie konnte er sie nur heiraten?« Als sie diese Frage stellte, dachte Karen daran, wie Sylvia aufgestanden war, um ihren Mann, mit dem sie seit 35 Jahren verheiratet war, zu begrüßen. Fühlte sie sich ihm unterlegen oder auf gewisse Weise in seinem Leben nur geduldet?

»Wer weiß das schon?«, erwiderte Trench fröhlich. »Man sagt, er habe sich in sie verliebt, weil sie und ihre Familie ganz anders waren als das unterkühlte, förmliche, snobistische Pack, mit dem er aufgewachsen ist. Damals hieß es, sie sei sehr warmherzig gewesen. Sexy. Und sogar selbstbewusst.«

Karen dachte an die blasse, unterwürfige Frau, die sie kennengelernt hatte. Keine der Eigenschaften, die Trench gerade erwähnt hatte, passte zu ihrem jetzigen Erscheinungsbild.

»Er war ein arroganter Fiesling«, fuhr Trench fort und starrte auf sein Bier, als würde er es hassen. »Er dachte, ein Mädchen wie sie würde sich bei der ersten Gelegenheit mit ihm ins Bett legen. So erzählt man es sich zumindest. Als sie das dann nicht getan hat, drehte er durch. Er machte sich zum Idioten und stellte ihr nach, bis ihre Familie die Nase voll hatte. Schließlich heiratete er sie und versuchte, sie in eine Eisskulptur zu verwandeln. Und dann wurde sie nicht schwanger …«

»Ebenso wie ihre Nichte«, warf Karen ein, und stellte sich vor, wie eine Frau das gemütliche, behagliche *Goose Inn* verließ und in den einsamen Prunk des White House zog, verheiratet mit einem Mann, in den sie nicht verliebt war. Und dann hatte sie auch noch feststellen müssen, dass sie dort für immer allein mit ihm bleiben musste, weil sie nicht schwanger wurde.

Was tat eine solche Erfahrung einem Menschen an?, fragte sich Karen; aber sie hatte keine Zeit, weiter darüber nachzudenken, denn Trench fuhr fort.

»Doch dann gaben die Falconers auf und adoptierten Spike. Peg will nicht über die Zeit reden, als sie beide Kinder waren. Das ist sehr ärgerlich, denn sie sind mehr oder weniger im gleichen Alter, also müsste sie wissen, wo er noch Leichen im Keller hat.«

»Wenn es wahr ist, was Karen mir über Ihre Theorien erzählt hat, ist dieser Ausdruck unglücklich gewählt«, meinte Will trocken, ohne seine Augen zu öffnen oder sein Gesicht aus der Sonne zu drehen und ihnen zuzuwenden.

»Das ist ein typischer Freud'scher Versprecher«, erklärte Karen, ohne sich bewusst zu sein, dass sie Trench damit verteidigte. »Sie glauben nicht wirklich, dass sie etwas Wichtiges über seine Verbrechen weiß, Charlie, oder?«

Trench trank einen Schluck Bier und wischte sich mit dem Handrücken den Schaum von der Oberlippe.

»Sie ist das einzige Mitglied seiner Familie, die ihn jemals in Parkhurst besucht. Sie muss etwas darüber wissen.«

10

Du gefällst ihm, weißt du das?«, meinte Will und schob seine Hand zwischen ihre Schenkel.

»Wem?«

»Charlie Trench, dem Superkommissar«, erwiderte er und ließ seine Finger nach oben über ihren Körper gleiten. Sie erschauerte, als er seine Hände unter den Kragen ihrer Bluse schob. Er küsste sie und streichelte mit seiner Zunge ihre.

»Unsinn«, murmelte sie, ihre Lippen an seine gedrückt. Als er zurückwich, fügte sie hinzu: »Er sah mich nur als nützliches Werkzeug, um an einige Informationen heranzukommen – das ist alles.«

Die dünnen karierten Vorhänge am Fenster, die sie zugezogen hatten, hielten kaum die seltenen Sonnenstrahlen ab. Sie glitten schimmernd über Wills Gesicht und erhellten die Schatten in den Grübchen unter seinen Wangenknochen und der kleinen Kerbe in seinem Kinn. Als er so vor ihr stand, sah er noch jünger aus als sonst.

»Das ist kein Unsinn«, widersprach er. Er folgte mit den Lippen der Spur seiner Finger und hielt an ihrem Schlüsselbein kurz inne, bevor er zuerst die eine und dann die andere Brustwarze liebkoste. Als er ihr die Bluse über die Schultern zog, schüttelte sie sie ab und nahm die zarte Berührung des feinen Stoffs wahr, als die Bluse über ihren Rücken glitt. »Ich habe ihn beobachtet. Er suchte ständig einen Vorwand, um sich zu dir vorzubeugen, dich kurz zu berühren. Er hatte Schwierigkeiten, seine Hände bei sich zu behalten.«

»Was ist dir noch aufgefallen?«, wollte sie wissen und legte ihre Hände an Wills Seiten. Sein breiter Brustkorb dehnte sich noch weiter aus, als er tief einatmete. Sie wussten beide, dass nichts, über was sie sich gerade unterhielten, das war, was sie sich eigentlich sagen wollten. Die Länge und die sehnige Kraft seines Oberkörpers hatten sie schon immer in Staunen versetzt.

»Dass du hinreißend bist und ich es nicht zulassen werde, dass sich irgendjemand außer mir dir nähert«, erwiderte er, heftig atmend.

Sie spreizte ihre Finger und ließ ihre Daumen nach unten gleiten. Er atmete hörbar ein und führte sie nach hinten zum Bett.

Später, als sie sich gestanden, wie hungrig sie waren, ließ er sie im Bett zurück und ging in die Küche. Das Häuschen war so klein, dass sie ihn vom Schlafzimmer aus beobachten konnte, wie er zehn Scheiben Speck in den schwarzen Emailbräter legte, bevor er ihn quer auf die beiden Gasflammen des wackligen Herds stellte.

Das knusprige salzige Fleisch roch köstlich. Karen lehnte sich zurück und genoss den Anblick, wie Will sich in ihrem behelfsmäßigen Zuhause, nur ein dunkelblaues Handtuch um die schmalen Hüften geschlungen, bewegte. Er schnitt dicke Scheiben von dem frischen Laib Sauerteigbrot ab und bestrich sie großzügig mit Butter.

Seltsam, wie sexy eine so einfache häusliche Situation wirken konnte.

In den drei Monaten, in denen sie zusammen waren, hatten sie nie Zeit dafür gehabt. Einer von beiden hatte vor einem wichtigen Tag immer noch rasch ein wenig Schlaf tanken wollen oder erneut zu irgendeinem Meeting aufbrechen müssen. Hier so zu liegen, ihn zu beobachten und ihn dabei besser kennenzulernen, kam ihr vor wie reinster Luxus. Sie begriff gar nicht, warum sie Zeit damit verschwendet hatte, ihm die Sehenswürdigkeiten zu zeigen oder ihn ins *Goose Inn* zu bringen.

»Außer, dass es die Vorfreude verstärkt hat«, murmelte sie.

Er neigte den Kopf zur Seite, so, als ob er ein vages Geräusch gehört habe. Als er bemerkte, dass sie ihn beobachtete, schenkte er ihr einen Blick, in dem eine so unverhohlene Zuneigung lag, dass es ihr den Atem verschlug. Nach dem Desaster mit Peter hatte sie sich geschworen, einem Mann niemals wieder so viel Bedeutung in ihrem Leben zukommen zu lassen, dass es sie ständig beschäftigte, was derjenige tat oder sagte. Jetzt war ihr nicht klar, ob sie das durchhalten konnte.

Will sah sie lange an und wandte sich dann wieder dem Kochen zu. Die Präzision seiner Bewegungen überraschte sie weniger als seine Muskeln, bis sie daran dachte, wie viel körperliche Arbeit ein Chirurg leisten musste.

Karen hatte sich so sehr daran gewöhnt, ihr Unterbewusstsein zu erforschen und ihre schwierigsten Impulse zu analysieren, dass sie dem bewusst Einhalt gebieten musste, damit sie nicht von ihren Empfindungen und Emotionen überwältigt wurde. Am Samstagabend hatte sie das Gefühl, als hätte sie mindestens fünf Schutzschichten abgestreift. Und das machte ihr Angst – um sie beide.

Es war schrecklich, als sie beobachtete, wie Will die letzte Fähre an diesem Tag betrat. Er hatte seine Reisetasche neben seine Füße gestellt, drehte sich noch einmal um und beugte sich über die Reling, sodass er ihr ins Gesicht sehen konnte.

»Kommst du am nächsten Wochenende zu mir?«, rief er. Seine eindringliche Stimme machte ihr bewusst, dass sie mit ihren Gefühlen nicht allein war. »Da muss ich nicht operieren. Bitte, Karen.«

»Okay.« Sie lächelte spontan. »In Ordnung. Ich werde kommen.«

»Großartig.« Das ohrenbetäubende Horn der Fähre ertönte und überdeckte alle anderen Geräusche. Als es aufhörte, rief er: »Ruf mich an, wenn du weißt, um welche Uhrzeit du ankommst!«

Sie winkte, warf ihm eine Kusshand zu und drehte sich dann um. Der Gedanke, den Sonntag allein verbringen zu müssen, war niederschmetternd.

In dieser Nacht konnte sie nicht schlafen. Mit einem Mal schienen überall in dem Bett Hindernisse zu liegen, egal, wie sie sich drehte. Die Kissen fühlten sich an wie Betonbrocken. Und jedes Mal, wenn sie ihre Augen schloss, hörte sie Geräusche, die sie sofort wieder hellwach machten. Sie wusste, dass es ihre Psyche war, die sie mit kleinen Nadelstichen quälte, um sie von der Einsamkeit abzulenken, die sie nie wieder hatte empfinden wollen.

Warum hat es einen so hohen Preis, mit jemandem zusammen zu sein?, fragte sie sich, während sie ihr Kissen wieder aufschüttelte. Warum kannst du nicht einfach still halten und dein Leben in Ruhe und Frieden leben, ohne irgendwelche Risiken auf dich zu nehmen?

Sie hörte Max Pittons Stimme, die sie antrieb.

Für ihn war es unentbehrlich, Risiken einzugehen. Wenn man das nicht tat, trat man auf der Stelle, und der Geist beschäftigte sich nur noch mit Elend und wurde zu Brei.

»Manchmal wird Ihnen etwas nicht gelingen«, hatte er vor einiger Zeit zu ihr gesagt, »und dabei werden Sie andere Menschen beleidigen. Sie erzürnen. So sehr, dass manche Sie hassen werden. Na und? Zu versagen und kritisiert zu werden gehört zum menschlichen Wesen. Nur eine Stoffpuppe entgeht beidem.«

Draußen lief ein Tier raschelnd über den Boden und stieß gegen die dünnen Holzschindeln, die an den Außenwänden angebracht waren. Karen zuckte zusammen, als könnte das Tier sich auf sie stürzen. Dann ging ein schwereres, geräuschvolleres Wesen vorbei.

Sie griff nach ihrem Morgenmantel und schlang ihn um ihren Körper. Wenn sie ohnehin nicht schlafen konnte, würde sie sich eine Tasse Tee kochen und ein wenig arbeiten. Und ihr Bestes tun, um Max und seine Art, ihr auf virtuellem Weg die Sporen zu geben, zu vergessen. Wie sie ihm bereits einmal gesagt hatte, schien er einen Pygmalion-Komplex zu haben. Das hatte ihn zumindest zum Lachen gebracht, und danach hatte er sie ein oder zwei Tage in Ruhe gelassen.

Als das Wasser im Kessel kochte, überprüfte sie verstohlen, ob sie die Riegel an Vorder- und Hintertür vorgeschoben hatte und schalt sich dabei, dass ein solches absurdes Verhalten neurotisch sei. Ihre innere Unruhe war lediglich eine Ablenkung, eine Ersatzangst, mit der ihr Geist besser fertig wurde als mit all den anderen Ängsten, die durch Will und ihre mit ihm verbundenen Gefühle entstanden waren und die sie nie wieder hatte haben wollen.

Die Schachtel aus dunkelblauer Seide mit dem herrlichen Sushimesser, das er ihr geschenkt hatte, lag auf dem schäbigen Formica-Regal. Sie holte sie herunter, legte sie auf die Arbeitsplatte und fuhr mit den Fingern über den erstaunlich rauen Seidenbezug. Dann öffnete sie die beiden Knochenverschlüsse, hob den Deckel an und betrachtete das kalte weiße Keramikteil. Irgendwie konnte sie sich nicht vorstellen, hier auf der Insel in mühsamer Arbeit rohen Fisch und klebrigen Reis für sich allein zuzubereiten. Aber es war ein wunderbares Geschenk. Wie großzügig von ihm, etwas auszusuchen, das nur ihrem und nicht seinem Geschmack entsprach.

Peter hatte sie von Anfang an mit seinem Charme umgarnt und ihr immer großzügigere Geschenke gemacht, aber es waren stets Dinge gewesen, die ihm gefallen hatten, oder Kleidungsstücke und Schmuck, die sie mehr wie die Art Frau aussehen ließen, die er bevorzugte. Sie konnte sich nicht vorstellen, dass Peter ihr jemals so etwas wie ein Sushimesser gekauft hätte, mit dem sie eine Mahlzeit zubereiten konnte, die er nicht mochte.

Vielleicht wäre sie bei Will sicher, selbst wenn sie es zulassen würde, ihn zu lieben.

Von draußen hörte sie die Schritte eines Menschen. Es jagte ihr einen Schauder über den Rücken. Sie griff nach der schweren Taschenlampe, die sie für den Fall eines Stromausfalls auf den Kühlschrank gelegt hatte, und fingerte ungeschickt an den Riegeln der Hintertür herum. Sie zuckte zusammen, als ihre nackten Füße draußen die harten Äste und Steine berührten, die in ihrem wenig gepflegten Garten lagen. Sie ließ den schmalen Lichtstrahl der Lampe hin und her wandern.

Einen Moment lang erschien eine hastig davonrennende, gebeugte, sich tief unter die Büsche duckende Gestalt im Licht. Doch sie schlug einen Haken und verschwand im Wald. Sorgfältig leuchtete sie alles ab, doch sie konnte die Person in der Dunkelheit nicht mehr entdecken.

»Wahrscheinlich ist es nur Roderick«, sagte sie laut und ging einmal um das Haus herum, für den Fall, dass er ihr ein weiteres totes Tier hinterlassen haben sollte. Sie bewegte sich auf Zehenspitzen voran und hoffte, weder in Brennnesseln noch in irgendeinen Haufen zu treten.

Keine Spur von irgendwelchen erschreckenden Geschenken, und keine Erklärung für die Anwesenheit des geflüchteten Mannes. Jetzt war sie beunruhigt, aber auf eine rationale Art und nicht neurotisch verängstigt, wie sie sich selbst sagte. Sie ging ins Haus, um in ein Paar Schuhe zu schlüpfen. Zurück im Garten, machte sie sich systematisch auf die Suche nach einem Beweis für den Herumtreiber.

Vor dem Küchenfenster war das Gras zerdrückt, und als sie den Strahl der Taschenlampe direkt auf die Erde richtete und in den Lichtkreis starrte, glaubte sie, Abdrücke mit dem deutlichen Profil von Sportschuhen zu erkennen. Einige waren klar zu sehen, andere verschwommen, so, als hätte jemand, wer auch immer es gewesen sein mochte, einige Zeit hier verbracht und wäre auf dem winzigen Platz vor dem Fenster hin und her gegangen.

Roderick trug altmodische feste Schuhe oder Gummistiefel. Wer sonst konnte sie beobachtet haben? Und warum?

»Wenn er sich von dem Geräusch einer Tür, die geöffnet wurde, und dem Anblick einer barfüßigen Frau mit einer Taschenlampe in die Flucht schlagen ließ, kann er keine wirkliche Bedrohung sein«, sagte sie laut und verriegelte die Tür wieder.

Sie wusch ihre schmutzigen Füße und stellte fest, dass der rote Nagellack bereits an einigen Stellen abgesprungen war.

Dann trug sie ihren Tee und die neueste Ausgabe ihrer bevorzugten Fachzeitschrift zum Bett. Es dauerte nicht lang, bis sie sich in einen beruhigenden Bericht über geschlechtsspezifische Unterschiede vertieft hatte, die man in bewusst falsch abgegebenen Zeugenaussagen festgestellt hatte.

Am nächsten Morgen griff sie in den Kühlschrank, um den restlichen Speck herauszuholen, doch dann unterdrückte sie diesen Impuls. Will war nicht hier. Leckere, vor Butter triefende Sandwiches mit Speck würden ihn nicht zurückbringen. Und sie würde Pfunde ansetzen. Stattdessen holte sie sich eine halbe Grapefruit, wie üblich, und kochte eine Kanne Kaffee.

Während sie die bitteren gelben Stückchen löffelte, dachte sie wieder daran, wie unterschiedlich sie und Will das Gehirn betrachteten. Natürlich stimmten ihre Vorstellungen überein, was die Auswirkungen von Fehlbildungen oder chemischer Überflutung betraf. Nicht einig waren sie sich jedoch über die genauen Gründe für mangelhafte Entwicklung oder überaktive Ausschüttungen. Will war davon überzeugt, dass es an den Genen, der Ernährung der Mutter während der Schwangerschaft und der Schadstoffbelastung lag. Karen hingegen glaubte, dass Emotionen dazu beitragen konnten, das sich entwickelnde Organ zu formen.

Ihre Aufgabe war es, den Weg durch das Labyrinth zu enträtseln und das Monster zu finden, den Ursprung der Qual zu entdecken, die zu solchen Verbrechen führte, wie Männer wie Spike sie begingen. Für sie war es eine unumstößliche Tatsache – die einzige Tatsache, die sie gelten ließ –, dass einer Gewalttat immer irgendeine Seelenqual vorausging.

War Spikes Monster tatsächlich die Vernachlässigung durch seine drogensüchtige Mutter gewesen? Oder der Despotismus des Mannes, der ihn adoptiert hatte? Wenn Letzteres der Fall war, dann konnte er sich das ihrer Meinung nach noch nicht eingestehen, denn sie erinnerte sich daran, wie Spike damit geprahlt hatte, noch ›angsteinflößender‹ als sein Vater zu sein.

11

Am Montag hatte Jim wieder Dienst am Empfang.

»Was war los?«, fragte er, als er Karens Schlüssel entgegennahm und zusah, wie sie ihre Tasche durch den Scanner schob. »Sie sind am Freitag nicht gekommen.«

»Hat man es Ihnen nicht ausgerichtet? Mir ist etwas dazwischengekommen. Ich habe angerufen und eine Nachricht hinterlassen.«

»Ich hatte frei bis heute Morgen.« In seiner Stimme schwang etwas mit, was sie nicht sofort deuten konnte. Er klang kritisch, aber auch ein wenig mitfühlend.

»Was wollen Sie mir wirklich sagen?«, fragte sie.

»Kommen Sie nach Ihrem Besuch bei Spike zu mir. Wir können uns dann unterhalten, wenn Sie möchten. Wie lange werden Sie bei ihm bleiben?«

»Eine halbe Stunde.« Es überraschte sie, dass er danach fragte. »Wie immer. Bis dann.«

Einer seiner Kollegen schloss die sechs Tore zwischen dem Empfang und dem Besprechungszimmer auf, dann die Tür zu dem Besprechungszimmer selbst.

Spike saß dort in seiner Gefängniskleidung, bestehend aus Bluejeans und einem dunkelgrünen T-Shirt. Er hielt den Kopf gebeugt, und aus dem hohen Fenster fiel ein Sonnenstrahl auf sein goldfarbenes Haar.

»Hallo«, begrüßte sie ihn.

Als er den Kopf hob, atmete sie hörbar ein.

Über eine der perfekten Wangen zogen sich vier dunkelrote parallele Linien, alle ungefähr zweieinhalb Zentimeter lang. Jemand hatte ihm Schnittwunden zugefügt. Oder er hatte sich auf eine groteske Weise selbst verletzt.

Die meisten Menschen, die sich Erleichterung von ihren psychischen Problemen verschafften, indem sie sich selbst verletzten, ritzten sich die Arme oder manchmal auch die Oberschenkel auf, wo sie die Wunden leicht verbergen konnten. Karen konnte sich nicht erinnern, schon jemals einen Fall gesehen zu haben, wo der Leidende bewusst sein eigenes Gesicht verunstaltet hätte.

»Was ist passiert, Spike?«, fragte sie, als sie ihre Stimme wieder unter Kontrolle hatte.

Er kippte seinen Stuhl nach hinten und lächelte sie an. Die Bewegung musste Schmerzen in seinem Gesicht hervorgerufen haben, denn für einen Moment verkrampften sich die Muskeln um seine Augen herum. Eine andere Reaktion zeigte er jedoch nicht.

»Irgendein Neuankömmling hat gedacht, es würde ihm hier drin Respekt verschaffen, wenn er den Inselfreak aufschlitzt«, erwiderte er in blasiertem, verächtlichem Tonfall, als wäre es dumm von ihr, die Antwort wissen zu wollen, und als wäre ihre Frage vollkommen überflüssig. »Es ist nicht so schlimm, wie es aussieht.«

Außer, dass es sich um eine Miniaturversion der Schnitte auf dem Körper der Schwimmerin und möglicherweise auch derer auf dem Rücken des Labradors handelt, dachte sie. Hatte hier jemand gefährliche Insassen mit Informationen aufgestachelt, um Spike für Verbrechen zu bestrafen, die deren Meinung nach nicht vom Gesetz abgedeckt waren?

Das wäre nicht das erste Mal in der Geschichte von Polizei und Gefängnispersonal, aber Karen hatte weder von Charlie Trench noch von Jim Blake ein so billiges, hinterlistiges Verhalten erwartet.

»Möchten Sie darüber reden?«, fragte sie.

»Nein.«

»Tut es weh?«

»Warum interessiert Sie das?«

Sie hielt inne, um ihre spontane Antwort auf ihre Richtigkeit und Gefahrlosigkeit zu überprüfen, und beschloss dann, sie auszusprechen.

»Weil ich Sie mag. Der Gedanke, dass man Ihnen wehgetan hat, gefällt mir nicht.«

Er runzelte die Stirn, dann senkte er die Augenbrauen und zuckte mit den Schultern. Mit einem Knall kam sein Stuhl wieder auf allen vier Beinen zu stehen.

»Warum haben Sie mich dann am Freitag wie einen Idioten hier sitzen lassen, Dr Taylor? Alle haben über mich gelacht.«

»Hat man es Ihnen nicht ausgerichtet?«

»Was ausgerichtet?«

»Ich wurde aufgehalten. Mir ist etwas dazwischengekommen, was ich am Donnerstagabend erledigen musste. Da ich wusste, dass ich nicht rechtzeitig fertig würde, habe ich angerufen und eine Nachricht hinterlassen. Man sollte Ihnen sagen, dass ich heute wiederkomme.«

»Und das soll ich Ihnen glauben?« Sein harter, starrer Blick beunruhigte sie.

»Warum sollte ich lügen?«

»Alle anderen tun es.«

»Wer?«

»Alle.«

»Geben Sie mir ein konkretes Beispiel, Spike. Wer genau lügt Sie an?«

»Wer tut es nicht?«

So kamen sie nicht weiter. Karen zog ihren Kassettenrekorder und ihren Notizblock hervor.

»Erzählen Sie mir, was am Chillerton Down geschehen ist. An dem Tag, an dem Sie verhaftet wurden.«

Er zuckte wieder mit den Schultern. »Ich war sternhagelvoll. Es war großartig. So gut wie noch nie. Ich war total weggetreten und im Tiefschlaf, als sie an mir herumzerrten und mich anschrien. Ich hatte keine Ahnung, was sie wollten, wer sie waren. Ich blieb einfach liegen und grinste sie an. Es war sehr heiß. Und ich war verschlafen.« Er hielt inne, als wollte er ihr eine Chance geben, sich dazu zu äußern, aber sie machte sich lediglich eine Notiz, sah dann wieder auf und nickte ihm ermutigend zu.

»Die Sonne stand direkt hinter ihnen. Sie hat mich so geblendet, dass ich nichts sehen konnte. Ich spürte nur ihre Hände: groß und hart und unangenehm. Dann verstand ich einige der Worte, die sie brüllten. ›Wo ist die Waffe? Wo ist die verdammte Waffe? Aufstehen! Was hast du damit gemacht?‹ Und so ging es immer weiter. Ich bekam Kopfschmerzen davon. Erst als sie mich ins Kittchen gebracht hatten und ich vor dem Vollzugsbeamten stand, erfuhr ich, was ich angeblich getan haben sollte.«

Karen hatte in den Akten beinahe den gleichen Wortlaut gelesen. Er würde ihr nichts erzählen, was für sie verwendbar war. Zumindest jetzt noch nicht.

»Wer kam, um Ihnen beizustehen?«

»Hier in den Knast?«

»Ja. Nachdem Sie verhaftet worden waren. Haben Sie nicht mit Ihrer Familie zuhause telefoniert und darum gebeten, dass jemand kommt?«

Spike blinzelte ein Mal. Dann schüttelte er den Kopf. Sie war überrascht. In dem Polizeibericht war ausdrücklich erwähnt worden, dass er das White House angerufen hatte. Hatte er um Unterstützung gebeten, die man ihm versagt hatte? Wenn, dann musste er mit Colonel Falconer gesprochen haben. Karen konnte sich nicht vorstellen, dass Sylvia Spike irgendetwas abgeschlagen hätte, selbst wenn sie sich unterwürfig verhalten mochte, wenn ihr Mann ihr befahl, ihn nicht länger in Schutz zu nehmen.

»Wen hätte ich anrufen sollen?« Spikes Stimme klang freudlos. Dann lächelte er plötzlich. »Welchen Sinn hätte das gehabt, wo ich doch nichts Unrechtes getan hatte? Ich habe diese Leute, die erschossen wurden, noch nicht einmal gesehen.«

»Wenn Sie sie dort in der Nähe des Waldes nicht getötet haben, wer war es dann? Haben Sie sich das jemals gefragt?«

»Was kümmert mich das? Ich muss nicht beweisen, wer es getan hat – sie haben mir noch nicht nachweisen können, dass ich es getan habe. Und ich habe es nicht getan. Also wird ihnen das auch nicht gelingen.«

»Und trotzdem war Ihre DNA auf dem Gewehr, das dort gefunden wurde, und ebenfalls auf dem Mantel, in den es eingewickelt war. Wie erklären Sie sich das?«

»Sie haben gepfuscht.« Er grinste wieder und klang sowohl vernünftig wie auch überzeugt. Erneut gab er sich überlegen, wie jemand, der Zugang zu geheimem Wissen hat, das gewöhnlichen Menschen verwehrt blieb. »Oder es war eine Verschwörung. Aber es ist wahrscheinlicher, dass sie es vermasselt haben. In den Laboren arbeiten keine Götter, verstehen Sie? Sie sind voll von mit Arbeit überlasteten, gelangweilten, unterbezahlten einfachen Leuten, die Fehler machen. Sie hatten alle Abstriche, die die Polizei von mir genommen hatte, und ebenso alle Beweise. Wer kann mit Sicherheit sagen, ob sie die beiden Dinge nicht versehentlich vertauscht haben, Dr Taylor?«

»Es gibt etliche Maßnahmen, um das zu verhindern.« Sie war überrascht, dass er sich so tolerant gab.

Anders als der verächtliche, überlegene Ton war Toleranz bei vielen Menschen mit Persönlichkeitsstörungen kein charakteristisches Merkmal.

»Werden Sie morgen wieder hier sein?«, wollte Spike wissen. Er verschränkte in der klassischen Geste des Selbstschutzes die Arme vor der Brust.

»Ja.«

»Selbst wenn sich etwas anderes ergibt?«

»Ja.« Sie hatte nur für Will ihre Arbeit unterbrochen, und das auch nur ein Mal.

»Dann sehen wir uns morgen.«

Er unterschied sich ganz und gar von dem hysterischen, kichernden Psychotiker, dem sie bei einigen ihrer anderen Treffen begegnet war. Hatte er herausgefunden, dass er sie mit dieser Vorstellung nicht erschrecken konnte, und versuchte er es daher jetzt mit einer anderen Taktik?

Oder war das die wirkliche Person und das Kichern nur eine andere Rolle, von der er angenommen hatte, sie würde ihr gefallen, bis sie so wenig Interesse daran gezeigt hatte, dass sie zu seinem Auftritt am Freitag nicht erschienen war?

Auch seine erzählerischen Fähigkeiten waren viel besser geworden, auf eine Weise, die ihre Theorien über Menschen mit schweren Persönlichkeitsstörungen widerlegte.

Konnte es also sein, dass ihre Theorien grundsätzlich falsch waren?

Oder war Spikes Persönlichkeitsstörung komplizierter als alles, was ihr bisher in ihrer Arbeit oder in allen Berichten, die sie darüber gelesen hatte, untergekommen war?

Wie kalkuliert waren die Spielchen, die er mit ihr spielte? Wenn er über etwas so Einfaches und leicht Nachzuprüfendes wie seinen Anruf im White House log, deutete das darauf hin, dass er nur wenig Erkenntnis darüber besaß, wie andere Menschen auf ihn und das, was er sagte, reagierten. Und trotzdem konnte er vernünftig, tolerant und manchmal sogar mitfühlend sein. Nichts an seinem Verhalten ergab Sinn.

Was gäbe ich für einige einfache, unpersönliche psychometrische Tests, dachte Karen.

Als sie unten ankam, wartete Jim bereits auf sie, um ihr die Wahrheit über die Schnitte in Spikes Gesicht zu erzählen.

»Er war sehr aufgebracht, das versichere ich Ihnen«, begann er. »Er hat sich mittlerweile auf Ihre Besuche verlassen.«

»Ehrlich, Jim, das ist Unsinn. Wahrscheinlich war er einfach verärgert, weil er in meinem Wegbleiben ein deutliches Zeichen dafür gesehen hat, dass ich mich weigere, auf seine Spielchen einzugehen.«

»Sie täuschen sich. Obwohl er vor langer Zeit gelernt hat, niemandem zu vertrauen, hat er begonnen, bei Ihnen Vertrauen zuzulassen. Und dann haben Sie ihn enttäuscht.«

Karen schüttelte den Kopf, aber Jims Gesichtsausdruck war unnachgiebig. Jetzt verstand sie, warum seine Stimme heute Morgen so bedeutungsschwer geklungen hatte: Er hatte die Weise kritisiert, in der sie den Mann im Stich gelassen hatte, für den er verantwortlich war – den Mann, der ihm mehr bedeutete, als sie bisher erkannt hatte.

»Nachdem klar wurde, dass Sie nicht kommen würden, und ich ihn in seinen Trakt zurückgebracht hatte, ist er zur Essenszeit durchgedreht und hat den gefährlichsten der anderen Insassen gereizt. Wieder und wieder, bis der Andere Spike seine Gabel ins Gesicht gestochen und nach unten gezogen hat. Überall war Blut. Es muss sehr schmerzhaft gewesen sein.«

Für Karen klang dieser Teil der Geschichte allzu wahrscheinlich, um nicht wahr zu sein.

»Was hat Spike dann getan?«, wollte sie wissen.

»Er stand da und lachte wie verrückt, während ihm das Blut über das Gesicht und den Hals lief.«

Die Vorstellung war aufwühlend.

»Ich werde jetzt besser gehen«, meinte Karen.

»Fahren Sie direkt nach Hause?« Jim reichte ihr ihren großen Schlüsselbund.

Sie schüttelte den Kopf. »Nach den Sitzungen mit Spike kann ich die Stille dort nicht ertragen. Und heute brauche ich Zeit, um meine Gedanken zu ordnen. Normalerweise fahre ich nach Cowes, aber …«

»Dort wird es Ihnen heute nicht gefallen, bei all den Yachtbesitzern und deren sexy Begleiterinnen, die zur Cowes Week gekommen sind.«

»Genau. Deshalb werde ich mir ein Sandwich kaufen und damit nach Chillerton Down fahren, um mir den Ort anzuschauen, an dem es geschehen ist.«

»Gute Idee.« Jim grinste, doch dann verhärtete sich seine Miene wieder. »Aber es wird Ihnen nicht viel weiterhelfen. Dort gibt es nichts zu sehen, außer dem Antennenmast, dem Gras und den Kaninchen.«

Kaninchen, dachte sie. Diese verdammten Kaninchen. Warum redet jeder ständig über diese verdammten Kaninchen?

»Ach, und wenn Sie schon hier sind, Dr Taylor …«

»Ja?«

»Einige meiner Kollegen und ich sammeln für einen Wohltätigkeitsfonds für psychisch Kranke. Würden Sie …? Ich meine, ist es unverschämt, um eine Spende zu bitten?«

»Ganz und gar nicht«, erwiderte sie. Sie brauchte seine Mitarbeit zu sehr, um eine so leicht zu erfüllende Bitte abzuschlagen.

Sie kramte in ihrem Geldbeutel und fand drei Zwanziger und einen Zehn-Pfund-Schein. In der Hoffnung, dass sie nicht zu geizig wirkte, reichte sie ihm den Zehner. Zusammen mit dem Bild, das sie für den Elefantenmenschen gekauft hatte, lag sie damit etwas über achtzehn Pfund über ihrem Budget. Es würde ihr nicht allzu viele Schwierigkeiten bereiten, das auszugleichen, aber sie hoffte, dass es nicht noch weitere unerwartete Anschläge auf ihre Geldbörse geben würde.

»Das ist großartig«, sagte er und steckte den Geldschein mit unerwarteter Sorgfalt in ein Kuvert, das er aus seiner Tasche gezogen hatte.

Hatte er etwa erwartet, dass sie ihm ein paar mickrige Münzen gab? Wusste er, wie beschämend knapp bei Kasse sie war? Wahrscheinlich, denn hier schien jeder alles zu wissen.

12

Ein Kreideweg, der sich in blendendem Weiß vom grünen Gras auf beiden Seiten abhob, führte von der abgelegenen Farm oberhalb Chillertons weg. Karen parkte am Rand des Farmgeländes, zog sich Turnschuhe an und krempelte ihre schwarze Leinenhose hoch bis über die Knie. Im Kofferraum lag ihre Büchertasche aus Leinen, in der sich jetzt eine Flasche Wasser, das Käsesandwich mit Gurken, das sie sich in Newport gekauft hatte, ihre Notizen von allen Unterhaltungen mit Spike und der Originalbericht über seine Verhaftung befanden. Sie faltete ihren Blazer zusammen und legte ihn auf den Boden des Kofferraums, bevor sie sich die Tasche über die Schulter hängte.

Sie war sehr schwer, aber Karen hatte das Gefühl, dass sie vielleicht an dem Ort, an dem die Menschen erschossen worden waren, neue Einblicke gewinnen könnte, die anderen bisher verborgen geblieben waren. Sie schloss den Wagen ab, ließ den Antennenmast hinter sich und ging den Kreideweg entlang, während sie die vor ihr umherstreunenden dicken Schafe beobachtete.

Das grelle Weiß spiegelte das Sonnenlicht wider und blendete sie. Sie wünschte, sie hätte eine Sonnenbrille dabei. Blinzelnd richtete sie den Blick nach unten auf den Weg, um nicht über eine der Unebenheiten zu stolpern und sich den Knöchel zu verstauchen. Mit einem Mal tauchte ein klares Bild von härteren Kalkbrocken vor ihr auf, die vor ihren Füßen über die weiche weiße Oberfläche gerollt waren. War sie mit Aidan und Großmutter schon einmal hier gewesen? Oder gab es noch andere Orte, die ebenso aussahen? Sie konnte sich nicht mehr erinnern.

Aber der Duft des Grases und der Blumen, gemischt mit dem leicht salzigen Geruch des Meeres und des Lanolins der Schafspelze, der die Süße der Luft abschwächte, schien vertraut; so wie das Geräusch der summenden Insekten und des Schepperns einer Maschine irgendwo in der Ferne. Überall, wohin sie schaute, sprenkelten kleine, harte, runde Schafsköttel das kurze Gras. An sie konnte sie sich auch noch gut erinnern, und daran, wie erstaunt sie an dem Tag gewesen war, an dem Großmutter ihr gesagt hatte, dass es sich hierbei doch nicht um Insekten handelte, die ihren Winterschlaf hielten. Aidan hatte gelacht und sich darüber amüsiert, wie er sie hereingelegt und sie dazu überredet hatte, ganz vorsichtig und still auf die ersten Zeichen einer Bewegung zu achten.

Die Familie Sanders hatte ihre Picknickdecke nahe am Rand des Kalksteinbruchs ausgebreitet. Karen war es unbegreiflich, warum die Eltern eines Kleinkinds sich eine so gefährliche Stelle ausgesucht hatten, aber so war es gewesen. Sie mussten ihrem kleinen Sohn beigebracht haben, sehr folgsam zu sein, sodass er sich nicht über die Kante wagte und hinunterfiel. Vielleicht waren sie auch einfach gute Bürger gewesen, die sichergehen wollten, keine angebauten Pflanzen zu zertrampeln.

Der Weg teilte sich in drei Pfade. Karen nahm den südlichsten, der, nach ihrer Wanderkarte zu schließen, direkt zu dem Kalksteinbruch führte.

Auf der gegenüberliegenden Seite des Hauptwegs lag ein Getreidefeld. Nach all dem Regen waren die Pflanzen leicht nach unten gedrückt, aber sie schimmerten goldfarben in der Sonne. Dahinter lag ein ausgedehntes Dickicht, aber die bewaldete Fläche, wo Spike sich vor seinem Amoklauf versteckt hatte, wirkte überraschend klein. Was hatte er dort getan, wenn er nicht der Familie aufgelauert hatte? Warum hatte er sich auf der Insel genau dieses winzige, karge Waldstück ausgesucht?

Als Karen näher an die Bäume heranging, sah sie, dass sie ihm kaum Schutz und Deckung hatten bieten können. Der Mantel, den er getragen hatte, bevor er ihn um die Waffe gewickelt und weggeworfen hatte, war laut den Akten aus braunem Tweed gewesen. Karen hatte angenommen, er habe die helle, kupferähnliche Farbe von Harris-Tweed gehabt, ähnlich wie getrocknetes Farnkraut. Wenn der Mantel jedoch dunkler gewesen war und die gleiche Farbe wie die Erde zwischen den Bäumen gehabt hatte, dann war Spike für die Sanders wahrscheinlich nicht zu sehen gewesen, als er hier gelegen hatte. Und wenn er völlig zugedröhnt gewesen war, wie er behauptete, dann hatte er sich über seine Umgebung sicher keine Gedanken gemacht, sondern sich nur an einen ihm bekannten Ort zurückgezogen, um sich hinzulegen und auszuschlafen.

Also was hatte ihn dann so ausrasten lassen, dass er Amok gelaufen war? Hatten die Drogen Albträume durch sein benebeltes Gehirn gejagt, sodass er aufgewacht war und sich bedroht gefühlt hatte? War die Familie Sanders einfach nur zur falschen Zeit am falschen Ort gewesen? Was hatte Spike gedacht, wen – oder was – er tötete, als er seine abgesägte Flinte gepackt und gefeuert hatte?

Und warum hatte er die Waffe überhaupt bei sich gehabt?

Karen wandte sich um und sah sich den Rest der Landschaft an. Sie musste immer noch ihre Augen zusammenkneifen, obwohl das gleißende Licht nun eher von dem Gras als von der strahlend weißen Kreide zurückgeworfen wurde.

Sie ging über die Wiese zu dem ersten Baum, setzte sich und lehnte sich mit dem Rücken an den Stamm. Dann streckte sie die Beine aus und begann, noch einmal die Akten des Anwalts zu lesen. Als sie am Ende angelangt war und alle Details wieder frisch im Gedächtnis hatte, schob sie die Unterlagen in ihre Tasche zurück und sah sich um.

Der Tag, an dem die Familie Sanders gestorben war, hatte dem heutigen geglichen: heiß, trocken und sonnig. Dan, Izzie und ihre Kinder mussten die gleichen Gerüche wahrgenommen und das kurze, raue Gras unter ihren Füßen gespürt haben. Karen zog ihre Sportschuhe aus und streifte ihre Socken ab, damit sie mit ihren Fußsohlen und Zehen mit den rotlackierten Nägeln die kühlen, rauen Grashalme berühren konnte. Ein Marienkäfer kletterte mühsam an einem der Halme vor ihr nach oben. Als sie ihre Zehen bewegte, erstarrte er kurz und öffnete dann seine gepunkteten Flügeldecken am Rücken, unter denen die hauchdünnen schwarzen Flügel sichtbar wurden, bevor er davonflog. Auch das war ihr sehr vertraut.

Karen versuchte sich vorzustellen, was die Opfer während des Überfalls empfunden hatten. Wie in den Akten stand, nahm der Pathologe an, dass zuerst das sechsjährige Mädchen und ihre Mutter erschossen worden waren, danach Dan, und der kleine Junge erst später. Warum?

Selbst wenn Spike aus einem Albtraum gerissen worden war und instinktiv nach dem Gewehr gegriffen hatte, warum hatte er dann noch weiter getötet? Aus Vergnügen? Oder weil er dachte, er müsse sie alle loswerden, damit es keine Zeugen mehr gab, die gegen ihn aussagen konnten?

Oder steckte viel mehr hinter all dem?

Wenn sie an seine Fähigkeit, zu täuschen und alle möglichen Rollen zu spielen, dachte, konnte sie sich mittlerweile vorstellen, dass es um etwas viel Komplizierteres ging, um etwas, das die so bizarren Unterschiede zwischen diesen Morden und dem gewaltsamen Tod der Schwimmerin erklären könnte. Hatte Charlie Trench recht mit seiner Theorie, dass der Fall mit Spikes Vorliebe für Frauen mit langem, schmalem Gesicht und dichtem, dunklem Haar zu tun hatte?

An diesem hinreißenden Ort gab es nichts, was Karen helfen konnte, einen Blick in das Labyrinth seiner Psyche zu werfen. Entmutigt und ein wenig beschämt über ihre Sentimentalität, die sie hatte glauben lassen, sie könne hier etwas finden, zog sie ihre Schuhe wieder an und ging zwischen den Bäumen entlang. In ihren Augen wirkten sie eher wie eine große Hecke als wie ein richtiger Wald. Auch als sie das Waldstück der Länge und Breite nach zweimal abschritt, verriet ihr das absolut nichts.

Als sie sich umdrehte, stieß die Leinentasche über ihrer Schulter gegen ihre Seite und erinnerte sie an das Wasser und das Sandwich, das sie mitgebracht hatte. Sie wollte nicht hier zwischen den Bäumen essen, also ging sie zurück zu der Kalksteingrube. Nachdem sie sich am Rand niedergelassen hatte, ließ sie die Beine baumeln und verzehrte ihr kleines Picknick.

Die Schafe, die langsam über das Gras trotteten, ließen sich von ihrer Gegenwart nicht stören und kauten genüsslich. Ein paar Krähen kreisten stumm am Himmel über ihr, während Möwen kreischten und die Landmaschine klapperte. Weit und breit waren keine Menschen zu sehen.

Karen legte den Kopf in den Nacken, schloss die Augen und genoss die Wärme auf ihrem Gesicht und die Ruhe, die hier niemand stören würde.

Vielleicht war Spike ursprünglich deshalb hierher gekommen. Die Insel war klein, am weitesten Punkt nicht länger als 42 Kilometer und etwa 20 Kilometer breit. Obwohl es immer noch Stellen mit freiem Gelände wie dieses gab, fand man nicht viele Orte, an denen man mit Sicherheit ganz allein war.

War sein Motiv lediglich Zorn darüber gewesen, dass jemand in sein Heiligtum eingedrungen war, während er geschlafen hatte? Konnte es so einfach sein?

War das der einzige Platz gewesen, wo er sich sicher war, niemals gefunden und von seinem Vater bestraft zu werden oder von einem der anderen Landstreicher angepinkelt zu werden? War er nur von der Außenwelt geflüchtet, weil er wusste, dass er niemals von den quälenden Gedanken und Fantasien loskommen würde, die ihm ständig durch den Kopf gingen?

Karen aß das Sandwich auf, fegte die Brösel von ihrer Leinenhose und stopfte den Müll zu den Akten und ihren ungelesenen Notizen in die Tasche. Dann ging sie nach Nordwesten quer über die beiden anderen Abzweigungen des Weges und stieg über den Zaun auf das Kornfeld. Sie achtete sorgfältig darauf, am Rand des Feldes zu bleiben, während sie zu dem größeren Waldstück hinüberging, wo die Polizei Spike gefunden hatte.

Die Entfernung schien nicht allzu groß zu sein, doch als sie eine Weile gegangen war und die haarigen Getreidehalme ständig über ihre glatten, nackten, von der Sonne gebräunten Beine kratzten, kam es ihr unendlich weit vor. Irgendetwas biss sie in die Wade und hinterließ eine schmale Blutspur und ein schmerzhaftes Jucken auf ihrer Haut. Sie blieb stehen, um ihre Hosenbeine herunterzukrempeln und sie in ihre Socken zu stecken. Schweißtropfen liefen ihr über den Rücken und durch ihr Haar.

Sie sehnte sich nach Schatten, widerstand aber der Versuchung, quer durch das Feld zu laufen. Stattdessen ging sie schneller, und als sie endlich um die letzte Ecke vor dem Wald bog, atmete sie heftig und spürte, dass sich an ihrer rechten Ferse eine Blase bildete.

Dieses Waldstück bot auf jeden Fall viel besseren Schutz als das kleine Dickicht, in dem Spike sich vor der Schießerei versteckt hatte. Sie blieb im Schatten stehen, versuchte, wieder zu Atem zu kommen und genoss die Kühle. Ein gefällter Baumstamm lag auf einer kleinen Lichtung, direkt vor ihr. Sie setzte sich, dankbar für die Verschnaufpause, und sah sich gründlich um.

Das Waldgebiet war lang und schmal, aber sie konnte sich vorstellen, wie Spike hier kampiert hatte. Sie sah die Überreste von einigen kleinen Feuerstellen, und der Gestank nach menschlichem Abfall ließ darauf schließen, dass er nicht der einzige gewesen war, der diesen Ort benutzt hatte.

Als sie schließlich auf der gegenüberliegenden Seite wieder auf das sonnenbeschienene Feld hinaustrat, sah Karen vier Kaninchen, die über das Gras davonhoppelten. Und sie dachte daran, wie Spike ihr hatte erklären wollen, wie man sie mit einer Schlinge fing, ohne ihnen die Köpfe abzutrennen.

Sie erinnerte sich an den Moment, als er sie – ganz unschuldig – gebeten hatte, einen Draht ins Gefängnis zu bringen, um ihr seine Technik zeigen zu können. Der Mann, der ihm die vier parallelen Linien in die Wange geritzt hatte, hatte wahrscheinlich Glück gehabt, dass sie das nicht getan hatte.

13

Durch das Trommeln der Wassertropfen auf ihren Kopf nahm Karen undeutlich das Klopfen an der Tür wahr. Die Dusche war das einzige, was in dem Häuschen funktionierte, also beschloss sie, den Besucher zu ignorieren, bis sie sich gründlich die Spülung aus ihrem dichten Haar gewaschen hatte.

»Dr Taylor! Dr Taylor! Bitte kommen Sie«, rief jemand eindringlich.

Diese Bitte war begleitet von unaufhörlichem Hämmern an der Tür, also stellte sie das Wasser ab. Sie schüttelte sich die Tropfen aus den Augen, schob ihr nasses Haar aus dem Gesicht nach hinten in den Nacken und griff mit ihrer freien Hand nach einem Handtuch. Halbwegs ordentlich bedeckt, verließ sie das Badezimmer und ging quer durch das Wohnzimmer, wobei sie hoffte, sich keinen Holzsplitter in die nackten Füße einzuziehen. Dann öffnete sie die Haustür.

Vor ihr stand ein junger uniformierter Polizist mit blassem, schweißüberströmtem Gesicht. Als er sie sah, zog er rasch seine Mütze vom Kopf.

»Dr Taylor?«

»Ja.« Als sie bemerkte, dass das dunkelblaue Handtuch zu rutschen begann, zog sie es rasch weiter nach oben.

»Detective Chief Inspector Trench schickt mich«, erklärte er und hielt seinen Blick starr auf ihr Gesicht gerichtet. »Ich bin Constable Jenkins.«

Sie zog das Handtuch noch enger um ihren Körper.

»Er braucht Sie in East Cowes. Sofort.«

East Cowes war das alte Arbeiterviertel der Stadt, das durch den Fluss Medina von dem Jachtparadies getrennt war. Am Rand waren einige herrschaftliche Villen gebaut worden, aber der Hauptteil des Viertels erinnerte noch zu stark an seine industrielle Vergangenheit, um reizvoll zu wirken.

»Warum?«, fragte Karen ohne Umschweife.

»Spike Falconer ist aus Parkhurst geflüchtet.«

»Was?«

»Und er hat eine Geisel. Sie müssen kommen. Bitte. Detective Chief Inspector Trench hat mir befohlen, Sie so schnell wie möglich zu ihm zu bringen. Und er ist …«

»Okay. Kommen Sie herein und stellen Sie den Kessel auf den Herd, während ich mich anziehe.«

»Wir haben keine Zeit für Tee, Dr Taylor. Er sagte ›schnell‹.«

»Warten Sie hier. Es dauert nicht lange.«

Karen rannte in ihr Schlafzimmer, schlug die Tür hinter sich zu und trocknete sich noch im Laufen ab. Die Sonne stand bereits hoch am Himmel. Schon bald würde es heiß werden. Und sie wusste nicht, ob Trench wollte, dass sie sich ruhig mit Spike unterhielt, oder ob sie sich körperlich würde anstrengen müssen. Als sie ihren Slip und ihren BH anzog, spürte sie, wie der Stoff über ihre noch feuchte Haut kratzte.

Eine Jeans war für alle Fälle am besten geeignet. Sie zog sie zusammen mit einem T-Shirt und einem Kapuzenpullover aus dem Schrank. Den Pullover würde sie tragen, bis die Temperatur gestiegen war. Dann griff sie nach ihren Sportschuhen. An den Seiten klebten noch Grashalme von Chillerton Down.

Zwei Minuten später war sie fertig und kämmte sich mit den Fingern ihr nasses Haar, während sie ihr Schlafzimmer verließ. An der Haustür blieb sie kurz stehen, um ihre Schlüssel, ein wenig Kleingeld und ihr Handy in die Tasche ihres Kapuzenpullovers zu stecken. Von ihren nassen Haaren liefen Wassertropfen ihren Nacken hinunter.

»Ich werde Sie fahren«, erklärte der Constable, als sie zu ihrem Auto gehen wollte. »Das geht schneller, und wenn Detective Chief Inspector Trench Sie nicht mehr braucht, werde ich Sie zurückbringen.«

»Wer ist die Geisel?«

»Ein dreijähriges Mädchen«, antwortete er. Seine Stimme klang, als hätte er Halsschmerzen. »Blond. Eine Urlauberin namens Ellie Bridger. Sie sieht aus wie die Sechsjährige, die er vor vier Jahren erschossen hat.« Er schien den Tränen nahe zu sein.

»Haben Sie auch Kinder?«, fragte Karen, während er den Motor hochjagte und den Wagen auf die Straße lenkte.

Er schüttelte den Kopf. »Aber meine Schwester.«

»Eine kleine Tochter?«

»Ja. Im gleichen Alter wie die Geisel. Ich muss ständig an sie denken.«

»Das kann ich gut verstehen. Aber die Geisel ist nicht Ihre Nichte, also müssen Sie versuchen, die beiden in Ihren Gedanken voneinander zu trennen. Sonst drehen Sie durch und machen Fehler. Was hat Spike mit ihr gemacht?«

»Er hat sie im ersten Stock eines leer stehenden Hauses vor dem Fenster gefesselt, sodass man sie sehen kann. Er hat sie nicht geknebelt, also schreit sie. Pausenlos.« Seine Augen wurden feucht, aber er hielt den Blick auf die Straße vor sich gerichtet und fuhr mit ausreichender Vorsicht. »Es ist, als würde dir jemand Schraubenzieher in die Ohren bohren.«

»Dann besteht im Augenblick wahrscheinlich die größte Gefahr darin, dass sie ersticken könnte«, erwiderte Karen, fest entschlossen, ihn auf dem Boden der Tatsachen festzuhalten. »Sind ihre Eltern dort?«

Karen glaubte, Roderick, den Elefantenmenschen, am Rand des Waldstücks zu sehen, an dem Punkt, wo sie Empfang für ihr Handy bekam. Aber als sie sich umdrehte und einen Blick über ihre Schulter warf, um sich zu vergewissern, war er verschwunden.

»Ja. Detective Chief Inspector Trench versucht, sie von dort wegzubringen.« Constable Jenkins bog schwungvoll in die Hauptstraße ein und hätte beinahe Jan Davies gestreift, die ihren Welpen ausführte. »Sie sind im Weg. Alle empfinden Mitleid mit ihnen, aber ihre Anwesenheit macht es noch schwieriger, mit der Situation fertig zu werden.«

»Will Trench mich deshalb dort haben?«

»Ich weiß es nicht.« Constable Jenkins trat das Gaspedal durch und raste auf der Landstraße vorbei an Parkhurst Forest und der Straße, die nach West Cowes und nach Newport führte, und weiter zur nächsten Kreuzung.

Karen wurde beinahe gegen die Tür geschleudert, als er den Wagen scharf nach links steuerte und in Richtung East Cowes brauste.

Sogar so weit entfernt von den Festivitäten der Cowes Week war jeder Parkplatz besetzt. Selbst auf den schmalen Gehsteigen und an den Straßenecken waren Autos abgestellt worden. Sie verdeckten Verkehrszeichen und machten allen das Leben schwer.

»Das geschieht, wenn die Stadt aus allen Nähten platzt und wir nicht genügend Einsatzkräfte haben«, meinte Jenkins. Seine Stimme klang jetzt fester, obwohl immer noch Tränen in seinen geröteten Augen schimmerten. »Wir sind da.«

Er fuhr bis zu einem blauweißen Absperrband der Polizei. Zwei weitere uniformierte Polizeibeamte hielten die Menschenmenge in Schach. Auf der anderen Seite der Absperrung hatten sich drei verschiedene Gruppen gebildet.

Als sie aus dem Wagen stieg, sah Karen, dass eine Gruppe aus Feuerwehrmännern bestand, die mit gesenkten Köpfen einen engen Kreis gebildet hatten, um sich zu beraten. In einer weiteren stand ein offensichtlich hysterisches Paar, wahrscheinlich die Eltern, neben zwei Frauen in Zivil, die auf sie einsprachen.

Trench befand sich in der Gruppe, die dem Haus, einer großen, gelb gestrichenen neoklassizistischen Villa, am nächsten war. Im ersten Stock, am mittleren Fenster direkt über der Haustür stand ein kleines blondes Mädchen in einem rosafarbenen Baumwollkleid. Seine Arme waren ausgestreckt, und es schrie laut. Jenkins Beschreibung des Gebrülls war erstaunlich passend, wie Karen fand. Sie hätte am liebsten ihre Hände auf die Ohren gepresst, um es nicht mehr hören zu müssen.

»Man nimmt an, dass die Seile um ihre Armgelenke an Haken an den Fensterrahmen befestigt sind und sie deshalb ihre Arme ausstrecken muss«, sagte der Constable hinter ihr, doch sie hörte ihn kaum, denn sein Boss kam auf sie zu. Er hatte seine Hände an den Seiten zu Fäusten geballt.

»Detective Chief Inspector Trench«, begrüßte Karen ihn so ruhig wie möglich. »Was kann ich tun, um zu helfen?«

»Dr Taylor. Endlich. Wir brauchen Sie.« Sein Gesicht war ständig in Bewegung; seine Muskeln unter seiner Haut zuckten jedes Mal, wenn er sein Kinn anspannte. Er hatte sich heute rasiert, sodass sie jede kleinste Bewegung seiner Knochen und Muskeln unter seiner gebräunten Haut sehen konnte. »Kommen Sie her. Jenkins, gehen Sie zu den Eltern und tun Sie alles, was in Ihrer Macht steht.«

»Wo genau ist Spike?«, erkundigte sich Karen.

»Irgendwo im Haus, außer Sichtweite. Der einzige Zeuge sagt, er sei bewaffnet. Wahrscheinlich hat er im Haus außerdem eine Sprengfalle angebracht. Warum sonst hätte er das Kind für alle sichtbar dort angebunden? Er will uns provozieren, das Haus zu stürmen. Der Vermittler kann Spike nicht dazu überreden, sich zu zeigen oder irgendwelche Fragen zu beantworten. Also sind uns die Hände gebunden. Wir können nicht ins Haus, bevor wir nicht mehr wissen.«

»Was wissen Sie denn bereits?«

»Nur das.« Trench reichte ihr das erste von zwei verknitterten, verschmutzten Blättern weißen Papiers, von der Sorte, die in großen Mengen für Laserdrucke und Fotokopien verkauft werden. »Die Niederschrift eines Anrufs, der heute Morgen um sieben Uhr dreißig im Gefängnis einging.«

In der Mitte des Papiers waren einige kurze Zeilen notiert:

Ich habe soeben einen großen blonden Mann gesehen, der ein kleines Kind in einem rosa Kleid in ein Haus am Rand von East Cowes gezerrt hat. Das Mädchen schrie. Ich wollte hingehen, um nachzusehen, ob ich helfen konnte. Aber er brüllte mich an, ich solle zurückbleiben und fuchtelte mit einer abgesägten

Schrotflinte herum. Ich bin davongerannt. Aber Sie müssen ihr helfen. Er hatte gerade Narben auf seinem Gesicht. Vier, glaube ich. Sie sahen noch frisch aus. Das Haus liegt an der Ecke der …

Karen sah auf und runzelte die Stirn.

»Sind Sie sicher, dass das echt ist? Spike wartet auf seine nächste Berufung. Wenn er so etwas tut, hat er sich das verdorben. Er ist nicht dumm. Weit davon entfernt. Er weiß genau, dass ihn eine solche Aktion für immer in den Knast bringen würde.«

»Spikes Verhalten war noch nie folgerichtig oder rational. Das wissen Sie doch. Hier ist seine Nachricht. Zumindest die Kopie davon. Er hat das Original auf die Vordertreppe gelegt und mit Steinen beschwert. Es ist jetzt im Labor.«

Sie nahm den zweiten Bogen in die Hand, wieder eine Kopie auf einem gewöhnlichen Laserdruckerpapier.

Wenn Sie mir ein Datum für meine Berufung nennen, lasse ich sie gehen. Ich habe ihr noch nichts getan. Wenn ich muss, werde ich das aber tun. Geben Sie mir ein Datum, und ich werde sie gehen lassen.

Karen sah ihn an und hielt die Notiz fest. »Keine Rechtschreibfehler. Aber …«

»Verschwenden Sie damit keine Zeit. Ich brauche eine Einschätzung seiner seelischen Verfassung – was er mit dem Kind tun wird, wenn wir etwas falsch machen und ihn verärgern – und einen Plan, um ihn dazu zu bringen, mit dem Vermittler zu sprechen. Und wie …« Trench zögerte einen Moment lang, und der Blick aus seinen runden dunklen Augen zwischen den langen Wimpern wirkte sehr düster. »Wie wir sie herausholen können, ohne ihn vorher erschießen zu müssen«, fügte er dann hinzu. »Mir ist es egal, ob er überlebt oder stirbt, aber die Presse wird nervös, wenn wir diese Arschlöcher erschießen.«

Karen starrte immer noch stirnrunzelnd auf die Nachricht. »Es ist unmöglich, seinen Seelenzustand einzuschätzen, wenn ich nicht mehr darüber erfahre, was heute Morgen passiert ist. Wie ist er überhaupt aus Parkhurst entkommen?«

Trench schien sich unbehaglich zu fühlen und kaute auf seiner Unterlippe. Dann zuckte er mit den Schultern, als wolle er irgendwelche Hemmungen abschütteln.

»Verkleidet als Officer, in Begleitung von Jim Blake«, erklärte er rasch. »Jim hatte eine zusätzliche Nachtschicht übernommen, weil er, wie er sagte, den Überstundenlohn brauchte. Sie gingen am Morgen zusammen hinaus, kurz bevor es hell wurde. Die Videoüberwachungsanlage hat alles aufgenommen.«

»Jemand muss sie doch gesehen haben.«

»Schon, aber sie trugen beide Uniform. Also erkannten die Beamten, die das Tor und die Anlage überwachten, nicht, dass es sich um Spike handelte. Auf dem Film sieht man, dass Jim vor ihm ging – nur wenige Zentimeter von ihm entfernt. Sie nehmen an, dass Spike irgendwie an eine Waffe gelangte und Jim dazu zwang, ihn hinauszubringen.«

»Sie nehmen an«, wiederholte Karen. »Das klingt, als wären Sie anderer Meinung.«

»Spike ging hinter Jim her. Hätte Spike eine Waffe gehabt, warum hat Jim nicht in die Kameras geschaut und mit einem Zeichen um Hilfe gebeten? Das wäre nicht schwer gewesen.«

Der Draht, dachte Karen. Dafür hatte er ihn haben wollen.

Gott sei Dank war sie nicht so dumm gewesen, ihn ihm zu bringen. Hatte es jemand anderer getan? Peg vielleicht, die Nichte seiner Mutter aus dem *Goose Inn?* Nein, sie konnte es nicht gewesen sein; sie besuchte ihn nur an jedem dritten Donnerstag im Monat. Vielleicht war es ihm gelungen, die Spirale aus einem Notizblock zu ziehen. War es erlaubt, solche Blöcke in ein Gefängnis mitzubringen?

Das schien kaum wahrscheinlich, aber wenn es Spike irgendwie geschafft hatte, sich eine Drahtschlinge zu besorgen, hätte er sie um Jim Blakes Hals legen können, bereit, sie bei jeglichem Anzeichen von Widerstand oder bei einer Bewegung in Richtung der Überwachungskameras zuzuziehen. Niemand, der auf diese Weise bedroht wurde, würde es wagen, Grimassen zu schneiden oder auf irgendeine andere Weise um Hilfe zu bitten. Karen wollte Trench gerade von dem Draht erzählen, als er sagte: »Eine andere Theorie besagt, dass Jim es aus …«, er zögerte und fügte dann mit unverkennbarem Unbehagen hinzu, »Zuneigung getan haben könnte.«

»Unsinn«, widersprach Karen. »Jim ist wie alt? Ungefähr fünfundvierzig? Fünfzig? Er ist Beamter und würde sein Gehalt und seine Pension für einen Mann wie Spike Falconer nicht aufs Spiel setzen.«

»Aber sie standen sich sehr nahe, nicht wahr? Jim hat sich seit dem ersten Tag seiner Untersuchungshaft um ihn gekümmert. Wir wussten es vorher nicht, aber jetzt haben wir die Information bekommen, dass Jims Leben außerhalb seines Berufs verdammt unerfüllt ist. Keine Familie; keine Tiere; niemand. »Es ist nichts Neues, dass Gefängniswärter manchmal …« Trenchs Abscheu vor diesem Gedanken überwältigte ihn, und er schüttelte den Kopf, als würde er von einem Schwarm Mücken attackiert.

»Ich glaube nicht, dass Sie sich über einen solchen Fall Gedanken machen müssen«, meinte Karen. »So wie Jim mit mir gesprochen hat, ist es ganz eindeutig, dass er es niemals riskiert hätte, Spike zu vertrauen.«

»Ich hoffe, Sie haben recht. Spike war schon immer ein hinterhältiger Mistkerl.«

»Aber …«

»Oh, das kann ich natürlich nicht wissen, nicht wahr? Und das spielt jetzt keine Rolle. Wichtig ist nur, das Kind dort lebendig herauszubekommen, und …«

»Dann muss jemand ins Haus gehen«, erklärte Karen. Mit einem Mal war ihr unerträglich heiß, und sie zog den dunkelblauen Kapuzenpulli über den Kopf. Der Saum verfing sich in ihrem langen nassen Haar und zerrte schmerzhaft daran. »Wenn Sie nicht dazu bereit sind, werde ich es tun.«

»... und dass kein anderer getötet wird«, beendete Trench seinen Satz. »Das betrifft auch Sie. Niemand wird hineingehen, bis wir nicht sicher wissen, dass er nicht mit seinem Gewehr auf den Knien hinter der Tür sitzt. Dafür brauche ich Sie. Nicht für dumme Heldentaten. Was machen Sie ...?«

Ein lauter Knall, als wären zwei Autos frontal aufeinandergeprallt, ließ beide zurückweichen. Hinter dem Haus stieg eine Rauchwolke in die Luft. Eine Frau schrie: »Ellie! Ellie! Lasst mich los.«

»Schafft die Eltern von hier weg«, rief Trench und gab einem der Feuerwehrmänner ein Zeichen.

Drei der anderen rannten in die Richtung der Explosion. Der rote Feuerwehrwagen fuhr rückwärts auf eine Seitenstraße zu, die den Hügel hinaufführte. Wahrscheinlich hatte man von dort Zugang zur Rückseite des Hauses. Es knallte noch ein paar Mal, lauter als beim ersten Mal, dann herrschte Stille, bis auf die durchdringenden Schreie des Mädchens.

Karen roch brennendes Holz und etwas Ätzendes, Chemisches. Sie hörte jedoch kein Geräusch von Wasser.

»Warum setzen sie die Schläuche nicht ein?«

Trench sah sie an. Der verächtliche Ausdruck auf seinem Gesicht überlagerte alle anderen dort erkennbaren Gemütsregungen. »Die Explosion könnte elektrisch ausgelöst worden sein. Wasser würde alles nur noch verschlimmern.«

Karen hörte ihm nicht zu. Alles, was sie hörte, waren die Schreie. Und alles, was sie sah, war die Gestalt des Kindes, gefesselt mit den Stricken, die ihre Arme so nach oben hielten, als wäre sie gekreuzigt worden. Auch ohne die Schreie wäre die Panik des Mädchens unverkennbar gewesen.

»Selbst, wenn sie sich nicht selbst erstickt, kann sie nicht länger dort bleiben. Jede Minute in diesem Zustand der Angst fügt ihrer Psyche Schaden zu, der bleibend sein kann. Und vielleicht schädigt es auch ihr Gehirn. Sie ist noch jung genug dafür. Jemand muss in das Haus gehen, egal, welches Risiko besteht. Sie müssen …«

»Nicht jetzt, Karen.« Trench wandte sich ab, um mit dem Feuerwehrhauptmann zu sprechen.

Wenn du meine Meinung dazu nicht hören willst, warum zum Teufel lässt du mich dann damit nicht in Ruhe?, dachte sie mit einem Blick auf seinen breiten Rücken und wog ihre Möglichkeiten ab.

Die immer lauter werdenden Schreie nahmen Karen die Entscheidung ab. Sie ignorierte Trench und seine Kollegen und ging unauffällig hinter dem Feuerwehrwagen her, erst die steile, schmale Seitenstraße hinauf und dann links an einem hohen Gartenzaun entlang. Sie entdeckte die Lücke, die die Feuerwehrmänner hinterlassen hatten, als sie sich Zugang verschafft hatten, und folgte ihnen. Zwei Beamte gingen an ihr vorbei, auf dem Weg zurück zu ihrem Chef.

»Dr Taylor«, sagte sie knapp zu demjenigen, der offensichtlich als Wache am Zaun stand. »Wodurch wurde die Explosion verursacht?«

»Wir sind noch nicht ganz sicher. Irgendeine Chemikalie.«

»Keine Spur von dem Täter?«

»Noch nicht.«

»Gut.« Sie ging an ihm vorbei auf die schwingende Hintertür zu. Offensichtlich hatten sie sie eingerammt.

»Aber Sie können nicht …«

»Detective Chief Inspector Trench schickt mich.« Sie blickte über ihre Schulter und schenkte dem jungen Feuerwehrmann ein Lächeln. »Schauen Sie nicht so besorgt drein. Ich bin gut ausgebildet. Hier, nehmen Sie das.«

Karen reichte ihm ihren Kapuzenpullover. Er nahm ihn automatisch entgegen, griff aber gleichzeitig nach seinem Funkgerät, also lief sie rasch ins Haus. Selbst wenn Spike hier sein sollte, was sie für unwahrscheinlich hielt, glaubte sie, ihn mit Reden beruhigen zu können.

Er saß nicht am Fuß der Treppe, wie Trench befürchtet hatte.

Sie zwang sich, nicht an Waffen, Sprengfallen oder Stolperdrähte zu denken. Sie rannte die Treppe hinauf und hastete auf die Tür zu, die zu dem Raum führen musste, in dem das Kind gefesselt war.

Sie klopfte leise und rief: »Spike? Spike? Ich bin es, Dr Taylor.« Dann drehte sie den Türknauf.

Er ließ sich ohne Widerstand bewegen. Die Tür war nicht einmal abgeschlossen. Karen stieß sie auf und warf einen Blick nach links und dann nach rechts. Keine Spur von irgendeinem Erwachsenen, obwohl in dem Staub, der die nackten Bodenbretter bedeckte, Abdrücke von großen Füßen zu sehen waren. Die Seile, mit denen das Kind gefesselt war, waren so straff gespannt, dass es sich nicht umdrehen konnte, aber beim Klang von Karens Stimme wurden seine Schreie noch lauter.

»Alles ist gut«, sagte Karen ruhig und professionell. »Ich bin hier, um dir zu helfen. Mein Name ist Karen. Ich werde dich gleich von hier wegholen. Warte, ich muss nur noch diese Seile aufknoten.«

Die Knoten an den Handgelenken des Mädchens hatten sich bei ihren Anstrengungen so fest gezurrt, dass Karen ihre Nägel nicht zwischen die verschiedenen Fasern der Stricke schieben konnte. Sie verdrängte alle Gedanken, die nichts mit dem Lösen der Knoten zu tun hatten, und ignorierte die Zurufe von draußen. Sie ging an der Wand entlang, bis sie das andere Ende des Stricks gefunden hatte. Es war um einen großen, in die Wand eingelassenen Haken gewickelt, und der Knoten dort war nicht ganz so fest. Sie brach sich zwar zwei Nägel ab, hatte das Seil aber in wenigen Sekunden gelöst und rannte zur anderen Seite des Fensters.

Noch ein Nagel riss schmerzhaft ein, so weit, dass es zu bluten begann, aber schließlich gab der Knoten nach. Karen hob das Kind auf, dem die Seile immer noch von seinen wundgescheuerten Handgelenken baumelten, und spürte, wie das Herz des Mädchens raste. Ihr kleiner Körper zitterte, und sie war feucht von Schweiß und Schlimmerem. Der starke Geruch nach Ammoniak entströmte ihrer Kleidung. Das arme Mädchen hatte sich nass gemacht.

Wer hätte das nicht getan?, dachte Karen und drückte das Kind an sich.

Karen murmelte ohne Unterlass bedeutungslose, aber sanfte Worte, während sie mit dem Mädchen die Treppe hinunterlief und hoffte, dass sie nicht über die baumelnden Stricke stolperte.

Der Feuerwehrmann sprach immer noch in sein Funkgerät, als sie aus dem Haus rannte.

»Sie hat sie, Sir«, hörte Karen ihn sagen, während sie weiterlief. Als sie den Zaun erreichte, hatten sich die Seile wie Schlangen um ihre Beine gewickelt. Sie entdeckte Trench und reichte ihm das Kind.

»Was zum Teufel haben Sie sich dabei gedacht?«, brüllte er.

Das Kind schrie wieder auf und brachte dieses Mal nur einen hohen, wehklagenden Ton zustande, der entsetzliche Angst ausdrückte.

»Nehmen Sie sie und seien Sie still«, befahl Karen. Sie konnte sich nur noch mit Mühe beherrschen. »Zum Reden ist später noch Zeit. Ich muss ihr die Seile von den Handgelenken abnehmen, sonst passiert noch ein Unglück.«

Sie drückte ihm das Kind in die Arme und machte sich an den Knoten zu schaffen. Das Fleisch rundherum war geschwollen, und die gerötete Haut war an einigen Stellen aufgescheuert. Um dem Kind nicht noch mehr wehzutun, versuchte Karen, den ersten Knoten nur mit den Fingerspitzen zu lösen.

»Lassen Sie das«, befahl Trench barsch. Er bückte sich und setzte das Mädchen auf die niedrige Gartenmauer. Ohne seine Hand von ihrer Schulter zu nehmen, fügte er hinzu: »Wir haben nach einem Arzt geschickt. Er muss jeden Moment hier sein. Er wird sich dann um alles kümmern. Haben Sie Spike gesehen?«

»Nein. Und niemand hat mich daran gehindert, sie herauszuholen. Das Haus ist nicht möbliert, also kann man sich dort nicht verstecken.« Karen hielt inne. Ein Teil ihres Zorns verwandelte sich in Spott. »Ich bin zwar nur im ersten Stock gewesen und auch nicht in den Keller gegangen, aber ich nehme nicht an, dass die Truppen, die Sie jetzt hineinschicken, vom Schwarzen Mann überfallen werden.«

Trenchs Augen blitzten wütend, und er presste seine weißen Zähne hart zusammen. Das Geräusch, das dabei entstand, klang, als würde er die perfekten Oberflächen abschleifen. Sein Griff an der Schulter des Kindes verstärkte sich, und das Mädchen begann wieder zu schreien.

»Lassen Sie sie los, Trench. Lassen Sie sie los.«

Trench sah nach unten, und als er begriff, was er tat, zog er sofort seine Hand zurück. Die Augen des Kindes rollten in den Höhlen so weit nach hinten, dass sie sich ganz zu drehen schienen. Und sie atmete heftig. Ihre Lippen zuckten, und aus einem Mundwinkel lief Speichel.

»Hab keine Angst«, sagte Karen sanft und ignorierte den Zorn, der wie eine glühende Welle von Trench auszugehen schien. »Jetzt ist alles wieder gut. Dieser Mann ist ein Polizist. Er ist nicht böse auf dich. Er wird dich beschützen. Okay?«

Das Kind hörte auf, die Augen zu rollen. Dann würgte es, drehte den Kopf leicht zur Seite und erbrach eine schreckliche Mischung aus halbverdautem Essen und Blut von der Stelle, wo es sich auf die Zunge gebissen hatte.

»Reißen Sie sich zusammen und suchen Sie den verdammten Arzt«, zischte Karen Trench zu. »Und ihre Mutter. Und etwas Wasser.«

Seine kräftigen Schenkel bewegten sich wie Kolben auf und ab, als er loslief. Karen wandte sich wieder dem Mädchen zu und versuchte sich an den Namen zu erinnern, den Jenkins ihr genannt hatte. Schließlich fiel er ihr wieder ein.

»Dir tut sicher der Hals weh, Ellie, also versuch jetzt, nicht mehr zu schreien. Das macht es nur noch schlimmer. Kannst du durch die Nase atmen?«

Nach einer Weile nickte das Mädchen. Sie zitterte immer

noch, aber langsam kam ein wenig Farbe zurück in ihr Gesicht, und ihr Atem wurde regelmäßiger und tiefer. Karen wiegte sie wie ein Baby in ihren Armen, strich ihr übers Haar und murmelte eine sich wiederholende Litanei von Trostworten, bis das Mädchen sich schließlich entspannte.

Obwohl der Arzt, die Kinderschutzbeauftragten und die über alles erleichterten Eltern hektisch um sie herumliefen, war sich Karen Trenchs brennender Feindseligkeit bewusst. Als alle gegangen waren und der Garten verlassen war, schrie er sie unbeherrscht an und beschuldigte sie, auf verrückte Weise unverantwortlich gehandelt zu haben und das Leben der Geisel aufs Spiel gesetzt zu haben.

»Sie hätten auch getötet werden können, Sie dummes Weibsstück. Nicht, dass das eine Rolle gespielt hätte.«

»Und das war auch nicht sehr wahrscheinlich«, entgegnete Karen. Sie nahm seine stressbedingten Beleidigungen kaum wahr, weil sie genauso zornig war wie er.

Sie strich ihr dichtes blondes Haar mit beiden Händen zurück und bändigte es zu einem Knoten in ihrem Nacken, so, als könnte sie es nicht ertragen, es offen zu tragen, während er sie beleidigte.

»Das Kind war in weitaus größerer Gefahr als ich, und Sie haben es leiden lassen. Haben Sie denn nicht gesehen, dass wir keine Zeit mehr hatten, um uns um den verdammten Gesundheits- und Sicherheitsscheiß zu kümmern?« Zorn – oder vielleicht Angst – hatte bei Karen schon immer bewirkt, dass sie in eine Ausdrucksweise abglitt, die ihre Großmutter als ›dreckig‹ bezeichnet hätte.

»Unverantwortlich. Gefährlich und verdammt unprofessionell.«

»Sie sind es nicht gewöhnt, dass man Ihre Befehle missachtet, richtig?«, meinte Karen etwas gemäßigter.

Im Nachhinein durchströmte sie Furcht, während ihr Adrenalinspiegel, der sie in Gang gehalten hatte, langsam wieder sank. Aber sie würde ihm gegenüber kein Anzeichen von Schwäche zeigen.

»Ich arbeite nicht für Sie, also muss ich nicht tun, was Sie mir sagen«, fügte sie hinzu. »Constable Jenkins sagte, er würde mich nach Hause fahren, sobald Sie mich nicht mehr brauchen. Ich möchte jetzt gehen. Und ich brauche meinen Pullover.« Sie konnte ihn in einem Busch neben der Hintertür liegen sehen.

»Er ist jetzt zu beschäftigt«, erklärte Trench und deutete auf das Haus, aus dem man etliche Füße über den nackten Holzboden trampeln hörte. »Wir haben wichtigere Dinge zu tun, als Sie nach Hause zu bringen. Wie zum Beispiel die Beweise sammeln, die Sie nicht vernichtet haben, als Sie wie ein dummer Amateur dort herumgetrampelt sind. Warten Sie hier. Ich werde Ihnen Bescheid geben, sobald jemand Zeit hat, Sie zu fahren.«

»Benehmen Sie sich nicht so kindisch«, wies sie ihn zurecht. »Nur weil ich Sie bloßgestellt habe, indem ich Ellie sicher aus dem Haus brachte. Ich finde allein nach Hause.«

Nachdem Karen ihren Pullover aus der Hecke gezogen hatte, machte sie sich auf den Weg in die Stadt, um sich dort ein Taxi zu nehmen. Ihre Beine fühlten sich an wie nasse Spaghetti. Wären ihre Oberschenkel nicht durch den festen Jeansstoff gestützt worden, wäre sie wahrscheinlich umgekippt. Der leichte Schmerz von der Blase an ihrer Ferse, die sie sich am Tag zuvor zugezogen hatte, verschlimmerte sich mit jedem Schritt. Sie zwang sich dazu, weiterzugehen, bis sie die alte Kettenfähre und die Schiffsbrücke über den River Medina nach West Cowes erreicht hatte.

Als sie dort angekommen war, lehnte sie sich an eine glücklicherweise feste Stützmauer und warf einen Blick zurück, um sich zu vergewissern, dass Trench ihr nicht gefolgt war.

Nein. Wahrscheinlich schmollte er immer noch. Sie rief sich immer wieder ins Gedächtnis, dass niemand ums Leben gekommen und das Kind in Sicherheit war, bis sie das Zittern in ihren Beinen unter Kontrolle hatte. Dann stürzte sie sich in die

Menschenmenge, die die ganze Stadt in Beschlag genommen hatte, und bahnte sich einen Weg auf der High Street durch die Fußgängerzone zu der Stelle, wo sie, wie sie sich zu erinnern glaubte, vor Kurzem einen Taxistand gesehen hatte.

In der Luft hingen schwere Gerüche nach Sonnencreme, Hamburgern und gebratenen Zwiebeln. Menschen unterhielten sich lautstark in Dutzenden von Sprachen, riefen sich gegenseitig etwas zu, brüllten vor Lachen und traten mit den Möwen in einen Wettstreit, wer die schrillsten Töne von sich geben konnte. In der Ferne, zwischen den Gebäuden und über den sich auf und ab bewegenden Köpfen der Menschenmenge, sah sie die großen weißen Segel der etlichen Reihen von teuren Jachten, die auf die Rennen warteten.

Ihr Gedächtnis ließ sie im Stich – sie konnte den Taxistand nicht finden. Irgendwo musste es doch ein Taxi geben, das sie nach Hause bringen konnte, sogar in diesem Albtraum aus Lärm, Farben und Gerüchen.

»Hey, warum machen Sie denn ein so langes Gesicht? Ist das nicht großartig?«, schrie eine angetrunkene Frau in der Menge und wedelte mit einer Eistüte vor Karens Gesicht herum.

Wie konnte jemand nur so lustig herumkrakeelen? Sie befanden sich nicht weit von dem Ort entfernt, an dem Ellie Bridgers soeben ein Trauma erlitten hatte. Aber natürlich hatten die Leute hier keine Ahnung davon, was sie soeben erlebt hatte. Oder davon, dass sich ein höchst gefährlicher Mann unter ihnen befinden könnte.

Vermutlich legten Trenchs Team und die Behörden der Stadt großen Wert darauf, dass das auch so blieb. Wenn bekannt würde, dass ein Mann, der vier Morde – und möglicherweise noch viele mehr – begangen hatte, irgendwo frei auf der Insel herumlief und wahrscheinlich eine Tasche voll mit Drahtschlingen und eine abgesägte Schrotflinte bei sich hatte, würde ein Chaos ausbrechen.

Ein Amokläufer auf der Flucht.

Trenchs Unbeherrschtheit erschien Karen etwas weniger empörend, als sie begriff, womit er sich jetzt konfrontiert sah. Ihr eigener Zorn ließ etwas nach.

Als sie die Münzen in der Tasche ihres Kapuzenpullis klingeln hörte, wurde ihr bewusst, dass sie etwas gegen ihre Anspannung unternehmen musste. Also ging sie in einen Sandwichladen, um sich mit ein paar Kohlenhydraten zu beruhigen. Es war schon beinahe zwölf Uhr, und die Ereignisses des Vormittags hatten sie hungrig gemacht.

Wenige Minuten später kaute sie an einem Vollkornbrötchen mit Käse und ging langsam zum Fluss zurück. Dann machte sie sich, wegen der schmerzenden Blase leicht hinkend, wieder auf den Weg den Hügel hinauf zu dem gelben Haus. Sie wollte sich bei Trench entschuldigen.

Als sie dort angekommen war, stellte sie jedoch fest, dass er und sein Team bereits gegangen waren. Jetzt waren nur noch die Beamten von der Spurensicherung vor Ort. Karen konnte sie durch die Fenster beobachten, wie sie methodisch die Staubkörner und alle Fasern einsammelten, die eines Tages beweisen würden, wer sich in dem Haus aufgehalten hatte.

Das meiste würde bedeutungslos sein. In einem Haus wie diesem, das zum Verkauf stand, waren in den letzen Tagen, wahrscheinlich sogar Wochen, Immobilienmakler und potenzielle Käufer herumgetrampelt und hatten bei jedem Schritt und mit jedem Atemzug ihre Spuren hinterlassen. Und auch Karen selbst hatte alle möglichen Hinweise auf sich zurückgelassen, als sie in das Haus gelaufen war, um Ellie Bridger zu retten. Aber irgendwo in all den Proben, die so sorgfältig gesammelt wurden, würde man wahrscheinlich ein paar von Spikes Haaren oder ein oder zwei Stofffasern von seiner Kleidung finden – und zwar allein deshalb, um zu vermeiden, dass ein Verteidiger behaupten konnte, Spike sei niemals in der Nähe der Geisel oder in diesem Haus gewesen.

Vor dem Haus war außer dem Schild mit der Aufschrift ›Zu verkaufen‹ und den Fuß- und Reifenspuren in der dünnen Kiesschicht des Vorgartens nichts mehr zu sehen.

Karen sah zu den Fenstern hinauf und beobachtete, wie einer der Beamten mit einer Pinzette vorsichtig etwas von der Wand nahm und es in einen Beweisbeutel fallen ließ. Für sie gab es hier nichts mehr zu tun. Sie hatte auch keinen Grund, das Haus noch einmal zu betreten. Wie Trench ihr bereits sagte: Sie hatte wahrscheinlich einen Großteil der Beweise vernichtet, die sie zu finden gehofft hatten.

Entmutigt versuchte sie, sich in Spike hineinzuversetzen, um zu verstehen, warum er Ellie entführt hatte. Wie Karen Charlie Trench gegenüber bereits geäußert hatte, lange bevor ihr klar war, dass sich Spike nicht im Haus bei seiner Geisel befand, musste er gewusst haben, dass ihm das heutige Kidnapping jegliche Chance auf eine Berufung nehmen würde. Also was konnte er sich davon versprochen haben?

14

Roderick, der Elefantenmensch, wartete vor ihrem Häuschen, als das Taxi kurz nach halb drei davor anhielt. Das hat mir gerade noch gefehlt, dachte Karen, während sie in ihrer Tasche nach Geld kramte, um den Taxifahrer zu bezahlen.

Sie hatte nicht mehr genug Kleingeld übrig und konnte ihren Geldbeutel nicht finden. Als sie den Ablauf des Morgens in Gedanken noch einmal durchging, fiel ihr ein, dass sie ihre Schlüssel und ihr Handy von dem Regal neben der Tür geholt hatte, sich aber nicht mehr die Zeit genommen hatte, ihre Geldbörse aus ihrer Tasche herauszunehmen.

»Können Sie einen Moment warten?«, bat sie den Fahrer. »Ich habe genügend Geld im Haus. Es dauert nicht lange.«

Sie versuchte, die Tür zu öffnen, aber er hatte die Zentralverriegelung betätigt.

»Ich kann Sie nicht bezahlen, wenn Sie mich nicht aussteigen lassen«, erklärte sie mit erzwungener Geduld. »Und ich habe nicht vor, in den Wald zu flüchten. Machen Sie schon – lassen Sie mich aussteigen.«

Er entriegelte die Türen mit einem widerwilligen, ungläubigen Brummen, das sie darauf schließen ließ, dass er nicht von der Insel kam. Kein *caulkhead* würde sich so benehmen.

»Hi, Roderick«, sagte sie, als sie über den gefurchten, getrockneten Schlamm ging. »Ich komme gleich wieder. Gehen Sie nicht weg.«

Da sie nicht wollte, dass einer der beiden ihr in das Häuschen folgte, schlug sie rasch die Tür hinter sich zu und hastete in ihr Schlafzimmer, um ihre Geldbörse zu holen. Bei jedem zweiten Schritt hüpfte sie auf einem Bein, um nicht noch weiter an ihrer Blase an der Ferse zu scheuern. Ihr Geldbeutel lag immer noch ganz unten in ihrer Leinentasche, genau dort, wo sie ihn am Tag zuvor verstaut hatte. Sie holte eine Zwanzig-Pfund-Note heraus, ging damit zurück zum Wagen und hielt die Hand für das Wechselgeld auf.

Nachdem der Taxifahrer nach einem unnötig umständlichen Wendemanöver davongefahren war, setzte sie sich vor das Haus auf die oberste Stufe, streckte ihre langen Beine in ihren jetzt ausgebeulten und verknitterten Jeans aus und zwang sich dazu, ihren unwillkommenen Besucher anzulächeln.

»Wie geht es Ihnen, Roderick? Ich habe Sie schon seit Tagen nicht mehr gesehen. Setzen Sie sich. Ist es nicht herrlich, nach all dem Regen in der Sonne zu sitzen?«

»Heute Morgen hat jemand nach Ihnen gefragt. Ich dachte, Sie sollten das wissen«, verkündete er, ohne ihrer Aufforderung nachzukommen. Er wirkte sehr groß, als er sich vor ihr aufbaute.

»Wer? Wie sah er aus?«

»Groß. Rothaarig.«

»Mann oder Frau?«, fragte sie und dachte sofort an Jim Blake. Hatte Spike ihn gehen lassen, nachdem sie aus Parkhurst entkommen waren? Und wenn ja, warum war er dann nicht sofort zur Polizei gegangen? Warum war er hierher gekommen? Karen hätte nichts für ihn tun können, was die Polizei nicht viel besser hätte handhaben können.

»Ein Mann«, antwortete Roderick. »Ich habe ihm gesagt, Sie seien mit dem jungen Polizisten weggefahren, und dass ich nicht wisse, wann Sie zurückkommen werden. War das in Ordnung?«

»Natürlich.« Da es offensichtlich auf der Insel ohnehin keine Geheimnisse gab, war es eigentlich egal, was er gesagt hatte.

»Dann habe ich ihm gesagt, er solle sich von hier fernhalten und Sie nicht mehr belästigen, und dass Sie Besuch von Ihrem Freund hätten.« Ein überraschend listiges Lächeln glitt über Rodericks Gesicht. »Ich habe ihm nicht gesagt, dass Ihr Freund bereits abgereist ist und Sie gestern Nacht allein waren.«

Karen erhob sich von den Stufen. Sie hatte gewusst, dass er sie beobachtete, aber das ging zu weit. Sie hatte ein Recht auf ihre Privatsphäre.

»Gut«, erwiderte sie knapp. »Ich verstehe. Danke, dass Sie es mir gesagt haben. Ich muss jetzt arbeiten. Auf Wiedersehen.«

»Schon gut. Mit Ihrem Auto hat es keine Schwierigkeiten mehr gegeben, oder?«

»Nein. Nein, es läuft wunderbar. Und ich werde auch nicht mehr im Schlamm stecken bleiben.«

»Gut. Ich gehe heute Abend wieder auf die Jagd, dann bringe ich Ihnen am Morgen wieder ein paar Kaninchen vorbei. Ich weiß, dass Sie normalerweise erst nach acht Uhr aufstehen, also werde ich bis dahin warten. Auf Wiedersehen, Dr Taylor.«

Er blieb einen Augenblick stehen, als ob er eine Reaktion von ihr erwarten würde, doch sie wollte ihn nicht weiter ermutigen. Er drehte sich um, stampfte in seinen altmodischen Arbeitsschuhen die Treppe hinunter und verschwand dann im Wald.

Sie fuhr sich mit der Zunge über die Lippen und versuchte, die verschiedenen Ursachen für ihr Unbehagen herauszufinden. Es gelang ihr nicht, und sie sagte sich, dass das Gefühl, ein verschrecktes, schwer atmendes, sich an sie klammerndes Kind in den Armen zu halten, bei ihr eine Kampf-oder-Flucht-Reaktion ausgelöst hatte, und dass es nicht wirklich besorgniserregend war, dass Roderick über alles Bescheid wusste, was sie tat. Sie würde jetzt ihre Morgendusche fortsetzen, um den Gestank nach Urin und Erbrochenem loszuwerden, der sich in ihrer Kleidung festgesetzt hatte. Bevor sie sich auszog, vergewisserte sie sich jedoch, dass alle Fenster geschlossen und die Hinter- und Vordertür verriegelt waren.

Der Gedanke daran, die Insel zu verlassen und das Wochenende bei Will zu verbringen, war in diesem Augenblick noch verlockender als zum Zeitpunkt seiner Einladung. Und jetzt, wo sie Spike nicht im Gefängnis besuchen konnte, hatte sie keinen Grund, ihre Reise hinauszuzögern. Vielleicht sollte sie gleich morgen früh losfahren. Oder sogar noch heute. Allerdings waren die Autofähren von Yarmouth am Nachmittag und am Abend sicher bereits ausgebucht. Und wenn sie nach Cowes zurückfuhr, um auf einem der Red Jets nach Southampton überzusetzen, musste sie ihren Wagen auf der Insel lassen. Da war es besser, den ursprünglichen Plan beizubehalten.

Eine Dusche, starker Tee, ein großes Pflaster auf ihren Blasen und ein Mittagsschlaf, und sie würde wieder ganz die Alte sein.

Die fünf Minuten, in denen sie sich das heiße Wasser auf den Kopf trommeln ließ, waren lange nicht genug, um den Zorn und die Angst von diesem Vormittag wegzuspülen, aber mehr war ihr nicht vergönnt. Schon wieder holte sie unüberhörbares Hämmern an der Tür aus der Dusche. Und wieder öffnete sie, nur mit einem Handtuch bekleidet und tropfnass, der Polizei die Tür.

Dieses Mal stand kein nervöser Constable in Uniform vor ihr, sondern Detective Chief Inspector Trench persönlich, und neben ihm eine hagere Frau Ende zwanzig.

»Kann das nicht warten?« Karen deutete auf ihre nassen Schultern. »Wie Sie sehen, bin ich beschäftigt.«

»Nein, kann es nicht.« Trenchs Kiefer war so angespannt, dass die Worte kaum zu verstehen waren. »Ziehen Sie sich an.«

»Wie ich Ihnen bereits heute Morgen sagte, haben Sie mir nichts zu befehlen.«

»Verdammt, ziehen Sie sich etwas über. So kann ich nicht mit Ihnen sprechen.«

Lassen Sie es nicht zu, dass die Anspannung oder die Gefühle der befragten Person dazu führen, dass Sie Ihre eigene Gefühlslage zeigen, hätte Karen ihm am liebsten gesagt, als sie sich an den Rat einer ihrer ersten Tutoren erinnerte. Aber es war nicht ihre Aufgabe, jemandem zu helfen, der sie so anfuhr. Also lächelte sie mit ungewöhnlicher Langmut zuerst Trench und dann seine Handlangerin an, deren hageres Gesicht Verachtung und Abneigung zeigte.

»Geben Sie mir eine Minute Zeit«, sagte Karen und richtete sich eher an die Frau als an Trench. »Machen Sie sich Tee. Der Kessel steht neben der Spüle. Er ist noch heiß, also wird es nicht lange dauern, bis das Wasser kocht. Teebeutel finden Sie in der Dose auf dem Regal darüber. Ich werde nicht lange brauchen.«

Als sie vier Minuten später zurückkam, standen die beiden jedoch immer noch an derselben Stelle, an der sie sie zurückgelassen hatte.

»Wenn Sie keinen Tee wollen – ich schon«, erklärte sie und ging zur Spüle, um Wasser in den Teekessel zu füllen. Sie sah, dass ihre langen nackten Füße feuchte Spuren auf dem splitterigen Holzboden hinterlassen hatten. Mit dem Rücken zu ihren unerwünschten Besuchern griff sie nach der am wenigsten befleckten der alten Tassen und gab einen Teebeutel hinein. »Es war ein harter Tag.«

Dann drehte sie sich um, lächelte wieder und erkundigte sich, was die beiden von ihr wollten.

»Die ganze Geschichte«, stieß Trench zwischen zusammengepressten Zähnen hervor.

Karen machte sich Gedanken über die Stress-Chemikalien, die sein Gehirn offensichtlich ausschüttete, und die Beschwerden, die das wahrscheinlich hervorrufen würde.

»Setzen Sie sich doch«, forderte sie ihn auf. »Welche Geschichte?«

»Darüber, warum Sie Spike Falconer zur Flucht verholfen haben, was er als Nächstes vorhat, und wo er sich jetzt aufhält. Und warum zum Teufel Sie sich auf persönlicher Ebene mit einem Psychopathen wie ihm eingelassen haben.«

Karen lachte, weil diese Anschuldigungen so absurd waren. Trenchs Haut schien sich zu verdicken und um seine nachwachsenden Bartstoppeln dunkler zu werden. Seine runden dunklen Augen wirkten wie rote Fahnen, die vor Gefahr warnten. Seine Helferin sah das offensichtlich genauso, denn sie trat unangenehm berührt von einem Fuß auf den anderen.

»Das ist sehr ernst, Dr Taylor. Wir müssen Sie mitnehmen, damit Sie uns einige Fragen beantworten.«

»Sie meinen, Sie wollen mich verhaften?«, fragte Karen ungläubig.

»Wenn Sie sich nicht kooperativ verhalten, dann ja.«

»Aber warum?« Ihr Drang zu lachen war verflogen. Karen hatte sogar ihr Verlangen nach einer Tasse Tee vergessen.

»Weil Sie wussten, dass Spike sich heute Morgen nicht in dem Haus befand, als Sie hineinliefen, um das Kind ›zu retten‹.« Trench war immer noch zu wütend, um seine Stimme zu mäßigen. »Sie wussten, dass Ihnen keine Gefahr drohte. Ansonsten wären Sie nicht hineingegangen. Sie wussten schon vorher von der Entführung. Und deshalb wissen Sie jetzt wahrscheinlich auch, wo Spike sich aufhält.«

Karen traute ihren Ohren kaum. Sie öffnete den Mund, um zu erklären, was eigentlich klar auf der Hand lag – dass kein Experte in ihrer Position jemals in Erwägung ziehen würde, jemandem bei einer Flucht aus dem Gefängnis zu helfen.

»Was können Sie uns über ein Sushimesser aus Keramik sagen?«, fragte die Assistentin rasch.

Trench warf ihr einen zornigen, tadelnden Blick zu, aber Karen hatte kein Problem damit, diese Frage zu beantworten. Vielleicht würde ihm diese Ablenkung die Möglichkeit geben, sich zu beruhigen.

»Viel.« Sie warf einen kurzen Blick auf die in dunkelblaue Seide eingeschlagene Schachtel, die immer noch auf dem Regal über dem Spülbecken lag. »Aber sollten Sie sich nicht zuerst vorstellen, wenn Sie mich befragen wollen?«

Die Frau nickte ungeduldig. »Detective Sergeant Eve Clarke. Und nun zu dem Sushimesser.«

»Es ist ein Geschenk von dem Mann, der mich am vergangenen Wochenende besucht hat. Will Hawkins. Er ist Neurochirurg in Sussex. Detective Chief Inspector Trench hat ihn kennengelernt. Aber woher wissen Sie von dem Messer, und warum interessiert es Sie?«

Detective Sergeant Clarkes Augen glänzten triumphierend, und ihre Stimme klang geheuchelt freundlich, als sie fortfuhr.

»Sie besitzen es also erst seit einigen Tagen, richtig?«

»Das stimmt. Noch einmal – warum interessieren Sie sich dafür?«

»Haben Sie ihn gebeten, es Ihnen von der Hauptinsel mitzubringen?«

»Nein. Es war eine Überraschung und geht Sie nichts an«, erwiderte Karen, bevor ihr Spikes Bitte um eine Drahtschlinge einfiel. »Außer Sie sind so verrückt zu glauben, dass ich …«

Trench kam auf sie zu und stellte sich so nah vor sie, dass sie seinen warmen Atem auf der Haut um ihre Augen spüren konnte. Er roch stark nach Pfefferminz. Entweder hatte er sich gerade den Mund gespült, oder er hatte irgendwo unter seiner Zunge einen Kaugummi versteckt.

»Wir haben vor einer Stunde ein Sushimesser gefunden, verschmiert mit Jim Blakes Blut. Es befinden sich auch Fingerabdrücke darauf. Die Spurensicherung nimmt an, dass sie von mindestens zwei verschiedenen Personen stammen.«

»Nun, meine sind es nicht«, entgegnete Karen. »Wenn Sie ein Keramikmesser gefunden haben, dann kann es unmöglich etwas mit mir zu tun haben. Mein Messer ist hier.«

»Sie hatten es in Ihrer Tasche, als Sie Spike am Montag besuchten, richtig?«, mischte sich Detective Sergeant Clarke verbissen ein und machte sich nicht mehr die Mühe, Freundlichkeit vorzutäuschen.

Karen hatte das Gefühl, die beiden zur Einsicht zu bringen war ebenso schwierig, wie mit Boxhandschuhen eine Nadel aufzuheben.

»Sie wussten, dass Sie damit den Scanner überlisten konnten, da sich in diesen Messern kein Metall befindet«, fuhr Detective Sergeant Clarke fort. »Deshalb haben Sie Ihren Freund gebeten, Ihnen ein solches Messer mitzubringen, richtig? Sie werden in keinem Laden auf der Insel verkauft. Wir haben das sofort überprüft, nachdem wir es gefunden hatten. Also mussten Sie es sich auf der Hauptinsel besorgen lassen.«

»Oh, machen Sie sich doch nicht lächerlich.« Karen ging von ihr weg zu dem Regal hinüber und spürte sofort ein befreiendes Gefühl. Sie griff nach der Schachtel. »Ich habe mein Sushimesser nirgendwohin mitgenommen. Schauen Sie.«

Sie zog die winzigen Knochenverschlüsse aus den Schlaufen und hob den Deckel an. Außer der Fütterung aus weicher Seide und dem Abdruck des Messers auf dem Stoff war nichts zu sehen.

»Oh, Scheiße!« Sie sah die beiden an und vergab ihnen beinahe ihre Verdächtigungen. »Jemand hat es gestohlen. Ein Einbrecher.«

»Dass ich nicht lache!«, stieß Trench kaum verständlich durch zusammengebissene Zähne hervor. »Die älteste Ausrede der Welt.«

»Wurde bei Ihnen eingebrochen?«, erkundigte sich Detective Sergeant Clarke scheinbar arglos. »Ich kann mich nicht erinnern, einen Bericht darüber gesehen zu haben.«

»Ich habe es nicht gemeldet, weil ich nicht wusste, dass das Messer verschwunden ist. Aber es ist durchaus möglich. Ich habe mehrere Male jemanden ums Haus schleichen hören. Und in einer Nacht, als ich nach draußen ging, um nachzuschauen, sah ich einen Mann davonlaufen. Ich dachte, es sei ein schüchterner, merkwürdiger Nachbar gewesen, aber vielleicht war es jemand, der mich beobachtet hatte und wissen wollte, was es hier zu holen gibt. Wie nennen Sie das? Ausbaldowern?«

»Nicht mehr.« Trench sprach immer noch mit aufeinandergepressten Zähnen, was seinen Geordie-Akzent sehr merkwürdig klingen ließ.

»Haben Sie den Herumtreiber gemeldet?«, wollte Detective Sergeant Clarke wissen. Ihre Stimme klang, als würde sie ein Nein als Antwort erwarten.

Karen schüttelte den Kopf. »Ich wollte nicht übertrieben

ängstlich wirken. Und was sollte mir ein bedauernswerter Spanner schon tun?«

»Dann gibt es keine Anzeichen eines Einbruchs? Ein zerbrochenes Fenster vielleicht? Ein aufgebrochenes Schloss? Nichts, was Ihre Geschichte bestätigen könnte? Irgendetwas brauchen wir, Dr Taylor.«

»Ich habe nicht nachgesehen, Detective Sergeant Clarke. Warum tun *Sie* es nicht? Das Häuschen ist nicht gerade groß. Suchen Sie, wo immer Sie wollen. Holen Sie ein Team von der Spurensicherung. Ich habe nichts dagegen.«

Sergeant Clarke sah Trench an, als wolle sie ihn um seine Zustimmung bitten. Er nickte und ließ sich dann auf den größeren der beiden Sessel fallen.

»Warum haben Sie sich Falconer für Ihre Forschungen ausgesucht?«, fragte er und gab vor, sich beruhigt zu haben.

Seine gemäßigte Stimme täuschte Karen keine Sekunde lang. Seine Stimmbänder mochten sich etwas entspannt haben, aber auf beiden Seiten seines Kiefers zuckten immer noch Muskeln, und seine restliche Körpersprache war so aggressiv und misstrauisch wie seit seiner Ankunft.

»Eine Mischung aus vielen Dingen«, antwortete sie betont ruhig. »Wie Sie wahrscheinlich wissen, habe ich bereits fünf verurteilte Mörder mit gefährlichen schweren Persönlichkeitsstörungen befragt und suchte nun nach einer neuen Testperson. Mein Professor hat Spike als einen von einigen möglichen herausgesucht, und da es mich gereizt hat, auf die Insel zurückzukehren, habe ich zugestimmt. Ich habe Ihnen ja erzählt, dass ich als Kind meine Ferien hier verbracht habe. Ich wusste, dass das Häuschen zur Verfügung stand. Meine Mutter hat es geerbt, und obwohl sie es nie nutzt, hat sie sich nicht die Mühe gemacht, es zu verkaufen.«

Karen sah sich in dem klammen, wenig einladenden Häuschen um und war nicht überrascht, als sie Skepsis in Trenchs funkelnden Augen sah.

»Da ich nicht viel Geld zur Verfügung habe, war das sehr

verlockend«, fuhr sie fort. »Ich musste lediglich Strom und Wasser wieder anstellen lassen. Und Spikes Geschichte interessierte mich, auch über meine Forschungen über Persönlichkeitsstörungen hinaus. Ich wollte schon immer mehr über die Auswirkungen einer Adoption wissen. Sein Fall schien mir ein extremes Beispiel für die möglichen Beeinträchtigungen sowohl für das Kind als auch für die Adoptiveltern zu sein.«

Trench kaute auf seiner Unterlippe und beobachtete sie immer noch feindselig.

»Sie werden meine Fingerabdrücke auf diesem Messer nicht finden«, sagte sie beiläufig. »Ich habe es nicht aus der Schachtel genommen. Vielleicht habe ich eine Fingerspitze auf die Klinge gelegt, aber ich hatte es nie in der Hand. Wenn es am Griff Fingerabdrücke gibt, dann sind sie nicht von mir.«

»Können wir Ihre Fingerabdrücke nehmen?«

»Natürlich. Warum nicht?«

»Das wird allerdings nichts ändern. Die verwischten Blutspuren zeigen, dass jemand das Messer mit Handschuhen angefasst hat.«

»Es mag vielleicht nicht meine Unschuld beweisen«, begann sie. Zum ersten Mal, seit Constable Jenkins sie bei ihrer Morgendusche unterbrochen hatte, fühlte sie sich wieder wohl. »Aber das spielt keine Rolle, solange Sie mir nicht meine Schuld nachweisen können. Viel wichtiger als das alles ist jedoch, wie es dem Kind geht. Wie geht es Ellie Bridger?«

»Sie ist natürlich traumatisiert. Warum fragen Sie? Wer wäre nicht traumatisiert, wenn er von einem mörderischen Psychopathen gekidnappt und so gefesselt worden wäre, dass es Wochen dauern wird, bis seine Arme verheilen werden?«

Karen wartete auf seinen Dank dafür, dass sie das Kind vor noch Schlimmerem bewahrt hatte, aber dafür war er viel zu wütend. Zornig und sicher auch gedemütigt, weil sie das Naheliegende getan hatte, während er und seine Männer sich zurückgehalten und sich auf Gesundheits- und Sicherheitsrichtlinien berufen hatten.

Detective Sergeant Clarke kam zurück. »Was ist auf dem Dachboden über dem Schlafzimmer mit den zwei Betten? Ich kann die Falltür nicht öffnen.«

»Kisten, Dunst, Spinnweben, altes Zeug«, erwiderte Karen. »Nichts Wichtiges.«

»Warum ist die Tür dann verschlossen?«, wollte Clarke wissen.

»Das ist sie nicht.«

»Und wie kommen Sie dort hinauf?«

Trenchs Augen leuchteten misstrauisch auf. Karen verzog das Gesicht, um damit zum Ausdruck zu bringen, er solle sich nicht so dumm verhalten. Dann wandte sie sich wieder an Detective Sergeant Clarke.

»Unter dem linken Bett liegt ein langer Stab. Sie schieben das Ende in den kleinen runden Ring an der Seite der Falltür. Dann schnappt sie auf, und eine Leiter kommt herunter. Ich werde es Ihnen zeigen.«

Nachdem sie die Leiter heruntergeholt hatte, überließ sie es Detective Sergeant Clarke, den modrigen, staubigen Dachboden zu durchsuchen. Als sie wieder in die Wohnküche zurückkam, sah Karen, dass Trench sich von dem Sessel erhoben hatte und nun durch den Raum ging. Er öffnete Schranktüren und spähte hinter die wenigen größeren Möbelstücke. Als er Karens Schritte hörte, drehte er sich um.

»Sie haben das Blut auf dem Messer erwähnt«, sagte sie. »Jim Blakes Blut. Woher wissen Sie, dass es von ihm stammt? Sie hatten noch keine Zeit, es im Labor untersuchen zu lassen, geschweige denn Ergebnisse zu bekommen, selbst wenn Sie das Geld hätten, beschleunigte Tests zu bezahlen. Und für mich hörte es sich nicht so an, als wäre Ihr Budget sehr großzügig bemessen. Sie konnten nicht einmal nach den Leichen suchen, von denen Sie annehmen, dass sie überall auf der Insel verteilt sind.«

Er spannte wieder seine Kiefermuskeln an.

»Wahrscheinlichkeit.«

»Ist es viel Blut? Glauben Sie, dass er schwer verletzt wurde?«

»Ein Mann wie Jim Blake lässt einen gefährlichen Straftäter nicht einfach kampflos laufen. Er kämpft hart. Wir müssen ihn finden.« Trench richtete seinen Blick nach oben, als könne er sich kaum mehr zurückhalten. »Ich hoffe, er ist noch am Leben und liegt nicht mit aufgeschlitztem Körper irgendwo in einem Versteck.«

»Sie glauben doch nicht wirklich, dass ich seine Leiche auf meinem Dachboden versteckt habe, oder?« Obwohl ihr bewusst war, was Spike jetzt, wo er auf freiem Fuß war, auf der Insel anstellen konnte, hätte sie beinahe laut losgelacht. »Das ist absurd! Sie verschwenden Ihre Zeit. Wenn Jim schwer verletzt wurde, dann braucht er jetzt Hilfe. Haben Sie schon mit meinen Nachbarn gesprochen? Roderick, der im nächstgelegenen Haus wohnt, hat mir erzählt, dass er heute Morgen, während ich bei Ihnen war, einen großen, rothaarigen Mann hier gesehen hat. Für mich hörte sich das nach Jim Blake an. Und Jan aus dem Bungalow an der Kreuzung zur Hauptstraße ist ebenfalls eine gute Beobachterin. Reden Sie mit ihr. Wenn es etwas zu sehen gab, dann hat sie es sicher bemerkt.«

»Ich weiß bereits, dass er hier war. Ihre beiden Nachbarn haben das bestätigt. Was glauben Sie, warum wir hierhergekommen sind und Sie befragen? Was hat Spike mit ihm gemacht? Und wo ist er? Kommen Sie schon, Dr Taylor. Geben Sie auf. Wir werden die Wahrheit ohnehin herausbekommen. Ersparen Sie uns den ganzen Ärger, und sagen Sie mir jetzt alles.«

»Es hat keinen Sinn, mit Ihnen zu reden, wenn Sie mir nicht zuhören wollen«, erklärte Karen mit größerer Geduld, als sie wirklich empfand. »Ich habe keine Ahnung, wo Spike sich aufhält oder was er gerade tut. Aber wenn ich Sie wäre, würde ich mich nicht mit unbeteiligten Zuschauern unterhalten, sondern dort draußen nach ihm suchen, bis ich ihn gefunden hätte – in der Hoffnung, ihn zu schnappen, bevor er noch jemanden umbringt.«

»Verdammt! Sie sind wirklich abgebrüht.«

»Abgebrüht? Soll das ein Witz sein?« Karen war jetzt so wütend, dass ihre Worte wie Bleikugeln aus der Patrone eines Schrotgewehrs herausschossen. »Im Augenblick bin ich so genervt, dass ich an nichts anderes denken kann, als daran, Sie endlich loszuwerden.«

Trench wandte sein Gesicht ab, als könnte er es nicht mehr ertragen, sie anzuschauen.

»Was ist mit den Überwachungskameras im Gefängnis?«, fuhr sie etwas ruhiger fort. »Ich meine nicht die Kameras am Tor, über die wir heute Morgen gesprochen haben, sondern den Rest. Auf den Aufnahmen müssten Sie doch etwas entdecken können, falls Sie sich von den verrückten Ideen über mich lösen könnten und etwas Nützliches tun würden, um Spike zu finden. Und Jim.«

»Hören Sie auf, mich zu verscheißern.« Trench erhob sich mit einer geschmeidigen Bewegung von dem niedrigen Stuhl. »Natürlich sehen unsere Leute die Aufnahmen durch. Sie sollten jetzt mit uns ins Revier kommen, um das Sushimesser zu identifizieren und einen umfassenden Bericht abzuliefern.«

»Na gut.« Karen unterdrückte ihren Zorn, weil sie zumindest einige Anzeichen erkannte, die darauf hindeuteten, dass seine Aggression von Angstgefühlen ausgelöst wurde. »Aber kann das nicht bis morgen warten? Wie ich schon gesagt habe, bin ich nervlich am Ende. Und erschöpft. Außerdem habe ich Blasen von der Größe eines Esstellers an meinen Füßen. Ich habe gerade begonnen, mich etwas zu entspannen. Geben Sie mir den Rest des Tages, und ich werde morgen alles tun, was Sie von mir verlangen.«

Sie sah sich in dem trostlosen Häuschen um. »Ich werde Ihnen schon nicht davonlaufen.«

Er schwieg lange genug, um ihr zu zeigen, wer hier der Boss war. »Das kann nicht warten. Wir werden Sie mitnehmen.«

»Ich werde mit meinem Auto fahren«, erklärte sie. »Ich möchte nicht riskieren, dass Sie mich noch einmal irgendwo stehen lassen. Ich hoffe, Ihre Leute durchsuchen jedes Boot in Cowes, mit dem Spike von der Insel flüchten könnte.«

Er antwortete nicht, obwohl sie ihm genug Zeit dafür gab. Also fuhr sie fort.

»Und Sie sollten Peg im *Goose Inn* befragen. Sie scheint hier seine einzige Stütze zu sein. Und natürlich auch das Mädchen Ellie. Auch wenn Sie vielleicht glauben, sie hätte nicht viel zu sagen, so hat sie mit Sicherheit Informationen, die Ihnen helfen könnten – vorausgesetzt, Sie wenden die richtige Fragetechnik an.«

Detective Sergeant Clarke war zurückgekommen und wusch sich sorgfältig die Hände an der Spüle.

»Das Kind weigert sich zu sprechen«, warf sie ein und rieb die Olivenölseife kräftig, um Schaum zu erzeugen.

»Meine Güte! Warum haben Sie mir das nicht gesagt?«, rief Karen. »Ich könnte Ihnen dabei helfen. Wirklich. Ich bin dafür geschult, schwierige Gesprächspartner zu befragen. Sie sollten mich für produktive Sachen einsetzen, anstatt dumme Spielchen wie ›Der Cop und die Verdächtige‹ zu spielen.«

»Sie sind eine Verdächtige. Deshalb können Sie nicht mit Zeugen sprechen«, erklärte Trench.

»Das ist lächerlich. Nur weil mir jemand ein Messer gestohlen hat …«

»Wie ich bereits sagte, als wir hier eintrafen: Sie wussten offensichtlich, dass Sie sich nicht in Gefahr befanden, als Sie das Kind aus dem Haus holten. Sie wären niemals hineingegangen, wenn Sie – wie ich Ihnen sagte – geglaubt hätten, dass Spike sich im Haus befand. Sie … Ach, scheiß drauf!«

Er drehte sich auf dem Absatz um.

»Steigen Sie zu ihr in den Wagen«, befahl er Detective Sergeant Clarke, bevor er aus dem Haus stürmte und die Tür hinter sich zuschlug, sodass die dünne Wand bebte.

Eine Sekunde später knallte er die Tür seines Wagens noch kräftiger zu und ließ den Motor aufheulen. Karen hoffte, dass er von der Straße abkam und in dem immer noch zähen

Schlamm am Waldrand stecken blieb. Aber sie befürchtete, dass er dafür zu gekonnt fuhr.

»Also gut.« Sie drehte sich zu Detective Sergeant Clarke um, die sich ihre Hände abtrocknete. »Dann bringen wir es hinter uns. Ist er immer so unbeherrscht?«

Genugtuung ließ das Gesicht des Sergeants runder und weniger ausgezehrt wirken. »Nein, aber er hat allen erzählt, wie toll Sie wären, und dass wir mit Ihrer Hilfe alle bisher ungeklärten Gewaltverbrechen auf der Insel aufklären würden. Und nun hat er festgestellt, dass Sie sogar noch schlimmer sind, als wir ihm alle vorhergesagt haben. Und er weiß, dass er jetzt dasteht wie ein Idiot.«

15

Karen nahm an, dass Detective Chief Inspector Trench sie selbst befragen würde, da sie nicht verhaftet worden war. Und sie glaubte, dass sie ihn zur Einsicht bringen konnte. Daher lehnte sie ab, als sie gefragt wurde, ob sie einen Anwalt wünsche. Aber in dem Befragungszimmer traf sie auf Detective Sergeant Clarke und einen ihr unbekannten Mann in Zivilkleidung, der sich als Detective Inspector Baker von der Hauptinsel vorstellte.

Er erinnerte sie daran, dass sie rechtlichen Beistand abgelehnt hatte und fragte sie, ob sie ihre Meinung dazu geändert hätte. Da sie sich ihrer absoluten Unschuld bewusst war und nicht stundenlang warten wollte, bis ein Anwalt eintreffen würde, erwiderte sie ruhig:

»Ich brauche keinen Anwalt. Ich habe nichts zu verbergen.«

»Also gut«, sagte Detective Inspector Baker. »Können Sie das identifizieren?«

Er schob ihr einen Beweisbeutel aus Plastik hin, in dem sich ein Sushimesser befand. Braune Schmierspuren verunzierten die makellose weiße Keramikklinge. Falls es sich um Blut handelte, war es schon vor einer Weile getrocknet.

»Das ist ein Sushimesser«, antwortete sie bedächtig und warf einen Blick auf das sich drehende Band in dem Kassettenrekorder. »Ich habe vor Kurzem ein solches Messer geschenkt bekommen. Meins ist verschwunden. Ich bin mir nicht sicher, ob es sich hier um mein Messer handelt, aber es könnte es sein.«

Er wiederholte all die Fragen, die ihr Eve Clarke bereits über den möglichen Einbrecher in ihr Häuschen gestellt hatte, und sagte dann:

»Erzählen Sie mir von Ihrer Beziehung zu Spike Falconer.«

»Er hat sich bereit erklärt, mir Fragen zu beantworten, die ich ihm stellen wollte, um eine Abhandlung über Männer anzufertigen, bei denen man eine gefährliche schwere Persönlichkeitsstörung diagnostiziert hat. Bisher hat er mir noch nichts von Bedeutung erzählt, und wir haben sein Verbrechen nur am Rande angesprochen. Jedes Mal, wenn ich dieses Thema zur Sprache brachte, hat er geleugnet, irgendetwas damit zu tun zu haben.«

Sie hielt inne, um die richtigen Worte zu wählen, die genau ausdrücken würden, was sie sagen wollte, und fuhr dann fort:

»An einem Tag in der vergangenen Woche, bei einem meiner Besuche bei ihm beschrieb er mir, wie er Kaninchen mit Drahtschlingen gefangen hatte. Er wollte mir zeigen, wie man das machte, und bat mich, ihm einen einen halben Meter langen Draht mitzubringen. Natürlich lehnte ich das ab, aber jetzt frage ich mich, ob er da bereits seine Flucht geplant hatte und sich eine Drahtschlinge basteln wollte, um Jim Blake damit zu zwingen, ihn ...«

»Das ist absurd«, unterbrach Eve Clarke sie in scharfem, verächtlichem Ton.

»Darf ich fragen«, warf Detective Inspector Baker mit kühlerer Stimme ein, »warum Sie das heute nicht erwähnten, als Sie mit meinen Kollegen sprachen? Sie hatten genug Gelegenheiten dazu.«

Er blätterte einige Unterlagen durch, die vor ihm auf dem Tisch lagen.

»Mir liegen hier die Berichte der Gespräche zwischen Ihnen und Detective Chief Inspector Trench von diesem Vormittag vor, ebenso die Aufzeichnungen der Gespräche, die mit Detective Chief Inspector Trench und Detective Inspector Clarke an diesem Nachmittag geführt wurden. Dass Falconer eine Drahtschlinge haben wollte, wird hier nicht erwähnt. Haben meine Kollegen vergessen, was Sie gesagt haben, als sie das für mich aufschrieben?«

»Nein«, antwortete Karen, immer noch beherrscht. »Jedes

Mal, wenn ich daran gedacht habe, hat ein anderer das Wort ergriffen, und ich war abgelenkt.«

»Vielleicht haben Sie sich das auch nur ausgedacht, um sich selbst unschuldig erscheinen zu lassen. Wann hat Falconer Sie gebeten, ihm das Messer ins Gefängnis zu bringen?«

»Das hat er nie getan. Wie ich bereits gesagt habe. Selbst wenn er das getan hätte, wäre ich darauf niemals eingegangen, ebenso wie ich ihm keinen Draht mitgebracht habe. Ich bin keine Närrin, Inspector. Und auch keine Kriminelle.«

»Können Sie uns erklären, warum sich Spike Falconer Ihnen gegenüber so kooperativ zeigte, obwohl er zuvor mit niemandem gesprochen hat, der ihn im Gefängnis befragen wollte?«

»Nein.«

»Können Sie uns erklären, warum er so aufgebracht war, weil Sie einen einzigen Termin versäumt hatten, dass er beinahe einen Aufstand im Gefängnis angezettelt hätte und verletzt wurde?«

»Nein.« Karen verschränkte die Arme vor der Brust.

»Dr Taylor, dieses Verhalten wird uns nicht weiterhelfen.« Detective Inspector Bakers kühle Stimme wurde strenger. Offensichtlich wurde er ungeduldig und wollte etwas Aufschlussreiches von ihr hören. »Wir brauchen…«

»Es gibt nichts, was ich Ihnen noch sagen könnte«, erklärte sie und versuchte, ihre jetzt rasch schwindende Geduld nicht ganz zu verlieren. »Sie können mir die ganze Nacht lang Fragen stellen, aber ich werde bei meinen Antworten weiterhin die Wahrheit sagen: Ich habe nichts mit Spike Falconers Flucht zu tun, und ich habe keine Ahnung, wo er sich jetzt befindet. Oder davon, welche Pläne er jetzt verfolgt. Übrigens, haben Sie den Anrufer identifiziert, der berichtete, dass er Spike an diesem Morgen mit Ellie Bridger gesehen hat? Er – oder sie – könnte wahrscheinlich wertvolle Hinweise geben. Und was ist mit den Fußspuren im Staub des Hauses, wo er sie gefesselt hat? Sie müssen doch ebenfalls aufschlussreich sein.«

Eve Clarke zuckte zusammen, als könnte sie es nicht ertragen, dass Karen eine offensichtliche Schwachstelle in ihren Ermittlungen entdeckt hatte. Aber Detective Inspector Baker zeigte keinerlei Reaktion. Sofort redete er wieder auf Karen ein und wiederholte seine vorherige Frage.

»Warum war Spike Falconer bei Ihnen so kooperativ, obwohl er bis dahin mit niemandem gesprochen hatte, der ihn im Gefängnis hatte befragen wollen?«

Karen hatte plötzlich starke Kopfschmerzen. Sie hatte offensichtlich zu wenig getrunken, aber sie war zu zornig, um um ein Glas Wasser oder um eine Tasse Tee zu bitten. Wenn sie jetzt den Faden verlor und etwas Dummes sagte, würden sich diese beiden Polizisten auf sie stürzen und sie als verschlagen hinstellen.

Sie wünschte, Trench wäre hier. Obwohl er heute außer sich vor Wut gewesen war, war er ein vernünftiger Mensch, und sie hatten einen guten Kontakt zueinander aufgebaut. Sie hätte ihn erreichen können, ihm erklären können, was sie mit Spike getan hatte, und warum sie niemals jemandem bei der Flucht aus einem Gefängnis helfen könnte.

Das Risiko, das Spike für alle seine Familienmitglieder und jeden, der mit ihm in Kontakt stand, darstellte, war groß genug. Aber wenn er wirklich der Typ von Serienkiller war, wie Trench vermutete, dann wäre er auch eine Gefahr für alle Frauen auf der Insel. Karen war sich immer noch nicht sicher, ob sie glauben sollte, dass er mit Claire Wilkins und den anderen Opfern etwas zu tun hatte, aber sie hätte niemals …

»Dr Taylor!« Detective Inspector Bakers Stimme klang scharf, zornig und fordernd.

»Entschuldigung. Ich habe Ihre Frage nicht verstanden. Was haben Sie gesagt?«

Jetzt war es am Vernünftigsten, auf alle Fragen nur noch mit ›kein Kommentar‹ zu antworten und nicht auf irgendwelche tückischen Anspielungen zu reagieren, mit denen sie versuchten, sie aus der Reserve zu locken. Sie hoffte, dass Trench gerade tatsächlich die Insel nach Spike absuchte.

Detective Inspector Baker ließ nicht locker. »Welchen Treffpunkt haben Sie mit Spike vereinbart? Kommt er zu Ihrem Ferienhaus? Haben Sie mit einem der Jachtbesitzer eine Vereinbarung getroffen, um ihn von der Insel wegzubringen? Oder planen Sie, ihn in Ihrer Begleitung auf einer der Fähren von der Insel zu schaffen?«

Wie Karen fand, war keine dieser dummen Fragen eine Antwort wert, also sah sie ihn nur an. Er wiederholte alles Wort für Wort.

»Lassen Sie den Unsinn«, sagte sie schließlich und rieb sich die Schweißtropfen von der Stirn.

Ihre Haut fühlte sich rau an, und ihr wurde bewusst, dass sie gerade Schmutz über ihr Gesicht schmierte. Worte schossen ihr durch den Kopf und surrten so schnell vorbei wie Fliegen. Sie konnte sie nicht fassen, aber sie musste jetzt etwas Vernünftiges von sich geben.

»Er ist ein Proband.« Sie presste die Worte hervor und hatte dabei das Gefühl, als sei ihre Zunge auf die doppelte Größe angeschwollen. »Ein Mann, von dem wir wissen, dass er vier Menschen ermordet hat, und vielleicht noch viele, viele mehr.«

»Was meinen Sie damit? Noch viele mehr?« Detective Inspector Bakers Stimme klang jetzt noch beharrlicher und schien sich wie ein heißer Draht in ihren schmerzenden Kopf zu bohren. »Hat er Ihnen etwas von anderen Verbrechen erzählt? Warum haben Sie uns das nicht gemeldet?«

»Fragen Sie Detective Chief Inspector Trench. Es ist seine Idee. Er hat mich um meine Meinung gebeten.« Karen war es egal, ob sie Trench möglicherweise damit verriet. Er hatte nichts anderes verdient, nachdem er ihr das angetan hatte.

Nach drei Stunden spürte Karen, dass sie die Fassung verlor. Sie war so durstig, dass ihre Kehle nicht nur ausgetrocknet war, sondern schmerzte, und ihre Kopfschmerzen lenkten sie ab. Manchmal verstand sie nicht einmal mehr, was sie gefragt wurde, aber da sie ohnehin alle Fragen mit ›Kein Kommentar‹ beantwortete, spielte das keine Rolle.

Wenn sie um eine Pause bitten würde, gäbe ihnen das die Möglichkeit, sie einzusperren, und das wollte sie nicht. Ihre einzige Hoffnung war, ihre Geduld so lange auf die Probe zu stellen, bis sie aufgaben. Aber in Eve Clarkes Augen lag ein beunruhigender Ausdruck. Eve zeigte ihr jetzt deutlich ihre Verachtung; auf ihrem Gesicht lag ein Ausdruck von Genugtuung, so, als würden Karens Erschöpfung und ihre nur schwer zu unterdrückende Qual ihr große Freude bereiten.

Und während der ganzen Zeit lief Spike frei herum und hatte sich weiß Gott welche verfügbaren Waffen besorgt.

»Danke, Dr Taylor«, sagte Detective Inspector Baker unvermittelt und ohne erkennbaren Grund. »Das ist alles für den Moment. Sie können jetzt gehen.«

Karen fühlte sie wie betäubt. Ihr Gehirn funktionierte nur noch im Schneckentempo, und ihre Gelenke schmerzten. Sie blieb stumm auf ihrem Stuhl sitzen und sah von einem zum anderen.

»Im Augenblick haben wir keine weiteren Fragen mehr.« Detective Inspector Baker sprach sehr langsam, als würde er sich an ein kleines Kind oder einen Ausländer wenden. »Deshalb können Sie jetzt nach Hause fahren. Wie ich gehört habe, sind Sie mit Ihrem eigenen Wagen gekommen. Fühlen Sie sich in der Lage zu fahren?«

»Was?«, fragte sie und bewegte ihre geschwollene Zunge in ihrem staubtrockenen Mund hin und her. »Ja. Ja, ich kann fahren.«

Ihre Energie kehrte zurück, und ihr wurde bewusst, wie schrecklich dieser Prozess für jemanden sein musste, der weniger selbstbewusst und sich seiner Unschuld nicht so sicher war wie sie. Jeder, der auf irgendeine Weise beunruhigt gewesen wäre, hätte sicher rechtlichen Beistand nicht abgelehnt, aber sie war überrascht, wie verwirrt und unsicher sie sich verhalten hatte.

»Danke«, sagte sie und gewann wieder ein wenig Selbstachtung zurück. Sie spürte, wie langsam wieder die Kraft in ihren

Körper zurückkehrte, als sie sich auf einen Fuß stellte und den anderen schüttelte, damit er wieder durchblutet wurde, und ihren Kopf rollte, um ihren steifen Nacken zu lockern.

»Wir bleiben in Verbindung. Detective Sergeant Clarke wird Sie hinausbegleiten. Oh, übrigens, haben Sie vor, die Insel zu verlassen?«

»Nur für das Wochenende«, antwortete Karen, bemüht, sich professionell und kooperativ zu zeigen. »Ich kann Ihnen meine Telefonnummern hinterlassen.«

»Es wäre mir lieber, Sie würden hier bleiben.«

»Unmöglich. Ich brauche ein wenig Freizeit.«

»Ich könnte Sie festnehmen.«

»Das bezweifle ich.« Karen warf einen Blick auf ihre Armbanduhr und stellte erstaunt fest, dass es noch nicht einmal halb sieben war. Sie fühlte sich, als wäre sie bereits seit vierundzwanzig Stunden auf den Beinen. »Aber versuchen Sie es, wenn Sie wollen. Dann werde ich mir einen Anwalt besorgen, und es wird sich um einen Außenstehenden handeln, den Sie nicht einschüchtern können.«

»Das ist eine Beleidigung«, erklärte er und ließ sie mit Eve Clarke allein.

Vor dem Befragungsraum stand ein großes blaues Plastikgefäß mit gekühltem Trinkwasser. Karen blieb stehen und füllte einen Becher nach dem anderen mit Wasser und stürzte es so hastig hinunter, dass sie sich beinahe verschluckt hätte.

Der amüsierte Gesichtsausdruck, mit dem Detective Sergeant Clarke sie beobachtete, war unerträglich.

»Da Sie fest davon überzeugt sind, dass ich mit Spike unter einer Decke stecke, werden Sie heute Nacht sicher mein Haus beobachten lassen, oder?«

Detective Sergeant Clarke zuckte die Schultern. »Wenn es nach mir ginge, auf jeden Fall.«

»Dann richten Sie Ihren Leuten aus, dass sie jederzeit, wenn das Licht brennt, eine gute Tasse Tee bei mir bekommen können.«

Vier Stunden nachdem sie abgeholt worden war, öffnete Karen in ihrem Häuschen die Kühlschranktür und zuckte zusammen bei dem schmatzenden Geräusch, das die alte Gummidichtung von sich gab, als sie sich vom Rahmen löste. Karen wünschte, sie hätte ein fertiges Sushi vor sich. Der leichte rohe Fisch und die Schärfe des eingelegten Gemüses hätten ihren Gaumen von der stickigen Luft im Polizeirevier befreit.

Aber außer dem Rest des Schinkenspecks, auf den sie keinen Appetit hatte, dem Endstück des dunklen Brots, einem verwelkten Kopfsalat und etwas billigem Käse war nichts im Kühlschrank. Das musste reichen.

Sie bereitete sich ein Sandwich zu und gab Mayonnaise darauf, damit es saftiger und leichter zu schlucken war. Die Erinnerung an Ellie Bridger, gefesselt und schreiend, ließ Karen würgen, als sie versuchte, das Sandwich zu essen.

Nachdem sie ihren Teller und das Messer, das sie benutzt hatte, abgespült hatte, fühlte sie sich so erschöpft, dass sie beschloss, ins Bett zu gehen, auch wenn es dafür noch zu früh war.

Detective Sergeant Clarke hatte die Falltür offen gelassen, und der Anblick des schwarzen Lochs in der Decke wirkte bedrohlich. Karen holte ihre Taschenlampe und stieg die quietschende Metallleiter hinauf.

Sie ließ den Strahl der Taschenlampe durch den Raum gleiten und stellte fest, dass alles noch so war wie zu der Zeit, in der sie und Aidan hier oben gespielt hatten. Alte Schachteln mit Fotos und Zeitungen waren an den Wänden gestapelt. Nach Jahrzehnten feuchter Luft und dem Regen, der vor Kurzem durch das Leck im Dach eingedrungen war, befand sich darin sicher nur noch Matsch.

Gerüche von verschiedenen Schimmelpilzen kitzelten sie in der Nase. Spinnweben hingen wie Girlanden aus klebrigen Fäden von den Dachsparren. Und irgendetwas huschte eilig aus dem Lichtstrahl. Zu groß für einen Käfer, aber glücklicherweise zu klein für eine Ratte, wie sie dachte. Wahrscheinlich eine Maus. Unvermeidlich in einem Haus wie diesem.

Sie kletterte zurück, schaltete die Taschenlampe aus und schob die Leiter nach oben, bevor sie die Falltür schloss. Ihre Hände waren schmutzig geworden, und wahrscheinlich der Rest ihres Körpers auch, aber nach den heutigen beiden Unterbrechungen wollte sie sich nicht noch einmal unter die Dusche stellen.

Sie wusch sich an der Spüle in der Küche, kochte sich eine Tasse Tee und trug sie zu ihrem Bett. Heute waren die vielen akademischen Fachzeitschriften fehl am Platz. Sie sehnte sich nach Trost. Ein Telefonat mit Will oder Aidan hätte ihr geholfen, aber dafür hätte sie noch einmal wegfahren müssen, und dazu war sie zu müde.

Sie entschied sich für Kipling und las die bekannten Abenteuer von Toomai von den Elefanten und dann die Geschichte über die weiße Robbe. Beruhigt von der vertrauten Sprache und den Rhythmen, las sie langsamer und schloss dabei hin und wieder die Augen. Sie fühlte sich, als würde sie auf dem sanft anschwellenden Ozean schaukeln.

Ein Schuss in der Ferne ließ sie entsetzt hochfahren. Sie presste eine Hand auf ihr hämmerndes Herz, bis sie sich an Roderick und seine Kaninchen erinnerte, dann ließ sie sich wieder in die Kissen zurücksinken und entspannte sich.

Der Gedanke an frisch erlegte Kaninchen war mit einem Mal nicht mehr ekelerregend.

Wenn Roderick ihr am nächsten Morgen wieder tote Tiere auf die Veranda legte, würde sie das als freundlich gemeinte Geste ansehen.

Eine vage Erinnerung tauchte in ihren Gedanken auf. Irgendjemand hatte gesagt, sie hasste Freundlichkeit. Wer war das gewesen?

Sie runzelte die Stirn. Einige Ideen schossen ihr durch den Kopf, doch sie verwarf sie alle. Max Pitton? Das würde zu ihm passen. Aber nein. Nein! Es war Charlie Trench, an dem ersten Tag im *Goose Inn.* Jemand hatte ihn angerufen und ihn vor Karen gewarnt. Ihre Erinnerung wurde klarer. Er hatte sie mit dem Namen ›Eve‹ angesprochen. Eve Clarke? Hatte sie es damals schon auf Karen abgesehen gehabt?

Karen fiel keine Antwort darauf ein, also ließ sie ihre Gedanken wieder zurück zu den Kaninchen schweifen. Dieses Mal könnte sie sie kochen, anstatt wie beim letzten Mal zu warten, bis sie nicht mehr essbar waren, und sie dann unauffällig in einem Mülleimer zu entsorgen. Geschmort mit Zwiebeln und wildem Thymian. Das klang wie etwas, was Titania gesagt haben könnte. Oder Bottom oder einer der anderen. Zwiebel und wilder Thymian. Und Bärlauch.

Während ihr alle diese Gedanken durch den Kopf gingen, streckte Karen eine Hand aus, um die Nachttischlampe auszuknipsen. Dann drehte sie sich um und zog die karierte Bettdecke bis unter ihr Kinn.

Sie hörte ein Kratzen neben ihrem Kopf. Ein Kratzen und ein Rascheln. Ein Adrenalinstoß durchfuhr ihren Körper, und Karen lauschte, augenblicklich alarmiert. Jemand war vor ihrem Schlafzimmerfenster und versuchte hereinzukommen.

Schritte, schwer, aber vorsichtig, waren draußen zu hören. Wer immer das auch war, schlich um ihr Haus und suchte eine Schwachstelle, um einzudringen.

Karen griff nach ihrem Handy. Ihr Gehirn arbeitete schnell genug, um nicht zu vergessen, dass sie hier keine Verbindung bekommen konnte. Irgendwie musste sie mit dem Handy aus dem Haus kommen und auf der kurvigen Straße bis zu dem Punkt im Wald gelangen, wo Sie Funkkontakt hatte.

Der Eindringling war jetzt vor dem Haus, und es hörte sich so an, als würde er sich an dem Türschloss zu schaffen machen. Selbst wenn es ihm gelänge, es zu öffnen, müsste er immer noch die Riegel oben und unten an der Tür überwinden. Hatte sie die schweren Griffe nach unten geschoben, sodass sie eingerastet waren? Oder hatte sie sie herausragen lassen, sodass ein entschlossener Einbrecher mit einem gebogenen Werkzeug durch den Briefschlitz fahren und sie aufhebeln konnte?

Würde das überhaupt einen Unterschied machen? Was, wenn er die Geduld verlor und einfach die Tür eintrat? Das wäre nicht schwer, aber es würde Lärm machen. Und bisher hatte er das offensichtlich vermeiden wollen.

War das der Mann, der ihr Messer gestohlen hatte? Oder war es Roderick, frustriert von seiner Kaninchenjagd, der nun …

Während sie fieberhaft über die verschiedenen Möglichkeiten nachdachte, fiel Karen die Polizei ein. War es ein Polizist, der ihr gegenüber ebenso misstrauisch war wie Trench? Sie lauschte aufmerksam und versuchte die Geräusche einzuschätzen, die er machte.

Nein, das war niemand von der Polizei. Zu verstohlen. Ein Polizist, der seine Pflicht tat, hätte ganz unverhohlen Geräusche gemacht, die ihm rechtlich zustanden.

Sie kroch leise aus ihrem Bett, schlüpfte in eine Jeans und einen Pullover und bückte sich, um sich ihre Sportschuhe anzuziehen.

Karen sah nach oben auf die Falltür. Großmutter hatte ein Gehör wie ein Buschbaby oder eine Fledermaus gehabt, aber Aidan hatte es trotzdem irgendwie fertiggebracht, die Falltür zu öffnen und die Leiter herunterzulassen, ohne sie zu wecken. Sie hatten sich dort oben unter dem Dach ein gemütliches Nest gebaut. Erst später hatten sie herausgefunden, wie man den Dichtungsfilz am Rand des Dachs und die losen Dachschindeln anhob, sodass sie an der Seite des Häuschens herunterklettern konnten.

Wenige Sekunden später hatte Karen die Falltür geöffnet und zuckte zusammen, als die Leiter quietschend nach unten schwang. Mit einem Fuß auf der untersten Sprosse und der Hand am Geländer wartete sie einen Moment. In der Stille hörte sie, wie der Eindringling sich immer noch an der Vordertür zu schaffen machte. Das war mit Sicherheit kein Polizist.

Rasch stieg sie die Leiter hinauf und hielt wieder inne, nachdem sie sie hinter sich nach oben gezogen hatte. Wahrscheinlich war es am sichersten, hier in dem alten Nest zu bleiben und zu warten, bis er wieder ging. Aber dazu war sie viel zu aufgedreht.

Sie sicherte die Falltür und bahnte sich dann den Weg über die rauen Balken zu der Ecke, wo sich der Filz und die Schindeln einst lockern ließen. Dabei achtete sie sorgfältig darauf, ihr Gewicht nicht zwischen die Querbalken zu verlagern.

Die Ecke lag praktischerweise auf der der Vordertür gegenüberliegenden Seite des Hauses. Sie drückte ihre Finger nach oben und triumphierte still, als der Dichtungsfilz nachgab.

Die Schindeln knirschten. Als sie vorsichtig wartete, hörte sie, dass der Eindringling ebenfalls eine Pause eingelegt hatte. Dann begann ein Specht an einem Baumstamm zu hämmern. Sie war froh darüber, doch dann ertönten wieder kratzende Geräusche, und sie wusste, dass der Einbrecher sich wieder an die Arbeit gemacht hatte. Rasch schob sie die lockeren Schindeln beiseite.

Sie war jetzt knapp 40 Kilo schwerer und über einen Meter größer als zu der Zeit, in der Aidan sie zum ersten Mal hierhergebracht hatte, aber sie konnte sich noch gut an die alte Technik erinnern. Sie stellte sich auf einen Dachbalken und zog sich mit nach außen gedrehten Handflächen nach oben. Ihr Oberkörper spannte sich an, und angespornt durch die lauernde Gefahr gelang es ihr, den Kopf in die frische, dunkle Luft hinauszustrecken, als ein Schrei sie zusammenzucken ließ.

Hatte er ihren Kopf als Umriss gegen den Sternenhimmel gesehen? Dann ertönte ein weiterer Schrei, zu verängstigt und zu schwach für einen erwachsenen Mann. Sie zog sich weiter nach oben und versuchte, ihre Schultern durch die Lücke zu zwängen.

Die Öffnung war zu schmal und zu eng. Es war wie in einem Traum, den sie in ihrer Kindheit oft geträumt hatte und in dem sie sich durch einen erstickend engen Gang in ein Zimmer gezwängt hatte, das so klein war, dass sie sich darin zusammenkrümmen musste. Ihre angespannten Arme begannen bei der Anstrengung zu schmerzen. Ihre Muskeln brannten.

Jetzt musste sie ihre Kraft darauf verwenden, zu schieben, anstatt zu ziehen. Sie zwang sich zu einer Drehung, sodass sich ihre Schultern diagonal zu der Lücke befanden. So konnte sie sie durchschieben. Jetzt wurde alles leichter. Sie setzte zuerst das eine Knie auf den Rand, dann das zweite.

Es hörte sich so an, als würde unter ihr irgendetwas zersplittern. Offensichtlich hatte er die Geduld verloren und trat die Tür ein. Sie machte sich jetzt weniger Sorgen um die Geräusche, die sie selbst verursachte. Sie drehte sich um, sodass sie mit dem Gesicht nach unten zu liegen kam. Mit wunden Händen griff sie nach der Kante der nächsten Schindel und ließ die Beine nach unten gleiten, bis sie mit ausgestreckten Gliedern auf dem Dach lag.

Das krachende Geräusch im Erdgeschoss wurde lauter. Anscheinend wurde er jetzt wütend. Ihr Triumph über ihr Entkommen verwandelte sich wieder in Furcht. In echte Angst. Wenn er jetzt wütend war, dann war er zu allem fähig. Sie streckte ihre Finger aus, ließ los, schlitterte über das Dach und die Dachkante und fiel auf die weiche, mit Unkraut bewachsene Erde, wo früher einmal ein Blumenbeet gewesen war.

Dann rannte sie auf direktem Weg in den Wald. Sie würde dort warten und erst dann auf die Straße zurückkehren, wenn sie sich sicher war, dass er sie nicht sah.

Bäume überall. Sie hätte eine Taschenlampe und einen Kompass mitnehmen sollen. Im Sternenlicht konnte sie in allen Richtungen lediglich graue Baumstämme erkennen. Sie drehte sich um sich selbst und versuchte dann, sich zu beruhigen und herauszufinden, in welche Richtung sie jetzt schaute.

Du bist erst vor zwei Minuten aus dem Haus gerannt, sagte sie sich. In zwei Minuten kann man sich nicht verlaufen.

Sie hörte jemanden keuchend auf sie zulaufen und zwang sich, ihre Füße stillzuhalten. Rasch schob sie ihre rechte Hand unter ihr Sweatshirt, um den weichen Baumwollstoff so an ihr Gesicht zu pressen, dass ihr Atem nicht zu hören war.

Er sagte nichts. Selbst wenn er Drohungen ausgestoßen hätte, wäre das weniger bedrohlich gewesen.

Wieder hörte sie Schritte näherkommen. Es raschelte, als seine Füße die am Boden wuchernden Brennnesseln, Brombeersträucher und Efeu zertrampelten. Karen hielt das Handy und den Zipfel ihres Sweatshirts in der rechten Hand, damit sie sich mit der linken in der Dunkelheit vorantasten konnte. Als sie mit der bloßen Haut an einen rauen Baumstamm stieß, hielt sie sich daran fest, während sie immer noch durch den Stoff ihres Sweatshirts atmete. Die Kälte an ihrer nackten, schweißfeuchten Taille war auf merkwürdige Weise tröstlich. Wenn sie sich ganz ruhig verhielt und keinen Laut von sich gab, dann würde er vielleicht wieder gehen, so wie damals die Schuldeneintreiber sich auch hatten hereinlegen lassen.

Und dann hörte sie auch Schritte vor sich, und ihre geringe Hoffnung sank. Der Mann hinter ihr lief immer noch durch das Gestrüpp, ohne sich zurückzuziehen. Niemand sprach ein Wort. Plötzlich leuchtete ein Lichtstrahl zwischen den Bäumen auf, und Rodericks Stimme erklang.

»Dr Taylor? Sind Sie das? Ich kann Ihr Gesicht nicht sehen. Sind Sie das, Dr Taylor?«

Der Mann hinter ihr ging auf den Lichtstrahl zu, als fühlte er sich davon ermutigt. Karen konnte Roderick nicht sehen, da ihr das grelle Licht direkt in die Augen fiel. Sie wusste jedoch, dass sie für den Mann, der sich hinter ihr befand, deutlich sichtbar war. Also wirbelte sie herum, um ihm ins Gesicht zu sehen.

Spike kam immer näher, er befand sich nun direkt in dem Lichtkegel. Sein goldfarbenes Haar schimmerte hell, und seine Augen glänzten. Seine Lippen waren zu einem bösartigen Lächeln verzogen und entblößten seine Zähne. Und seine in Brusthöhe erhobenen Hände waren wie Klauen gekrümmt.

Karen war nun zwischen beiden eingeklemmt und für beide sichtbar. Sie ließ ihr Sweatshirt fallen. Der Weg zu einem Ort, wo sie Funkempfang hatte, war zu lang, und auch ihr Haus war zu weit entfernt, um dort Zuflucht zu suchen – oder eine Waffe.

Spike beschleunigte seinen Schritt. Er war jetzt nur noch wenige Meter von ihr entfernt und flüsterte irgendetwas, was böse klang. Er schien sie in Richtung des Lichts treiben zu wollen.

Waren die beiden etwa miteinander verbündet? Hatte Roderick ihr das Sushimesser gestohlen und es Spike gegeben? War das alles Teil eines seit Langem geplanten Komplotts? Karens Gedanken drehten sich so schnell und übelkeiterregend im Kreis wie das noch nicht verdaute Sandwich in ihrem Magen.

»Nicht …«, begann sie. Sie trat einen Schritt zurück, stolperte über einen Brombeerzweig und fiel in dem Moment auf den Boden, in dem ein Schuss krachte.

16

Dr Taylor. Dr Taylor.« Rodericks tiefe Stimme klang besorgt und atemlos. Irgendjemand stöhnte. »Dr Taylor. Geht es Ihnen gut?«

Karen stützte sich auf einen Ellbogen. Ein scharfer Schmerz schoss durch ihre Schultermuskeln, und ihre verstauchte Hand kribbelte.

»Ich bin in Ordnung«, antwortete sie und verzog das Gesicht. »Kümmern Sie sich um den Mann. Ich glaube, Sie haben ihn erwischt.«

»Gut. Ich hatte nur noch eine Patrone übrig, und ich habe gesehen, dass er sich auf Sie stürzen wollte.« Roderick stand jetzt vor ihr und streckte eine Hand aus, um ihr aufzuhelfen. In der anderen hielt er sein Gewehr. Ein durchdringender Geruch nach toten Tieren umgab ihn, und aus den zwei Läufen seines Gewehrs entwich Kordit. »Als Sie stürzten, dachte ich, er hätte Sie verletzt.«

Karen ignorierte seine ausgestreckte Hand und rappelte sich allein auf. »Wir müssen nachsehen, wie schwer er verletzt ist.«

Roderick schwang seine Taschenlampe so, dass der Lichtstrahl die Dunkelheit durchdrang und auf zwei Punkte traf, die das Licht reflektierten – es musste sich um die Augen eines kleinen, auf dem Boden kauernden Tiers handeln. Schließlich erschien Spike in dem Lichtkegel. Er hielt sich den Bauch und krümmte sich auf dem Boden. Karen sah Blut, das hell und dünnflüssig zwischen seinen schmutzigen Fingern hervorquoll. Rasch griff sie nach ihrem Handy.

»Wir müssen einen Rettungswagen holen. Bleiben Sie bei ihm, während ich die Straße zu der Stelle hinauflaufe, von der aus ich telefonieren kann. Falls ich diese verdammte Straße jemals finde.«

»Nehmen Sie meine Taschenlampe«, meinte Roderick ruhig und kniete sich neben Spike auf die Erde. »Er ist nicht schwer verletzt. Ich habe ihn nur an der Seite getroffen. Ihn gestreift. Aber er blutet.«

»Ich weiß. Bleiben Sie bei ihm. Und sorgen Sie dafür, dass er sich nicht bewegt.«

Mithilfe der Taschenlampe war es nicht schwer, die Straße zu finden, die nur etwa viereinhalb Meter von dem dürren Baum, an den sie sich geklammert hatte, entfernt lag. Sie rannte auf den Punkt zu, von dem aus sie Funkverbindung hatte. Ihre Lungen brannten, und ihre Augen schmerzten. Sie hätte zu ihrem Häuschen zurückkehren, ihre Autoschlüssel holen und die Strecke fahren sollen.

Endlich erreichte sie die Rechtskurve der Straße, tippte die Notrufnummer 999 ein und berichtete, dass ein mit einem Schrotgewehr angeschossener Mann blutend im Wald lag.

Der Disponent versprach ihr, dass innerhalb der nächsten zehn Minuten ein Krankenwagen vor Ort sein würde. Also wartete Karen, um ihn dorthin zu lotsen, wo Spike lag. Dann nutzte sie die Gelegenheit, um Detective Chief Inspector Trent unter der Nummer anzurufen, die er ihr bei ihrem ersten Treffen gegeben hatte – als sie noch eine angesehene Fachfrau und keine Verdächtige gewesen war. Der Gedanke, dass sie ihn jetzt aus dem Schlaf riss, verschaffte ihr nach diesem harten Tag, an dem sie so ungerecht behandelt worden war, große Befriedigung.

Seine Stimme klang erfreulich benommen.

»Detective Chief Inspector Trench? Hier spricht Dr Taylor. Spike Falconer liegt etwa eine Meile von mir entfernt in dem Wald in der Nähe meines Hauses. Er hat eine Schusswunde. Ich dachte, Sie sollten das wissen.«

»Was? Sie … Wie …?«

»Ich habe einen Krankenwagen gerufen«, fuhr sie ruhig fort.

»Er wird in wenigen Minuten hier sein. Tatsächlich kann ich ihn bereits hören. Ich dachte, Sie würden mit Spike sprechen wollen, solange Sie dazu noch Gelegenheit haben.«

»Liegt er im Sterben?« Trenchs Stimme wurde lebendiger, als er allmählich ganz aufwachte. »Wer ist bei ihm?«

»Roderick, mein Nachbar, den Sie wahrscheinlich als Elefantenmensch kennen. Er hat Spike angeschossen, um mich zu beschützen. Zumindest glaube ich das. Und nein, die Wunden sind wohl nicht so schwer.«

Die Vorstellung, dass sich die zwei Männer möglicherweise verbündet hatten und Spike sie näher zum Lauf der Schrotflinte getrieben hatte, schnürte ihr die Kehle zu. Hätte sie, wenn sie nicht gestürzt wäre, die Schrotladung anstelle von Spike abbekommen? Der Gedanke daran, dass sie ihr beide unabhängig voneinander dazu geraten hatten, die Kaninchen mit Zwiebeln und Bärlauch zu schmoren, nahm ihr die Luft.

Dann erinnerte sie sich daran, wie Roderick Spikes Verletzung abgetan hatte, ihr hingegen hilfsbereit aufgeholfen und ihr großzügig seine Taschenlampe überlassen hatte. War das vielleicht auch Teil eines Doppelspiels? Und wenn das so war, was planten sie als Nächstes?

»Der Rettungswagen ist da. Ich muss los«, erklärte sie und unterdrückte ihre Angst mit gewohnter Sachlichkeit.

Als sie das Gespräch beendet hatte und dem Mann winkte, der aus dem Krankenwagen stieg und auf sie zukam, spürte sie das Telefon in ihrer Hand vibrieren. Das war kein eingehender Anruf, sondern die Ankündigung einer Sprachnachricht. Das würde warten müssen, bis sie dem Sanitäter erklärt hatte, wer Spike war und was geschehen war.

Als Karen neben der Trage stand, auf der zwei Sanitäter ihn gerade festschnallten, packte Spike ihre Handgelenke so fest, dass es schmerzte. Sie versuchte, sich zu befreien, aber es gelang ihr nicht.

»Sie wissen, dass ich Ihnen nichts tun wollte, oder?« Vor Aufregung klang seine Stimme sehr hoch. »Als Sie hingefallen sind und geschrien haben, wussten Sie doch, dass Sie vor mir keine Angst haben müssen. Das stimmt doch, Dr Taylor? Sie wissen, dass ich Ihnen nicht weh tun wollte, Dr Taylor.«

»Ich war mir nicht sicher«, erwiderte sie wahrheitsgemäß.

»Aber ich habe nur Hilfe gesucht. Ich wollte nicht ganz allein dort draußen sein. Ich habe Ihnen vertraut. Ich habe sonst niemanden.«

Manipulation, rief sie sich ins Gedächtnis. Spike ist ein Experte, was Manipulation betrifft.

»Woher haben Sie gewusst, wo ich wohne?«, fragte sie.

Einen Moment lang sah er sie verdutzt an, dann sagte er mit der offenen Unschuld eines Kindes: »Jim hat es mir gesagt. Er hat mir geraten, hierher zu kommen und in der Nähe Ihres Hauses zu warten, bis er eintreffen und mich von der Insel wegbringen würde. Aber er ist nicht erschienen. Also waren Sie die Einzige, die mir helfen konnte, von hier wegzukommen.«

»Und Ihre Cousine?«, fragte Karen. Der Gedanke, dass Jim Blake ihre Adresse einem so gefährlichen Menschen wie Spike verraten hatte, beunruhigte sie. »Peg, so heißt sie doch? Sie wohnt im *Goose Inn* und besucht Sie regelmäßig. Vertrauen Sie ihr nicht?«

Er zuckte die Schultern. Sein durch das Training gestählter Oberkörper füllte die schmale Trage ganz aus. »Sie würde nie etwas unternehmen, um mich von der Insel wegzubringen. Sie würde gar nicht wissen, wie. Manchmal besucht sie mich, aber auch nur, weil sie meine Eltern ebenso hasst wie ich. Aber ich wusste, das Sie mich von hier wegbringen würden.«

»Können wir jetzt gehen?«, fragte einer der Sanitäter mit einer so freundlichen Stimme, wie sie Spike wahrscheinlich in den nächsten Jahren nicht mehr zu hören bekommen würde.

Spike legte sich sichtlich entspannt zurück und ließ endlich Karens Handgelenk los. Sie hoffte, dass er bei der Polizei nicht sagen würde, er habe ›gewusst‹, dass sie ihm helfen würde, von der Insel zu fliehen. Aber selbst wenn er es nicht tat, könnten es die Sanitäter erzählen. Schließlich war sie nicht die Patientin, und die Schweigepflicht bezog sich nicht auf sie.

»Okay«, sprach Spike einen der Sanitäter an. »Bringen Sie mich jetzt zurück nach Parkhurst?«

»Wir werden Sie zuerst ins Krankenhaus bringen, aber dort warten bereits Beamte auf uns«, erwiderte der Sanitäter. Es ließ ihn unbeeindruckt, dass er einen berüchtigten Mörder vor sich liegen hatte. Er konzentrierte sich wie üblich auf die Fixiergurte. »Dr Taylor, kommen Sie mit uns?«

Karen dachte an das verlassene Haus mit der eingetretenen Tür und dem Loch im Dach. Und Jim Blakes Verabredung mit Spike dort. Und an die Herumtreiber, die sie in den letzten Tagen gehört hatte. Als ihr dicke Regentropfen auf den Kopf fielen, war ihre Entscheidung gefallen.

»Ich kann nicht. Ich muss mein Haus schützen. Aber ich komme morgen Vormittag.«

Der Sanitäter wich ein paar Schritte von der Trage zurück. »Er wird dann schon wieder im Gefängnis sein, es sei denn, er muss operiert werden. Aber danach sieht es in meinen Augen nicht aus.«

»Gut«, erwiderte sie. Sie war erleichtert, dass er offensichtlich Spikes Andeutung, sie hätte ihm geholfen, die Insel zu verlassen, wenn er nicht angeschossen worden wäre, nicht gehört hatte oder nicht daran glaubte. »Ich besuche ihn dann dort. Wir haben uns bisher auch immer dort getroffen.«

»In Ordnung.«

Als die Sanitäter gegangen waren, sah sie sich nach Roderick um, aber er war verschwunden. Zu viel menschlicher Kontakt schien ihn zu vertreiben. Sie hielt immer noch seine Taschenlampe in der Hand. Und auf ihrem Handy war eine Nachricht gespeichert. Sie ging zu ihrem Empfangsort zurück und drückte auf die Tastatur, um sie abzuhören.

»Karen? Hi, hier ist Will. Ruf mich zurück, sobald du kannst, egal um welche Uhrzeit. Ich operiere morgen früh nicht, also störst du mich nicht. Und wir müssen uns unterhalten.«

Sie rief ihn zurück. Er klang wach und so, als hätte er auf ihren Anruf gewartet.

»Was ist los?«, fragte er. Seine Stimme klang scharf und besorgt. »Die Polizei hat ein paar Mal bei mir angerufen. Geht es dir gut?«

»Ja, alles in Ordnung. Es ist eine lange Geschichte. Sie wollen nicht, dass ich die Insel verlasse, also kann ich vielleicht nicht …«

»Ich komme zu dir. Das ist ganz einfach. Und dann bin ich auch vor Ort, falls sie noch irgendwelche Fragen haben. Aber was ist denn passiert?«

Sie erzählte ihm alles. Schließlich sagte er: »Deshalb haben sie mich immer wieder nach dem Messer gefragt, und ob du mich gebeten hättest, es dir auf die Insel zu bringen. Ich dachte …« Er schluckte und hustete dann. »Als ich fragte, ob du verletzt seiest, haben Sie meine Frage ignoriert. Ich … ich habe dann bei allen Krankenhäusern angerufen, um mich zu vergewissern, dass du nicht …«

Er hatte sich noch nie so vorsichtig an etwas herangetastet. Zuerst verstand sie das nicht, dann äußerte sie eine Vermutung.

»Du glaubst doch nicht, dass ich das Messer selbst benutzt habe, oder? An meinen Handgelenken, oder anderswo?«

Es entstand eine Pause, und nur sein vorsichtiges Atmen war zu hören. »So etwas in der Art«, sagte er schließlich.

»So dramatisch war es nicht. Falls man es dir noch nicht erzählt haben sollte – das Messer wurde aus meinem Haus gestohlen und wahrscheinlich in das Gefängnis geschmuggelt, um Spike bei seiner Flucht zu helfen. Aber mach dir keine Sorgen. Mein merkwürdiger Beschützer aus dem Wald hat ihn gerade angeschossen, also befindet er sich jetzt auf dem Weg ins Krankenhaus, und ich bin in Sicherheit. Allerdings muss ich das Häuschen reparieren, weil er mir die Tür eingetreten hat.«

»Versuche nicht, Superwoman zu spielen und alles selbst zu machen. Pack deine Wertsachen zusammen und übernachte in einem Hotel. Morgen kannst du dir dann einen Handwerker holen.«

Sie richtete Rodericks Taschenlampe auf ihre Armbanduhr. »Es ist halb vier morgens. Kein Hotel nimmt mich jetzt noch auf. Außerdem wäre es Geldverschwendung. Spike ist im Krankenhaus. Er kann mir nichts tun.«

Sie dachte an Max Pitton, der sie immer wieder dazu drängte, ihre Instinkte zu ignorieren, die sie dazu verleiteten, sich zu verstecken, um in Sicherheit zu sein.

Betrachte das als Prüfung, dachte sie und hörte beinahe seine tiefe Stimme, die ihr das immer wieder gesagt hatte. Wenn sie das jetzt schaffte, würde sie ihm ihren Triumph in Zukunft jedes Mal unter die Nase reiben können, wenn er wieder versuchte, sie anzutreiben.

»Alles in Ordnung«, erklärte sie Will. »Ich werde jetzt ins Bett gehen. Es wäre wunderbar, wenn du am Wochenende kommen könntest.«

»Was ist mit Spikes Komplizen? Ich finde, du solltest die Polizei um Schutz bitten und …«

»Das ist doch lächerlich, Will. Sie haben nicht einmal das Geld dafür, nach den Leichen zu suchen, die ihrer Meinung nach überall auf der Insel vergraben sind. Sie werden ihr Budget sicher nicht damit strapazieren, mir einige Beamte vor die Tür zu stellen. Vor allem nicht, weil sie immer noch glauben, ich hätte mich mit einem Schwerverbrecher verbündet. Außerdem brauche ich keinen Schutz.«

Sie dachte wieder an Jim und seine Pläne, daran, dass er Spike angewiesen hatte, sich in der Nähe ihres Hauses aufzuhalten, und daran, was Jim tun könnte, wenn er erfuhr, dass Spike nun in ein Krankenhaus gebracht worden war, ohne sie vorher verletzen zu können. Ihre Knie zitterten, und sie hatte Mühe, aufrecht stehen zu bleiben. Aber ihre Stimme klang erstaunlich zuversichtlich.

»Ich bin so müde – ich muss jetzt wirklich ins Bett, Will«, erklärte sie. »Und es geht mir gut.«

Mit letzter Kraft schob sie das durchgesessene alte Sofa vor die kaputte Tür, die Spike eingetreten hatte. Dann holte sie sich eines der stumpfen Küchenmesser und legte es unter ihr Kissen, wo sie es griffbereit hatte. Danach wickelte sie die beiden karierten Decken um ihren Körper. Sie rief sich ins Gedächtnis, dass das eine Bewährungsprobe war, eine Art Suche, die sie letztendlich von dem Gewicht befreien würde, das sie mit Peters Tod auf sich geladen hatte. Schließlich ließ sie los und wartete auf den Schlaf.

Die Sonne schien grell durch die Fenster und wärmte Karens Gesicht. Blinzelnd warf sie einen Blick auf die Uhr. Es war fast schon Mittag. Ihre geistige Selbstdisziplin funktionierte besser als früher. Sie hatte nach all den Aufregungen der letzten Nacht schlafen können, und das in einem unsicheren Haus, also hatte sie etwas Wichtiges erreicht.

Heute störte sie niemand beim Duschen, und sie blieb unter dem heißen Wasser stehen, bis der Warmwasserboiler leer war. Sauber, beruhigt und tropfnass griff sie nach einem Handtuch und verließ das Badezimmer, um sich Tee und ein Schinkensandwich zu machen.

Das Sofa schien viel leichter zu sein als letzte Nacht. Sie schob es dorthin zurück, wo es normalerweise stand, und zog sich an, während der Speck in der Pfanne briet. Karen überlegte, wo sie einen zuverlässigen Handwerker auftreiben könnte, der ihr Haus wieder sicher machen würde. Sie brauchte eine Empfehlung von jemandem, der genügend Einfluss hatte, um …

Der beißende Geruch nach etwas Verbranntem trieb sie in die Küche. Sie kam gerade noch rechtzeitig, um den Speck zu retten, bevor alle vier Streifen verkohlt waren. Wenn sie das Fett abschnitt, war er noch essbar, vor allem, wenn sie ihn zwischen die restlichen Scheiben des Vollkornbrots legte. Das Brot war schon vertrocknet und bog sich an den Rändern nach oben, aber das störte sie nicht.

Sie kaute immer noch, als sie sich in ihren Wagen setzte, um zu der Stelle zu fahren, an der sie Funkkontakt hatte. Dort angekommen, schluckte sie den letzten Bissen hinunter und wählte die Nummer des White House.

Wie sie gehofft hatte, meldete sich Sylvia Falconer, und nicht ihr Mann. Karen erklärte ihr, was sie wissen wollte, und warum.

»Es tut mir sehr leid, Dr Taylor«, erwiderte sie förmlich. »Natürlich hatte ich keine Ahnung davon, dass Spike … Hätte ich geahnt, dass er Sie belästigen würde, dann hätte ich …«

»Die Polizei hat Sie nicht informiert, oder? Darüber, dass Spike geflüchtet ist.«

»Oh, doch. Natürlich. Sie haben uns sofort aus dem Gefängnis angerufen, um uns zu warnen. Spike hat anscheinend wüste Bemerkungen von sich gegeben …« Sie hüstelte. »Darüber, wie sehr er … uns hasst, und was er jetzt am liebsten tun würde. Die Polizei befürchtete, er könne zu uns kommen, um sich zu rächen. Niemand hat wohl angenommen, dass er gerade Sie angreifen würde.«

»Er sagte, er käme, um Hilfe zu suchen«, erklärte Karen, und ließ deutlich durchklingen, dass sie das nicht glaubte. »Allerdings war er so wütend, dass er meine Haustür eingetreten hat. Und nun muss ich sie reparieren lassen.«

»Natürlich«, erwiderte Sylvia Falconer leise und mit einem Anflug einer Entschuldigung. »Ich werde unseren äußerst zuverlässigen Handwerker sofort anrufen und ihn bitten, gleich zu Ihnen zu fahren. Das ist das Mindeste, was ich tun kann. Sind Sie für den Rest des Tages erreichbar?«

»Ja, wenn die Polizei mich nicht wieder abholt.«

»Wenn sie mit Ihnen reden wollen, müssen sie eben zu Ihrem Haus kommen.«

Prima, dachte Karen. Wie schön, wenn man sich in einer Position befindet, in der man erwarten kann, dass Beamte einen nur stören, wenn es einem genehm ist.

»Und falls es noch etwas gibt, wobei ich helfen kann, hoffe ich, dass Sie es mir mitteilen, Dr Taylor.«

»Nun, wenn das ernst gemeint ist …«

»Natürlich. Spike ist mein Sohn. Ich mag zwar keine Kontrolle über sein Handeln haben, aber ich fühle mich trotzdem verantwortlich.« Sie hielt kurz inne und fügte dann hinzu: »Für immer.«

»Wenn das so ist, würde ich gern noch einmal vorbeikommen und Ihnen weitere Fragen stellen, um ihn besser verstehen zu können. Ihr Mann hat zwar darum gebeten, Sie nicht weiter zu stören, aber es würde mir bei meiner Arbeit sehr helfen.«

Die daraufhin entstehende Pause wurde durch einige Knackgeräusche unterbrochen, die so klangen, als würde jemand mithören.

»Ich würde alles tun, um irgendjemandem zu helfen, Spike zu verstehen«, erwiderte Sylvia schließlich. Ihre Stimme klang so angespannt, dass die Nebengeräusche zu erklären waren. »Meinen Ehemann müssen wir damit nicht belästigen. Ich glaube, dass es ihm in vieler Hinsicht schwerer fällt, darüber zu sprechen, als mir. Nächste Woche am Dienstag Vormittag hat er eine Geschäftsbesprechung von zehn Uhr bis nach Mittag. Wenn Sie gegen halb elf hierherkommen möchten, könnten wir einen Kaffee trinken und uns unterhalten. Aber lassen Sie Ihren Kassettenrekorder zu Hause. Es muss alles unter uns bleiben.«

Ah, dachte Karen. Sie werden mir also etwas Wichtiges erzählen. Gut.

»Danke. Ich werde kommen. Und jetzt gehe ich zu meinem Haus zurück und warte auf Ihren Handwerker. Das ist sehr freundlich von Ihnen, Mrs Falconer.«

Der Handwerker war ein stämmiger Mann in den Dreißigern, der zwar eine Tasse Tee annahm, aber dann nur noch über die anstehende Arbeit sprechen wollte, was Karen nur recht war. Er inspizierte den Schaden an der Tür, kletterte dann auf den

Speicher und wischte sich seine Hände am Hosenboden ab, als er wieder zurückkam.

»Soll ich das Leck auch reparieren, wenn ich schon hier bin?«, wollte er wissen.

»Warum nicht?« Selbst wenn sie nur den Sommer über hierblieb, sollte es nicht mehr hereinregnen als unbedingt nötig. »Wenn das nicht zu teuer wird.«

»Das ist schon alles bezahlt«, erwiderte er.

»Aber …«

»Mrs Falconer bezahlt die Rechnung. Sie hat mir aufgetragen, alles zu erledigen, was nötig ist. Ich arbeite schon seit Jahren für sie und den Colonel. Sie wissen beide, dass ich niemanden übers Ohr haue. Und ich tratsche nicht.«

Wow, dachte Karen. Sie fühlt sich tatsächlich verantwortlich.

»Ich werde mich zuerst um die Tür kümmern«, verkündete er. »Danach fange ich mit dem Dach an. So werden Sie zumindest heute Nacht sicher sein, auch wenn ich die Dachschindeln heute nicht alle ersetzen kann.«

Sie sah ihm eine Weile zu und bestaunte seine Geschicklichkeit, als er die Vordertür aus den Angeln hob und sie zu seinem Van schleppte. Er hatte gerade die Tür verstaut und die Heckklappe seines Wagens zugeschlagen, als sie ein weiteres Auto die Straße entlangkommen hörte.

Hinter dem Steuer saß Detective Chief Inspector Trent, aber dieses Mal kam er ohne Begleitung.

Also werde ich nicht verhaftet, dachte Karen. Sie wartete auf der kleinen Veranda und bereitete sich auf das vor, was er ihr dieses Mal an den Kopf werfen würde.

Er stieg aus dem Wagen und hob die Hand. Ein Friedenszeichen vielleicht, oder seine Art, einen Angriff abzuwehren.

Sie lehnte sich zur Seite, um dem Handwerker zu sagen, dass sie nicht lange wegbleiben würde, und ging Trench entgegen.

»Bei diesem Wetter können wir uns hier draußen unterhalten«, meinte sie. »Dann stören wir ihn nicht bei der Arbeit und geben ihm keinen Anlass zur Beunruhigung. Gibt es Neuigkeiten über Jim Blake?«

»Noch nicht. Aber Spike ist wieder in Parkhurst, und nicht einmal auf der Krankenstation. Die Schrotkugeln haben ihm keinen wirklichen Schaden zugefügt. Er hatte mehr Glück als seine Opfer.«

»Mich beschäftigt etwas«, meinte Karen.

»Was?«

»Warum hat Spike wegen eines unbedeutenden Streifschusses ein solches Theater gemacht, während er lediglich gelacht hat, als man ihm die Zinken einer Gabel über das Gesicht zog? Das muss wirklich schmerzhaft gewesen sein. Viel schlimmer.«

Trench blieb wie angewurzelt stehen. »Welche Gabel?«

»Hat Ihr Spitzel im Gefängnis Ihnen das nicht erzählt? Ha! Was hat er sich dabei gedacht? Es ist passiert, nachdem ich einen Besuch bei Spike ausgelassen hatte. Jim erzählte mir, wie Spike gelacht hatte, als ihm das Blut über das Gesicht gelaufen war. Aber letzte Nacht lag er in einer Fötusstellung auf dem Boden und wimmerte.« Sie berichtete ihm die Details, die sie über den Angriff in Parkhurst wusste.

»Möglicherweise hat ihn der Schuss an das Picknick-Massaker erinnert«, meinte Trench. »Aber Sie sind der Seelenklempner, Karen. Also erklären Sie es mir.«

»Sie könnten recht haben«, erwiderte sie. »Oder es ging um etwas ganz anderes. Als der andere Insasse ihm die Gabel ins Gesicht gerammt hat, war er immer noch Herr der Lage. Jim war sich sicher, dass Spike den anderen absichtlich zu diesem Angriff herausgefordert hatte. Roderick und sein Gewehr kamen völlig unverhofft auf ihn zu. Spike hat sich vielleicht so verletzlich gefühlt, dass er in seine Kindheit zurückgefallen ist – oder in das, was er davon noch weiß.«

»Er hat mit Ihnen gesprochen? Was hat er gesagt?«

»Nichts über seine Flucht. Aber er sagte, dass Jim ihm befohlen habe, zu meinem Haus zu kommen und dort auf ihn zu warten. Und wie ich Ihnen gestern schon sagte, als Sie hier hereingestürmt kamen, erzählte Roderick mir, dass ein rothaariger großer Mann nach mir gefragt habe.«

»Das ergibt keinen Sinn. Warum hat Jim Spike befohlen, das zu tun?«

»Ich habe keine Ahnung.« Karen deutete auf einen großen Baumstamm am Boden. »Ich muss mich setzen. Die gestrigen Ereignisse haben mich geschafft. Und mein rechter Fuß ist voll von Blasen. Ein schmerzhafter Albtraum.«

»Unsere Hintern werden sich grün färben«, meinte Trench und beäugte missbilligend den moosbewachsenen, mit Flechten überzogenen Baumstamm.

»Wen kümmert das? Ich brauche Ruhe und eine Stütze. Verraten Sie mir etwas.«

»Wenn ich kann.«

»Warum halten Sie mir heute keine Vorträge und behandeln mich nicht mehr wie eine Verdächtige?«

Trench lachte, aber seine Stimme klang gehemmt, blechern und gekünstelt.

»Erstens haben Sie heute Nacht angerufen und mir mitgeteilt, dass Spike bei Ihnen ist. Zweitens hat Ihr Freund Ihre Geschichte über das Sushimesser bestätigt. Drittens hat er uns von sich aus davon berichtet, dass jemand in der Nacht, in der er bei Ihnen war, um ihr Haus geschlichen ist. Er hat es selbst gehört und sich große Sorgen um Sie gemacht.«

»Also haben Sie sich dafür entschieden, meine Geschichte zu glauben. Das reicht allerdings nicht aus, um eine solche Veränderung zu bewirken. Gestern, als Sie mir etwas schuldeten, haben Sie mich brutal behandelt. Sie hätten mir eigentlich auf Knien danken sollen, dass ich Ihre Karriere gerettet habe, indem ich das Kind aus dem Haus holte.«

Karen musterte Trenchs Gesicht und stellte fest, dass er etwas zu verbergen hatte – so deutlich hatte sie das beinahe noch nie gesehen.

»Raus damit«, forderte sie, als sie der Meinung war, dass er genug gelitten hatte.

Er sagte nichts, aber er wirkte immer noch schuldbewusst und bestätigte ihre Vermutung, dass er noch mit etwas hinter dem Berg hielt. Schließlich begann er zu sprechen.

»Wir haben Schlüssel in Jims Wohnung gefunden«, berichtete er. »Neu angefertigt. Ich bin gekommen, um sie in Ihrem Schloss auszuprobieren. Wenn sie passen, dann …«

»Das wäre eine Erklärung dafür, wie das Sushimesser gestohlen werden konnte, ohne dass ich einen Hinweis auf einen Einbrecher hatte«, unterbrach Karen ihn. Sie dachte an den Tag, an dem Jim Dienst am Empfang gehabt und sie ihm ihre Schlüssel hatte aushändigen müssen.

Hatte er sich die Schlüssel nachmachen lassen? Aber wenn er das Sushimesser gestohlen hatte, wessen Blut klebte jetzt daran? Wen hatte er bedroht – und verletzt –, um Spike aus Parkhurst zu befreien?

War es Spike selbst?

Gestern Nacht hatte er verloren und verängstigt gewirkt, aber auch wütend. Und er hatte sich nicht gegen die Unterbringung im Gefängnis gewehrt. Offensichtlich war ihm der Aufenthalt dort weniger furchterregend und angenehmer erschienen als das Leben auf der Straße.

»Ich habe mich in Bezug auf diesen Baumstamm nicht getäuscht«, unterbrach Trench ihre Gedanken. »Ich spüre bereits die Feuchtigkeit durch meine Jeans dringen. Gehen wir zurück. Ich muss die Schlüssel ausprobieren.«

»Ja, natürlich. Und das, bevor der Handwerker die alten Schlösser austauscht und meine Chance ruiniert, meine Unschuld zu beweisen.«

»Selbstverständlich. Und es tut mir sehr leid, Karen, dass ich …«

»Das klingt viel zu unterwürfig, Charlie. Ich glaube nicht, dass Sie ein unterwürfiger Mensch sind. Was haben Sie mir sonst noch zu gestehen?«

Trench atmete so kräftig aus, dass es wie ein Seufzer klang, allerdings eher verärgert als resigniert.

»Wir haben Sie überprüft. Sie sagten, Sie kämen aus North Yorkshire. Ich habe dort einen Kumpel. Bei der Verkehrspolizei. Er … er war in der Nacht dabei, in der Ihr Mann starb.«

Karen spürte, wie sich ihre Hände verkrampften und sich ihre Nägel tief in ihre plötzlich schwitzigen Handflächen gruben.

»Und deshalb verhalten Sie sich so unterwürfig? Weil …«

»Weil ich jetzt verstehe, warum Sie nicht länger warten konnten, um das Kind zu retten«, erwiderte er und wandte sich ihr zu, während sie langsam zum Haus zurückgingen.

»Das verstehe ich nicht.« Sie vermied es, ihm ins Gesicht zu sehen. Sie ging schneller und erschrak, als er nach ihrer linken Hand griff, die immer noch feucht und zur Faust geballt war.

»Karen. Warten Sie. Halt.« Er versuchte, ihre Finger von ihrer Handfläche zu lösen. »Lassen Sie los. Lassen Sie los und entspannen Sie sich.«

»Bitte fassen Sie mich nicht an«, forderte sie und wehrte sich gegen seinen kräftigen Griff.

»Karen, ich weiß, dass ich gestern alles falsch gemacht habe. Machen Sie es mir nicht noch schwerer, als es ohnehin schon ist.«

»Ich brauche keine Entschuldigung. Ich will nur in Ruhe gelassen werden.«

»Gleich. Aber hören Sie mir zuerst zu: Sie konnten einfach nicht danebenstehen und zusehen, wie dieses Kind vor Ihren Augen sterben würde. Es hat in diesem Moment für mich keinen Sinn ergeben, aber jetzt verstehe ich es.«

»Ich weiß nicht, warum.« Sie wollte diese Unterhaltung nicht führen. Sie wollte das auf keinen Fall. Aber er ließ sich nicht aufhalten.

»Mein Kollege in Yorkshire hat mir erzählt, dass Sie die Hand Ihres Mannes gehalten haben, während er verblutete, als Sie auf das Rettungsgerät warteten. Das kann man nicht einfach vergessen.«

Karen nickte, als sie nach einem Moment begriff, was er meinte.

»Also ergibt der gestrige Tag Sinn. Sie konnten einfach nicht noch einmal zusehen, wie jemand stirbt. Rufen Sie mich an, wenn Sie mich brauchen.«

Er ließ ihre Hand los und ging mit dem klappernden Schlüsselbund in der Hand zu dem Handwerker hinüber.

Karen wandte sich ab und ging die Straße hinunter in Richtung des Meeres. Sie wollte ihre Augen schließen, aber sie wusste, dass dann die alten Bilder vor ihr auftauchen würden. Wie ein Film, so, als wäre ihr Gehirn eine Leinwand, auf der Aufnahmen von nur einem Projektor geworfen wurden.

Peters Brustkorb und Bauch, an der Stelle eingedrückt, wo er bei dem Aufprall aus dem Sitz und gegen das Lenkrad geschleudert worden war. In dem alten Ferrari hatte es natürlich keinen Airbag gegeben. Und, wie sie später herausfanden, hatte er durch den Rückprall einen riesigen, stark angeschwollenen Bluterguss am Hinterkopf erlitten. Und seine Augen waren auf ihre gerichtet. Seine Stimme klang zuerst noch ganz normal, und er streckte ihr seine blutige Hand entgegen. Und dann kamen die freundlichen, geschockten Polizisten, die ihn verfolgt hatten, als er mit überhöhter Geschwindigkeit über die schmalen Landstraßen gerast war, und ermutigten sie, ihn weiter in den Armen zu halten und mit ihm zu sprechen, um ihn am Leben zu halten, bis der Rettungsdienst eintreffen würde.

Peters Augen glitzerten im Licht der sich nähernden Scheinwerfer. Kleine Tiere im Gestrüpp gaben Schreie von sich, so wie Karen es lautlos in Gedanken tat. Sie schrie hinaus, dass sie niemals gewollt hatte, dass er starb, sich niemals gewünscht hatte, dass ihre Fantasien darüber, ihm ein Kissen auf seinen schnarchenden Mund zu pressen und festzuhalten, bis er starb, wahr werden würden. Dass sie auch in der Nacht, in der er betrunken auf dem Kaminvorleger eingeschlafen war, ihm niemals ihr Knie in den Rücken gerammt und dabei ihre Hände um seinen Kopf gelegt und ihn gedreht hätte, bis sie ihm das Genick gebrochen wäre.

»Kay«, sagte er und schluchzte leise, während sich sein Blut in den lächerlichen Ferrari ergoss. »Kay. Kay, mach, dass es aufhört. Es soll aufhören. Es tut weh. Hol mich hier raus. Lass mich schauen. Zieh den Spiegel herunter. Ich muss es sehen. Mach, dass es aufhört. Kay. Kay. Rette mich. Rette mich.«

Und dann wurden seine Worte undeutlicher und langsamer, bis sie sich zu einer unverständlichen Masse vermischten und er nicht mehr sprechen konnte. Auch sein Gesicht veränderte sich – soweit sie das durch das Blut hindurch erkennen konnte.

Gehirnblutung, hatten ihr die Ärzte später erklärt. Die Wunden in seiner Brust und in seinem Bauch hätten ihn ohnehin das Leben gekostet, aber es war auch Blut in sein Gehirn eingedrungen und hatte dort den Druck erhöht, bis der Gehirntod eingetreten war. Es tut mir leid. Das konnten Sie nicht wissen. Und Sie hätten auch nichts dagegen tun können, selbst wenn Sie es gewusst hätten. Die Helfer kamen so schnell sie konnten. Niemand hätte mehr tun können. Und er starb, während er Ihre Hand hielt. Das ist das Wichtigste. Körperkontakt hilft beim Sterben, das steht fest. Bevor er die Fähigkeit zu denken verlor, war er sich sicher, dass Sie ihn liebten.

Karen wurde schlecht.

Später, als sie einige der unerträglichen Erinnerungen wieder in die mentale Kiste zurückgelegt hatte, wo sie sie aufbewahrte, ging Karen langsam zurück zu ihrem Haus.

»Dr Taylor, ich habe einige Zusatzschlösser mitgebracht«, begrüßte sie der Handwerker. »Ist es Ihnen recht, wenn ich ein Sicherheitsschloss im oberen Drittel und ein Riegelschloss am unteren Drittel an der Tür anbringe?«

»Ja, prima«, erwiderte sie. Sie schluckte und versuchte, die Vergangenheit und ihr Scheitern zu vergessen.

Aber schon im nächsten Augenblick befand sie sich wieder in ihrem Albtraum. Sie spürte den feuchten Straßenbelag unter ihren nackten Füßen und den dünnen Stoff ihres Nachthemds auf ihrer Haut. Sie wusste, dass das Gewebe im Mondlicht durchsichtig war. Niemand sagte etwas, aber sie war sich auf schreckliche Weise dessen bewusst, als sie von mitfühlenden Polizisten in Uniform umgeben war, die nichts über ihre geheimen Gedanken zu Peters Tod wussten.

Die Erinnerung an das Gefühl der absoluten Verlassenheit überfiel sie wieder und ging einher mit dem Eindruck, unfairerweise in einer kalten und leeren Welt leben zu müssen. In diesem Moment erkannte sie, was sie für Peter am Anfang empfunden hatte, bevor sie miteinander Krieg geführt hatten: Das überwältigende Bedürfnis, mit ihm zusammenzusein und alles in seinem Leben wiedergutzumachen, von seinem Versagen bei seinen Prüfungen bis hin zu den erdrückenden Forderungen seiner verrückten, von der Bibel besessenen Mutter, es war nie ganz verflogen.

Alles andere, was Karen empfunden hatte, als sie sich angeschrien, miteinander gestritten und sich gegenseitig verletzt hatten, hatte das überdeckt. Sein Verhalten, ihr Zorn, ihr Gefühl des Verlustes hatte alles andere ausgeblendet, bis sie schließlich vergaß, was sie jemals für ihn empfunden hatte. Der Unfall hatte alles wieder zurückgebracht.

Jetzt zwang sie sich dazu, an die darauffolgende Zeit zu denken. An den lebensrettenden Entschluss, herauszufinden, wie das menschliche Gehirn funktionierte, damit sie alles verstehen konnte, was sie beide getan hatten, und um einen Platz auf dieser Welt zu finden, wo sie etwas Nützliches leisten konnte, ohne jemanden zu verletzen, selbst verletzt zu werden oder für immer von Schuldgefühlen verfolgt zu werden.

Sie hatte am Tag zuvor das Leben eines Kinds gerettet. War das genug, um ihre Schuldgefühle auszulöschen?

17

Du siehst furchtbar aus«, meinte Will, als er die Tür seiner Maisonettewohnung in Lewes öffnete.

Er selbst sah natürlich aus, als wäre er gerade aus der Dusche gekommen und dann von einem Stilberater eingekleidet worden. Seine verwaschene Jeans war makellos, und sein Baumwollhemd, das er in die Hose gesteckt hatte, war aus besonders feinem Garn und sah aus wie neu. Heute war es blau, nicht pinkfarben, und es passte perfekt zu der Farbe seiner Jeans. Er hatte die Ärmel nach oben gekrempelt, sodass seine sehnigen Unterarme mit dem feinen goldenen Flaum sichtbar wurden. Man hätte jede Falte seines Hemdes mit einem Lineal nachmessen können.

Das Gewicht seiner Hände auf ihren Schultern half ihr, sich zu beruhigen.

»Allerdings überrascht mich das nicht«, fuhr er fort. »Trench hat mir erzählt, dass du eine schlimme Zeit durchgemacht hast, schon bevor du diesem Psychopathen allein in der Dunkelheit begegnet bist. Hast du geschlafen? Oder etwas gegessen?«

»Nicht viel. Aber dass Spike mir nachgestellt hat, hat mich nicht so sehr aus der Fassung gebracht wie eine Bemerkung von Trench danach.« Sie zögerte und fuhr sich mit den Fingern durch ihr dichtes blondes Haar. Wenigstens hatte sie daran gedacht, es zu waschen.

»Willst du es mir erzählen? Du musst es aber nicht tun.«

Will zog sie an sich, umarmte sie und streichelte ihr Haar mit seiner Wange. Im Gegensatz zu Charlie Trench rasierte er sich so sorgfältig, dass seine Haut sich wie Seide anfühlte. Sie genoss das Gefühl, sie an ihrem Haar zu spüren.

»Ja«, sagte sie nach einem Moment und schmiegte sich noch

enger an ihn. »Er hat es mir verziehen, dass ich nach der Entführung des Mädchens einfach den Tatort betreten habe, weil er mit einem Kollegen in Yorkshire gesprochen hat, der vor Ort war, als mein Mann in seinem Ferrari starb … und das hat einige sehr alte, sehr tiefe und sehr erschreckende unbewältigte Gefühle hervorgeholt.«

»Warum?«

Eigentlich hatte sie ihrem abgeklärten, eleganten Liebhaber niemals erzählen wollen, wer sie gewesen war, was sie getan, gefühlt und gesehen hatte. Tatsächlich war sie fest entschlossen gewesen, nichts davon zu offenbaren. Aber jetzt musste sie es doch loswerden. Hätte sie Spike behandelt, dann hätte sie Supervision gehabt, und das hätte ihr geholfen. Aber er war nicht bei ihr in Behandlung, also wurde sie dabei auch nicht beraten. Und Max Pitton war zu machiavellistisch, um ihr entsprechende Hinweise auf ihr Innenleben zu geben.

»Erzähl es mir.« Wills Stimme klang sanft, beinahe zärtlich, was sonst nicht seine Art war.

Bisher hatten sie seine harten Muskeln, seine Unantastbarkeit und seine Unverletzbarkeit beeindruckt, aber jetzt war es seine Wärme, die sie dazu verleitete, ihm alles anzuvertrauen.

Also erzählte sie ihm zumindest einiges. Sie entzog sich seiner Umarmung, setzte sich auf die unterste Stufe der Treppe und begann zu reden.

»Aber warum wolltest du ihn umbringen?«, fragte Will eine halbe Stunde später. Er sprach so ruhig, dass sie ihm antwortete, ohne darüber nachzudenken.

»Weil ich ihn nicht erreichen konnte.«

Dann lauschte sie den bizarren Worten, die in ihrem Gehirn auftauchten und schüttelte heftig den Kopf.

»Nein, das stimmt nicht«, erklärte sie. »Ich wollte ihn töten, weil er alles immer nur vorgetäuscht hat. Er gab vor, reich zu sein und erkaufte sich unseren Lebensstil von Geld, das er nicht besaß. Und je wahrscheinlicher es wurde, dass die Bank ihn durchschaute, um so entschlossener gab er vor, ein reicher Mann zu sein. Und wenn er zu Hause war, betrank er sich bis zur Bewusstlosigkeit, wann immer er konnte, damit er meine Fragen nicht beantworten musste. Nur wenn wir miteinander stritten, sagte er hin und wieder etwas Wahres.«

Karen schaute düster auf die Vergangenheit zurück und erkannte zum ersten Mal die Wahrheit.

»Wahrscheinlich haben wir deshalb so oft gestritten. Bevor ich ihn kennenlernte, verlor ich nie die Fassung. Und die Dinge, die ich dann gesagt und getan habe, ängstigen mich heute noch.«

»Oh, komm schon, Karen. Nichts, was du tust, würde eine solche Bemerkung rechtfertigen. Du bist eine umsichtige, gedankenvolle und sanftmütige Frau. Er muss dich provoziert haben.«

»Das schon. Aber er war nicht der Einzige, der auf Provokation aus war. Es brachte ihn immer auf die Palme, wenn ich sagte, ich würde mir einen Job suchen, um Geld zu verdienen und einen Teil unserer Schulden zu bezahlen. Er brüllte mich dann sofort an, und das gab mir einen guten Grund, ihn ebenfalls anzuschreien. Ich glaube, seiner Meinung nach sendete ich immer die falschen Botschaften aus. Er wollte, dass ich mich hübsch anzog, lächelte, eine reizende Begleiterin für ihn war und so tat, als sei ich auf ebenso selbstbewusste Weise extravagant wie er. Eines Abends gab er zu, dass er die Bank nur noch hinhalten konnte, wenn wir beide unsere Rolle als reiches Paar weiterhin gut genug spielten.«

Ihr war schwindlig, weil sie alles so rasch hervorgestoßen hatte, ohne Luft zu holen. Sie machte eine kurze Pause und fuhr dann fort.

»In dieser Nacht drohte ich ihm. Ich sagte – mehr oder weniger –, wenn er nicht zu schauspielern aufhörte und den verdammten riesigen Palast und den Schmuck und die Kleider verkaufte, die er mir geschenkt hatte, und alle seine Schulden bezahlte, würde ich … würde ich Schritte unternehmen, um ihn dazu zu zwingen.«

Will schwieg so lange, dass sie sich Sorgen machte. Schließlich sagte er: »Und wie hat er auf diese Drohung reagiert?«

»Nicht gut. Er stieg in seinen Ferrari und raste mit aberwitziger Geschwindigkeit über die schmalen Landstraßen, bis die Polizei ihn verfolgte. Dann krachte er mit seinem Wagen gegen den Baum am unteren Teil des Gartens.«

»Ich nehme an, deine erste Antwort zu seiner Nichtverfügbarkeit war die wichtigste«, sagte Will so vorsichtig wie jemand, der sich in einem reißenden Strom auf rutschigen Steinen vorwärts tastete.

Mit instinktivem Zorn wandte Karen sich ab, aber sie hatte begriffen, dass das eine aufschlussreiche Bestätigung dessen war, was man ihr bisher dazu gesagt hatte.

Er hatte natürlich recht. Sie hatte sich ihr Leben lang nach einem harmonischen Familienleben gesehnt. Nachdem sie Peter geheiratet hatte, war sie jedoch einsamer gewesen als je zuvor.

»Karen?«

Beim Klang von Wills Stimme hob sie den Kopf und sah, wie besorgt er war.

»Ich war in Gedanken bei meiner Vergangenheit«, erklärte sie und fuhr sich mit der Zunge über ihre trockenen Lippen. »Und das ist kein guter Ort.«

»Nein«, stimmte er ihr zu. »Lass uns essen gehen. Ich habe einen Tisch in einem spanischen Tapasrestaurant in Brighton gebucht, das mir sehr gut gefällt. Natürlich gibt es dort keinen rohen Fisch. Könntest du dich mit *patatas bravas* und ähnlichen Sachen anfreunden?«

»Das klingt großartig«, meinte sie und lehnte sich an ihn. Er kannte sie offensichtlich gut genug, um sie jetzt nicht zu bitten, ihm noch mehr zu erzählen.

»Gut, gehen wir. Lass uns hoffen, dass wir dort einen Parkplatz finden.«

Als sie neben ihm durch die Straßen von Brighton ging, inmitten all der aufgeregten Teenager und der schäbigen Touristenläden, fühlte sie sich mit einem Mal jünger, so, als würde sie ihr Leben als Erwachsene noch einmal neu beginnen. Ein neuer Ansatz. Neue Möglichkeiten. Ein neuer Mann. Keine Schuldgefühle.

Keine Schuldgefühle welcher Art auch immer.

Will legte ihr einen Arm um die Schultern und zog sie nahe genug an sich heran, um ihr einen Kuss auf das Haar zu drücken.

Als Karen in der Nacht aufwachte, waren ihre Gedanken so klar wie frisches Wasser, und sie war ohne Furcht, dass sie sich trüben könnten. Hatte Spike deshalb die Familie erschossen? Hatte er in ihrem fröhlichen Picknick alles gesehen, was er nie gehabt hatte? Weder mit seinen leiblichen Eltern noch mit den Falconers? Hatte ihn der Zorn übermannt und ihn dazu bewegt, sie in das Nichts zu schießen, weil sie alles hatten, was man ihm vorenthalten hatte?

Das könnte die rätselhafte Verletzlichkeit erklären, die er an den Tag legte, als Roderick ihn angeschossen hatte. Sie setzte sich auf, sodass die leichte Sommerdecke über ihren Körper glitt.

Es könnte auch dabei helfen, Charlie Trench davon zu überzeugen, dass Spike nicht derjenige war, der die Frau in der Alum Bay getötet und aufgeschlitzt hatte. Falls entgleiste Wut der Grund für seinen Angriff auf die Familie Sanders gewesen war, dann hatte er keinen Grund gehabt, eine einzelne Schwimmerin anzugreifen.

Vielleicht ist Spikes Verletzlichkeit wirklich echt, dachte sie. Möglicherweise hatte er in seiner Geschichte darüber, wie er Touristen erschreckt hatte, seine angebliche Verletzlichkeit nur vorgetäuscht.

Sie wusste alles über das falsche Selbst, das sich Menschen aneigneten, um ihren wahren Charakter zu verbergen und zu verheimlichen, was sie schockierte oder peinigte. Aber in den meisten Fällen war das falsche Selbst, das sie der Welt präsentierten, von Stärke und Fähigkeiten geprägt, um Unzulänglichkeiten und inneren Aufruhr zu vertuschen. Ihr waren noch nicht viele Menschen begegnet, die vorgaben, chaotischer und gewalttätiger zu sein, als sie tatsächlich waren. Oder ›böser‹, wie es im Jargon der Boulevardzeitungen hieß. Welche unerträgliche Wahrheit verbarg Spike hinter seinem falschen Selbst?

Will bewegte sich neben ihr, so, als hätten ihn die Gedanken, die ihr durch den Kopf gingen, gestört. Schuldbewusst legte sie sich wieder hin, zog aber die Bettdecke nicht hoch. Diese Bewegung hätte ihn ganz aufwecken können, und er brauchte seinen Schlaf. Wenn er zu müde war, um sicher operieren zu können, würde sie dafür die Verantwortung tragen müssen, und das war mehr, als sie im Moment ertragen konnte.

Sie blieb still liegen und lauschte seinen Atemzügen, die jetzt wieder tiefer und regelmäßiger wurden. Sie hatte ihn noch nie schnarchen hören. Sicher tat er das manchmal. Alle schnarchten hin und wieder – Männer wie Frauen. Aber vielleicht schnarchte er leise, gepflegt und gemäßigt, so wie er auch alles andere tat. Sicher.

»Was ist los?«, fragte er, ohne seinen Kopf zu bewegen. Zumindest verstand sie es so – seine Worte klangen schlaftrunken.

Sie drehte den Kopf zur Seite und sah seine offenen Augen in der Morgendämmerung glitzern.

»Albträume?« Er fuhr sich mit der Zunge durch den Mund.

»Nein. Es tut mir leid, dass ich dich gestört habe. Ich bin aufgewacht, weil ich an etwas denken musste, das ist alles.«

»Wir alle haben Angst und fühlen uns schuldig«, sagte er und schüttelte sich mit einem Ruck wach. Jetzt kamen seine Worte mit der üblichen schonungslosen Perfektion aus seinem Mund. »Mir musst du nichts vormachen.«

»Du hast keine Angst und fühlst dich auch nicht schuldig. Ich habe noch nie erlebt, dass du dich vor etwas gefürchtet hast.«

Er lachte, zog sie an sich und küsste sie auf ihre nackte Schulter.

»Das heißt nicht, dass ich solche Gefühle nicht habe. Ich habe noch nie einen Schnitt bei einem Patienten ausgeführt, ohne mich vorher zusammenzureißen. Bei meiner ersten Operation habe ich mich übergeben, bevor ich den Operationssaal betreten habe. Und die Erinnerung daran ist wertvoll für mich, denn wenn man keine Angst hat, ist man nicht sorgfältig genug.«

»Das ist etwas anderes. Es handelt sich um rationale Angst.«

»Da gibt es noch etwas. Falls du es wissen willst, ich habe große Angst vor Kartoffeln.«

Sie lachte höflich. »Du musste keine Scherze machen, um mich zu beruhigen. Ich meinte, was ich sagte. Ich hatte keinen Albtraum, sondern bin mit einer interessanten Idee aufgewacht. Und jetzt schlaf wieder.«

Sie rollte sich von ihm weg, um ihm zu zeigen, dass sie es ernst meinte, doch er legte ihr seine Hand auf den Rücken.

»Das war ernst gemeint. Ich habe eine irre Angst vor rohen Kartoffeln. Ich hatte einmal eine Tüte mit verfaulten Kartoffeln. Sie hatten sich sozusagen bereits verflüssigt und ergossen sich über den Küchenboden der Wohnung, in der ich während meines Medizinstudiums lebte. Der Gestank war unbeschreiblich. Es stank nach Verwesung und Unrat. Ich habe nie mehr so etwas Grässliches wie diese Kartoffeln gesehen. Deshalb habe ich nie welche im Haus. Wenn ich Kartoffeln essen will, muss ich in ein Restaurant gehen.«

Er streichelte sie und drehte sie sanft auf den Rücken. Als sie ihn anschaute, stellte sie fest, dass sie noch nie solche Augen gesehen hatte, die eine so kraftvolle Mischung aus Erregung, Lächeln und Entschlossenheit widerspiegelten.

Später, kurz bevor ein Orgasmus ihren Körper schüttelte, dachte sie: Hör auf zu analysieren. Dieses Mal kannst du es nicht kaputt machen. Du kannst diesen Mann nicht verletzen. Er ist unbezwingbar.

18

Also werden Sie kommen?« Trenchs Stimme klang so warm und eindringlich, dass Karen das Gefühl hatte, er sei nur wenige Zentimeter von ihr entfernt, und nicht auf der anderen Seite der Insel. »Es wird Ihnen gefallen.«

Sie lehnte sich gegen die Reling der Fähre und genoss den Wind auf ihrem Gesicht so sehr, dass sie kaum klar denken konnte.

»Warum? Rennboote sind nicht wirklich mein Ding.«

»Wie können Sie das sagen? Leistung, Geschicklichkeit und Schubkraft. Erstaunliche Motoren. Hohe Geschwindigkeit. Was will man mehr? Dieses Rennen ist einmalig. Die Geschwindigkeitsbeschränkungen wurden aufgehoben. Die Besten der Welt werden dort sein. Das dürfen Sie nicht versäumen. Ich lade Sie vorher zum Essen ein.«

»Im *Goose Inn?*«, schlug sie ein wenig bissig vor. »Sie müssen mir mehr Informationen geben, wenn Sie wollen, dass ich von Ihrer dortigen Quelle etwas herausbekommen soll.«

»Hören Sie auf damit. Hier geht es nicht um Arbeit.« Seine Stimme klang nun ein wenig kühler. »Ich schulde Ihnen noch etwas nach der letzten Woche und wollte das wiedergutmachen. Aber wenn Sie …«

»Okay, danke«, sagte sie. Dann fiel ihr ihre Verabredung mit Sylvia Falconer ein. »Allerdings kommt es auf die Uhrzeit an. Am Dienstagmorgen bin ich beschäftigt.«

»Kein Problem. Ich hole Sie um vierzig Minuten nach eins an Ihrem Haus ab.«

Karen legte auf und steckte das Telefon zurück in die Tasche ihres Fleecepullovers. Sie nahm sich vor, ihre Notizen und Bandaufzeichnungen gründlich zu studieren, um am Dienstag ihre Zeit bei Sylvia optimal nutzen zu können. Es war eine seltene Gelegenheit, die sich wahrscheinlich nicht wiederholen würde. Sie durfte keinen Moment auf etwas verschwenden, was nicht wichtig war.

Sylvia trug ein Kleid aus blassem aprikotfarbenem Leinen, das ihrem Gesicht ein wenig mehr Farbe verlieh als das graue. Die Sonne schien durch die hohen georgianischen Fenster in das Wohnzimmer, erhellte die Rosa- und Lilatöne des verblassten Teppichs und ließ die gründlich polierten Messinggriffe und die goldenen Einlegearbeiten der Möbel aufleuchten. Alles wirkte erstaunlich warm. Und Sylvias einladendes Lächeln wirkte viel gelöster als alles, was sie während ihrer ersten Begegnung gezeigt hatte. Sie schien sich auch freier zu bewegen.

»Möchten Sie eine Tasse Kaffee, Dr Taylor?«

»Machen Sie sich keine Mühe – außer *Sie* möchten Kaffee trinken«, erwiderte Karen. »Ich habe heute erst spät gefrühstückt, und es gibt so viel, worüber wir uns unterhalten sollten.«

»Dann nehmen Sie bitte Platz.« Sylvia wartete höflich, bis Karen sich in eine Ecke des breiten Sofas gesetzt hatte, bevor sie sich in dem Sessel links von dem mit weißem Marmor verkleideten Kamin niederließ. Offensichtlich saß sie immer dort. »Lassen Sie uns anfangen.«

»Gut. Können Sie mir mehr über Ihren anderen Sohn, Silas, erzählen?«

Die zarten Falten in Sylvias Gesicht vertieften sich, und das Strahlen ihrer Augen wurde schwächer. »Warum? Ich dachte, Sie wollten alles über Spike wissen.«

»Ja, schon.« Karen beugte sich nach vorne über den Notizblock, den sie auf ihre Knie gelegt hatte. »Aber ich habe den Eindruck, dass der Schlüssel zu dem, was er als Kind getan hat, in seiner Beziehung zu Silas liegt.«

Sylvias beringte Hand schoss nach oben zu ihrer Brust, und sie strich sich wiederholt über ihr Schlüsselbein. Dann fuhr sie sich mit der Zungenspitze über ihre Unterlippe, einmal, zweimal.

»Das glaube ich nicht«, sagte sie dann.

»Warum nicht? Wie ist Silas?«

»Wie mein Mann schon gesagt hat. Er hat einen guten Job und macht Karriere in der Stadt.«

Sylvias Stimme klang bestimmt. Sie nahm die Hand von ihrem Schlüsselbein.

»Sie wissen, dass ich das nicht gemeint habe.« Karen versuchte es mit einem Lächeln, erhielt aber keine Reaktion darauf. »Ist er stark oder schwach, beharrlich, ängstlich, zornig? Steht er mit beiden Beinen im Leben? Hat er Freunde? Kann man gut mit ihm auskommen? Hat er eine funktionierende Beziehung?«

»Wahrscheinlich all das – zu der einen oder anderen Zeit.« Sylvia lächelte jetzt, aber so, wie sie einen Fremden anlächeln würde. In ihrer Stimme lag wieder die bekannte Kälte. »Er hatte eine bezaubernde Freundin, eine Ärztin namens Margaret Spack, aber sie hat die Beziehung vor einiger Zeit beendet. Ich weiß nicht, ob es bereits eine Nachfolgerin gibt.«

»Hat er jemals mit Ihnen über Spike gesprochen?«

»Er hat nur gesagt, dass er keine Freunde mit nach Hause bringen möchten, wenn Spike hier ist. Mein Mann hat Ihnen das schon gesagt, als Sie letztes Mal hier waren.«

»Waren sie Rivalen?«

»Natürlich. Das ist bei allen Jungen so. Finden Sie nicht, Dr Taylor? Und auch bei Männern.«

»Wie hat sich die Rivalität zwischen Spike und Silas gezeigt?«

»Auf die übliche Art. Jeder wollte die Spielsachen des anderen haben, und jeder wollte mehr haben als der andere. Daran war nichts Ungewöhnliches. Mir war immer klar, dass es mit Silas' Geburt für Spike noch schwerer werden würde, mit den Erinnerungen an seine Mutter fertig zu werden. Also habe ich alles getan, was in meiner Macht stand, und mich wirklich bemüht, um ihm zu zeigen, dass ich Silas nicht vorzog.« Sie fuhr sich wieder mit der Zunge über die Lippen. »Manchmal habe ich mich allerdings gefragt, ob ich es nicht übertrieben habe. Ich sagte Spike, er sei von uns ausgewählt worden, und er sei etwas Besonderes. Ich habe mich gefragt, ob … manche Leute das vielleicht missverstanden haben.«

Karen unterdrückte das Bedürfnis, sich ebenfalls mit der Zunge über die Lippen zu fahren, und wählte ihre Worte sorgfältig, um das zu hinterfragen, was für sie wichtig war. »Spike erzählte mir, er habe in der Schule für Silas gekämpft, und er deutete an, dass er das auch hier getan haben könnte.«

Sylvia senkte ihre Lider, so, als wollte sie etwas verbergen, was man möglicherweise in ihren Augen sehen könnte.

»Glauben Sie, dass das der Wahrheit entspricht?«, fragte Karen nach, um eine Antwort zu bekommen.

»Möglicherweise. In der Schule.« Irgendetwas am Sitz ihres Rocks, den sie sorgfältig über ihre Knie gebreitet hatte, gefiel Sylvia nicht. Sie zupfte an der vorderen Falte, strich die Ränder glatt und zog dann ein Stück Stoff nach oben und schüttelte den Rock, sodass der Saum wieder gerade fiel.

»Nur möglicherweise?«

Sylvia sah Karen direkt ins Gesicht. »Spike hatte immer Probleme damit, die Wahrheit zu sagen«, erklärte sie. »Zuerst dachte ich, er täte das mutwillig, aber dann erkannte ich, dass er oft nicht wusste, ob etwas in Wirklichkeit passierte oder ob es sich nur in seinem armen geschädigten Gehirn abspielte. Ich habe ihm für seine Lügen nie die Schuld gegeben und ihn niemals dafür bestraft.«

Karen teilte Sylvias Ansicht, dass es Spike manchmal nicht bewusst war, wenn er log. »Wenn wir über Wahrheit sprechen – haben Sie sich jemals gefragt, ob er vielleicht *nicht* gelogen hat, als er behauptete, den Hund nicht verletzt zu haben? Ich spreche über Lara.«

Sylvia hustete, als hätte sie eine Gräte verschluckt. »Ich habe mir gewünscht, dass er unschuldig ist. Aber wer sonst hätte das getan haben können?«

Wieder hob sie offensichtlich unbewusst die Hand und ließ sie dieses Mal über ihre Kehle gleiten. Ihr Daumen glitt auf und ab und strich über die weiche, faltige Haut ihres Halses.

Meine Güte, sie braucht Zuneigung!, dachte Karen. Ich frage mich, wie viel sie in diesem Haus bekommt.

In der Ferne schlug eine Uhr mit einem metallischen Klang, der darauf schließen ließ, dass es sich um ein sehr kleines, sehr altes und wahrscheinlich unschätzbar wertvolles Exemplar handelte. Sylvia ließ ihre Hand sinken und warf einen Blick auf die winzige goldene Rolex, die lose an ihrem Armgelenk baumelte.

»Wir haben nicht mehr viel Zeit«, erklärte sie beunruhigt. »Würden Sie sich bitte beeilen, wenn Sie noch für Sie wichtige Fragen stellen möchten?«

»Haben Sie Angst vor Ihrem Mann?«, entfuhr es Karen, bevor sie sich zurückhalten konnte.

Sylvia wurde blass. »Das ist absurd. Aber er hat Sie gebeten, nicht mehr hierherzukommen. Ich möchte nicht, dass Sie Opfer einer seiner Wutausbrüche werden. Er mag es nicht, wenn man seine Befehle … seine Bitten missachtet.«

»Natürlich. Es tut mir leid.« Karen lächelte mitfühlend und glaubte, ein leichtes Zucken von Sylvias perfekt geschminkten Lippen zu sehen. »Ich glaube, dass Sie immer noch starke Gefühle für Spike empfinden, trotz allem, was er getan hat.«

Sylvias Augen glitzerten. Jetzt hob sie ihre rechte Hand und fuhr sich mit einem Finger über die Haut unter ihren Augen, um sich zu versichern, dass keine Träne heruntergerollt war. Dann schlug sie ihre Beine übereinander und zuckte dabei zusammen, als ob sie an Gelenkrheumatismus leiden würde.

»Er ist mein Sohn«, sagte sie leise, als sie sich wieder gefasst hatte. »Und das wird er immer bleiben, auch wenn ich ihn nicht in mir getragen habe. Ich liebe ihn.«

»Und trotzdem haben Sie ihn aus dieser Familie und diesem Haus verbannt, nicht wahr?«

Sylvia sah Karen direkt in die Augen. »Einer der Ärzte, einer der vielen Ärzte, zu denen wir ihn gebracht haben, sagte, die einzige Möglichkeit, ihn von dem Heroin und dem Alkohol und allem anderen, was er zu sich genommen hatte, zu befreien, wäre, ihm keine finanzielle Unterstützung mehr zu geben. Wir mussten das tun. Die Drogen würden seine Persönlichkeitsstörung noch verschlimmern, sagten sie. Also mussten wir es tun.«

»Das muss sehr schlimm für Sie gewesen sein, weil Sie ihn doch beschützen wollten.«

»Es war sehr hart, Dr Taylor«, erwiderte sie mit gepresster Stimme. »Ich bezweifle, dass Sie sich vorstellen können, was ich durchgemacht habe.«

»Haben Sie ihn danach noch gesehen?«, fragte Karen, während sie versuchte, die verschiedenen Realitäten zu begreifen, die diese komplizierte Beziehung zwischen der Frau und ihrem Adoptivsohn bestimmten.

»Das war meine Schwäche. Immer wenn er hungrig, schmutzig und verzweifelt hierherkam, konnte ich ihm meine Hilfe nicht verweigern. Ich habe ihm Kleidung gegeben. Er hat immer gefroren, verstehen Sie? Und er hatte eine schlimme Haut. Keine Vitamine und nicht genügend Hygiene. Selbst ohne die Drogen hätte er eine schlechte Haut gehabt. Und so ...«

Sie presste beide Hände auf ihren Mund und rang offensichtlich um Fassung. Als sie sich ein wenig beruhigt hatte, fuhr sie fort.

»Wenn ich allein war, ließ ich ihn ins Haus, machte ihm etwas zu essen und gab ihm noch etwas in Frischhaltedosen mit. Und einen Schlafsack, Decken und solche Sachen.«

»Und Geld?«

Sylvia schüttelte den Kopf. »Es gelang mir, mich in dieser Hinsicht zu beherrschen. Ich wusste, dass er sich Drogen kaufen würde, wenn ich ihm Bargeld in die Hand drückte, und ich wünschte mir so sehr, dass er davon loskam.«

»Wann kam er zum letzten Mal zu Ihnen?« Karen machte sich Notizen und bemühte sich, trotzdem nichts zu überhören und zu übersehen, was Sylvia ihr nicht sagte. Sie wünschte, sie hätte gegen die Abmachung verstoßen und ihren Kassettenrekorder heimlich in ihrer Leinentasche mitgebracht. Zu spät.

»An dem Tag vor der Schießerei, am Sonntag«, erwiderte Sylvia zögernd. Aus ihrer Stimme klang Schmerz. »Mein Mann und Silas waren unterwegs, also habe ich Spike hereingelassen. Seine Kleidung sah schrecklich aus – schmutzig und abgewetzt. Seine Haut war schlimmer als je zuvor, bedeckt mit Pusteln und Pickeln und Kratzern. Er sah aus, als hätte ihn jemand mit dem Gesicht nach unten durch ein Brombeergebüsch geschleift.«

»Ich verstehe, warum Sie ihm helfen mussten. Aber sagten Sie nicht, Silas wäre an diesem Wochenende hier gewesen?«

»Das stimmt. Er kommt uns oft besuchen, und er machte einen Spaziergang mit seinem Vater.«

»Und dann kam Spike, glücklicherweise, als sie nicht im Haus waren. Glauben Sie, er hat gewartet und das Haus beobachtet, bis die Luft rein war?«

»Wahrscheinlich.« Sylvia schloss die Augen. »Er war in einem schrecklichen Zustand. Nichts, was ich ihm gab, war an diesem Tag genug für ihn. Nicht die Kleidung, nicht das Essen. Er begann zu toben. Ich glaube mittlerweile, dass er Crack oder etwas anderes geraucht hatte, denn er war so aggressiv wie nie zuvor. Er schrie mich an, dass ich ihm das Geld schulde, dass er es brauche, und dass er das Haus nicht verlassen würde, bevor ich es ihm gegeben hätte. Ich wusste, dass mein Mann und Silas bald zurückkommen würden und ich Spike aus dem Haus bekommen musste, bevor sie ihn entdeckten.« Ihre Stimme schwankte.

Karen hatte den Eindruck, das Sylvia schon lange nach einem Grund gesucht hatte, diese Geschichte endlich zu erzählen, zu erklären, was sie getan hatte, und vielleicht eine Art Absolution dafür zu bekommen. Sie wartete schweigend, bis Sylvia bereit war, fortzufahren.

»Und ich hatte Angst«, sagte sie. »Denn ich wusste, was passieren könnte, wenn sie ihn hier entdecken würden. Deshalb verlor ich die Beherrschung. Ich schrie Spike ebenfalls an und sagte ihm, dass er mein Leben zerstört habe, dass ich ihn schon seit Jahren nicht mehr in diesem Haus haben wolle, dass ich ihm nur wegen meiner Schuldgefühle die Sachen gegeben habe, dass ich ihm niemals mehr Geld geben würde und ihn hier nie wieder sehen wolle.« Ihre Stimme brach, und schließlich rannen dickflüssige Tränen über ihre Wangen und glitten über die feine Puderschicht auf ihrem Gesicht. »Und dass ich wünschte, ich hätte ihn nicht adoptiert.«

Sie schlug beide Hände vors Gesicht, bevor sie ihr Geständnis beendete.

»Am nächsten Tag hat er diese vier Menschen erschossen. Es ist meine Schuld, dass sie gestorben sind. Ich kann nicht ...«

In einem anderen Zimmer klingelte ein Telefon. Sylvia zuckte zusammen, zog ein feingewebtes Batisttaschentuch aus ihrem Ärmel und machte sich damit zurecht. Dann warf sie einen Blick auf ihre Armbanduhr. Ihr Gesicht sah aus, als hätte eine Vakuumpumpe die Tränen und alle ihre Emotionen aufgesaugt.

»Sie müssen jetzt gehen. Er könnte früher nach Hause kommen, und er darf Sie hier nicht sehen. Bitte, Dr Taylor. Gehen Sie.«

Karen stand sofort auf. Sie streckte ihre Hand aus, um sie als Zeichen ihres Mitgefühls Sylvia auf die Schulter zu legen.

Aber Sylvia ließ das nicht zu. Sie ergriff Karens Hand mit festem Griff, schüttelte sie und ließ sie wieder los. Sylvias Handfläche war trocken, so, als würde ihr Körper nicht mehr die normalen physischen Reaktionen auf starke Gefühle entwickeln.

Karen hatte so etwas in ihrem Berufsleben noch nie erlebt, und sie fand es beinahe ebenso beunruhigend wie einige von Spikes widersprüchlichen Verhaltensweisen. Sie öffnete den Mund, um noch eine Frage zu stellen.

»Vielen Dank für Ihren Besuch«, sagte Sylvia, als würde sie einen Bekannten verabschieden, der zum Lunch gekommen war. »Auf Wiedersehen, Dr Taylor.«

Als Karen das Haus verließ, schwirrten ihr widerstreitende

Gedanken durch den Kopf. Dieses Geständnis und all die unausgesprochenen Geschichten des Lebens mit Colonel Falconer und den beiden ungleichen Jungen konnten in Dutzenden verschiedenen Weisen analysiert werden, dachte sie.

Als sie von der Auffahrt abgebogen war, sah sie in den Rückspiegel und entdeckte einen tiefliegenden, glänzenden schwarzen Wagen, der sich in einer Geschwindigkeit näherte, die viel zu hoch für Straßen wie diese war. Sie drückte ihren Fuß auf das Gaspedal, um ihre eigene Geschwindigkeit zu erhöhen und den Abstand zwischen dem Wagen und ihrem zu vergrößern. Das schwarze Auto bremste abrupt ab, bevor es mit einem geschickten Manöver in die Auffahrt einbog. Das erinnerte sie an den arroganten Schwung eines Skifahrers, der die Kanten seiner Ski in den Schnee schob, sodass hinter ihm eine Schneefontäne in die Luft schoss.

Vielleicht bin ich nicht früh genug gegangen, dachte Karen. Die arme Frau. Ich hoffe, er hat meinen Wagen nicht erkannt.

Sie warf einen Blick auf die Uhr am Armaturenbrett. Viertel nach zwölf. Ich muss mich beeilen, ermahnte sie sich. Ich will mein Gekritzel noch abschreiben, bevor Trench mich abholt. Will ich tatsächlich zusehen, wie Rennboote den Solent auf und ab rasen?

Die Antwort war eindeutig. Nein, das wollte sie nicht. Aber sie wollte Trench darüber ausfragen, was er ihr noch nicht von der Familie Falconer erzählt hatte.

Bei diesem Gedanken erinnerte sie sich deutlich an die Autos, die vor dem White House geparkt hatten, als sie das erste Mal hier gewesen war, um sich mit Colonel Falconer zu unterhalten. Ein schwarzer Porsche war nicht darunter gewesen. Und Sylvia hatte ausdrücklich betont, dass ihr Mann erst nach Mittag zurückkommen würde.

Wer war jetzt vorgefahren und hatte diese Kurve so geschickt genommen, als hätte er genau gewusst, mit welcher Geschwindigkeit er fahren musste, um unbeschadet um die Ecke zu kommen?

Karen sah eine Parkbucht vor sich und setzte den linken Blinker. Sie fuhr an den Straßenrand und ließ den Motor eine Minute im Leerlauf laufen, bis sie erneut losfuhr und sich mit einer Wendung nach rechts wieder auf den Weg begab, auf dem sie gerade gekommen war.

In der Auffahrt zum White House fiel ihr sofort der Porsche ins Auge; er war nicht hinter den Gewächshäusern, sondern direkt vor dem Anwesen geparkt. Sie stellte ihren Wagen dahinter ab und wollte gerade aussteigen, als die Haustür aufging und ein untersetzter junger Mann herauskam.

Er trug eine dunkelgrüne Cordhose, ein Hemd im Tattersall-Karo und glänzend polierte braune Schuhe, und er wirkte in dem eleganten weißen Säulengang wie zu Hause. Er machte sich nicht die Mühe, die vier flachen Stufen herabzusteigen, sondern wartete oben auf sie. Hätte er Reitkleidung getragen und eine Peitsche in der Hand gehalten, hätte er sicher damit gegen seine Stiefel geklopft. Er war der Inbegriff von Arroganz.

Sie lächelte ihn an und setzte ihren Fuß auf die unterste Stufe.

»Das reicht«, fuhr er sie an und starrte sie von oben herab an, als wäre sie ein Käfer, den er zertreten wollte. »Ich nehme an, Sie sind Dr Taylor?«

»Das stimmt.« Sie überlegte, ob sie eine scherzhafte Bemerkung à la Stanley und Livingstone machen sollte, beschloss aber dann, dass er das wohl nicht witzig finden würde. »Und Sie sind …?«

»Silas Falconer. Ich dachte, mein Vater hätte Ihnen deutlich zu verstehen gegeben, dass diese Familie keine weiteren Gespräche mit Ihnen wünscht. Sie hätten seine heutige Abwesenheit nicht nutzen dürfen, um meine Mutter zu belästigen.«

Karen stieg so leichtfüßig, wie sie konnte, die Stufen hinauf bis zu der, über der er stand, und lächelte ihn mit dem Selbstbewusstsein eines Gleichgestellten an. »Mir ist noch etwas eingefallen, das ich sie fragen musste.«

»Ich weiß nicht, wie Sie herausgefunden haben, dass mein

Vater am Dienstag immer zu einem Geschäftstreffen fährt. Aber wenn Sie glauben, dass wir meine Mutter jemals wieder allein lassen, damit Leute wie Sie sich einen Spaß mit ihr machen, dann …« Silas atmete tief ein, um sich wieder unter Kontrolle zu bringen, und fuhr dann etwas beherrschter fort: »Dann haben Sie sich getäuscht.«

»Aber …«

»Reizen Sie mich nicht, Dr Taylor. Und glauben Sie nicht, Sie könnten meiner Mutter irgendwo auf der Insel auflauern. Die Lebensmittel werden über das Internet bestellt, und ihr Friseur kommt ins Haus.«

»Sie hören sich an, als wären Sie ihr Kerkermeister«, meinte Karen, entsetzt davon, was er über das Leben der Falconers offenbart hatte.

»Machen Sie sich nicht lächerlich. Sie hat sehr unter den Taten meines Adoptivbruders gelitten. Mein Vater und ich werden alles tun, um weitere Belästigungen durch sensationslüsterne Menschen wie Sie zu vermeiden. Würden Sie jetzt bitte unseren Besitz verlassen? Oder muss ich die Polizei rufen?«

Karen blickte zur Seite und sah Sylvia steif und mit den Händen an die Lehnen geklammert in ihrem Stuhl sitzen. Hatte Entsetzen oder Zorn sie so gepackt?

Und was hatte dieses Gefühl ausgelöst?

Trench hielt einen dunkelblauen Rucksack mit einer daran befestigten Wolldecke in der Hand, als er seinen Wagen pünktlich um zwanzig Minuten vor zwei vor ihrem Häuschen abschloss. Karen öffnete die Tür.

»Fahren wir nicht mit dem Auto?«, rief sie ihm zu. »Der Weg nach Cowes ist weit, und ich habe Blasen an den Füßen.«

»Nicht Cowes!«, rief er zurück. »Von dem Strand hier in der Nähe haben wir bessere Sicht!«

Er kam auf sie zu und senkte seine Stimme. »Es ist nur knapp eine Meile. Schaffen Sie das?«

Karen sah nach unten auf ihre langen gebräunten Beine in

der kurzen weißen Leinenhose und warf dann einen Blick auf ihre Füße, die in mit Strasssteinchen besetzten und mit dünnen Sohlen versehenen Sandalen steckten und ihre frisch lackierten Zehennägel zeigten. »Ich schaffe auch mehr als eine Meile, aber das ist ein Strand mit spitzen Kieselsteinen. Oder kennen Sie vielleicht einen Weg, der oben entlang führt?«

»Auf Kieselsteinen zu laufen ist gut für die Beinmuskulatur und den Po«, erklärte er mitleidslos. Er deutete auf seine Sportschuhe und seine verwaschene schwarze Jeans. »Ziehen Sie sich etwas an, was für einen solchen Spaziergang geeignet ist. Beeilen Sie sich. Wir haben keine Zeit zu verlieren.«

»Kommen Sie herein und setzen Sie sich, während ich mir andere Schuhe anziehe«, forderte sie ihn auf. »Sie hätten mich vorwarnen sollen, dass ich wandern muss.«

»Cowes ist langweilig. Und völlig überfüllt. Wenn wir uns das Rennen von einem bestimmten Punkt am Strand ansehen, dann können Sie die Kehrtwendungen beobachten. Das ist das Beste.« Karen fand es liebenswert, wie seine Stimme sich vor Aufregung beinahe überschlug. »Es geht um den Bruchteil einer Sekunde, sonst ist alles verloren.«

Sie ließ ihre Schlafzimmertür offen. Andere Schuhe anzuziehen erforderte keine Privatsphäre. Sie griff nach einem Paar rot-weiß-gestreifter Socken, doch dann wurde ihr klar, dass sie eine kurze Hose dazu trug. Also musste sie sich wohl eine Jeans anziehen. Sie schob die Tür zu und rief, um nicht unhöflich zu wirken: »Fahren Sie selbst Rennen?«

»Schön wär's«, erwiderte er, und seiner Stimme war deutliches Bedauern anzuhören. »Man braucht einige Millionen oder einen Sponsor dafür.«

»Und wahrscheinlich sind Sie mittlerweile auch zu alt«, sagte sie mitleidslos. Sie zwängte sich in ihre Jeans, die, weil sie frisch gewaschen war, etwas zu eng saß. Als sie den Reißverschluss zuzog, zitterten die überbeanspruchten Muskeln in ihren Fingern. »Für diese präzisen Einschätzungen sind Ihre Reaktionen und Ihre Sehfähigkeit wahrscheinlich nicht mehr ausreichend.«

»Ich habe schon von Anfang an gewusst, dass Sie eine knallharte Frau sind. Es wird mir Spaß machen, Ihnen dabei zuzusehen, wie Sie sich über den Kiesstrand kämpfen. Und jetzt los. Beeilen Sie sich.«

Als sie endlich ihre Jeans angezogen hatte, steckte sie sich einen Schlapphut aus Baumwolle in die Hosentasche, als sei er ein Golfhandschuh, nur für den Fall, dass die Sonne wieder so unbarmherzig scheinen sollte wie an dem Tag am Chillerton Down. In die andere Tasche steckte sie eine Tube Sonnencreme, bevor sie ins Wohnzimmer ging, wo er ungeduldig auf sie wartete.

»Gehen Sie schon vor, während ich meine Schlüssel hole«, bat sie ihn. »Ich komme gleich nach.«

Er gehorchte ihr, und sie lief ihm auf dem Pfad zum Strand hinterher, nachdem sie die Haustür abgeschlossen hatte. Der Schlamm war nach einer regenfreien Woche ganz getrocknet, aber die harten Furchen und Krater machten es selbst mit Sportschuhen schwer, schnell zu laufen.

Knapp 500 Meter bis zum Strand, dachte sie, und dann noch eineinhalb Kilometer über den Kieselstrand. Ein gutes Training für meine Muskeln. Und das soll wohl eine Art Entschuldigung sein. Ich kann mich glücklich schätzen, in seinen Augen nicht mehr auf der falschen Seite zu stehen.

Der Spaziergang dauerte etwa vierzig Minuten. Sie schlitterten über die glatten, runden grauen Steine, aber das war es wert. Der Platz, den er ausgesucht hatte, war breiter als der Rest des schmalen Ufers, und es gab ein Fleckchen ohne Kies, wo sie sich hinsetzen konnten. Zudem konnte man sich an der steilen Klippe, die aus dem weichen, lehmigen und bröckelnden Boden ragte, bequem anlehnen. Ein knorriger Baum spendete Schatten, und Möwen stürzten vom Himmel und kreisten dann wieder über den plätschernden Wellen. Karen hatte ihr Kreischen immer mit Ferien verbunden und lächelte, als sie es hörte.

Als sie sich gegen die Klippe lehnte, spürte sie die Hitze und hoffte, dass ihr Gesicht nicht so rot und verschwitzt war, wie es sich anfühlte. Ihre Haut war gereizt und trocken, und er war nicht einmal außer Atem. Jetzt, wo sie ihn genauer betrachtete, stellte sie fest, dass er ebenso fit war wie Will.

Allerdings nicht so kräftig, wie sie mit Befriedigung dachte.

Bei dem Aufheulen eines Motors zu ihrer Rechten erhoben sich die Möwen noch lauter kreischend in die Luft und flogen hoch in den blendend blauen Himmel, bevor sie das Weite suchten.

»Wir sind spät dran«, meinte Trench, während er die an der Unterseite wasserdichte Decke auf dem glatten Sand neben dem Kies ausbreitete. »Wir hätten vor dem ersten Lauf essen sollen. Hier, nehmen Sie das.«

Er zog den Reißverschluss seines Rucksacks auf und zog zwei Weingläser mit Plastikstielen heraus.

»Sauvignon Blanc. Ist das in Ordnung? Ich weiß, dass Sie keine Biertrinkerin sind.«

»Sauvignon Blanc klingt großartig«, erwiderte sie. »Ich wusste nicht, dass Sie etwas zu essen mitbringen. Wenn Sie mir das gesagt hätten, hätte ich auch etwas dazu beigesteuert.«

»Haben Sie schon gegessen?«

»Nein.«

»Prima.« Er schenkte ein, und der Wein lief gluckernd in die Gläser. Dann stellte er die Flasche auf die weiche Erde. »Nichts Besonderes. Nur Schinken-Käse-Sandwiches und Erdbeeren.«

»Wunderbar. Nun erzählen Sie mir mehr über das Rennen.« Sie sah eine Reihe bunter Bojen direkt vor ihnen. »Das ist wahrscheinlich der Punkt, an dem die Boote wenden.«

»Ja. Sie werden jede Minute auftauchen. Normalerweise gibt es eine strenge Geschwindigkeitsbegrenzung, aber, wie ich schon sagte, wurde sie für dieses eine Rennen aufgehoben.«

»Darüber habe ich mich schon gewundert. Gewöhnlich liegt sie bei sechs Knoten, oder?«

»Das gilt für den Hafen in Cowes. Im Rest des Solent ist sie etwas höher, aber nicht genug für ein richtiges Rennen.«

»Wissen Sie, allmählich beginne ich zu glauben, dass ich mich geehrt fühlen sollte, dass Sie mich heute mitgenommen haben.«

»Das stimmt«, bestätigte er und schenkte ihr Wein nach. »Und jetzt passen Sie auf. Was Sie nun sehen werden, ist Kraft kombiniert mit Geschicklichkeit, wie Sie es noch nie zuvor gesehen haben – außer vielleicht beim Schwergewichtsboxen.«

»Das schaue ich mir nicht oft an«, erwiderte sie lachend und dachte daran, wie Peter ihr leidenschaftliche Vorträge über die von ihm bevorzugten Sportarten gehalten hatte. Wie Trench hatte auch er angenommen, dass ihr Interesse daran groß genug war, um alle Regeln und Rekorde wissen zu wollen.

»Erzählen Sie mir etwas über Ihren Freund«, sagte er unvermittelt und hob sein Sandwich. »Er scheint ein wenig …« Er zögerte. »Er wirkt ein wenig zu ordentlich für eine Frau wie Sie«, fügte er dann hinzu.

»Wie sollte denn Ihrer Meinung nach ein Mann für mich sein?«

Er biss ein großes Stück von seinem Sandwich ab und sah sie über den Rand hinweg an. Als er es hinuntergeschluckt hatte, sagte er: »Keine Ahnung, aber nicht so. Was hat er, was Ihnen gefällt?«

Karen gefiel seine Direktheit, und der leicht feindselige Ton erweckte ihr Interesse. »Einen langen, muskulösen Oberkörper«, erwiderte sie. Das war zwar richtig, aber nicht die ganze Wahrheit.

Eine korrektere Antwort wäre gewesen: Er streitet nie mit mir. Ich weiß, woran ich mit ihm bin. Ich fühle mich sicher bei ihm. Und er sich bei mir.

Was würde wohl Max Pitton dazu sagen?

Trench hielt sein Sandwich von seinem Körper weg, um seinen eigenen stämmigen Körper zu betrachten, und zuckte mit den Schultern.

»Ich glaube, sie sind gestartet«, meinte Karen, dankbar für die Ablenkung. Sie würde ihm nicht sagen, dass er trotz seiner

Muskeln Peter so sehr ähnelte, dass sie selbst in einer Million Jahren nicht für ihn schwärmen könnte.

Eine Sekunde später schossen vier lange, schmale Boote aus dem Wasser und rasten mit aus dem Wasser ragenden Bug vorbei. Karen sah verschwommen kräftige junge Männer in bunten Elastananzügen, als die Boote beinahe anhielten, umdrehten und eine perfekt geformte Fontäne hinter sich ließen, bevor sie den Weg zurückrasten, den sie gekommen waren.

Wie Silas und sein Porsche, dachte sie, als sie in ihr Sandwich biss. Es schmeckte gut. Dicke saftige Schinkenscheiben, würziger Cheddar und ein wenig Senf zwischen weichem dunklem Brot.

Trench war aufgestanden und ging zum Ufer hinunter, um bei dem nächsten Lauf eine bessere Sicht zu haben. Sie fand, sie sollte sich zu ihm gesellen. Sie trank noch einen Schluck Wein, bevor sie das Glas in den lehmigen Boden grub. Sie nahm sich noch ein Sandwich und folgte ihm.

Er drehte sich um, als er ihre Schritte hörte. »War das nicht großartig? Denken Sie nur, wie sich das anfühlen mag, wenn man eines dieser Dinger wendet. Im Bruchteil einer Sekunde wird über Ort und Zeit entschieden. Ein winziger Moment, in dem man sich falsch entscheidet, kann den Motor abwürgen, oder man landet auf dem Heck eines anderen. Und dann – Bums, und man ist Geschichte!«

Sind alle Männer im Herzen kleine Jungen?, fragte sie sich und dachte wieder an Peter und seine Begeisterung für das dumme, gefährliche Auto. Er hatte damit gespielt, so wie Aidan im Alter von drei Jahren mit seinen Spielzeugautos, die er gegeneinanderkrachen ließ, während er dabei die entsprechenden Geräusche machte.

Der nächste Lauf begann. Sie hörte die Motoren und roch sie auch. Oder vielleicht hing noch der durchdringende, ölige und Erinnerungen weckende Geruch nach unverbranntem Benzin und den Dämpfen von dem letzten Lauf in der Luft.

Das Aufheulen der Motoren drang schmerzhaft an ihre Ohren. Trench packte ihr Handgelenk so fest, dass sie beinahe aufgeschrien hätte. Er sprang auf den Steinen auf und ab und schrie dabei.

Direkt vor ihr tauchte etwas in den Wellen auf. Es war zylinderförmig und etwa einen Meter achtzig lang. Und an einem Ende hing dunkelroter Seetang. Nein, kein Tang – das waren Haare. Ihre Gedanken rasten so schnell durch ihren Kopf, dass sie keine Worte dafür fand. Alles andere schien sich zu verlangsamen, selbst die Rennboote und die Seemöwen, die sich von den Luftströmungen tragen ließen, während sie nach Worten rang.

Karen schrie Trench etwas zu, aber er konnte sie wegen des Motorenlärms nicht verstehen. Sie schlug ihm mit ihrer freien Hand gegen den Arm, aber er reagierte nicht. Also schlug sie noch einmal kräftiger zu, bis er sich zu ihr umdrehte. Er sah sie zornig an.

»Was?«, formte er in dem ohrenbetäubenden Lärm mit den Lippen.

Sie deutete auf das Meer, während die Boote durch das Wasser rasten und auf beiden Seiten des Rumpfs Fontänen in die Luft spritzten, als würde ein Raubvogel sein Gefieder spreizen.

»Eine Leiche«, sagte sie, viel zu spät.

Das führende Boot, das, wie Trench ihr vorhin erläutert hatte, nur den Bruchteil einer Sekunde vorn lag, legte sich in die Kurve, als würde es der Leiche ausweichen wollen. Dabei wurde es aus der Bahn geworfen und krachte in das ihm folgende Boot. Eine Feuerwand verdeckte alles, als sie von einer gewaltigen Kraft zu Boden gerissen wurde. Ihre Augen brannten, und in ihren Ohren klingelte es.

Es brannte. Schmerzte. Ihre Lungen pumpten. Nase, Mund und Zähne waren auf den unerbittlich harten Boden gepresst.

Eine gewisse Zeit verging.

Sie lag mit dem Gesicht nach unten auf dem Boden. Zwischen ihren Zähnen steckte ein Stein, ihre Zunge war nach hinten gedrückt und erstickte sie fast, und sie spürte ein schweres

Gewicht auf ihrem Rücken. Als sie ihren Kopf drehte, sodass ihre Sehnen im Nacken knackten, sah sie, dass Trench auf ihr lag.

Was zum Teufel hatte ihn auf sie geschleudert? Oder hatte er rechtzeitig gesehen, was passieren würde, und sie deshalb auf die Erde geworfen? War er noch am Leben? Oder war er für sie beide gestorben?

Sie spürte eine Flüssigkeit über eine ihrer Wangen laufen. Blut? Schweiß? Tränen? Das Rinnsal erreichte ihren Mund, und sie streckte ihre Zunge heraus, um es zu schmecken.

Keine Tränen. Zu salzig und metallisch. Blut.

Sie zwang sich dazu, ihren Kopf noch weiter zur Seite zu drehen und rief seinen Namen, während ihr noch mehr Blut in den Mund lief.

Es kam keine Antwort.

Mit größter Anstrengung und voll Angst, dass sie sich einen Muskel zerren könnte, stemmte sie seinen Körper nach oben und schob sich auf den spitzen Steinen zur Seite, bis sie sich von seinem Gewicht befreien konnte.

Sie horchte auf seinen Atem, aber es klingelte immer noch so laut in ihren Ohren, dass sie nichts hören konnte. Ihre aufgekratzte Wange war jedoch noch empfindsam. Sie hielt sie über seinen Mund und spürte seinen Atem.

Er war noch am Leben. Sie setzte sich auf ihre Fersen, atmete tief durch und versuchte, sich zu beruhigen. Dann stieg ihr der Geruch nach verbrannter Kleidung und Haut in die Nase. Als sie sich vorbeugte, sah sie, dass ein brennendes Trümmerstück in der Mitte seines Rückens gelandet war. Es hatte sich bereits durch seine Kleidung gefressen, und seine wunde Haut warf an dieser Stelle Blasen.

Sie packte einen ihrer Schuhe, um ihre Finger zu schützen, schleuderte damit das glühend heiße Metallteil von seinem Rücken und drehte ihn in die stabile Seitenlage. Als sie sich vergewissert hatte, dass seine Atemwege frei waren, nahm sie noch andere Sinneseindrücke wahr.

Der Geruch war stärker geworden. Es stank nicht nur nach brennendem Benzin und Plastik und Haut, sondern auch nach verbranntem Fleisch. Wie bei einem Grillfest. Sie zwinkerte, um ihre ausgetrockneten Augen zu befeuchten und sah auf das Meer hinaus.

Zwei Boote hatten ihre Motoren abgestellt und trieben außerhalb der Gefahrenzone auf den Wellen. Im Inneren breiteten sich die Flammen langsam weiter aus. Das Meer wirkte, als sei es in Brand geraten, als das ausgetretene Benzin sich auf der Wasseroberfläche entzündete. Eines der unbeschädigten Boote bewegte sich rückwärts in Sicherheit und schaukelte auf den Wellen. Einen verrückten Moment lang sah Karen nur die herrlichen Farben – das Rot, Gelb und das flammende Orange des Feuers und den hellblauen Himmel über dem grünen Wasser. Und dann entdeckte sie, was auf den Wellen auf sie zutrieb.

Eine Hand, am Armgelenk abgetrennt, wahrscheinlich von einer der Schiffsschrauben, nicht erkennbare verkohlte Klumpen und – oh, Gott – ein Kopf!

Sie wandte sich ab, kämpfte an gegen ihren Brechreiz und hörte dann trotz ihrer immer noch rauschenden Ohren, dass ihr jemand mit starkem italienischem Akzent etwas zurief. Die Stimme war nicht laut genug. In dem Lärm konnte sie kein Wort verstehen. Sie sah zu den Booten hinüber und legte eine Hand hinter ihr Ohr. Der Mann rief jetzt lauter, und sie bemühte sich, aus dieser Kakofonie etwas herauszuhören.

»Wir haben gefunkt. Hilfe kommt.«

Wenigstens etwas, dachte sie und versuchte, trotz ihres Entsetzens vernünftig und klar zu denken. Unsere Handys würden hier unten wahrscheinlich nicht funktionieren.

Sie drehte sich um, sodass sie auf das am nächsten gelegene Boot schauen konnte, das in Sicherheit war, und sah einen jungen blonden Mann in einem hellroten Elastananzug, der seine Hände wie ein Megafon an die Lippen legte.

»Rettungsdienst und Polizei sind unterwegs. Das Rennen ist abgebrochen worden. Lebt er noch?«

»Ja«, rief sie zurück und drehte sich rasch um, um zu sehen, ob Trench noch atmete.

Sein Rücken sah schrecklich aus. Je länger er bewusstlos war, desto besser für ihn. Sie wünschte sich, dass er erst im Krankenhaus wieder zu sich käme, wo starke Schmerzmittel zur Verfügung standen.

»Ja, er lebt noch«, rief sie über die rauchenden Wellen hinweg. »Geht es Ihnen gut?«

»Ja. Alles in Ordnung. Hilfe kommt. Wird nicht lange dauern.«

Dem kopflosen Mann im Wasser würde das nicht mehr helfen. Sie richtete ihren Blick bewusst von dem rothaarigen Körperteil weg, das in den flachen Wellen hin und her schwappte.

Wie viele von den anderen Rennfahrern waren tot? Wahrscheinlich die Fahrer und die Navigatoren der beiden Boote, die in die Luft geflogen waren. Selbst wenn die Explosion sie nicht umgebracht hatte, dann sicher das Feuer. Oder das Meer.

Aber der erste Mann musste schon tot gewesen sein, bevor er getroffen wurde, dachte sie, um sich mit allen Mitteln davon abzulenken, an den Kopf zu denken, der immer noch vor ihrem geistigen Auge erschien, so sehr sie sich auch bemühte, den Anblick zu verdrängen.

Seine Leiche war aus dem Nichts aufgetaucht, gerade zu dem Zeitpunkt, als die Boote von Cowes herübergerast kamen. Niemand ging an diesem dürftigen Strand schwimmen, vor allem nicht, wenn ein Rennen angesagt war. Und niemand war verrückt genug, um die Bojen zu ignorieren, ganz zu schweigen von dem Lärm der aufheulenden Motoren. Und der Kopf konnte auch nicht durch die Explosion abgetrennt worden sein, wenn der Mensch nicht vorher schon verletzt gewesen war.

Abgetrennt wie durch eine Garrotte? Wie durch eine Drahtschlinge, die fest um den Kopf eines Kaninchens geschlungen wurde, um ihn von dem Körper abzutrennen?

Als Trench einen ächzenden, schnaufenden Laut von sich

gab, kniete sie sich neben ihn. Er öffnete die Augen, als ein Adrenalinschub und einsetzende Schmerzen ihn aus der Bewusstlosigkeit holten.

»Bleiben Sie ruhig liegen. Psst, ganz ruhig«, beschwichtigte sie ihn, als sei er ein Kind, das einen Albtraum gehabt hatte. Sie lehnte sich gegen seine unverletzte Schulter, um ihn daran zu hindern, sich auf dem schmutzigen Boden auf seinen verbrannten Rücken zu drehen. »Sie sind am Leben. Und ich bin es auch. Uns geht es gut. Und Hilfe ist bereits unterwegs. Aber Sie müssen jetzt still liegen bleiben und dürfen sich nicht auf den Rücken drehen.«

»Die Boote«, stammelte er mit erstickter und von Schmerzen gezeichneter Stimme. »Es kommen noch mehr. Müssen gestoppt werden.«

»Die anderen haben alles per Funk durchgegeben. Wir müssen jetzt nur noch warten.«

»Kann ich nicht.« Er zog seine Knie an die Brust und wollte sich auf die Seite drehen, um sich dann hinzuknien. Er keuchte, unterdrückte einen Schrei und kämpfte um seine Beherrschung. Schweiß lief ihm über das Gesicht, und er grub seine Vorderzähne in die Unterlippe. Seine Atemzüge klangen, als würde Stoff zerreißen. Schließlich hatte er es geschafft.

»Sind Sie verletzt?«, fragte er.

Sie schüttelte den Kopf. »Mir geht es gut, und das habe ich Ihnen zu verdanken. Sie haben die gesamte Ladung abbekommen. Ihre Haut am Rücken ist verletzt. Versuchen Sie, sich nicht zu bewegen. Sie brauchen ärztliche Hilfe.«

»Und eine Menge Morphium«, meinte er mit grimmigem Humor und stöhnte dann wieder auf. Der Wind trug das Geräusch der Sirenen zu ihnen herüber. »Gott sei Dank!«

Er schloss die Augen und gab den Kampf auf.

19

Und bei der Leiche handelt es sich mit ziemlicher Sicherheit um Jim Blake, den Gefängniswärter«, sagte Karen, während sie sich an dem Ort, wo sie Funkkontakt hatte, mit dem Telefon in der Hand an ihren Wagen lehnte. »Anscheinend hatte er einige Tätowierungen, die ein Kollege erkannt hat. Natürlich laufen noch Tests, um sicherzugehen, aber es scheint kaum noch Zweifel daran zu geben.«

Sie versuchte die Erinnerungen an die vom Wasser dunkelrot gefärbten Strähnen zu verdrängen, die sie anfänglich für Seetang gehalten hatte.

»Mord oder Selbstmord?«, fragte Max Pitton. In seiner Reibeisenstimme lag kein Anflug von Mitgefühl.

Begriff er nicht, was sie und Trench durchgemacht hatten? Mistkerl!

»Das wissen sie nicht«, erklärte sie kühl, fest entschlossen, ihm nicht die Befriedigung zu geben, sie schwach zu erleben. »Man nimmt allgemein an, dass Spike Jim dazu gezwungen hat, ihn aus dem Gefängnis zu schaffen und ihn dazu gebracht hat, ihm meine Adresse zu verraten. Dann hat er wahrscheinlich aus irgendeinem Grund die Beherrschung verloren, Jim zu dem Strand geschleift, ihn dort erwürgt und ihn möglicherweise mit einer Art Käsedraht geköpft, bevor er ihn in das Meer geworfen hat.«

»Das ergibt keinen Sinn.«

Karen war kurz davor, ihm recht zu geben und ihm zu sagen, dass sie glaubte, Jim habe ihr Sushimesser gestohlen und dann Spike befohlen, wohin er gehen und was er nach der Flucht tun sollte. Aber Max wartete ihre Meinung dazu nicht ab.

»In all den Jahren, in denen ich hier lebe und auf den Solent schaue, habe ich noch nie ein Rennboot explodieren sehen, selbst wenn es einen Zusammenstoß gab«, erklärte er. »Ich verstehe auch nicht, wie anschließend ein Brand ausbrechen konnte. Das kalte Wasser des Meeres löscht doch sofort alles, also kann es doch nicht so dramatisch gewesen sein.«

»Ich habe mir das nicht ausgedacht.« Karen spürte, wie sie ermüdete. »So ist es passiert, und ich kann nichts tun, um es zu ändern. Ich muss jetzt auflegen. Ich habe immer noch Kopfschmerzen wegen der Explosion, und ich höre immer noch nicht gut. Außerdem warte ich auf Nachrichten über Trench, den Polizisten, der sein Leben riskiert hat, um mich zu retten. Sie haben mir bisher noch nicht sagen wollen, wie schwer seine Verletzungen sind. Und das heißt …« Sie konnte nicht weitersprechen.

Der Gedanke, dass ein so kräftiger Mann behindert bleiben könnte, war unaussprechlich.

»Was sagt Spike zu alldem?« Max war schon immer unbarmherzig gewesen, aber damit, dass er jetzt keinerlei menschliche Gefühle zeigte, überschritt selbst er eine gewisse Grenze.

»Ich hatte bisher weder die Zeit noch die Kraft, um ins Gefängnis zu fahren und das herauszufinden«, erklärte Karen. Sie hörte selbst, dass ihre Stimme feindselig klang, aber das war ihr egal. Immerhin war es besser, als wenn sie sich mitleiderregend angehört hätte.

»Aber Sie fahren gleich morgen früh zu ihm, oder? Eine Gelegenheit wie diese dürfen Sie sich nicht entgehen lassen. Das Auffinden von Blakes Leiche könnte der Meißel sein, mit dem Sie Spikes Verteidigungsmauer durchbrechen können.«

Karen nahm das Telefon von ihrem Ohr und warf einen Blick darauf. Wie hatte sie diesen Mann jemals bewundern können, und warum hatte sie geglaubt, seine Gunst würde ihr den Weg zu Macht und Erfolg ebnen?

Seine Stimme quakte weiter und wurde immer lauter, bis er durchdringend ihren Namen rief. Sie legte den Hörer wieder an ihr Ohr.

»Die Verbindung hier ist sehr schlecht. Ich muss jetzt auflegen und werde mich zu gegebener Zeit wieder melden.«

»Versprechen Sie mir, dass Sie morgen zu dem Gefängnis fahren? Sie dürfen jetzt nicht nachlassen, sonst werfen Sie alles weg, was Sie bisher erarbeitet haben, alles, was bisher geschehen ist. Und wenn Sie diese Arbeit nicht bald veröffentlichen, werden alle meine Bemühungen, die Anwälte zu überreden, Sie im nächsten Jahr als Gerichtssachverständige zu empfehlen, scheitern.«

Max hielt inne. Karen sagte nichts. Schließlich fuhr er fort: »Ich vergebe niemandem, der meine Zeit verschwendet. Karen? Karen?«

Sie würde ihm nichts versprechen.

»Karen!«

»Was?«

»Ich dachte, die Verbindung wäre unterbrochen. Wie geht es übrigens dem Mädchen?« Seine Stimme klang jetzt nicht mehr so aggressiv. Vielleicht hatte er ihren Widerstand gespürt.

»Sie befindet sich mit ihren Eltern auf dem Heimweg zur Hauptinsel, wie Detective Chief Inspector Trench mir gesagt hat«, antwortete Karen. »Sie wurde aus dem Krankenhaus entlassen, nachdem feststand, dass sie keine inneren Verletzungen hatte. Und die Polizei scheint nicht zu glauben, dass sie ihnen etwas Nützliches erzählen kann.«

»Ist sie sexuell missbraucht worden?«

»Nein, glücklicherweise nicht.«

»Das ergibt Sinn. Sie wissen doch, dass die meisten Geiselnehmer schwere Persönlichkeitsstörungen haben, oder? Das ist eine gute Fußnote für Ihre Arbeit. Sie hatten Glück, so nah an diesem Geschehen sein zu können.«

Dieser letzte Beweis von Gefühllosigkeit reichte ihr.

»Ich muss das Gespräch jetzt beenden. Wie schon gesagt, werde ich mich morgen wieder melden. Und machen Sie sich keine Sorgen – ich habe nicht vergessen, warum ich hier bin.«

Karen legte auf und lehnte sich gegen den Kotflügel ihres alten Wagens, zu erschöpft, um sich zu bewegen. Was glaubte er eigentlich, wer er war, wenn er über das Leid dieses Kindes sprach, als sei dessen Schicksal vorherbestimmt und hätte dafür gesorgt, dass sie nicht seine Zeit verschwendete?

Als sie leichte Schritte im Gestrüpp hörte, drehte sie sich um.

»Dr Taylor?« Roderick tauchte zwischen den Bäumen auf. »Geht es Ihnen gut? Als ich kein Licht in Ihrem Haus sah, fragte ich mich, ob Sie von dieser Explosion betroffen wären.«

»Danke, Roderick, es geht mir gut. Aber ich bin sehr müde und muss jetzt zurückfahren.«

»Dann bin ich erleichtert. Ich war sehr besorgt, weil ich dachte, Sie könnten verletzt worden sein. Ich hätte niemals gedacht, dass Sie an einem solchen Rennen Interesse hätten. Fahren Sie nach Hause und legen Sie sich ins Bett. Sie sehen nicht gut aus. Ich werde Ihnen morgen wieder ein paar Kaninchen bringen. Ich habe sie in der Nacht, in der ich den Mann angeschossen habe, aufgehängt. Vorher wollte ich sie Ihnen nicht bringen, denn sie hätten noch keine gute Mahlzeit abgegeben. Ich habe sie extra für Sie in meine Vorratskammer gehängt, und jetzt sollten sie gut sein. Das Fleisch ist nun sicher schön zart. Ich werde sie abhäuten und ausnehmen. Und die Köpfe abschneiden. Ich weiß, dass Sie es nicht mögen, wenn die Köpfe noch dran sind.«

Die Erwähnung der Köpfe war zu viel für sie. Karen fragte sich, ob sie jemals den Anblick von Jims Kopf, der auf den Wellen auf sie zugerollt gekommen war, vergessen konnte.

Roderick kam näher. Sie konnte seinen Geruch wahrnehmen. Er war nicht so streng wie in der Nacht, in der Spike in ihr Haus eingebrochen war, aber beißend, fremdartig und wild. Als er sie berührte, zuckte sie zurück und entschuldigte sich dann.

»Es war ein schwerer Tag für mich. Ich muss jetzt nach Hause. Vielen Dank. Auf Wiedersehen.«

Sie zwängte sich an ihm vorbei, warf sich auf den Fahrersitz, schlug die Autotür heftig zu und verriegelte sie.

Er machte ein langes Gesicht und wirkte verletzt. Sie beugte sich vor, bis ihre Stirn das Lenkrad berührte. Sie konnte keine Verantwortung für die Gefühle des Elefantenmenschen übernehmen.

»Was ist mit Ihrem Gesicht passiert?«, wollte Spike wissen, als sich Karen zwei Tage später in dem vertrauten Besprechungszimmer in Parkhurst ihm gegenübersetzte.

Heute schien die Sonne durch das kleine, hoch angebrachte Fenster direkt in ihre Augen. Sie schob ihren Stuhl zur Seite, weiter von dem Alarmknopf weg.

»Ich bin am Strand gestürzt«, erwiderte sie.

»Sie sehen aus, als hätte Sie jemand auf den Boden gedrückt und Ihr Gesicht in Glasscherben gerieben.« Seine Stimme klang analytisch, so, als würde er einer desinteressierten Zuhörerschaft einen Bericht vorlesen.

Wusste er nicht, was geschehen war? Jeder auf der Insel schien es zu wissen. Nach der Explosion war sie von beinahe jedem auf der Straße und in den Läden angesprochen worden, und alle hatten ihr Mitgefühl und ihre Bewunderung dafür ausgedrückt, dass sie so schnell wieder auf den Beinen war.

»Zwei Rennboote kollidierten, und es kam zu einer Explosion«, erklärte sie. »Haben Sie das nicht gehört?«

»Natürlich. Ein Boot wich vom Kurs ab, als der Fahrer Jims Leiche sah, und krachte dann in ein anderes. Ich wusste nicht, dass Sie dort waren.«

»Nur durch Zufall. Wer hat Ihnen gesagt, dass es sich um Jims Leiche handelte? Mir ist nicht bewusst, dass das schon zweifelsfrei festgestellt wurde.«

Sein hübsches Gesicht legte sich in Falten, als er kicherte. »Sie haben sicher schon bemerkt, dass sich Neuigkeiten hier schnell verbreiten, Dr Taylor. Hier kann man nichts geheim halten. Es ist Jims Leiche. Ihm wurde der Kopf abgetrennt, wissen Sie das? Abgeschnitten, Dr Taylor. Aber jetzt ist es ja vorbei.«

»Macht es Ihnen nichts aus, dass Jim tot ist?«, fragte sie und ignorierte seine ansteigende Hysterie. »Ich war der Meinung, Sie mochten ihn.«

Seine Lachfalten glätteten sich, und er zuckte mit den Schultern. »Er war nützlich. Besser als viele der anderen Schließer. Aber warum sollte ich ihn mögen? Er hat mich hier eingesperrt. Und er hat mich für meinen Pa ausspioniert.«

»Aber er hat Sie nicht hier festgehalten, richtig? Er hat an einem Tag die Tore für Sie aufgeschlossen. Er hat Sie hier herausgebracht, oder?«

Er zuckte wieder mit den Schultern. Der Ausdruck in seinen Augen wirkte hart, und seine Lippen gaben nichts preis.

»Und dann?«, fuhr Karen fort und tastete nach dem verbalen Meißel, den ihr Professor ihr empfohlen hatte. »Haben Sie mir nicht gesagt, dass er Sie an jenem Abend in den Wald geschickt hat?«

»In den Wald, wo Ihr Häuschen liegt? Wo Ihr Freund mich angeschossen hat?«

»Ja.«

»Stimmt. Er hat mir befohlen, mich dort zu verstecken, und mir versprochen, er würde mir Essen, Geld und neue Klamotten bringen, und dann dafür sorgen, dass ich auf die Hauptinsel käme.«

»Aber warum?«

Spike zuckte erneut mit den Schultern.

»Warum hat er Ihnen vorgeschrieben, was Sie zu tun hatten?«

»Wie meinen Sie das?«

»Sie haben ihn dazu gezwungen, Sie hier herauszuholen. Warum sollte er Ihnen dann Befehle geben können?«

»Ich? Nein, das habe ich nicht getan.« Spikes verwirrter Blick wirkte echt. Aber hinter ihm schien die Sonne und das machte es schwer, die Feinheiten seines Gesichtsaudrucks zu erkennen. Und alles, was er ihr bisher erzählt hatte, hatte ihr gezeigt, dass er ein guter Schauspieler war. »Er kam nachts in meine Zelle und sagte: ›Komm mit mir. Jetzt.‹«

»Und Sie sind einfach mit ihm gegangen?«

»Ja.« Spike verzog sein Gesicht zu einem sanften, aber nicht anziehenden Lächeln. Es dauerte eine Weile, bis sie begriff, dass er sich schämte. »An einem Ort wie diesem rauben sie dir deinen Mut und deine Energie. Du bist nur noch ein Mitfahrer und tust, was man dir befiehlt. Ich bin mit ihm gegangen. Keine Ahnung, warum. Und dann hat er mich in die Uniform eines Schließers gesteckt, mich durch die Tore geschleust und mich auf den Rücksitz seiner Yamaha gesetzt.«

»Und wann ist das Sushimesser aufgetaucht?«, fragte Karen. Sie neigte sich zur Seite, um dem gleißenden Sonnenlicht auszuweichen, und beobachtete ihn genau.

Offensichtlich fiel es ihm nicht schwer, diese bestimmte Geschichte zu erzählen. Lag es daran, dass die Ereignisse noch frisch im Gedächtnis waren? Oder daran, dass sie nichts mit seiner Familie zu tun hatten?

»Welches Messer?«, fragte er.

»Das weiße Keramikmesser, mit dem Sie angeblich Jim verletzt haben.«

»Ein Keramikmesser? Meinen Sie ein Messer aus Porzellan? Warum schauen Sie mich so an, Dr Taylor? Ich bin nicht verrückt, Dr Taylor, verstehen Sie? Warum reden Sie schon wieder von Messern? Sie sind ja richtig besessen davon, Dr Taylor!«

Es überraschte sie, wie schnell sich seine Sprache von der eines intelligenten, disziplinierten Mannes in dieses Gebrabbel verwandelte.

»Was ist los mit Ihnen, Spike?«

»Wie meinen Sie das?«

»Das sind doch nicht Sie. Diese Hysterie. So verhalten Sie sich immer, wenn es Ihnen nicht gefällt, wie sich unsere Unterhaltung entwickelt. Was stört Sie denn jetzt daran?«

»Nichts. Wahrscheinlich liegt es an meinen Verletzungen«, erwiderte er, nahm wieder eine andere Rolle an und legte den Kopf zur Seite, während er sich mit der Zunge über seinen

Mundwinkel fuhr. »Ich wurde von Ihrem Freund wie ein Kaninchen im Wald angeschossen. Das tut verdammt weh. Und das sollte wohl alles erklären.«

Oh, hör auf damit!, dachte sie. Heute würde sie sicher nichts Verwertbares mehr aus ihm herausbekommen. Nichts, was Max besänftigen würde. Nichts, was sie in ihrer Arbeit verwenden könnte. Nichts, was Spike helfen könnte, obwohl sie das Bedürfnis hatte, ihm zu helfen.

»Ich habe endlich Ihren Bruder kennengelernt«, sagte sie. »Ich wusste nicht, dass er immer noch zu Besuch kommt.«

»Silas?« Sein Gesicht rötete sich, und ein völlig anderes Lächeln ließ ihn jünger, beinahe eifrig und absolut normal aussehen. »Hier im Gefängnis? Kommt er mich besuchen? Ist deshalb …?« Er hielt inne.

»Was?«, fragte Karen nach.

»Ich weiß nicht, was Sie meinen.«

»Sie haben mich gerade gefragt, ob Silas hierher ins Gefängnis kommen würde, und ob deshalb … Dann haben Sie nicht mehr weitergesprochen.«

»Ich habe keine Ahnung, wovon Sie sprechen«, wiederholte Spike. »Haben Sie ihn hier getroffen?«

»Nein.« Karen gab auf. »Ich habe ihn im White House gesehen.«

Der Eifer wich aus Spikes Gesicht.

»Was ist los?«, fragte Karen.

Spike zog die Schultern hoch und starrte auf den Boden.

»Haben Sie erwartet, dass Silas Sie hier besucht?«

Spike rührte sich nicht. Karen stand plötzlich das Bild seines Gesichts vor Augen, als er leugnete, nach seiner Verhaftung im White House angerufen zu haben, obwohl sie dem Polizeiprotokoll entnommen hatte, dass er es getan hatte. Als sie ihn danach fragte, hatte er kein Wort dazu gesagt. Hatte er an jenem Tag mit Silas gesprochen, und nicht mit seinem Vater? Hatte er vergeblich darauf gewartet, dass Silas kommen und ihn retten würde?

»Spike?«, fragte sie vorsichtig. »Möchten Sie mit mir über Silas sprechen?«

Nach einer Weile sah Spike sie ausdruckslos an. Seine Augen wirkten wie erloschen, und seine Lippen waren wie erstarrt. Er sah kontrolliert und unangreifbar aus. Sie wusste, dass sie heute nichts mehr aus ihm herausbekommen würde.

Besuche im Krankenhaus waren in der Ruhezeit zwischen ein Uhr und zwei Uhr dreißig nicht erlaubt, also fuhr Karen zum *Goose Inn.* Sie wollte Peg eine wichtige Frage stellen, und mit der Fahrt dorthin und wieder zurück konnte sie die Zeit gut überbrücken.

Peg sah besser aus. Karen lächelte sie an und dachte noch einmal, wie jemand im 21. Jahrhundert einen so altmodischen Namen haben konnte.

»Hi«, sagte Karen. »Wie war die letzte Woche? Haben die Jachtbesitzer das Geschäft so belebt, wie Sie gehofft haben?«

»Mehr oder weniger.« Peg erwiderte ihr Lächeln. »Schön, Sie zu sehen, Dr Taylor. Was darf ich Ihnen servieren? Tomatensaft mit Worcestersoße, oder ein Bitter?«

»Lieber Saft«, erwiderte Karen. »Ich möchte am Nachmittag Detective Chief Inspector Trench im Krankenhaus besuchen und will nicht, dass die Krankenschwestern glauben, ich sei eine Alkoholikerin, die bereits zur Mittagszeit Alkohol trinkt.«

»Ja, ich habe schon davon gehört. Er hat Ihnen das Leben bei dem Rennen gerettet, richtig?«

»Mehr oder weniger.«

»Sie steckten ziemlich in der Klemme, nicht wahr?«

»Sie meinen, weil Ihr Cousin mich verfolgt hat, nachdem er ausgebrochen war?«

Peg wandte sich ab und versuchte, um eine Antwort herumzukommen, als sie eine Flasche Tomatensaft hervorholte, die weniger staubig war als beim letzten Mal.

»Wann haben Sie ihn zum letzten Mal gesehen?«, fragte Karen.

»Vor mehr als einem Monat. Ich hätte ihn eigentlich diese Woche besuchen sollen, aber ich war zu beschäftigt.« Pegs Gesicht war gerötet. Wahrscheinlich war ihr das Blut in den Kopf gestiegen, als sie sich über die Saftflaschen gebeugt hatte. »Er hat mir nicht verraten, dass er eine Flucht oder etwas Ähnliches plante, als ich ihn zum letzten Mal im Gefängnis besuchte. Ehrlich nicht.«

»Das habe ich auch nicht angenommen. Ich wollte Sie nur fragen, ob Sie ihm jemals Sachen von Ihrer Tante mitgebracht haben. Geld, Telefonkarten oder dergleichen.«

Oder Drahtschlingen, aus denen man eine Garrotte basteln konnte, dachte sie, sprach es aber nicht laut aus.

Pegs Gesichtsausdruck war so offensichtlich, dass die Antwort nicht schwer zu erraten war.

»Sind Sie deshalb regelmäßig nach Parkhurst gefahren?«, fragte Karen weiter. »Haben Sie Spike nicht nur aus Zuneigung besucht?«

»Sie tut mir leid, verstehen Sie? Und der Colonel erlaubt es nicht, dass sie ihn ihm Gefängnis besucht. Er ist der Ansicht, dass das einen falschen Eindruck erwecken würde.« Nachdem Peg Karens Getränk eingeschenkt hatte, wischte sie sorgfältig den Tresen ab und starrte auf unsichtbare Flecken. »Ich würde mich nicht in seine Nähe begeben, wenn sie mich nicht darum gebeten hätte. Ich hasse ihn dafür, was er diesen Touristen angetan hat. Und uns allen. Nichts ist mehr so, wie es war, bevor er diese Leute getötet hat. Und es wird auch nie wieder so sein. Man spricht seinetwegen über uns. Und Leute kommen hierher, um uns Fragen zu stellen.«

Karen erinnerte sich daran, wie Spike ihr erzählt hatte, dass Peg ihn deshalb besuchte, weil sie seine Eltern ebenso hasste wie er. Entsprach irgendetwas von dem, was er ihr erzählte, der Wahrheit? Oder hatte seine Mutter recht, wenn sie sagte, dass er nicht in der Lage war, zwischen seinen Fantasien und der Realität zu unterscheiden?

»Hat Ihre Tante deshalb Angst davor, jemanden wissen zu

lassen, dass sie immer noch versucht, ihm zu helfen?«, fragte Karen.

»Sie fühlt sich schuldig.« Pegs Stimme klang rau und traurig. »Sie glaubt, es sei alles ihre Schuld. Zuerst konnte sie keine Kinder bekommen, also haben sie eines adoptiert. Und die Ärmsten bekamen Spike. Er ist wie ein Krankheitskeim in ihrem Leben, verstehen Sie? Das war er von Anfang an. Als sie ihn zu sich nahmen, war ihr Leben ruiniert. Zerstört für immer. Und dann, kaum als sie ihn im Haus hatten, wurde sie schwanger, und Silas Geburt kurz darauf hat Spike wütend gemacht. Sie glaubt, dass er und Silas …« Peg hielt inne, als ein weiterer Kunde durch die Tür in das Lokal kam.

Karen verfluchte stillschweigend seine Ankunft, bestellte sich dann eine Pastete mit Hühnchen und Oliven und trug ihren Tomatensaft zu dem bereits vertrauten Tisch neben dem Fenster. Mit ein wenig Glück würde der Mann ein Glas trinken und dann wieder verschwinden.

Aber das tat er nicht. Er ließ sich auf einem Barhocker nieder, riss eine Tüte Chips auf und trank sein Bier genüsslich Schluck für Schluck, so, als hätte er den ganzen Nachmittag Zeit. Erst als die Mikrowelle piepste und Peg die Pastete herausholte, um sie Karen zu bringen, gab es eine geringe Möglichkeit, das Gespräch zu beenden.

»Ich zahle lieber gleich«, sagte sie, um Peg nicht gehen zu lassen. Während sie in ihrer Geldbörse kramte, fügte sie hinzu: »Sie wollten mir gerade erzählen, was Ihre Tante über ihre beiden Söhne denkt.«

»Nein, das wollte ich nicht.« Peg sah sie ausdruckslos an. »Fünf fünfundneunzig, bitte. Prima. Danke.«

»Bevor Sie gehen«, sagte Karen rasch. »Hat Spike Sie jemals verletzt, als Sie ein Kind waren? Oder versucht, Ihnen weh zu tun?«

Peg trat einige Schritte zurück und schüttelte den Kopf. Sie wurde blass und legte schützend die Hand auf ihren geschwollenen Bauch.

»Sylvia hätte niemals zugelassen, dass mich jemand angreift. Sie war immer da, wenn ich zu Besuch im White House war. Und sie ließ mich nie mit einem von ihnen allein – weder mit dem Colonel, noch mit Spike oder mit Silas. Das hätte sie nie getan. Ich muss jetzt weiterarbeiten.«

In den zwanzig Minuten, in denen Karen langsam ihre Pastete aß, kamen und gingen weitere Kunden. Peg bediente sie alle mit einem freundlichen Lächeln, redete und scherzte und bedankte sich bei ihnen. In Karens Richtung warf sie jedoch keinen einzigen Blick.

Gerade als Karen ihre Sachen zusammensuchte, zog Peg die Nadeln aus ihrem braunen Haar und ließ es um ihr Gesicht fallen. Es reichte ihr bis über die Schultern. Sie fuhr sich mit den Händen durch ihre Mähne, fasste sie dann im Nacken zusammen, steckte sie wieder nach oben und befestigte sie mit den Nadeln, ohne einen Spiegel dafür zu benötigen.

In diesem unbeobachteten Moment, als ihr Haar lose heruntergefallen war, hatte sie eine große Ähnlichkeit mit Isabelle Sanders und der ermordeten Schwimmerin gehabt, deren Bilder Trench Karen bei ihrem ersten Treffen gezeigt hatte.

Karen sah zu dem Stand in der Nähe des Krankenhauses hinüber, an dem Blumen verkauft wurden, und beschloss dann, dass alle diese Sträuße viel zu mädchenhaft für Trench wirkten und sie ihm keinen davon kaufen würde. Am Empfang im Eingangsbereich musste sie sich in eine kurze Schlange stellen. Als sie an der Reihe war, fragte sie, wo sie ihn finden konnte.

»Geben Sie sich keine Mühe«, ertönte eine barsche Stimmte hinter ihr.

Als Karen sich umdrehte, sah sie Detective Sergeant Clarke vor sich, deren hageres Gesicht einen noch aggressiveren Ausdruck hatte als gewöhnlich.

»Sie können mich kaum daran hindern, den Mann zu besuchen, der mich vor schweren Verbrennungen bewahrt hat«, erklärte Karen, und dachte bei sich, dass Eve Clarke so aussah, als wäre sie eine Patientin hier. Warum machte sie keine Schälkur für ihre graue Haut? Oder schrubbte ihr Gesicht wenigstens einmal gründlich mit Seife ab?

»Ich könnte, wenn ich wollte«, entgegnete sie mit einer Empfindlichkeit, die nicht zu ihrer üblichen Strenge passte. »Aber das meinte ich nicht. Er ist nicht bei Bewusstsein. Sie haben ihm sehr starke Schmerzmittel gegeben. Sie könnten sich nicht mit ihm unterhalten, selbst wenn man Sie zu ihm ließe.«

»Und Sie durften ihn sehen?« Karen fragte sich, was sie getan hatte, dass diese Frau sich ihr gegenüber so feindselig verhielt. Es konnte doch nicht nur daran liegen, dass Detective Chief Inspector Trench der Meinung gewesen war, sie würde dabei helfen können, alle ungeklärten Morde auf der Insel aufzuklären.

»Natürlich«, erwiderte Detective Sergeant Clarke. »Wir sind … Kollegen. Es ist also beruflich.«

»Ich verstehe«, sagte Karen und dachte dabei, dass die Frau ihn schließlich nicht rund um die Uhr bewachen konnte. Dann würde sie eben später noch einmal vorbeikommen. »Bis dann.«

»Warten Sie.«

»Was ist?«

Detective Sergeant Clarke schob ihr Gesicht so weit vor, dass Karen deutlich die Poren an ihrer Nase und einige harte schwarze Borsten an ihrem Kinn sehen konnte. Vielleicht hasste sie sich selbst ebenso, wie sie Karen hasste. Nur eine Frau, die sich selbst nicht mochte, legte so wenig Wert auf ihr Äußeres. Der Schmutz und die Haare im Gesicht waren etwas anderes als Trenchs saloppe Kleidung und seine Bartstoppeln. Karen war sich sicher, dass er beides mit Absicht trug, um eine entsprechende Wirkung zu erzielen.

»Nur weil er seine Meinung wieder geändert und beschlossen hat, dass Sie unschuldig sind, heißt das noch lange nicht, dass wir anderen das auch glauben. Wir wissen, dass Sie bei Spikes Flucht und der Geiselnahme eine Rolle gespielt haben.

Niemand hätte ein solches Risiko auf sich genommen, wenn er nicht gewusst hätte, dass er in Sicherheit war.«

»Viel Glück beim Suchen der Beweise für diesen Unsinn«, erwiderte Karen. Die Wiederholung dieser absurden Anschuldigungen störte sie nicht.

»Ich brauche kein Glück dazu. Sie haben überall Spuren hinterlassen, Dr Taylor. Das tun alle Menschen, auch wenn sie noch so geschickt und vorsichtig vorgehen. Wir werden sie finden. Und der leitende Ermittlungsbeamte, der Detective Chief Inspector Trench vertreten und bald eintreffen wird, wird sicher wissen, wie er mit Ihnen umzugehen hat.«

Detective Sergeant Clarke gab Karen keine Gelegenheit, darauf zu antworten, sondern drehte sich auf dem Absatz um und stürmte aus dem Krankenhaus. Wäre ihr Rock nicht so eng gewesen, hätte sie sicher längere Schritte gemacht.

»Er liegt auf Station 14«, sagte der Mann am Empfang und grinste, als ob er den Wortwechsel genossen hätte.

»Danke.« Karen winkte ihm zu, während sie zum Aufzug ging, obwohl Trench möglicherweise bewusstlos und gar nicht in der Lage war, mit ihr zu sprechen. Sie zweifelte allerdings alle Informationen an, die Detective Sergeant Clarke so hasserfüllt hervorgestoßen hatte.

Er saß aufrecht und hellwach im Bett und aß Trauben, als Karen das Krankenzimmer betrat.

»Hi«, begrüßte sie ihn. Er schenkte ihr sein übliches schelmisches Lächeln. Wie meistens war er nicht rasiert, aber dieses Mal hatte er dafür eine gute Entschuldigung. »Das ist eine Überraschung. Man hat mir gesagt, Sie lägen im Koma. Wie geht es Ihnen?«

»Es tut verdammt weh, aber ich bin nicht schwer verletzt. Es hätte viel schlimmer kommen können. Ich habe Verbrennungen, aber sie sind nicht so schwerwiegend, wie sie sich anfühlen. Und ein paar Rippen sind gebrochen. Ansonsten habe ich ein paar Beulen, blaue Flecken und einen verstauchten Knöchel. Und wie sieht es bei Ihnen aus?«

»Mir geht es gut. Wir hatten großes Glück. Meine Ohren haben schon kurz danach zu klingeln aufgehört, und meine Kopfschmerzen haben sich gelegt. Ich wollte mich bei Ihnen bedanken.«

»Das haben Sie bereits getan, Karen.«

»Und ich wollte Sie etwas über Spike und seine Familie fragen.«

Trench lächelte noch breiter. »Einen Augenblick habe ich schon befürchtet, Sie wären weich geworden.«

»Weich? Ich?«

»Das hätte mich auch überrascht. Also, was wollen Sie wissen?«

»Silas.«

»Was ist mit ihm?«

»Ich habe ihn kennengelernt, bevor ich mich mit Ihnen zu dem Spaziergang am Strand getroffen habe, und ich konnte ihn nicht leiden. Ich frage mich, ob …«

»Kommen Sie schon. Raus damit.«

Hatte sie winzige Eigenartigkeiten und ein gelegentliches Zögern bei ihrem Gespräch mit Peg falsch ausgelegt? Hatte das ihr eigenes Missfallen verstärkt, das sie Silas gegenüber empfunden hatte, als er erwiderte, seine Mutter ›beschützen‹ zu müssen? Und glaubte sie deshalb, dass er mehr oder weniger alles tun würde, um sie zum Schweigen zu bringen? Schließlich musste Sylvia die Wahrheit darüber wissen, was in ihrer Familie vorgefallen war, ob sie es zugab oder nicht. Auch wenn es vielleicht eine verrückte Idee von ihr war, wollte Karen alles darüber herausfinden.

»Jemand hat dafür gesorgt, dass ich mit Spikes Flucht in Verbindung gebracht werde – mit dem Diebstahl und dem Messer, das so geschickt versteckt wurde, dass es gefunden werden musste. Ich habe mich deshalb gefragt, ob Spike nicht auch hereingelegt wurde, was den Mord am Chillerton Down betrifft«, sprudelte sie so rasch hervor, als sei ihr das soeben erst durch den Kopf gegangen. »Und ob Silas nicht derjenige war, der ihm diese Falle gestellt hat«, fügte sie hinzu, um ihre Worte deutlicher zu machen.

Das Lächeln verschwand von Trenchs Gesicht. Er lehnte sich gegen die Kissen und wirkte mit einem Mal erschöpft.

»Sie sind verrückt. Warum sollte Silas die Flucht seines Bruders aus dem Gefängnis organisieren? Und warum dann versuchen, Ihnen die Schuld dafür in die Schuhe zu schieben?«

»Weil man dachte, dass ich eine Reaktion von Spike bekäme«, erklärte Karen geduldig. »Wenn nun Silas …? Nun, wenn es Ihnen nicht gefällt, dass ich Silas erwähne, lassen Sie uns daraus eine namenlose Person machen. Wenn irgendjemand gehört haben sollte, dass ich mit Spike so gut zurechtkomme, und deshalb befürchtete, dass er mir vielleicht Dinge erzählen könnte, die den ganzen Schwindel auffliegen lassen und die verraten könnten, wer wirklich hinter diesen Verbrechen steckt? Jemand, der Jim Blake getötet hat, weil auch dieser nach der Flucht in der Lage gewesen sein könnte, den Namen des wahren Täters zu nennen?«

»Blödsinn.« Trench hatte nun die Augen geschlossen.

»Es mag sich unwahrscheinlich anhören, aber betrachten Sie die Sache einmal, ohne all das zu berücksichtigen, was Sie glauben, über die Familie zu wissen. Da waren zwei Jungen, einer älter und kräftiger als der andere. Wahrscheinlich hat er ihn auf die eine oder andere Weise drangsaliert, wie ältere Geschwister das mit jüngeren tun. Sie sind in allen Bereichen Konkurrenten – auch wenn es um die Aufmerksamkeit und Zuneigung ihrer Mutter geht.«

»Ich verstehe, was Sie sagen wollen, aber ich kann es nicht glauben.« Charlie hatte seine Augen wieder geöffnet, und das ermutigte sie ein wenig.

»Sie hat mir erzählt, dass sie alles dafür getan hat, um Spike zu zeigen, dass sie ihn nicht weniger liebte, nur weil er adoptiert war«, fuhr Karen fort. »Sie sagte ihm, dass andere Kinder einfach nur geboren würden, er hingegen aber ausgesucht worden wäre. Dass er etwas Besonderes sei. Wenn Silas das gehört und ihm missgönnt hat? Immer wieder musste er sich anhören, dass er im Gegensatz zu Spike nichts Besonderes war. Er war jünger, weniger leistungsfähig, körperlich schwächer und wahrscheinlich auch ängstlicher. Weniger geliebt. Weniger wichtig. In allem weniger.«

»Und?«

»Glauben Sie nicht, dass er vielleicht etwas unternommen hat, um seiner Mutter zu zeigen, dass der geliebte ältere Sohn tatsächlich ein mörderischer Freak und nicht der perfekte, von ihr ausgewählte Engel war, wie sie ihm immer gesagt hatte?«

»Wollen Sie mir damit sagen, dass Silas den Labrador aufgeschlitzt hat? Im Alter von fünf Jahren? Das kann nicht Ihr Ernst sein.«

»Gut, es ist schwer, sich das vorzustellen. Aber fünf ist nicht viel jünger als sieben, und niemand schien sich darüber gewundert zu haben, dass der siebenjährige Spike das getan haben soll.«

»Er hatte Kraft. Silas nicht.«

»Vielleicht. Wie auch immer – ich habe an die Ermordung der Familie beim Picknick gedacht. Und eventuell auch an die anderen getöteten dunkelhaarigen Frauen wie die Schwimmerin. Wie ich Ihnen schon gesagt habe, die Tötungsarten sind so unterschiedlich, dass die Morde höchstwahrscheinlich von zwei verschiedenen Tätern begangen wurden.«

»Auch das glaube ich nicht«, entgegnete Trench mit einer Grimmigkeit, die sie kaum bemerkte, weil sie sich so sehr darauf konzentrierte, ihn von ihrer Sichtweise zu überzeugen.

»Falls die Familie erschossen wurde, um Spike damit in Schwierigkeiten zu bringen, dann würde es dazu passen, dass die anderen Fälle ganz anders gelagert sind, wenn Sie verstehen, was ich meine«, sagte sie.

»Hören Sie auf, darüber nachzudenken. Damit ersparen Sie uns allen viele Scherereien. Silas hat ein Alibi.«

Karen stand am Fuß von Trenchs Bett und beobachtete den Ausdruck auf seinem stoppeligen Gesicht. Seine runden Augen spiegelten kontrollierten Schmerz, Ungeduld und noch etwas anderes wider.

»Soll das heißen, dass Sie ihn verdächtigt haben?«, fragte sie nach einer Weile. »Sie haben ihn danach gefragt, wo er sich an dem Tag aufgehalten hat, an dem die Familie erschossen wurde? Warum?«

»Ich? Nein, ich war damals nicht auf der Insel. Konzentrieren Sie sich, Dr Taylor.«

Sie nahm zur Kenntnis, dass er sie jetzt wieder mit ihrem Titel ansprach. Vor wenigen Minuten hatte er sie noch Karen genannt.

»Ein Untersuchungsbeamter, der es sehr genau nahm, hat alle Personen befragt, die in irgendeiner Weise mit dem Fall zu tun hatten«, fuhr er fort. »Ich habe seine Berichte gelesen, sobald ich vermutete, dass Spike für unsere ungeklärten Fälle verantwortlich war.«

»Und was ist Silas' Alibi?«

»Aufenthalt in einem Krankenhaus in London.« Trench klang jetzt so trocken und präzise wie Will sich unter diesen Umständen angehört hätte. »Er ist auf seinem Weg zur Arbeit zusammengebrochen und hat dann fast den ganzen Tag in der Notaufnahme verbracht, wo er auf Ultraschalluntersuchungen und andere Tests hat warten müssen. An diesem Tag war viel los, die röntgentechnische Assistentin war überfordert, und die Patienten standen Schlange, um geröntgt und untersucht zu werden. Es dauerte Stunden, bis alle an die Reihe kamen.«

»Verdammter Mist! Allerdings könnte er die Schwimmerin und die anderen vermissten dunkelhaarigen Schönheiten getötet haben.«

»Verschonen Sie mich damit! Okay, Silas könnte es getan haben, aber das ist sehr unwahrscheinlich. Ich habe gehört, dass es Spike Ihnen angetan hat, aber ich habe es nicht geglaubt. Jetzt bin ich mir da nicht mehr so sicher.«

Jemand lief an Karen vorbei und ignorierte sie dabei vollkommen.

»Was zum Teufel hast du angestellt, Charlie?«, sagte die Frau mit einer Stimme, die gar nicht zu der aggressiven Wortwahl passte. Sie klang warm und sehr besorgt. »Und warum hat deine Freundin mit dem hageren Gesicht sich nicht um dich gekümmert, wie es ihre Pflicht gewesen wäre?«

Er grinste. »Mum. Ich habe dir doch schon gesagt, dass sie nicht meine Freundin ist. Warum zur Hölle hast du den weiten Weg gemacht?«

Als sie sich bückte, um ihn zu küssen, sah er Karen über ihre Schulter hinweg an und bildete mit den Lippen lautlos das Wort ›Entschuldigung‹.

»Du hältst sie vielleicht nicht für deine Freundin, aber sie tut es«, erklärte seine Mutter streng, als sie sich wieder aufrichtete. »Und jetzt sag mir, wie schlimm es um dich steht, mein Sohn. Raus mit der Wahrheit.«

Er drehte den Kopf und gab Karen unmissverständlich zu verstehen, dass sie gehen sollte. Sie nickte und verließ das Krankenzimmer.

Wie praktisch für Silas, ein so außergewöhnlich hieb- und stichfestes Alibi für den Tag zu haben, an dem sein Bruder durchgedreht war und vier Menschen getötet hatte. Ihr drängte sich der Gedanke auf, dass er vorgewarnt wurde und gewusst hatte, dass es Ärger geben würde.

Silas wirkte auch nicht wie ein Mann, der auf dem Weg zur Arbeit zusammenbrach. Es sei denn, seine Reizbarkeit war ein Zeichen dafür, dass er als Typ A zu Aggressionen neigte, die zu einem Herzinfarkt führen konnten. Vielleicht. Es würde zu ihm passen.

Karen fuhr zu ihrem bevorzugten Internetcafé und überprüfte ihre E-Mails. Sie hatte eine Nachricht von Aidan erhalten.

Wie geht es voran? Damit meine ich nicht, ob du schon den Schlüssel zu schweren Persönlichkeitsstörungen gefunden hast. Ich meine eher, wie du mit Will Hawkins zurechtkommst. Ich habe mich über ihn erkundigt und ein wenig herumgefragt. Er scheint ein guter Mann zu sein. Auf jeden Fall ist er sehr erfolgreich für einen Chirurgen seines Alters.

Und, was noch wichtiger ist, er war nie verheiratet, hatte allerdings einige hübsche Freundinnen. Glücklicherweise jedoch nicht in den letzten drei Monaten, also fährt er nicht zweigleisig. Seine Kollegen sind schon sehr gespannt, mehr über dich zu erfahren, aber ich werde ihnen nichts verraten. Pass auf dich auf. A.

Karen lächelte den Bildschirm an, als könnte Aidan sie über eine Webcam sehen. Typisch, dass er sich über Will erkundigt hatte und sicherstellen wollte, dass sie nicht wieder in eine zerstörerische Beziehung hineinschlitterte.

Es erstaunte sie jedoch, wie ihm das von der anderen Seite des Atlantiks aus gelungen war. Natürlich hatte er eine Menge Freunde sowohl in juristischen als auch in medizinischen Kreisen, aber die meisten lebten in den Vereinigten Staaten, wo er seine Ausbildung abgeschlossen hatte. War diese berufliche Welt so klein, dass er diesen Freunden Fragen über einen britischen Neurochirurgen stellen konnte?

Und was würde Will denken, wenn er hörte, dass ein amerikanischer Anwalt sich nach seinem Liebesleben erkundigt hatte? Einem Mann, der so wenig von sich preisgab und ganz offensichtlich Wert auf Privatsphäre legte, könnte das unangenehm sein. Karen wurde bewusst, dass er noch nie seine Freunde erwähnt oder ihr jemanden aus seinem Freundeskreis vorgestellt hatte.

Natürlich waren sie erst seit vier Monaten zusammen, aber war es nicht merkwürdig, dass er noch nie einen Menschen erwähnt hatte? Selbst, als er ihr seine Angst anvertraute – oder diese Angst möglicherweise nur erfunden hatte, um sie zu trösten –, hatte er kein Wort über seine Familie oder seine Kollegen gesagt.

Sie tippte rasch eine Antwort für Aidan.

Gut zu wissen, dass mein Freund keinen Harem unterhält, aber ich hoffe, deine Recherchen waren diskret. Ich möchte nicht, dass er das Gefühl bekommt, ich würde ihm nicht trauen.

Da du so gut darin bist, Informationen über andere Leute zu bekommen, könntest du bitte deine detektivischen Fähigkeiten spielen lassen und etwas über einen Geschäftsmann namens Silas Falconer herausfinden? Ich weiß nicht einmal, was genau er in London tut, aber er scheint sehr erfolgreich zu sein. Für jegliche Information, die dein erstaunliches Netzwerk hergibt, wäre ich sehr dankbar.

Hoffe, dir geht es gut. Liebe Gr., K.

Es waren noch weitere E-Mails in ihrem Speicher, die meisten von Max, die alle mehr oder weniger das Gleiche sagten.

Sie haben versprochen, ins Gefängnis zu fahren, um mit Spike zu sprechen. Was gibt es Neues? Ihre Zeit auf der Insel ist schon zur Hälfte abgelaufen. Sie dürfen jetzt nicht lockerlassen. Wenn Sie Ihre Arbeit schreiben wollen, brauchen Sie allmählich einige Schlussfolgerungen. Rufen Sie mich an.

Keine Lust, dachte sie verärgert und griff dann nach ihrem Telefon.

20

Max Pitton saß an seinem Lieblingstisch in dem Restaurant in Southampton, in das sie damals, an jenem ersten Abend mit Will, gegangen waren. Das Glas Rotwein war bereits halb geleert, und auf der Tischdecke lag das zerknüllte Einwickelpapier von drei Päckchen Brotstangen.

Sein rundliches Gesicht wirkte noch dicklicher als sonst, so, als hätte er seine cholesterinsenkende Diät öfter als üblich vernachlässigt. Auch die silbernen Strähnen, die sein dichtes dunkles Haar durchzogen, waren breiter. Karen kam er im Allgemeinen älter vor, obwohl sie ihn noch vor wenigen Wochen jeden Tag gesehen hatte.

Karen durchfuhr unvermittelt ein Gefühl der Zuneigung. Und das war auch der Grund, warum es sie verletzte, wenn er sie immer anstachelte und von ihr verlangte, ihre hart erarbeitete Sicherheit aufs Spiel zu setzen. Wenn sie Glück hatte, war er heute etwas friedlicher gestimmt. Sie konnte jetzt ein wenig Freundlichkeit gebrauchen.

»Komme ich zu spät?«, fragte sie, während sie ihre Tasche aus weichem braunem Leder über die Lehne der Sitzbank hängte und sich dann auf den freien Platz zwängte.

»Nur ein paar Minuten. Ich bin schon etwas eher gekommen.« Max lehnte sich über die unnötige Kerzenflamme und sah ihr ins Gesicht. Wie immer hatte sie den Eindruck, dass sich hinter seinem dicklichen Gesicht ein Gehirn verbarg, das wie ein Laser arbeitete.

Sie fragte sich, was ihm ihr Gesicht zeigte, und wusste, dass es keinen Sinn hatte, ihn danach zu fragen. Er würde ihre Frage umkehren, etwas anderes ansprechen und sich wie ein strenger Vernehmungsbeamter benehmen, wenn sie ihm widersprechen würde. Und nach allem, was in den letzten zehn Tagen geschehen war, wäre sie nicht überrascht, wenn sie einige Sachen ausplaudern würde, die sie lieber für sich behalten wollte. Als sie sich zum letzten Mal im Spiegel betrachtet hatte, hatte sie verängstigte Augen, zerbissene Lippen und eine abgebröckelte Fassade gesehen, die ganz anders war als das sonst so undurchdringliche Äußere, das sie normalerweise gern ihrer Umwelt präsentierte.

»Die Rückkehr in das verlorene Paradies hat Ihnen also keinen Seelenfrieden gebracht«, sagte Max und lehnte sich in seinem Stuhl zurück. »Haben Sie übrigens jemals *Le Grand Meaulnes* gelesen?«

Hatte es Sinn, so zu tun, als würde sie ihn nicht verstehen? Er würde es bemerken, wenn sie log. Und er verhielt sich relativ freundlich – bis jetzt.

»Noch nicht«, erwiderte sie und beantwortete damit beide Fragen. Und bewahrte ihre Selbstachtung und ihre Intimsphäre.

»Was stört und beeinträchtigt Sie am meisten?«

»Dass ich nicht an Spike herankomme. Ich begreife nicht, was seine Reaktionen auslöst. Und nichts von dem, was ich von ihm gesehen oder gehört habe, scheint zu passen.«

»Wozu zu passen? Zu Ihrer Vorstellung von einer gefährlichen schweren Persönlichkeitsstörung?«

»Das auf jeden Fall. Aber sein Verhalten passt auch nicht zu den Verbrechen. Und ich weiß nicht, ob er mich nicht ganz bewusst durcheinanderbringen will, oder ob er selbst so verwirrt ist, dass ich ihn gar nicht zu fassen bekommen kann. Oder ob …« Sie befürchtete, dass einem noch nicht handfesten Bericht über ihren Verdacht bezüglich Silas eine verletzende, verächtliche Reaktion folgen würde, also ließ sie das lieber bleiben.

Max trank einen großen Schluck Wein. Dann machte er dem Ober ein Zeichen, die Speisekarte zu bringen, obwohl sie beide jedes Mal, wenn sie hierherkamen, das gleiche Gericht wählten und nur einen flüchtigen Blick auf die anderen auf der Karte aufgeführten Speisen warfen.

»Aber genau darin liegt die Schwierigkeit bei gefährlichen schweren Persönlichkeitsstörungen. Es gibt keine unveränderlichen Muster«, erklärte er, als würde er mit einer verunsicherten Studentin vor ihrem Abschluss sprechen.

Jetzt musste Karen ihre Krallen zeigen.

»Wir wissen natürlich, dass es zwei unterschiedliche Formen von Gewalt gibt«, begann sie. »Da ist einmal die desorganisierte Form, wie man sie bei dem Picknick-Massaker gesehen hat. Eine Familie, die keinerlei Beziehung zu dem Amokschützen hatte und sich nur zufällig in seiner Sichtlinie befand, an einem Tag, an dem er bewaffnet war und bestimmte Gefühle in ihm hochstiegen. Welche? Eine plötzliche Eifersucht auf ihr sicheres und befriedigendes Leben? Oder hatte er Angst vor ihnen?«

»Eher das Erstere. Oder sie könnten ihn bei etwas gestört haben, was er gerade tat. Vielleicht sogar nur in seinen Gedanken. Bringen Sie ihn dazu, Ihnen das zu sagen, dann könnten Sie den Schlüssel dazu finden.«

»Es ist sehr schwer, ihn dazu zu bewegen, mir etwas Bedeutendes zu verraten. Immer, wenn wir uns etwas Wichtigem nähern, kichert er manisch und wiederholt sich ständig. Beinahe wie bei einem hysterischen Anfall.«

»Karen«, begann Max. Seine Stimme klang nun weicher, und der Ausdruck in seinen Augen über der Kerzenflamme war freundlicher und nicht mehr so durchdringend. Üblicherweise war bei ihm diese Art der Freundlichkeit der Auftakt zu einer vernichtenden Kritik.

Sie machte sich darauf gefasst.

»Wie gut erinnern Sie sich noch an Winnicotts Theorien?«

Sie dachte einen Moment lang über einen der menschenfreundlichsten und glaubwürdigsten Analytiker der Mitte des vergangenen Jahrhunderts nach, der so viel veröffentlicht hatte, dass sie nicht sofort begriff, was Max meinte. Dann fiel es ihr mit einem Mal ein.

»Sie sprechen über manische Abwehr, nicht wahr? Aber das

war eigentlich Melanie Kleins Theorie. Winnicott hat sie später nur ergänzt.«

Max' dunkles Gesicht leuchtete auf, als er erstaunlich vergnügt lächelte.

»Sie haben ein gutes Gedächtnis, was die Geschichte der Analyse betrifft. Das muss man Ihnen lassen.«

»Ich habe mich für diese Arbeit vor allem mit den Wurzeln von Aggression befasst. Natürlich erinnere ich mich an die verschiedenen Theorien dazu.«

»Und Sie sehen in Spikes Fall keine manische Abwehr?«

Karen kramte ein Zitat aus der ersten Fassung ihrer noch unveröffentlichten Arbeit aus ihrem Gedächtnis.

»Sie wird benutzt, um die unerträgliche innere Realität zu überdecken, und hängt üblicherweise auch mit einer Depression zusammen. Hat Winnicott nicht in etwa geschrieben: ›Während die depressiven Ängste abnehmen … und der Glaube an gute innere Objekte zunimmt, verringert sich die manische Abwehr und verliert ihre Notwendigkeit.‹«

»Das stimmt. Aber es gibt auch Menschen, bei denen sich der Glaube an die guten inneren Objekte niemals durchsetzt. Wie bei Spike. Denken Sie daran, was Winnicott in seiner Abhandlung weiter beschreibt. Haben Sie es noch im Gedächtnis?«

Karen schüttelte den Kopf. »Ich kann es nicht mehr zitieren.«

Max Lächeln wirkte jetzt angespannt, so, als würde er sich unbehaglich fühlen. Sie fragte sich, warum.

»Zuerst spricht er darüber, was man in einem Theatersaal sieht, was allerdings nicht mehr relevant ist und was ich auch nie wirklich verstanden habe. Aber seine Beschreibung der manischen Abwehr ist durchaus noch relevant, und sie lautet wie folgt: ›Hier handelt es sich um Exhibitionismus, anale Kontrolle, masochistische Unterwerfung zur Disziplin und die Missachtung des Über-Ichs.‹ Erinnert Sie das nicht an alles, was Sie über Spike wissen?«

»Exhibitionismus, Kontrolle, Unterwerfung zur Disziplin«,

wiederholte sie. »Natürlich. Obwohl er sich erst diszipliniert verhalten hat, nachdem er im Gefängnis gelandet war.«

Sie erinnerte sich daran, dass Jim ihr von seiner Feststellung erzählt hatte, dass Spike sich im Gefängnis wegen der Regeln und des immer gleichen Tagesablaufs sicher fühlte.

»Aber das hilft mir nicht bei meiner Arbeit. Ich kann natürlich meine eigenen Ansichten zu seinem Fall zu allem hinzufügen, was andere bereits darüber geschrieben haben, und all das mit den neuen Theorien über die körperliche Entwicklung vor allem der rechten Gehirnhälfte verknüpfen. Aber das reicht nicht aus, um eine Abhandlung darüber zu verfassen, ganz davon zu schweigen, eine Arbeit zur Veröffentlichung einzureichen und mir damit einen Namen zu machen.«

Während sie sprach, keimte eine Idee in ihr auf, wie ein Setzling, der soeben durch die harte, äußere Samenschale brach. Sie war sich bewusst, dass ihr Mentor sie über den Tisch hinweg grüblerisch anstarrte und der Ober neben ihr wartete, und sie nahm das Klappern im Hintergrund und die Farben des Restaurants deutlich wahr. Dennoch konzentrierte sie sich ganz auf ihre Gedanken über Silas und Spike, darauf, wie die beiden in ihrer Angst vor ihrem Vater sich möglicherweise gegenseitig beeinflusst hatten, und auf die Gewalt, die zumindest einer von den beiden als Ventil für seine unerträglichen Gefühle benutzt hatte.

»Alles in Ordnung mit Ihnen?«

Max' Stimme riss sie aus ihren Gedanken. Sie zwang sich dazu, sich wieder ihrer Umwelt zuzuwenden.

»Ich hatte gerade eine Idee«, sagte sie leichthin. »Zu frisch, um sie Ihnen zu erläutern, aber wert, sie näher zu verfolgen. Wenn ich damit ein wenig weiter vorangekommen bin und eine Chance sehe, sie Ihnen zu erklären, komme ich darauf zurück.«

»Gut. Was möchten Sie essen?«

»Natürlich *Spaghetti puttanesca.*«

»Er hat uns gerade etwas über eine der Spezialitäten erzählt, aber ich glaube, Sie haben nicht zugehört.«

»Sehr lecker«, meinte der Ober und wedelte mit seinem Bestellblock so herum, dass die Kerzenflamme heftig flackerte. »Sehr zart, in Öl gebraten und mit Senf und Gewürzen verfeinert.«

»Klingt gut, aber was ist es?«, fragte Karen und sah, wie sich der überraschte Ausdruck auf seinem Gesicht in die Art von Geduld verwandelte, die er den besonders merkwürdigen Gästen schenkte.

»*Coniglio.* Kaninchen.«

Sie würgte und versuchte, ihre instinktive Reaktion zu überspielen, indem sie einen Schluck Wasser trank.

»Ich bleibe bei den *Spaghetti puttanesca,* bitte.«

»Gut. Und für mich *Fegato.* Danke, Mario.«

Karen überlegte einen Augenblick lang, ob sie Max sagen sollte, dass Leber sehr cholesterinhaltig war, aber als sie seinen Blick sah, wusste sie, dass das nicht nötig war. Als der Ober gegangen war, füllte Max ihr Wasserglas nach.

»Irgendetwas stimmt nicht Karen. Sind Sie sicher, dass Sie nicht krank sind?«

»Ich war nur in Gedanken, und es hat mich erschreckt, als er von den Kaninchen gesprochen hat.« Sie lachte verlegen. »Fragen Sie mich nicht danach. Es ist nicht wichtig, und die Geschichte ist zu lang, um sie bei einem Abendessen zu erzählen. Wie war Ihre Reise in die Türkei?«

Ihre Gedanken schweiften ab, als er ihr von den Bergen, den Moscheen und den Leuten erzählte, die er kennengelernt hatte. Eine Arbeit, die wirklich revolutionär und ihrer Karriere förderlich war, könnte sie möglicherweise über die Art von Doppelhelix aus Gewalt und Chaos im Haus der Falconers schreiben.

Könnte Silas mehr an Zurschaustellung, analer Kontrolle und masochistischer Unterwerfung zur Disziplin interessiert sein als Spike?

Oder vielleicht war es viel komplizierter und interessanter. Möglicherweise war Spike nicht einfach von Silas hereingelegt worden. Vielleicht waren sie Partner in einer *Folie à deux,* einem induzierten Wahn, in dem Silas bei den Verbrechen kontrolliert intelligent handelte und Spike die kranke Erregung dazu beisteuerte, um sie auszuführen – und die verwirrte Hingabe, um die Schuld auf sich zu nehmen. Vielleicht hatte Spike sich zuerst Silas unterworfen. War das möglich?

Spike hatte mit Sicherheit versucht, Silas davor zu schützen, in der Schule drangsaliert zu werden. Und sein Gesicht hatte sich vor Aufregung gerötet, als er dachte, Karen würde ihm den Besuch seines Bruders ankündigen. Reichte das aus, um …?

»Karen!«

Max hatte bemerkt, dass ihre Augen glasig geworden waren und sie ihm keine Aufmerksamkeit mehr geschenkt hatte.

»Es tut mir leid. Durch das Leben in dem Häuschen habe ich wohl meine Umgangsformen verlernt. Den letzten Teil habe ich nicht gehört. Bitte wiederholen Sie ihn für mich.«

Dieses Mal wirkte sein Lächeln noch machiavellistischer als sonst. »Und uns beide damit langweilen? Nein. Warum erzählen Sie mir nicht, wie Sie mit Will Hawkins auskommen?«

Sie spürte, dass ihr Gesicht heiß wurde, und hoffte, dass das Licht gedämpft genug war, um die aufsteigende Röte zu verbergen. Ihre Gefühle für Will waren zu privat, um Max zu seinem Amüsement davon zu berichten.

»Haben Sie die Eiskappen schon durchbrochen?«, fragte er und forderte sie, wie schon so oft, weiter heraus. »Ich glaube, er ist der unterkühlteste, zurückhaltendste Mensch, dem ich jemals begegnet bin.«

Karen trank einen Schluck Wein und überlegte sich dabei eine möglichst neutrale und theoretische Erwiderung. »Er erzählte mir, dass Sie ihm gesagt hätten, ich sei die Frau mit der härtesten Schale, die Sie jemals kennengelernt haben. Hatten Sie etwa vor, uns wie bei einem Hundekampf aufeinanderzuhetzen, Professor?«

Er antwortete nicht darauf, und das war in der Tat ein Eingeständnis.

»Sie Mistkerl!«, entfuhr es ihr, wobei sie völlig vergaß, dass sie sich gerade noch abgeklärt und wissenschaftlich hatte äußern wollen. »Sie arbeiten an etwas, was mit Beziehungen von Menschen mit sozialer Dysfunktion zu tun hat, nicht wahr? Und dann benutzen Sie uns als Versuchskaninchen ... Sie sind ein Arschloch!«

Einen Augenblick lang war sie entschlossen, ihn hier in dem Restaurant sitzen zu lassen. Sollte er doch sein und ihr Essen zusammen mit dieser Demütigung schlucken und danach die Rechnung für alles bezahlen. Aber dann erschien ihr das kindisch. Und das Glitzern in seinen Augen deutete darauf hin, dass er es genießen würde, und es als Beweis für jegliche mit blühender Fantasie entwickelte Theorie verwenden würde. Glücklicherweise hatte sie ihm nie Details über die Nacht, in der Peter gestorben war, erzählt.

»Tatsächlich gehören Sie beide zu den Menschen, die ich am meisten bewundere«, erklärte Max, hob sein Weinglas und musterte sie über den Rand hinweg. »Also dachte ich, Sie könnten miteinander Ihre Einsamkeit überwinden.«

Seine Stimme klang so ernst, dass sie ihm glauben wollte, und auf gewisse Weise war das noch schlimmer. Ebenso wie die Anspielung, dass er Will bereits vor ihrem Treffen nach dem Vortrag über den präfrontalen Kortex gut gekannt hatte. Was führte er jetzt im Schild?

Später ging Max mit Karen zu dem Red Jet Terminal zurück. »Wenn Sie ihn knacken wollen, dann müssen Sie eine Schocktaktik anwenden«, meinte er.

Mit einem Fuß auf dem Landungssteg blieb sie stehen und drehte sich zu ihm um. Max stand direkt unter einer Straßenlampe, und das gelbe Licht ließ ihn noch teuflischer aussehen – wenn ein Teufel jemals eine so stämmige Figur und ein so ausgeprägtes Doppelkinn gehabt hatte.

»Sprechen wir jetzt über Spike oder über Will?«

»Über Spike natürlich.« Max wirkte gekränkt. Das war absurd und machte sie sofort misstrauisch. »Ich würde mir nicht anmaßen, Ihnen einen Ratschlag über Ihre Beziehung zu Ihrem Freund zu erteilen. Vergessen Sie nicht, dass Spike nicht Ihr Patient ist, Sie also nicht so eingeschränkt sind, wie Sie es wären, wenn Sie ihn behandeln würden.«

»Ohne Ethik und Anstand geht das nicht. Er ist ein schwer geschädigter Mann.«

»Der mindestens vier Menschen umgebracht hat. Vergessen Sie nicht, sich ein wenig Mitgefühl für die Opfer aufzusparen.«

Sie behielt ihre Gedanken dazu für sich, winkte ihm zum Abschied zu und ging zu einem Sitz an der vorderen Seite der Fähre. Der Red Jet würde in dreiundzwanzig Minuten die Insel erreichen. Als sie die Aussicht auf das durch den Bug des Schiffs geteilte Meer genießen wollte, fiel ihr plötzlich wieder ein, wie sie zum letzen Mal Rennboote und die Fontänen, die sie hinter sich ließen, beobachtet hatte. Kurz bevor es eine Explosion gegeben hatte und ein Kopf in den flachen Wellen auf sie zugerollt war.

»Hatten Sie jemals eine Kopfverletzung?«, fragte Karen Spike am nächsten Morgen.

Wieder fielen Sonnenstrahlen durch das Fenster, erhellten sein Haar und bildeten eine Art Nimbus um seinen gesamten Körper. Er wirkte nicht so, als würde er unter Jims Tod leiden oder es bedauern, die Privilegien als Strafe für seine Flucht entzogen bekommen zu haben. Eigentlich sah er recht selbstzufrieden aus.

»Worauf wollen Sie denn jetzt hinaus?« Er grinste sie an. »Wollen Sie behaupten, ich habe eine Gehirnverletzung erlitten und sei deshalb nicht schuld daran, diese Familie umgebracht zu haben? Das wird mir bei meiner Berufung nicht helfen. Sie werden mich nach Broadmoor abschieben, und dort ist es noch schlimmer als hier. Doch wenigstens hätte ich eine Chance, von hier wegzukommen.«

Darauf würde ich mich nicht verlassen, dachte sie. »Nein, aber hatten Sie eine solche Verletzung?«, fragte sie dann nach. »Die meisten Menschen sind irgendwann einmal vom Fahrrad gefallen oder dergleichen, bevor sie in Ihrem Alter sind.«

Er kippte seinen Stuhl nach hinten. »Ja. Als ich einmal, so wie jetzt, auf dem Stuhl gesessen habe, hat Pa sich furchtbar darüber aufgeregt und gemeint, ich laufe Gefahr, mir noch einen Sprung im Schädel zuzuziehen.«

Karen fühlte sich selbst auch immer unbehaglich, wenn er seinen Stuhl so weit nach hinten kippte und sich damit in Gefahr brachte.

»Und eines Tages kam Silas daher und hielt es für lustig, gegen die Hinterbeine des Stuhls zu treten. Im Wohnzimmer wäre das nicht weiter schlimm gewesen, weil dort ein dicker Teppich lag. Aber ich saß auf der Terrasse. Ich landete auf dem Hintern und schlug mit dem Kopf auf einem Stein auf.«

»Ich verstehe«, sagte sie. Eine weitere effektvolle Geschichte, dachte sie. Sobald er vergisst, so zu tun, als habe er keine Kontrolle über sich, kann er sehr gut erzählen. »Wie alt waren Sie da?«

Er zuckte mit den Schultern. »Vielleicht vierzehn? Ich kann mich nicht mehr genau erinnern. Spielt das eine Rolle?«

»Das bezweifle ich.« Sie lächelte. »Mussten Sie genäht werden?«

»Ja. Sie haben mich in das Krankenhaus in Newport gebracht, und dort haben sie den ganzen Tag irgendwelche Tests mit mir gemacht.« Er lachte und kippte den Stuhl mit einem Knall nach vorne, sodass dieser wieder auf allen vier Beinen stand. Er sah so vergnügt aus, wie sie ihn noch nie zuvor gesehen hatte. »Silas hatte noch nie so ängstlich ausgesehen. Jeder wusste, dass er es getan hatte, weil meine Mum gerade auf die Terrasse gekommen war, als er meinen Stuhl umstieß. Und er hatte Angst, dass er dieses Mal derjenige wäre, der bestraft werden würde.«

Karen war froh, dass ihr Kassettenrekorder lief und sie sich nicht darauf konzentrieren musste, alles mitzuschreiben. Hin und wieder legte Spike besondere Betonung auf einige Wörter und sagte ihr damit möglicherweise etwas, was sie erst heraushören würde, wenn sie sich die Aufnahmen zum zweiten oder dritten Mal anhörte.

»Man hat Sie geröntgt, oder?«

»Es war eine Sonographie«, erwiderte er, und sie triumphierte innerlich so sehr, dass sie Mühe hatte, sich das nicht ansehen zu lassen.

»Wären Sie damit einverstanden, wenn ich mir diese Aufnahmen ansehe? Ich bräuchte dazu Ihre Einwilligung.«

Der angeregte Ausdruck in seinem Gesicht verschwand schlagartig. Er starrte sie mit zusammengekniffenen Augen über den Tisch hinweg an und presste seine hübschen Lippen zusammen.

»Warum?«

Zuerst wollte sie zu einer Lüge greifen und ihm eine bequeme Entschuldigung vorsetzen, doch dann beschloss sie, dass sie ihm die Wahrheit schuldete; zumindest einen Teil davon.

»Weil ich eine Theorie habe, die besagt, dass es bei Angstgefühlen zu körperlichen Veränderungen in bestimmten Bereichen des Gehirns kommt, und ich würde mir sehr gern eine Ultraschallaufnahme von dem Moment ansehen, in dem Sie Angst empfunden haben.«

Er lachte. Das Geräusch verursachte ihr ein Gefühl, als ob ihr Blut sich um mindestens zehn Grad abgekühlt hätte.

»Ich hatte keine Angst, Dr Taylor. Ich hielt es für witzig.«

»Sicher hatten Sie Angst. Schmerz. Blut. Sie mussten in einen dieser veralteten Scanner. Klaustrophobie. Und die Frage, welcher Schaden an Ihrem Gehirn entstanden war.«

Er hörte auf zu lachen, aber das Grinsen, das seine Lippen verzog, war noch erschreckender. Er fuhr sich mit der Zunge über den Mund und ließ sie dann in der Mitte seiner Oberlippe liegen.

»Aber ich mag Schmerzen und Blut«, entgegnete er. »Das wissen Sie doch, Dr Taylor.«

Er fuhr sich mit einem Finger über die vier nebeneinanderliegenden Narben auf seiner Wange, ohne den Blick von ihr abzuwenden. Ihr war bewusst, dass er sich eine Reaktion darauf wünschte. Daher lächelte sie geduldig und wartete ab, ohne etwas zu sagen.

»Nur darum ging es.« Seine Stimme klang jetzt wieder höher und angespannt, ein Zeichen für die Hysterie, die ihn immer überkam, wenn er kurz davor war, ihr etwas Brauchbares anzuvertrauen. »Schmerz und Blut. Blut und Schmerz. Schmerz und Blut, Dr Taylor.«

Sie müssen ihn schockieren, wenn Sie ihn knacken wollen, hatte Max ihr gesagt.

»Ich glaube nicht, dass es um Schmerz und Blut ging«, meinte sie, während sie ihm fest in die Augen schaute und vorsichtig atmete, damit ihre Stimme sich nicht veränderte. »Ich glaube, es ging um Silas. Er ist derjenige, der Schmerz und Blut mag, nicht wahr? Aber er hat dafür nie die Verantwortung übernommen. Sie waren immer sein Sündenbock. Nicht nur, als Sie vom Stuhl fielen, sondern auch …«

Spike sprang auf und beugte sich über den Tisch. Sie hatte noch nie eine derart pure, konzentrierte Wut in einem Menschen gesehen. Sie zwang sich dazu, ihren Blick für einen Moment abzuwenden und sah auf seine Hände, die er auf die Tischplatte gestützt hatte. Seine Fingerknöchel waren zerkratzt und geschwollen, beinahe so, als hätte er mit jemandem gekämpft – oder vielleicht frustriert gegen eine Wand geschlagen.

Sie hob den Blick wieder und sah ihn an.

»Sagen Sie das noch einmal«, forderte er und klang jetzt wieder ruhig, kühl und vollkommen beherrscht.

Sie tastete nach dem Alarmknopf. Solange sich Spike auf der anderen Seite des Tisches befand, war sie in Sicherheit, auch wenn er sich so weit vorbeugte, dass sie die Cornflakes riechen konnte, die er zum Frühstück gegessen hatte. Aber bei solchen heftigen und unvorhersehbaren Stimmungsschwankungen wollte sie kein Risiko eingehen.

Sie sagte nichts.

Seine Nasenflügel blähten sich, und als seine Lippen sich in einer Bewegung teilten, die nicht einem Lächeln gleichkam, sah sie, dass er seine Zähne zusammenbiss, obwohl seine Zunge dazwischen steckte. Es musste weh getan haben, aber das war ihm nicht anzumerken.

»Sie kommen hierher und spielen Ihre Spielchen mit mir«, sagte er so leise, dass sie sich anstrengen musste, ihn zu verstehen. »Sie versuchen, mich in die Falle zu locken. Und Sie bestehen darauf, sich mit mir allein zu unterhalten, damit es keine Zeugen gibt, wenn Sie versuchen, mir etwas zu entlocken. Aber das bedeutet, dass Sie jetzt niemand beschützt. Sie können Ihren Finger von dem Knopf nehmen. Sie wären nicht schnell genug hier, um Sie zu retten. Miststück.«

»Setzen Sie sich, Spike«, sagte sie, ohne ihren Finger zu bewegen.

Er lockerte seinen Kiefer und fuhr sich wieder mit der Zunge über die Lippen. »Haben sie Ihnen erzählt, wie Jim Blake gestorben ist?«

Oh, mein Gott, bitte nicht!, dachte sie. Sie sah wieder vor sich, wie sein Kopf in der Brandung auf sie zugerollt gekommen war.

War es das, was mit Jim passiert war? War die Flucht doch echt gewesen? Hatte Jim ihn irgendwie im Stich gelassen, eine mentale Aggression ausgelöst, sodass es zu einer körperlichen Auseinandersetzung gekommen war?

»Er ist ertrunken«, erwiderte sie in dem gleichen kühlen Tonfall wie Spike – und sogar noch gelassener. Ihr war bewusst, dass sie keine Furcht zeigen durfte, die seine Erregung noch weiter anheizen und sie damit in Gefahr bringen würde.

»Nein.« Sein hübsches Gesicht zeigte keine Regung, aber er kicherte.

Karen hatte das Gefühl, als würden Insekten unter ihre Kleidung kriechen und über ihren ganzen Körper krabbeln.

»Wenn Sie die richtigen Leute fragen, Dr Taylor, werden Sie herausfinden, dass er zuerst erwürgt und dann ins Meer geworfen wurde. Erwürgt mit einem Draht aus einem Fahrradschloss. Es hat sich in das Fleisch an seinem Hals geschnitten, verstehen Sie, Dr Taylor? Bis zum Knochen. Ich habe Ihnen schon einmal erzählt, dass man das mit einem Draht machen kann, so wie bei Kaninchen, wenn man sie mit einer Schlinge fängt. Der Draht bohrt sich durch die Haut und dann noch tiefer, Dr Taylor. Bis zu den großen Knochen an der Wirbelsäule. Sie gehen bis hinauf in den Schädel, Dr Taylor. Ganz bis hinauf.«

Karen sah ihn ausdruckslos an und war stolz darauf, dass sie sich völlig unter Kontrolle hatte. Obwohl ihre Haut kratzte und juckte, war sie vollkommen ruhig. Selbst ihr unzuverlässiger Magen verhielt sich still, und der Speichel in ihrem Mund, der sich sonst bei irgendwelchen Anzeichen von Angst sofort vervielfachte, war normal.

Spike richtete sich auf, sodass er die Hände vom Tisch nehmen konnte. Er wandte sich von ihr ab und betrachtete seine Hände, während er sie in alle Richtungen drehte. Die Sonnenstrahlen fielen auf seine geröteten, geschwollenen Fingerknöchel und erhellten die sauberen weißen Halbmonde am unteren Ende seiner Fingernägel.

»Wissen Sie, wie leicht es ist, jemanden zu erwürgen, Karen? Vor allem, wenn es sich um eine Frau handelt. Bei Frauen braucht man keinen Draht.« Die auf und ab schwankende Erregung war aus seiner Stimme verschwunden. Er klang jetzt ernst und schien sich wieder unter Kontrolle zu haben.

»Wie bei der Schwimmerin?«, fragte sie. Du musst ihn schockieren, um ihn zu knacken. »Die Schwimmerin, die Sie in der Alum Bay erwürgt und dann aufgeschlitzt haben?«

Die Anspannung wich aus seinem Gesicht, und die Überraschung, die sich darauf breitmachte, wirkte echt.

»Welche Schwimmerin?«, fragte er, abgelenkt von den Drohungen und von der Fantasie, die ihn gerade noch so erregt hatte. »Aufgeschlitzt?«

»Wir sprechen beim nächsten Mal darüber«, erklärte sie. »Sie sollten sich jetzt lieber wieder setzen, während ich klingle, damit man mich hinauslässt.«

Der nach innen gerichtete Ausdruck in seinen Augen verriet, dass er darüber nachgrübelte, was sie gesagt hatte, und versuchte, daraus klug zu werden. Aber er setzte sich.

Dankbar sammelte Karen ihre Papiere und ihren Kassettenrekorder auf und steckte alles in ihre Leinentasche, während sie immer noch darauf achtete, bewusst zu atmen und sich langsam zu bewegen. Sie sah ihn nicht an, als sie auf die Klingel drückte, und versuchte, alle Gedanken zu verdrängen. An der Tür begrüßte sie den Beamten, der ihr aufschloss. Dann drehte sie sich halb um und sagte beiläufig:

»Wir sehen uns dann morgen, Spike.«

Er hob seine Hände wie zu einem Kelch geformt nach oben, bevor er seine Finger aneinanderpresste, so wie damals, als er ihr vorgeführt hatte, wie man Tiere erwürgte. Und dann kicherte er.

21

Draußen wartete sie, bis das Haupttor hinter ihr ins Schloss fiel, und drehte sich um, um ihr Auto aufzuschließen. Ihre Hand krampfte sich jedoch um den Wagenschlüssel, und sie konnte sie nicht mehr bewegen. Rasch drückte sie ihre andere Hand auf ihren Mund, als sich plötzlich Speichel darin sammelte.

Du wirst dich jetzt nicht übergeben, befahl sie sich. Dir wird jetzt nicht übel. Du hattest einen guten Grund, dort drin Angst zu bekommen, aber du hast dich beherrscht. Und jetzt gibt es keinen Grund mehr. Du bist draußen. Und in Sicherheit. Du wirst dich nicht übergeben.

Und dann fuhr ihr mit einem Mal ein anderer Gedanke durch den Kopf. Er wusste nichts über die Schwimmerin. Er wusste wirklich nichts über sie.

Wie sie feststellte, konnte man Speichel ohne darüber nachzudenken und ohne Schwierigkeiten hinunterschlucken.

Wie sie schon immer vermutet hatte, hatten zwei Menschen diese Gewalttaten auf der Insel verübt. Sie fragte sich wieder, wo Silas gewesen war, als die Schwimmerin erwürgt und aufgeschlitzt wurde.

Aber sie hatte noch genug damit zu tun, etwas über sein verdächtig perfektes Alibi am Tag der Ermordung der Familie Sanders am Chillerton Down herauszufinden.

»Alles in Ordnung mit Ihnen?«

Die Stimme klang vage vertraut, und als sie sich umdrehte, sah sie einen dünnen Mann in einem verknitterten grauen Anzug vor sich. Es war der Gefängnisdirektor, mit dem sie sich zu einem kurzen Gespräch getroffen und den sie gebeten hatte, sich für ihre Forschungsarbeit mit Spike unterhalten zu dürfen. Der Direktor hatte ihr damals gesagt, er würde alles tun, um ihre Forschungen zu unterstützen – je mehr sie ihm über gefährliche schwere Persönlichkeitsstörungen sagen könne, um so mehr würde ihm es dabei helfen, im Gefängnis damit klarzukommen.

»Dr Taylor, nicht wahr?« Er kam auf sie zu, und auf seinem einfachen, aber liebenswürdigen Gesicht lag ein Lächeln. »Schön, Sie zu sehen. Wie kommen Sie mit Spike voran?«

»Gar nicht gut«, erwiderte sie. Sie war fest entschlossen, ihre neuen Ideen für sich zu behalten, bis sie Beweise hatte, um sie zu belegen. »Jedes Mal, wenn ich mich mit ihm unterhalte, glaube ich, besser zu verstehen, wie sein Verstand und seine Gefühle arbeiten, doch dann erkenne ich immer wieder, dass ich eigentlich nichts über ihn weiß.«

Er lächelte und wirkte eher wie ein erschöpfter, liebenswerter Vater von zehn kleinen Kindern als wie der Direktor eines streng geführten Gefängnisses.

»Ich habe mir oft gedacht, es sei so, wie Wasser in der Hand zu halten und es irgendwohin zu tragen, ohne es zu verschütten«, erklärte er. »Ich meine, wenn man mit Spike spricht. Ich habe es aufgegeben und tue es nur noch, wenn er darum bittet, mich zu sehen. Gibt es irgendetwas, was ich tun kann, um Sie zu unterstützen?«

»Er hat mir gerade gesagt, dass Jim Blake erwürgt worden sei, bevor er ins Meer geworfen wurde.«

»Ich nehme an, das stimmt«, erwiderte der Direktor. »Wo liegt das Problem?«

»Das wurde in den Medien nicht erwähnt.«

Der Direktor sah sie mitfühlend an. »Ist Ihnen noch nicht aufgefallen, dass hier nichts geheim bleibt? Einige meiner Beamten haben Freunde bei der Polizei. Die Familienangehörigen einiger meiner Insassen haben Freunde bei der Polizei. Irgendjemand von der Truppe oder vielleicht jemand aus dem Büro des gerichtsmedizinischen Instituts oder aus dem Labor hat geredet, und wer auch immer das gehört hat, hat es weitergegeben. Und wahrscheinlich ist die Nachricht dann aus fünfter

Hand an einen meiner Insassen weitergeleitet worden und hat sich rasch verbreitet. Ich weiß nicht, ob Spike Schuld an Jims Tod trägt. Wir müssen abwarten, bis die Untersuchungen abgeschlossen sind. Aber Sie können sicher sein, dass er viele wichtige Informationen bekommen haben könnte, ohne selbst am Geschehen beteiligt gewesen zu sein.«

Er warf einen Blick auf seine Armbanduhr und ging dann auf die parkenden Autos zu. »Es tut mir leid, wenn ich so in Eile bin, aber ich bin bereits zu spät dran. Kann ich noch irgendetwas für Sie tun?«

»Im Moment nicht, vielen Dank. Und danke auch, dass Sie mir die Möglichkeit gegeben haben, mit Spike Kontakt aufzunehmen. Das hilft mir sehr.«

»Haben Sie bereits etwas Nützliches für Ihre Forschungsarbeit herausgefunden?«, fragte er.

»Noch nicht.« Karen schenkte ihm ein Lächeln. »Auf Wiedersehen.«

In Cowes loggte sie sich ein, um sich ihre E-Mails abzurufen, und hätte beinahe gejubelt, als sie sah, dass Aidan ihr eine Mail mit dem Betreff ›Silas‹ geschrieben hatte.

Kann dir im Fall Silas Falconer nicht weiterhelfen. Die einzige Information, die ich von Kollegen aus der Medizin in UK bekommen habe (diejenigen, die so neugierig sind, was aus dir und Will Hawkins geworden ist), lautet, dass sich jemand namens Silas Falconer mit einer Ärztin im Praktikum namens Margaret Spack, die in der Notaufnahme arbeitete, öfter getroffen hat. Wahrscheinlich hilft dir das nicht weiter. Würde ich jemanden kennen, der im Bankwesen arbeitet, könnte ich dir wahrscheinlich mehr sagen, aber das tue ich leider nicht.

»Du würdest dich wundern«, murmelte Karen und dachte daran, was Sylvia ihr über eine von Silas' Freundinnen erzählt hatte.

Karen loggte sich wieder aus und ging auf eine der am meisten genutzten Seiten, die soziale Netzwerke anboten, wurde dort aber nicht fündig. Bei Google tippte sie erneut »Margaret Spack« ein und konnte wieder nichts finden. Dann änderte sie den Vornamen in Maggie und plante, es auch mit Mags, Meg und allen anderen Varianten, die sie sich vorstellen konnte, zu versuchen.

Aber das war nicht nötig. Maggie Spack war die Leiterin einer medizinischen Presseagentur. Als Karen sich die Seite über sie ansah, entdeckte sie, dass Maggie als Ärztin »spezialisiert auf Notfallmedizin« gewesen war, seit vier Jahren jedoch nicht mehr praktizierte.

Die Zufälle häuften sich.

Und das kunstvolle, unwiderlegbare Alibi wurde von Minute zu Minute fragwürdiger.

Karen speicherte Maggie Spacks Kontaktdaten auf dem Memorystick ab, den sie immer bei sich trug, und sah sich dann noch einmal den Posteingang ihrer E-Mails an. Unter all den immer groteskeren Angeboten für Arzneimittel und Penisverlängerungen befand sich eine Nachricht von einem ihr unbekannten Absender. Als sie sie öffnete, fand sie einen förmlichen, altmodisch anmutenden Brief.

Sehr geehrte Frau Doktor Taylor,

die Polizei hat sich geweigert, uns Ihre Kontaktdaten zu nennen, daher haben wir Ihre E-Mail-Adresse bei Google herausgesucht. Wir wollten Ihnen für all das danken, was Sie für unsere Tochter Ellie getan haben. Ohne Ihr mutiges Eingreifen hätte viel Schlimmeres geschehen können. Wir wagen es kaum, daran zu denken.

Wie wir hörten, sind Sie Psychiaterin. Daher würden wir Sie gern zurate ziehen, welche angemessene Hilfe wir uns nun für Ellie suchen sollen. Sie will nicht über ihre Geiselnahme sprechen, und wir sind sicher, dass es schädlich für sie ist, alles zu unterdrücken.

Wir wären Ihnen sehr dankbar, wenn Sie uns diesbezüglich mit einem Ratschlag helfen könnten.

Mit freundlichen Grüßen

Thomas und Mary Bridger

Sie hatten vertrauensvoll ihre komplette Adresse einschließlich der Postleitzahl, der Nummer ihres Festnetzanschlusses und zwei Handynummern angegeben. Sie wohnten am anderen Ende von Hampshire, nicht weit entfernt von London und der Presseagentur, in der Maggie Spack arbeitete.

Karen übertrug auch diese Daten auf ihren Memorystick und griff nach ihrem Telefon, um mit ihnen einen Termin zu vereinbaren und um ihnen zu erklären, worin der Unterschied bestand zwischen einer Psychiaterin, wie sie sich diese vorstellten, und einer Psychologin, wie Karen es war.

Maggie Spack sollte besser überrascht werden. Karen wollte jeden für sie möglichen Vorteil nutzen. Und wie ihr Professor ihr immer wieder gesagt hatte, war sie am besten dran, wenn sie jemanden schockierte.

Bevor sie jedoch die erste Ziffer wählen konnte, begann ihr Telefon zu klingeln.

»Karen Taylor«, meldete sie sich.

»Dr Taylor, hier spricht Detective Sergeant Clarke. Wir befinden uns vor Ihrem Haus und müssen dringend mit Ihnen sprechen.«

»Worüber?«

»Wie ich Ihnen bereits im Krankenhaus gesagt habe, ist ein kommissarischer Ermittlungsbeamter von der Hauptinsel gekommen, der sich nun, während Detective Chief Inspector Trench im Krankenhaus liegt, mit dem Mord an Jim Blake befassen wird. Er möchte mit Ihnen sprechen. Heute.«

»Leider bin ich im Moment nicht auf der Insel«, erwiderte Karen, während sie ihre E-Mails schloss und sich aus dem

Computer des Cafés ausloggte. Sie versuchte, ihre Stimme ruhiger zu halten als ihre zitternden Finger. »Sobald ich wieder zurück bin, werde ich Sie anrufen, um einen Termin zu vereinbaren. Wahrscheinlich morgen Abend.«

»Das ist zu ungenau. Ich brauche jetzt eine Zeit.«

»Gut«, erwiderte Karen. »Ich werde um sieben Uhr bei Ihnen sein.«

»Abends?«

»Ja.«

»Das muss uns dann wohl genügen. Wir werden auf Sie warten. Und bringen Sie dieses Mal einen Anwalt mit.« Detective Sergeant Clarke unterbrach die Verbindung, bevor Karen sich dazu äußern konnte. Sie starrte auf ihr Telefon.

Einen Anwalt mitbringen?, dachte sie. Warum? Haben sie vor, mich zu verhaften?

Das war es wohl. Eine andere Erklärung gab es nicht. Als sie daran dachte, wie viel sie jetzt zu tun und herauszufinden hatte, verließ sie rasch das Internetcafé und rannte zum Fountain Quay, wo sich das Terminal der Red Jets befand. Eines der Boote würde in sieben Minuten abfahren.

Wenn Detective Sergeant Clarke sich die Mühe machte – und auch das Geld dafür zur Verfügung hätte –, dann könnte sie den genauen Ort bestimmen, von dem aus Karen ihren Anruf entgegengenommen hatte. In den folgenden Untersuchungen würde das ihrem Ruf sicher schaden. Aber es war eigentlich unwahrscheinlich. Und außerdem war es jetzt ohnehin zu spät, etwas daran zu ändern.

22

Karen hatte Seitenstechen, als sie den Eingang zum Fountain Quay sah. Der Schmerz verschlug ihr noch mehr den Atem als das Rennen. Sie presste ihre Fingernägel in ihre Handflächen, um sich abzulenken, und lief weiter. Dann schob sie den genau abgezählten Betrag für das Ticket für die einfache Fahrt durch den Schlitz in die Glaskabine.

»Southampton«, keuchte sie. Dort, wo sie ihre Fingernägel in die Haut gedrückt hatte, befanden sich auf ihrer Handfläche halbmondförmige Dellen, die dunkelrot hervorstachen. Ein Nagel hatte sich sogar in ihre Haut gebohrt, sodass helleres Blut hervorsickerte.

Der Mann am Schalter brauchte mehr Zeit, als nötig gewesen wäre, zählte das Wechselgeld ab und drückte auf die Knöpfe. Endlich spuckte der Automat das Ticket aus. Sie packte es, rannte wieder los und erreichte den Katamaran gerade noch, bevor der Fahrkartenschaffner das Tor schloss.

Sie ließ sich auf einen Sitz fallen und presste beide Hände auf ihre schmerzende Seite.

»Tickets, bitte!«

Karen hob eine Hand und hielt ihr Ticket in die Höhe.

»Sie hatten Glück«, erklärte er, und seine Stimme klang ein wenig einschüchternd. »Normalerweise warten wir nicht.«

Sie nickte dankbar und wartete, bis der Schmerz sich mehr oder weniger gelegt hatte, bevor sie ihr Telefon aus ihrer Tasche fischte. Es war nicht angenehm, ohne zusätzliche Kleidung und ohne jegliche Unterlagen unterwegs zu sein, aber sie wollte sich nicht von Detective Sergeant Eve Clarke schnappen lassen, bevor sie nicht selbst mehr Munition zur Verfügung hatte.

Hatte Clarke bei dem neuen Ermittlungsbeamten nur zu ihrem Vergnügen Misstrauen geschürt? Oder hatte das Team tatsächlich weiteres Beweismaterial gefunden, das in Karens Richtung deutete? Irgendeinen Grund, sie vorzuladen, mussten sie wohl haben. Leitende Ermittlungsbeamte in Mordfällen hatten immer zu viel um die Ohren, um ihre Zeit für Spielchen oder Privatfehden zu vergeuden.

Max Pitton antwortete nach dem zweiten Klingelton.

»Ich brauche Ihren Wagen«, erklärte Karen.

»Warum?«

Sie lachte. »Weil ich auf der Flucht bin.«

»Das habe ich bereits gehört.«

»Machen Sie sich nicht lächerlich. Das war nur ein Witz. Ich musste überstürzt abreisen, und nun muss ich mit einigen Leuten reden. Also brauche ich einen Wagen, um zu ihnen zu fahren, und mein Auto steht vor meinem Haus.«

»Ich wurde von der Polizei angerufen. Von einem Sergeant Clarke. Sie wollte wissen, ob ich von Ihnen gehört hätte oder wisse, wo Sie sich aufhielten. Ich antwortete ihr, dass Sie meines Wissens nach auf der Insel seien und dort wie vorgesehen Ihren Aufgaben nachgingen. Und jetzt höre ich, dass Sie …«

»Ach, hören Sie auf!«, erwiderte sie, als ihr klar wurde, dass das wieder einmal die langatmige Einleitung zu den Scherzen und Frotzeleien war, die er hin und wieder machte. Manchmal war ihre Beziehung eher so, als wären sie miteinander verwandt und nicht er ihr Mentor und sie die noch neue Mitarbeiterin an der Universität. Vielleicht ließ sie sich von ihm so viel gefallen, weil er die Lücke ausfüllte, die Aidan hinterlassen hatte.

»Kommen Sie schon, Professor. Kann ich das Auto haben?«

»Wahrscheinlich kann ich Sie nicht davon abhalten, es sich zu nehmen. Ich bin in letzter Zeit sehr unachtsam und lasse den Zweitschlüssel im Handschuhfach liegen. Und ich vergesse ständig, den Wagen abzuschließen. Wann werden Sie hier eintreffen? Ich möchte nicht, dass jemand anderes aus meiner Nachlässigkeit Vorteile zieht.«

»Sie sind ein Schatz«, erwiderte sie und vergab ihm all die

schlimmen Momente, die er ihr bereitet hatte. »Ich bin auf der Fähre. In etwa zweiundzwanzig Minuten stehe ich vor Ihrem Haus.«

»Klingeln Sie nicht an meiner Tür. Wir sehen uns, wenn Sie das hinter sich gebracht haben.«

»Auf jeden Fall.«

»Und Karen?«

»Ja?«

»Tun Sie nichts Dummes, versprochen? Sie brauchen einen guten Ruf, wenn Sie jemals eine Gerichtssachverständige werden wollen, wie ich sie mir wünsche. Und im Augenblick scheinen Sie mir ein wenig zu Unfällen zu neigen.«

»Verstanden. Bis dann.«

Nachdem sie das erledigt hatte, rief sie Spikes Anwalt an, der all ihre Besuche im Gefängnis geregelt hatte.

»Sie haben den Anschluss von Sam Potter erreicht. Ich telefoniere gerade oder bin nicht an meinem Schreibtisch. Hinterlassen Sie mir eine Nachricht. Ich werde Sie so schnell wie möglich zurückrufen.«

»Hi, Sam. Hier spricht Karen Taylor. Bei Ihrem Klienten Spike Falconer wurde nach einem Unfall im White House ein Gehirnscan durchgeführt, als er etwa vierzehn Jahre alt war. Ich würde mir diese Aufnahmen gern ansehen. Er ist damit einverstanden. Könnten Sie mir diese Unterlagen besorgen? Sie haben meine E-Mail-Adresse, wenn Sie sie mir also auf diesem Weg zukommen lassen könnten, wäre ich Ihnen sehr dankbar. Sie können sie mir auch per Post an meine Adresse in der Universität schicken. Vielen Dank.«

Dann rief sie im Gefängnis an und hinterließ eine Nachricht für Spike, dass sie am folgenden Tag nicht kommen könne. Sie dachte an die Verletzungen auf seinem Gesicht und hoffte, dass der Gefängnisbeamte dieses Mal ihre Nachricht weitergeben würde.

Ihr nächstes Telefonat führte sie mit den Bridgers, und es dauerte bis zum Ende ihrer Überfahrt.

Als sie Max' Wagen ordentlich vor seinem Haus geparkt sah, hatte sie einen Moment lang Angst, dass er sie nur auf den Arm genommen hatte und gleich mit einer Mannschaft von Polizeibeamten, die sie festnehmen würden, aus dem Haus springen würde. Die wenigen Passanten schienen sich nicht dafür zu interessieren, was sie tat.

Sie legte die Hand auf den Türgriff und hoffte, dass nicht gleich der Alarm losging und alle aufschreckte. Dann drückte sie den Griff nach unten. Sie öffnete das Handschuhfach und fand den Schlüssel, wie Max es ihr versprochen hatte. Rasch ließ sie sich auf dem Fahrersitz nieder und fuhr los, ohne dass irgendjemand sie anhielt und ihr Fragen stellte.

Der Wagen besaß kein Navigationssystem, aber die Bridgers wohnten in der Nähe von Farnham, also erleichterten ihr die vielen Wegweiser die Fahrt. Als sie Southampton hinter sich gelassen hatte, musste sie nur noch in Richtung Winchester und dann auf die A31 fahren – alles in allem waren es nur vierzig Meilen. Sie hatte noch eine Stunde Zeit, bis der Berufsverkehr einsetzen würde, also würde sie rechtzeitig zur Teezeit eintreffen, wie sie es vereinbart hatten.

Tee bei den Bridgers wurde auf die altmodische Art zelebriert. Es gab Sandwiches, Gebäck, zwei verschiedene Kuchen und einen ausgezeichneten Darjeeling in einer weißen Porzellankanne. Ellie trank manierlich Milch aus einer Tasse aus feinem Porzellan, auf der ihr Name zwischen pinkfarbenen, mit blassblauen Schleifen verzierten Rosenzweigen aufgedruckt war.

Karen stellte erleichtert fest, dass sie zeitgemäßer und praktischer angezogen war. Sie trug blaue Shorts und ein kurzes, gestreiftes Top. Ihr feines blondes Haar war mit einem dazu passenden blauen Haargummi zusammengehalten. Sie lächelte nicht, sprach nicht und aß nichts, aber sie trank ihre Milch. Ihre Eltern redeten miteinander und mit Karen in einer gestelzten Art über das Wetter, den Verkehr auf der A31 und die Vorzüge der kleinen Dörfer in der Gegend von Farnham.

»Und was machen Sie beruflich, Mr Bridger?«, erkundigte sie sich, als eine peinliche Pause entstand.

»Ich arbeite für eine Bank«, erwiderte er.

»Und was genau tun Sie da?«

Er sah sie ein wenig verschlagen und gleichzeitig misstrauisch an. Karen war klar, dass er auf einen größeren Geschäftsabschluss hoffte und nicht mit einer gerichtlichen Vorladung rechnete.

»Ich frage nur deshalb, weil der Mann, der an diesem Geschehen beteiligt war, einen Bruder hat, der ebenfalls im Bankenviertel arbeitet. Vielleicht kennen Sie ihn. Sein Name ist Silas Falconer.«

Er schüttelte den Kopf.

»Und wie steht es mit Dan Sanders, dem Mann, der …?« Karen warf einen Blick auf Ellie. Vor ihr konnte sie nicht sagen, dass Dan, seine Frau und deren Kinder im Chillerton Down erschossen worden waren.

»Ja, ich habe ihn gekannt. Wir hatten keine enge Verbindung, aber er ist mir hin und wieder über den Weg gelaufen. Der arme B… arme Mann.« Bridger runzelte die Stirn. »Glauben Sie etwa, dass es da einen Zusammenhang gibt?«

»Ich kann es mir nicht vorstellen«, meinte Karen. »Aber Sie drei haben zufällig alle im selben Stadtviertel Londons gearbeitet.«

Über sein hageres Gesicht glitt für einen Augenblick ein schwaches Lächeln. »Zusammen mit Tausenden von anderen Menschen. Interpretieren Sie da nichts hinein. Bitte.«

Er richtete seinen Blick zur Seite auf seine Tochter, die immer noch brav mit ihrer hübschen Tasse in der Hand am Tisch saß.

»Wäre es Ihnen recht, wenn Ellie und ich etwas malen?«, fragte Karen vorsichtig. Sie wandte sich an das schweigsame Kind. »Möchtest du das, Ellie?«

Ihre Eltern hielten beide den Atem an. Karen spürte an ihrem Schweigen, wie angespannt sie waren und darauf hofften, dass ihre Tochter antworten würde. Ellie sagte nichts, aber schließlich nickte sie.

»Großartig«, sagte Karen leichthin. »Ich habe Papier und Wachsmalstifte in leuchtenden Farben mitgebracht. Wohin sollen wir gehen?«

Sie hatte die Frage an Mrs Bridger gerichtet, aber Ellie rutschte von ihrem Stuhl, nahm Karens Hand und zog daran.

Mrs Bridger atmete jetzt wieder ruhiger, und ihr Mann hielt vorsichtig die Daumen in die Höhe. Karen ließ sich von Ellie in einen geschmackvoll gestalteten Wintergarten führen, der an einer Seite des Hauses angebaut worden war. Der Boden war mit graugrünen mattierten Fliesen gekachelt. Die Wände waren in einer helleren Version der gleichen Farbe gestrichen. Dadurch war der Raum nicht in ein so grellweißes Licht getaucht wie die meisten Wintergärten, die sie bisher gesehen hatte.

Rosa-, lilafarbene und weiße Pflanzen quollen über die Ränder blassgrüner Blumentöpfe und rankten sich um zwei große Steinsäulen. Karen konnte die Pflanzen nicht bestimmen, aber ihr süßer Duft war so frisch, dass der warme Raum nicht erstickend wirkte.

In der Mitte stand ein mit Grünspan bedeckter Metalltisch mit vier gepolsterten Stühlen. Ellie zog an einem, aber er war zu schwer für sie, also zog Karen ihn zurück und wartete, bis Ellie hinaufkletterte. Dann schob sie ihn an den Tisch, als würde sie ein kleines Boot zu Wasser lassen.

»Weißt du, was du malen möchtest?«, frage Karen, während sie einen großen, unbeschriebenen Zeichenblock vor Ellie auf den Tisch legte und die Schachtel mit den Wachsmalstiften öffnete.

Das Kind nickte und nahm sich einen dunkelblauen Stift, um damit ein kleines Strichmännchen zu zeichnen. Daneben malte sie ein größeres, das bedrohlich vor dem ersten stand. Die Köpfe waren leer, und die Arme besaßen keine Hände. Nichts deutete auf Stricke, Waffen oder kleinere Explosionen hin. Karen wartete.

Ellie nahm sich mit ihrer kleinen Hand den gelben Stift. Sie malte ein großes Haus mit vielen Fenstern und einer großen, mit einem Ziergiebel versehenen Tür hinter den beiden Strichmännchen.

So weit, so gut, dachte Karen. Aber Ellie schien nicht mehr weitermachen zu wollen. Sie legte die Stifte in die Schachtel zurück und wartete.

»Du hast den Leuten noch keine Haare gemalt«, meinte Karen fröhlich. »Ich weiß nicht, welche Farbe ihre Haare oder ihre Haut haben. Waren sie von der Sonne gebräunt?«

Als Ellie wieder nach dem gelben Stift griff, hielt Karen den Atem an. Ellie kritzelte ein gelbes Haarbüschel auf das kleine Strichmännchen. Dann zögerte sie, bevor sie noch einmal mit demselben Wachsmalstift ansetzte.

Damit ist eine Theorie den Bach hinuntergegangen, dachte Karen, während sie darauf wartete, dass der gelbe Stift auf dem Kopf des Erwachsenen landete.

Ellie ignorierte den Kopf jedoch, setzte den Stift auf die Mitte des Hauses und fuhr damit kreuz und quer darüber, bis das ganze Haus bis auf die Fenster gelb war. Die Fenster malte sie schwarz aus, als könnte sie den Gedanken nicht ertragen, was sich dahinter verbarg.

Dann legte sie den gelben Stift zurück und zögerte. Schließlich nahm sie sich den orangefarbenen Stift und malte dem bedrohlich wirkenden Erwachsenen eine flammende Mähne. Und, ohne dass sie dazu aufgefordert wurde, tupfte sie dann auf das nun erkennbare Gesicht Sommersprossen.

»Danke«, sagte Karen. Ihr war bewusst, dass diese Zeichnung vor Gericht nicht anerkannt werden würde, weil sie formlos und ohne die Anwesenheit von Zeugen gemacht worden war. Niemand konnte bezeugen, dass Ellie nicht nur das Objekt, sondern auch die eindeutigen Farben selbst gewählt hatte.

Karen wünschte, sie wüsste, ob und was Ellie der Polizei hatte erzählen können – in Worten oder auf eine stumme Weise wie diese. Sie hätten sie nach ihren Eindrücken fragen müssen, auch wenn sie davon überzeugt waren, dass Spike sie entführt hatte.

Aber die Suche nach Beweisen war nicht der einzige Grund, der Karen hierhergeführt hatte.

»Der rothaarige Mann ist jetzt tot«, sagte sie leise. »Du wirst ihn niemals wiedersehen, Ellie. Und er kann niemandem mehr etwas antun.«

Ellie sah sie mit großen Augen an und biss sich auf die Unterlippe. Dann kramte sie noch einmal in der Schachtel mit den Stiften und zog einen pinkfarbenen heraus. Sie blätterte um und begann, Blumen auf das nächste Blatt zu malen. Sie zeichnete konzentriert und steckte dabei die Zunge zwischen die Zähne. Ihre Bewegungen wurden immer schneller. Sie warf einen Stift zurück in die Schachtel, holte einen anderen heraus und dann noch einen, um ein farbiges Blumenbeet zu malen.

Dann zeichnete sie ein Strichmännchen mit langem gelbem Haar, das um ein rundes Gesicht fiel, und ein kleineres Strichmännchen, das auf dem Schoß des großen Strichmännchens saß.

Darüber malte sie eine riesige gelbe Sonne am Himmel mit perfekt geraden Strahlen. Zuletzt fügt sie noch in hellem Türkis das Symbol für Vogelschwingen hinzu, das man auf allen Kinderzeichnungen sehen konnte.

»Hast du dich so gefühlt, als wir im Garten saßen?«, fragte Karen. Dieses Kompliment rührte sie sehr. Ellie nickte, und ein vorsichtiges Lächeln huschte kurz über ihr Gesicht. Allerdings sprach sie immer noch nicht.

»Vielen Dank, Ellie.« Karen stand auf. »Ich muss jetzt mit deiner Mama reden. Kann ich dich hier allein lassen?«

Ellie nickte wieder, zog dann zögernd zwei Blätter von dem Zeichenblock ab und reichte sie Karen.

»Sie sind wunderschön. Ich danke dir.«

Karen eilte zurück in das Wohnzimmer, wo die Bridgers schweigend auf sie warteten.

Sie breitete die Zeichnungen vor ihnen aus. »Ich glaube

nicht, dass Sie sich große Sorgen machen müssen. Ellie hat sich zurückgezogen, weil es ihr noch zu schwer fällt, über all das zu sprechen, aber sie verleugnet es nicht. Und selbst, wenn es schwierig ist, darüber zu reden, lähmt es sie nicht. Sie wird sich wieder fangen. Lassen sie ihr einfach Zeit dafür.«

»Gott sei Dank.« Mrs Bridger griff nach der Hand ihres Mannes und umklammerte sie. »Wie können wir ihr helfen?«

»Eine Psychotherapie würde ihr sicher guttun, um ihr zu helfen, mit den Geschehnissen fertig zu werden. Es gibt hier in der Gegend einige gute Ärzte. Ich habe eine Liste zusammengestellt, falls Sie daran interessiert sind.«

»Können wir uns auf Sie berufen?«

»Natürlich. Nicht alle kennen mich, aber sie sind mir alle empfohlen worden.« Karen zögerte, als sie daran dachte, welche Wut sie in der Vergangenheit manchmal bei einigen Psychoanalytikern empfunden hatte. »Und keiner von ihnen wird ihr Schaden zufügen«, setzte sie dann hinzu.

»Das ist für uns das Wichtigste«, meinte Tom Bridger. »Wir können Ihnen nicht genug danken, Dr Taylor. Nicht nur dafür. Für heute, meine ich. Sondern dafür, dass Sie sich selbst in Gefahr begeben haben, um sie zu retten.«

»Ich war mir ziemlich sicher, dass sich niemand sonst in dem Haus befand, als ich dort hineinging«, erklärte Karen. »Und wenn ich nicht da gewesen wäre, hätte die Polizei sie herausgeholt. Darin sind sie gut.«

»Nicht, wenn man der Presse glauben darf«, erwiderte Bridger so bestimmt, wie er sich nach Karens Einschätzung sicher auch in seinem Beruf äußerte.

»In jedem Bereich gibt es Menschen, die ihren Job weniger gut als die anderen machen. Warum sollte es bei der Polizei anders sein?«, meinte Karen und dachte an Detective Sergeant Clarke und ihre unnötigen und kontraproduktiven Aggressionen. »Ich muss los. Vielen Dank dafür, dass ich Ellie sehen durfte. Ich hoffe, alles wird gut.« Sie schüttelten sich die Hand, und Bridger begleitete sie zu Max' Wagen.

23

Als Karen sich durch den sich verdichtenden Verkehr nach London kämpfte, plante sie in Gedanken ihre Begegnung mit Maggie Speck. Sie würde jetzt wahrscheinlich ihr Büro bereits verlassen haben, aber Karen hatte schon vier verschiedene Möglichkeiten im Kopf, wie sie sie am folgenden Morgen treffen könnte. In der Zwischenzeit sollte sie ihre Mutter vorwarnen, denn sie plante, bei ihr zu übernachten. Als sie das Zeichen für eine Parkbucht sah, setzte sie den Blinker und steuerte den alten, aber leistungsstarken Audi an den Straßenrand.

Ihre Eltern waren beide nicht zu Hause, was ihr die Sache erleichterte.

»Hi, ich bin es«, sprach Karen auf den Anrufbeantworter. »Ich befinde mich gerade auf dem Weg nach London. Kann ich bei euch übernachten? Ich habe die Schlüssel, also muss ich euch nicht belästigen. Ich bringe etwas zu essen mit und hoffe, euch später zu sehen.«

Immer mehr Fahrzeuge kamen von allen Seiten aus den Zufahrtsstraßen, als sie sich über die A3 quälte. Bei Kingston kam die Schlange fast ganz zum Stillstand. Karen verstand nicht, warum so viele Leute zur Hauptverkehrszeit nach London hineinfuhren. Schließlich suchte sie sich einen Weg durch die Nebenstraßen in Earlsfield und Wandsworth, hielt an einem günstig gelegenen Supermarkt an, kaufte dort Käse, Wein, reichlich Brot und Obst ein und erreichte kurz nach sieben die Wohnung ihrer Eltern.

Sie erstreckte sich über die Hälfte einer alten Schule, und ihre Fenster boten einen herrlichen Blick über das nördlich der Themse gelegene London. An einem klaren Tag sah man alle

Sehenswürdigkeiten von St. Pauls und The Gherkin bis hin zum Post Office Tower. An diesem Abend lag jedoch ein grau-rosa Schleier über der Stadt und verdeckte beinahe alles.

Sie hatten die Wohnung vor neunzehn Jahren als Anlageobjekt gekauft, als sie unerwartet gut bei Kasse waren, und da sie keine Hypothek zurückzahlen mussten, hatten sie sie während all der nachfolgenden Krisenzeiten behalten. Sie hatten die Wohnung nie als Sicherheit für einen Geschäftskredit eingesetzt, damit sie immer einen Wohnsitz hatten und nicht auf die Isle of Wight ziehen mussten.

Das rote Lämpchen am Anrufbeantworter blinkte, also waren sie seit ihrem Anruf anscheinend noch nicht nach Hause gekommen, um ihre Nachrichten abzuhören. Das war Karen recht. Sie schrieb eine Notiz und legte sie auf den Tisch in dem großen Wohnzimmer, in dem auch gegessen und gearbeitet wurde und wo der riesige Flachbildfernseher stand. Der Kickertisch ihres Vaters hatte immer noch seinen Ehrenplatz links neben dem riesigen, unbenutzten Kamin.

Nachdem sie ihre Nachricht hinterlassen hatte, brachte sie die Lebensmittel in die Küche, öffnete die Flasche, damit der Wein atmen konnte, und ging ins Gästebad, um eine lange, heiße Dusche zu nehmen. Als sie sich danach abtrocknete, hörte sie jemanden in die Wohnung kommen.

»Hi!«, rief sie und öffnete die Badezimmertür.

»Karen? Bist du das?«, fragte ihre Mutter Dillie. Ihre Stimme klang sehr erschöpft.

Wahrscheinlich gehen die Geschäfte wieder schlecht, dachte Karen. Normalerweise war Dillie nie müde – selbst nicht nach einer 24-Stunden-Schicht im Büro. Auch von schlechtgelaunten Kunden ließ sie sich nicht die Laune verderben.

»Ja, ich bin es. Bist du allein?«

»Im Augenblick schon.«

Karen zog den Bademantel vom Haken, wickelte sich darin ein und tappte aus dem Badezimmer, wobei sie überall auf dem polierten Holzboden feuchte Fußspuren hinterließ. Dillie sah so erschöpft aus, wie sie sich angehört hatte. Karen gab ihr einen Kuss.

»Macht es dir etwas aus, wenn ich heute hier übernachte?«

»Ich würde mich sehr darüber freuen. Allerdings habe ich nichts zu essen für dich im Haus.«

Karen deutete zur Küche. »Ich habe etwas eingekauft. Es ist nicht viel, aber es wird uns vor dem Verhungern bewahren.«

»Das ist auch nötig.«

Karen legte einen feuchten Arm um Dillies Schultern. »Das wird schon wieder. Das ist immer so.«

»Vielleicht, aber man erinnert sich kaum mehr daran, wenn man ständig damit beschäftigt ist, mit seinen Kreditkarten zu jonglieren, um den nächsten zinslosen Kredit zu bekommen.« Dillie strich sich mit beiden Händen über die Stirn und seufzte tief.

Karen bemerkte, dass ihr dunkelroter Nagellack abgesplittert war und die Nägel darunter schmutzig waren.

»Als wir zwanzig waren, war das ja noch witzig«, fuhr Dillie fort. »Aber, weißt du, mit zweiundsechzig wünscht man sich ein wenig Sicherheit und Frieden und hat keine Lust mehr auf den ständigen verdammten Kampf, der immer weitergeht!«

»Das verstehe ich. Ich habe eine Flasche aufgemacht. Möchtest du etwas Wein?«

Zum ersten Mal in Karens Leben nahm ihre Mutter ihr Gesicht in beide Hände und zog sie zu sich heran, um sie zu küssen.

»Karen, mein Schatz, das ist das Beste, was ich seit Monaten gehört habe.«

»Leg deine Füße hoch. Ich ziehe mir rasch etwas über und bringe dir dann ein Glas und eine Kleinigkeit zu essen, okay?«

»Himmlisch.«

»Kann ich mir eine Unterhose borgen? Ich hatte keine Zeit, mir frische Wäsche einzupacken.«

»Natürlich. Bedien dich.«

Das Schlafzimmer ihrer Eltern sah so aus wie immer, wenn

sie sich in einer schlechten Phase befanden. Offensichtlich hatte Dillie wieder einmal die Putzfrau entlassen. An den Wänden stapelten sich Bücher. Auf der Frisierkommode lagen Wattebällchen, Tuben mit Make-up, aufgeschraubte Fläschchen, aufgerissene Kuverts, Rechnungen, Einladungen zu Ausstellungen, neue Kreditkarten, Internetverträge und noch mehr. Darüber hatte sich eine helle Staubschicht gesenkt, als hätte jemand ein riesiges Sieb mit Mehl unter die Zimmerdecke gehalten und es kräftig geschüttelt.

Schubladen standen offen, und Strumpfhosen und die Ärmel von Hemden und Pullovern hingen heraus. Eine Seite des Bettes war ordentlich gemacht – das war die ihres Vaters. Auf der anderen Seite lagen zerknitterte Laken, eine nicht aufgeschüttelte Bettdecke und drei zerfledderte Taschenbücher von Georgette Heyer.

Es scheint wirklich schlimm zu sein, dachte Karen, während sie sich zwei saubere Baumwollslips und ein einfaches schwarzes T-Shirt mit V-Ausschnitt nahm. Wenn sie sich nicht mit Wein bekleckerte, würde das für heute Nacht und den morgigen Vormittag genügen.

»Deine Schwiegermutter hat mich vor ein paar Tagen angerufen«, erzählte Dillie, als sie sich das letzte Stück des reifen Bries teilten.

»Was wollte sie?«, fragte Karen und dachte zum ersten Mal seit Tagen wieder daran, dass sie Helen eigentlich hatte anrufen und ihr sagen wollen, dass sie aufhören sollte, solche gefährlichen Beschuldigungen zu verbreiten.

»Spenden für eine ihrer Wohltätigkeitsveranstaltungen. Außerdem wollte sie, dass ich sie einem meiner besten Kunden wegen einer tollen Immobilie vorstelle. Hat sie dich nie um etwas gebeten? Hat sie dich nie als Seelenklempnerin für einen Tag verhökern wollen?« Dillie lachte. »Sicher wären viele Schlange gestanden. Und sie hätte damit mindestens einen Fünfer verdient.«

Das Geschäft musste schlechter stehen, als Karen vermutet hatte.

Ihre Mutter war zwar immer nachlässig und zerstreut gewesen und sie hatte kein großes Interesse an ihren Kindern gezeigt, aber so verspottet hatte sie sie nur, wenn die Familie kurz vor dem Bankrott gestanden hatte.

»Sie ruft mich nicht mehr an«, erklärte Karen.

»Warum nicht? Was ist passiert?«

Karen zuckte mit den Schultern. Diese Unterhaltung hätte sie jetzt nicht gebraucht.

»Ach, nicht viel. Sie wollte mir immer wieder erzählen, dass es meine Schuld war, dass Peter an den Baum gefahren ist. Ich sagte ihr, sie solle froh sein, dass sie nicht die ganze Geschichte kennt oder eine Ahnung davon hat, wie ihr Sohn wirklich war. Und wenn sie nicht wolle, dass ich sie darüber aufkläre, solle sie mich lieber nicht mehr anrufen.«

»Das hat sie mir alles erzählt«, erwiderte Dillie leichthin und schenkte den Rest des Weins in Karens Glas, um ihr damit Trost zu spenden.

Sie stützte beide Ellbogen auf den auf Böcken stehenden Tisch und lächelte ermutigend.

»Ich hätte es nicht tun sollen«, meinte Karen.

»Wahrscheinlich nicht. Aber es gibt so viele Dinge, die wir alle nicht hätten tun sollen. Vergiss es. Scheiß drauf.« Dillie sah sie besorgt an, als ihr ein weiterer Gedanke kam. »Warum bist du in London? Du solltest doch eigentlich in dieser elenden Hütte auf dieser Scheißinsel sitzen.«

»Ich muss mich morgen mit jemandem treffen, aber das könnte auch ein vergebliches Bemühen sein. Sozusagen ein Handel mit Orangen.«

»Ein Handel mit Zitronen.« Dillies Stimme klang jetzt ein wenig verzerrt. »So stimmt es. Nicht mit Orangen. Ich bin sicher, dass es so heißt. Mit Orangen hat das nichts zu tun. Wenn, dann mit Zitronen. Woran denkst du?«

Karen lachte zum ersten Mal wirklich fröhlich auf. »Ich

weiß, Dillie. Es ist ja nur eine Redewendung und ein Klischee, über das man Witze reißen kann.«

»Gegen Klischees ist nichts einzuwenden. Davon leben wir, Karen. Kannst du dich noch daran erinnern, als du damals sagtest, dass Peter …?«

»Ich bin total erschöpft und gehe jetzt ins Bett. Kommst du klar?«

»Natürlich. Dein Vater wird gleich kommen. Und dann werden wir wissen, ob wir noch einen Tag lang weiter kämpfen können.«

»Bei wem ist er jetzt?«

»Bei einem Kunden, hinter dem wir seit zwei Jahren her sind. Das hat uns bereits Millionen gekostet, aber wenn wir ihn kriegen, bekommen wir Milliarden. Na ja, mehr oder weniger. Mit dem Gewinn könnten wir auf jeden Fall in Rente gehen. Geh ins Bett. Deine Augen sind vor Müdigkeit schon ganz klein. Wir sehen uns morgen früh wieder.«

Karen wurde von einem Schrei geweckt. Einem langen, wilden Kreischen. Sie sprang aus dem Bett, stolperte über das Bettlaken und warf sich, ohne nachzudenken, den Morgenmantel über. Sie schaffte es nur, einen Arm in den Ärmel zu zwängen – und das war auch noch der falsche –, bevor sie in das Wohnzimmer stürmte.

Ihre Eltern tanzten miteinander, während ihre Mutter ihre Anspannung und ihren Triumph hinausschrie.

»Meine Güte! Ihr habt mich erschreckt«, sagte Karen.

Ihr Vater drehte sich um und lachte. »Wie schön zu sehen, dass du immer noch eine tolle Figur hast«, meinte er. »Aber frierst du nicht? Du solltest wieder ins Bett gehen. Wir legen uns auch gleich hin. Meine Güte, ich könnte jetzt eine Woche lang durchschlafen! Komm, Dillie, mein Liebling. Bis dann, Karen.«

Als die beiden in ihren Bereich der Wohnung verschwanden, dachte sie darüber nach, wie vertraut diese Szene für sie war.

Beide waren in einer Art und Weise mit sich und mit ihrem Geschäft so sehr beschäftigt, dass jeder andere und alles andere nicht zählte.

Sie ging ins Bett zurück und überlegte sich, Aidan darüber einen lustigen Bericht zu schreiben. Man musste darüber lachen, wie sie fand.

Alles andere war undenkbar.

Sie schliefen noch und schnarchten laut, als Karen sich am nächsten Morgen aus der Wohnung schlich. Sie blieb bei ihrem Plan und kaufte sich ein Parkticket, um Max' Auto vor der Wohnung stehen lassen zu können. Dann nahm sie die U-Bahn und fuhr in die Stadtmitte von London, wo sie zähneknirschend ein Vermögen für einen prächtigen Strauß aus duftenden weißen Blumen ausgab. Nachdem sie die Karte dazu beschrieben hatte, ging sie in das Bürogebäude der First & Best Medical News Agency und bat, Maggie Spack sprechen zu dürfen.

»Sie können das bei mir lassen«, sagte die Rezeptionistin. »Das spart Ihnen Zeit.«

Karen lächelte. »Das ist schon in Ordnung. Vielen Dank. Ich habe versprochen, die Blumen persönlich abzuliefern.« Sie rümpfte die Nase und ließ ihre Stimme kindlich amüsiert und frech klingen. »Es klang sehr wichtig.«

Die Rezeptionistin schenkte ihr ein verschwörerisches Lächeln. »In Ordnung. Setzen Sie sich«, sagte sie. Dann wählte sie eine firmeninterne Nummer und sah dann wieder auf. »Es wird nicht lange dauern«, fügte sie hinzu.

Während Karen wartete, sah sie sich die Hochglanzprospekte in dem drehbaren Ständer an und las, dass die Agentur weltweiten Service in allen medizinischen und pharmazeutischen Bereichen sowie in Ernährungswissenschaften anbot.

»Sie wollten mich sprechen?«, sagte eine angenehme, akzentfreie Stimme.

Als Karen aufschaute, sah sie eine Frau Ende dreißig mit einer hübschen Figur, die eine khakifarbene Cargohose, ein gelbes Sweatshirt mit einer Kapuze, die ihr über den Rücken fiel, und goldfarbene Sportschuhe trug.

»Sind Sie Maggie Spack?« Karen hätte niemals angenommen, dass der Geschäftsmann Silas Falconer auf diesen Typ Frau stehn würde. Außerdem war sie etwa zehn Jahre älter als er. Karens Mut sank.

»Ja, das bin ich.«

»Das ist für sie.« Karen reichte ihr den herrlichen Blumenstrauß.

»Wow!« Maggie verhielt sich genau richtig – sie steckte ihre Nase in die Blumen und murmelte leise etwas, um zu zeigen, dass sie den Duft genoss. Dann hielt sie den Strauß in die Luft, um ihn besser betrachten zu können. »Die sind wunderschön. Von wem sind sie?«

»Es liegt eine Karte dabei.« Karen deutete auf das kleine weiße Kuvert, das an einen der dickeren Stiele geheftet war.

Maggie gab ihr den Strauß zurück, um ihn zu halten, während sie das Kuvert öffnete. Als sie von der ersten auf die zweite Zeile schaute, schwankte sie, und das Blut wich aus ihrem Gesicht, sodass nur einige dunkelrote geplatzte Äderchen zu sehen waren. Sie sah alt aus. Und verängstigt.

24

Wer sind Sie?«, fragte Maggie Spack. Ihre Stimme war angespannt und kaum zu hören.

»Karen Taylor, Gerichtspsychologin.«

»Das habe ich mir gedacht. Was hat er getan? Wen hat er verletzt?«

»Wir müssen uns unterhalten«, erklärte Karen bestimmt. »Können wir irgendwohin gehen? In ein Café vielleicht?«

Maggie warf einen Blick nach hinten, als befürchtete sie, jemand aus der Menschenmenge könne sie beobachten. Nur die Rezeptionistin saß da und tippte eifrig auf ihrer Tastatur, ohne dass es gelang, ihre brennende Neugierde zu verbergen. »Ich bin etwa eine halbe Stunde nicht hier, Belle. Können Sie die Stellung halten?«

»Natürlich.«

»Und die Blumen ins Wasser stellen? Und ins Sitzungszimmer bringen?«

Maggie fröstelte, aber ihre Stimme klang relativ fest. »Gut. Danke. Kommen Sie, Ms Taylor. Lassen Sie uns reden.«

Karen wartete, bis sie auf den weichgepolsterten Stühlen des nächstgelegenen Starbucks-Cafés saßen. Eine Dreiviertelstunde, nachdem für die meisten Leute der Arbeitstag begonnen hatte, war das Café noch beinahe leer. Die beiden Bedienungen waren nur an ihrer Unterhaltung miteinander interessiert, und der einzige andere Kunde saß im hinteren Teil des Raums und las.

»Ich möchte alles über Silas' Zusammenbruch und den Tag wissen, den er bei Ihnen in der Notaufnahme verbracht hat.«

Maggie starrte auf ihren unberührten Milchkaffee und drehte das längliche Zuckerpäckchen zwischen ihren Fingern.

Karen mochte sie, aber auf dieses Gefühl konnte sie sich nicht verlassen. Sie hatte schon oft Menschen gemocht – oder sogar geliebt –, die sich dann als unaufrichtig entpuppt oder sich bestenfalls nicht um ihre Mitmenschen geschert hatten. Aber der Kontrast zwischen Maggies Alter und ihrer Einfachheit und der ungewöhnlichen Kleidung, für die sie sich entschieden hatte, war ansprechend. Auch ihre Stimme war angenehm – voll und unbefangen, selbst jetzt, wo sie unter Schock stand.

»Warum?«

»Weil dieses Alibi zu gut ist«, erwiderte Karen. »Weil Sie sehr stark auf den Blumenstrauß reagiert haben. Und weil Sie sich aus dem medizinischen Bereich zurückgezogen haben, obwohl Sie eine gute und engagierte Ärztin waren. Was ist passiert?«

Aus Maggies rechtem Auge lief eine Träne, und sie wischte sie rasch mit einem Fingerknöchel weg, bevor sie sich mit der Zunge über die Lippen fuhr.

»Ich habe darüber nachgedacht, meinen Namen zu ändern«, erklärte sie mit fester Stimme. »Doch um den Job bei First & Best zu bekommen, musste ich meine Erfahrung im medizinischen Bereich nachweisen, also war das nicht möglich. Und inzwischen sind vier Jahre vergangen. Ich dachte … Sein Bruder ist ausgerastet, nicht wahr? Als ich das hörte, dachte ich, nun sei alles vorbei. Ich hatte gerade begonnen, mir ein neues Leben aufzubauen und wieder Vertrauen in die Zukunft gesetzt. Ich … Oh, Scheiße!«

Sie sah Karen mit einer Mischung aus Verzweiflung und Zorn aus tränenfeuchten Augen an, die Waffen glichen.

»Was haben Sie damit zu tun?«, fragte sie dann.

»Ich untersuche den Fall seines Bruders.«

»Warum?«

»Für eine Forschungsarbeit über gefährliche schwere Persönlichkeitsstörungen.«

»Und …?«

»Chatham-House-Regel?«, fragte Karen und bezog sich damit auf den aus dem Jahr 1927 stammenden Grundsatz, nach dem man Informationen austauschte, die jedoch nicht dem Gesprächspartner zugeschrieben werden durften.

»Beiderseitig?«, fragte Maggie und musterte sie wachsam.

»Selbstverständlich.«

»Also gut.«

»Großartig«, sagte Karen. »Ich glaube, dass es zwischen den Brüdern einen ernsthaften dysfunktionalen Konflikt gegeben hat. Möglicherweise hat Silas sich einige Verbrechen ausgedacht und Spike sie aus mehreren Gründen, die ich aus Zeitgründen momentan nicht erklären kann, ausgeführt und dafür die Schuld auf sich genommen. Jetzt bin ich mir jedoch nicht mehr so sicher. Vielleicht hat Silas die Verbrechen begangen, ohne Spikes Beteiligung.«

Sie schwieg einen Moment lang, und Maggie fragte unverblümt: »Warum?«

»Es würde zu lange dauern, Ihnen meine komplizierten Gedankengänge zu erklären, aber hier ist das Wesentliche: Erstens glaube ich nicht, dass Spike eine gefährliche schwere Persönlichkeitsstörung hat. Zweitens hat man auf sehr intelligente und ausgeklügelte Weise versucht, mich mit seinem Gefängnisausbruch in Verbindung zu bringen, und das kurz bevor der einzige Gefängnisbeamte, der sich jemals für ihn interessiert hat, ermordet wurde. Drittens glaube ich, dass derjenige, der das geplant hat, die gleichen manipulativen Fähigkeiten eingesetzt hat, um Spike all dieser Verbrechen zu bezichtigen und ihn schuldig aussehen zu lassen. Dazu gehört auch das Picknick-Massaker in Chillerton Down. Und viertens hat Silas ein übertrieben starkes Alibi, an das ich nicht glaube, weil es den Tag und die Uhrzeit der Ermordung zu genau abdeckt. Also muss er es gewesen sein.«

Maggie starrte sie an. »Sie haben eine blühende Fantasie, nicht wahr?«

»Wenn ich mich nicht irre, ist Silas eine ernstzunehmende Gefahr für die Öffentlichkeit«, fuhr Karen fort. »Ich muss etwas finden, was die Polizei davon überzeugt, ihn aufzuhalten, bevor noch jemand stirbt.«

»Warum erzählen Sie das alles nicht der Polizei?«

»Sie sind im Moment nicht sehr kooperativ«, erwiderte Karen und dachte daran, dass Eve Clarke fest entschlossen war, irgendeinen Grund zu finden, sie festzunehmen. »Deshalb brauche ich …«

»Munition?«, schlug Maggie vor, während Karen nach dem richtigen Wort suchte.

»Einen Beweis«, erwiderte Karen. »Und er muss so überzeugend sein, dass ich damit die Vorurteile von offizieller Seite gegen mich ausräumen kann. Im Augenblick scheinen sie mir gar nichts zu glauben.«

»Natürlich nicht. Der Familie Falconer gehört praktisch die ganze Insel, und der alte Herr gehört der Polizeidirektion an. Er kann einstellen, wen er möchte, und so hat er immer die Kontrolle über jeden strafrechtlichen Vorgang.«

»Aber er ist doch sicher nicht das einzige Mitglied dieser Institution.«

»Nein, aber er besitzt großen Einfluss. Und er ist ein Tyrann. Tatsächlich kann er einem große Angst einjagen.«

»Woher wissen Sie das alles?«, fragte Karen. »Ich habe zwar gehört, dass Sie eine Weile mit Silas zusammen waren, aber ich wusste nicht, dass Sie ein Mitglied der Familie geworden sind.«

»Um Himmels willen! Das hätte ich nicht gewollt. Aber ich habe ein paar ihrer Auseinandersetzungen mitbekommen. Das ist keine glückliche Bande, das kann ich Ihnen sagen.«

Einige lärmende Kunden kamen in das Café und unterhielten sich lautstark darüber, welches der pappsüßen Getränke sie sich bestellen wollten. Karen wartete, bis sich der Lärmpegel gelegt hatte. Die Pause kam ihr ganz gelegen. Als wieder Ruhe eingekehrt war, beugte sie sich über ihre Knie nach vorne und sah Maggie ins Gesicht.

»Erzählen Sie mir jetzt, was an diesem Tag passiert ist? Wieder unter Berücksichtigung der Chatham-House-Regel.«

»Was soll das bringen? Wenn Sie keine unterzeichnete Erklärung oder etwas Ähnliches vorweisen können, wird die Polizei das einfach von der Hand weisen, genauso wie die anderen Einflüsterungen und Andeutungen über die Familie, die sie so lange Zeit ignoriert haben.«

»Nicht unbedingt. Wenn ich ihnen genügend Informationen geben kann, dann müssen sie Untersuchungen anstellen.« Karen dachte an Max Pitton, der sie sicher dabei unterstützen würde. »Und ich kann noch ein paar schwere Geschütze auffahren.«

Maggie trank ihren Milchkaffee aus und wischte sich mit einer Papierserviette den Schaum vom Mund.

»Silas und ich waren ein paar Wochen zusammen. Ich mochte ihn. Wenn ich jetzt daran zurückdenke, weiß ich nicht mehr, warum, aber er konnte sehr charmant sein. Und er interessierte sich sehr für meine Arbeit. Er wartete auf mich, wenn ich Überstunden machen musste, und beschwerte sich nie darüber. Das war liebenswert bei einem Mann, der jedem anderen gegenüber sehr aggressiv werden konnte, wenn er warten musste oder sich über etwas ärgerte. Es hatte den Anschein, als hätte nur ich die Fähigkeit, ihn zu beruhigen, und das hat meine Wahrnehmung von ihm beeinträchtigt, wenn Sie verstehen, was ich meine.«

Charmant, manipulativ, gewissenlos, dachte Karen. Das passt.

»Eines Abends hat er mich dann gefragt, ob ich ihm helfen könne. Wir hatten uns gerade geliebt, und es war das erste Mal, dass es auch für mich geklappt hatte – mit ihm, meine ich damit. Ich fühlte mich ihm zugetan und war ihm gegenüber vertrauensvoll.«

Maggie stockte, und Karen lieferte ihr rasch die nötige Frage. »Hat er gesagt, wofür er Hilfe brauchte?«

»Ich brauche noch einen Kaffee«, sagte Maggie. »Sie auch?«

»Ich hole uns gleich noch welchen, aber lassen Sie uns das zu Ende bringen. Hat Silas Ihnen gesagt, warum er Hilfe brauchte?«

Maggie gab sich geschlagen. Karen sah es an ihrer Körperhaltung, an der Art, wie sie ihre Schultern fallen ließ und ihr Kinn erschlaffte. Und sie konnte es an ihrer Stimme hören. Jetzt würde alles aus ihr hervorbrechen.

»Er sagte, es habe mit seinem Job zu tun. Es gebe einen merkwürdigen Vertrag, der seiner Bank Millionen einbringen und ihm einen außergewöhnlich hohen Bonus verschaffen würde. Allerdings dürfe er neun Stunden lang nicht zu erreichen sein. Er sagte mir, dass er einen arbeitslosen Schauspieler damit beauftragen würde, seinen Namen, sein Geburtsdatum und so weiter anzugeben und die Symptome eines unerklärlichen Zusammenbruchs zu imitieren, um danach einen Tag diversen Tests unterzogen zu werden.«

Maggie rieb sich die Augen und verschmierte ihre Wimperntusche. Wahrscheinlich dachte sie nicht mehr daran, dass sie sich am Morgen geschminkt hatte. Dann bemerkte sie die wachsartige schwarze Farbe an ihren Fingern und sagte, sie müsse sich waschen. Wieder hielt Karen sie vom Gehen ab. Jede Unterbrechung ihres Geständnisses konnte sie so weit stärken, dass sie es abbrechen würde. Irgendwie musste Karen sie dazu bringen, weiterzusprechen.

»Also gut«, sagte Maggie. »Ich gab ihm alle Informationen, die er brauchte, um den Schauspieler entsprechend anzuweisen und wartete dann auf seinen Anruf. An einem Sonntagmorgen meldete sich Silas dann bei mir und sagte, der Mann würde am nächsten Tag, also am Montag, um acht Uhr dreißig morgens zu mir kommen. Ich tat dann fast alles, was wir vereinbart hatten, bis auf einen besonders aufwendigen Test, der ihn hätte verraten können. Dann unterschrieb ich alle nötigen Papiere. Und ich sprach den Mann den ganzen Tag über mit dem Namen Silas an.«

»Und dann?« Karen wünschte, sie hätte die Chatham-House-Regel nicht vorgeschlagen. Ohne diese Vereinbarung hätte sie dieses Gespräch auf Band aufzeichnen und dann unbearbeitet an die Polizei übergeben können, die auf der Insel bereits auf sie wartete.

»Dann ging alles so weiter wie zuvor. Nur dass Silas sich nicht mehr so freundlich und kooperativ verhielt. Tatsächlich machte er mir manchmal Angst. Eines Abends bekam er einen Wutanfall, weil ich versehentlich ein wenig Wein auf seinen Schuh geschüttet hatte, und ich dachte schon, er würde auf mich losgehen. Dieses Mal hielt er sich jedoch zurück, aber später, als ich das über seinen Bruder gehört hatte und zu viele Fragen dazu stellte …« Maggie zögerte und verknotete ihre Finger. »Silas ist richtig ausgerastet«, fügte sie schließlich hinzu.

»Ausgerastet? Ist er gewalttätig geworden?«

Maggie schüttelte den Kopf und schauderte. »Nein. Ich hatte mir das leichter vorgestellt, aber ich wusste auch nicht, dass er möglicherweise ein Mörder ist. Meine Güte, ich hoffe, Sie täuschen sich!«

Karen sagte nichts dazu, weil sie ihr keinen Trost bieten konnte.

»Er hat mich nur mit Worten fertiggemacht. Alles an mir schien ihn angewidert zu haben. Er hasste es, dass ich …« Maggie nahm die Papierserviette in die Hand und tupfte sich damit die Augen ab. »Das ist nicht so wichtig. Schließlich sagte er, er würde mich der Ärztekammer melden, und es wäre das Ende meiner Karriere, wenn ich jemals verraten würde, dass der Schauspieler an seiner Stelle den Tag im Krankenhaus verbracht hatte. Ich nehme nicht an, dass er mit der Ärztekammer recht hatte, aber geholfen hätte es ohnehin nichts.«

»Also sind Sie ihm zuvorgekommen und haben ihn verlassen?«, fragte Karen, wobei sie eine der Kardinalfehler ihres Berufstandes beging, indem sie eine Suggestivfrage stellte und jemanden unterbrach, der gesprächsbereit war.

»Nein. Um Himmels willen, nein! Ich war sehr froh, darüber nicht sprechen zu müssen. Wenn ich daran dachte, wurde mir übel. Im wörtlichen Sinn. Nein, ich … er … Er hat mir mein Selbstvertrauen genommen. Jedes Mal, wenn ich nach seinem Ausfall eine Entscheidung treffen musste, erstarrte ich förmlich. Ich wusste, ich würde einen Fehler machen, vielleicht jemanden mit einer falsch gesetzten Spritze oder einer falschen Dosierung töten. Irgendetwas in der Art. Eine Weile kämpfte ich noch weiter, doch dann begriff ich, dass ich, selbst wenn ich keinen anderen Menschen umbrachte, an dem Stress zugrunde gehen würde. Also bin ich gegangen.«

Dieses Mal wartete Karen ab, aber es kam nichts mehr.

»Hatten Sie danach noch irgendeinen Kontakt zu ihm?«

»Nicht, bis Sie mir heute die Blumen brachten.« Maggie runzelte die Stirn, als seien sie ihr erst jetzt wieder eingefallen. »Woher hatten Sie sie …? Ich meine, welche Bedeutung haben sie? Warum haben Sie …?«

»Es tut mir leid«, entschuldigte Karen sich aufrichtig. Hätte sie gewusst, was Maggie durchgemacht hat, hätte sie sich vielleicht einen anderen Weg der Kontaktaufnahme ausgedacht. Unter den gegebenen Umständen konnte sie froh sein, dass sie es nicht gewusst hatte. »Er hat sie Ihnen nicht geschickt. Ich habe sie gekauft und auch die Karte geschrieben.«

Maggie wirkte empört, und Karen hielt es für angebracht, sich zu entschuldigen.

»Das mag moralisch vielleicht nicht richtig gewesen sein«, gab sie zu. »Aber ich musste das erfahren, und ich wusste nicht, wie ich Sie sonst hätte erreichen können. Ich entschuldige mich jedoch dafür.«

Karen fragte sich, ob ihr selbst nun auch eine Bloßstellung und ein damit verbundenes berufliches Desaster drohte. Doch nach einer Weile fragte Maggie: »Wollten Sie nicht Kaffee holen?«

»Natürlich. Für Sie das Gleiche?«

»Nein, ich möchte nichts mehr. Ich muss zurück an meine Arbeit, also werde ich Sie jetzt verlassen.«

Maggie stand auf, und Karen gesellte sich zu ihr.

»Sie werden doch niemanden warnen?«, wollte Karen wissen. »Silas, seine Eltern, oder jemand anderen?«

»Warum sollte ich das tun? Wenn Sie recht haben sollten, was Silas betrifft – und das würde mich nicht wirklich überraschen –, dann habe ich noch Glück gehabt, nur mit dem Verlust einer beruflichen Karriere davongekommen zu sein.« Maggie schwieg einen Moment lang und sah Karen an. In ihren Augen lag eher Trauer als Zorn. »Das stimmt doch, oder nicht?«

»Es könnte sein. Danke. Sie haben Mut bewiesen.«

»Ich will nicht vor Gericht gehen. Aber ich verstehe, dass Sie der Polizei sagen müssen, was ich Ihnen erzählt habe. Bitte warten Sie jedoch, bis Silas in Gewahrsam ist, bevor Sie meinen Namen erwähnen. Bitte.«

»Er hat Ihnen wirklich Angst gemacht, nicht wahr?«

Maggie war bereits auf dem Weg zur Tür. Bei Karens letzter, leiser Frage drehte sie sich noch einmal erstaunt um.

»Mir Angst gemacht? Das ist ein beschönigendes, unangemessenes Wort für das, was er getan hat.«

Sie drückte die Tür auf und ging an dem großen Glasfenster vorbei zurück in die Sicherheit ihres Arbeitsplatzes. Karen blieb zurück und wünschte sich, sie wäre eine strenggläubige Katholikin und könnte nun zu ihrem Priester gehen, bei ihm beichten und Absolution erlangen. Das beste Gegenstück dazu war Max, der seinen Wagen wieder zurückhaben wollte. Sie warf einen Blick auf ihre Armbanduhr. Sie hatte noch genug Zeit, um das Auto bei Wandsworth abzuholen, nach Southampton zu fahren, eine Stunde bei Max zu verbringen und danach mit dem Red Jet rechtzeitig zurückzufahren, sodass sie den auf sieben Uhr angesetzten Befragungstermin mit Detective Sergeant Eve Clarke einhalten konnte.

Einen Anwalt konnte sich Karen nicht mehr besorgen, aber das war eben Pech. Sie würde der Polizei ihre Theorien unterbreiten und auf alle sonstigen Fragen mit »Kein Kommentar« antworten. Auf diese Weise konnte ihr niemand etwas anhaben. Falls sie nicht zur Einsicht kommen würden, konnte sie später immer noch Anwälte einschalten.

Während sie in der U-Bahn saß, dachte Karen darüber nach, was die Polizei jetzt alles ermitteln musste, angefangen bei Jim

Blakes finanzieller Situation. Ellies gemaltes Bild hatte Karens eigenen Eindruck bestärkt, dass er der Geiselnehmer gewesen war, und er hatte das sicher nicht aus eigenem Antrieb getan. Jemand musste ihn dafür bezahlt haben. Es könnte Spike gewesen sein, der bei Pegs Besuchen Geld von seiner Mutter bekam. Aber für Karen war eher Silas der Hauptverdächtige.

Spikes Verblüffung, als Karen ihn danach gefragt hatte, warum ihm Jim nach seiner Flucht Befehle gegeben hatte, war überzeugend gewesen. Spike mochte sich manipulativ verhalten, aber die Tatsache, dass er das nicht verstanden hatte, schloss aus, dass das zu seinen Spielchen gehörte. Und da Silas sich ein außergewöhnlich schwieriges Alibi gebastelt hatte, musste er etwas damit zu tun haben.

Wahrscheinlich war er die Person, die Jim getötet und dann ins Meer geworfen hatte.

Hatte er möglicherweise auch eines der Rennboote sabotiert?

Wie Max schon sagte, hätte die Explosion eigentlich nicht so heftig ausfallen dürfen. Und das austretende Benzin hätte sich auch nicht auf der Wasseroberfläche entzünden dürfen. Die Tanks in diesen Booten waren nicht groß genug, um so viel Benzin aufzunehmen, dass der Brennstoff sich sofort mit dem Wasser verbinden konnte. Vielleicht war Jims Kleidung in Öl getaucht worden, oder es hatten sich mit Öl gefüllte Taschen darin befunden, die explodierten, als die Boote mit seiner Leiche zusammenstießen. Oder eines der Boote hatte mehr Benzin an Bord gehabt, als erlaubt war.

Aber das war alles Sache der Polizei. Karen hatte bereits genug getan. Die U-Bahn kam zwischen Stockwell Station und Clapham North auf halber Strecke quietschend zum Stehen. Karen warf wieder einen Blick auf ihre Armbanduhr. Wenn die Bahn bald wieder losfuhr, würde sie noch Zeit genug haben, um Max vor ihrer Überfahrt auf die Insel zu treffen.

25

Die Straße durch Wandsworth, Putney und Sheen schien nur aus Engpässen, falsch geparkten Autos und herumirrenden Ladenbesuchern zu bestehen. Karen schimpfte und verfluchte die Autos vor und hinter sich. Vor allem ein Wagen verärgerte sie; sie konnte ihn wegen der Auspuffgase aus einem wackeligen Lieferwagen kaum sehen, aber er hatte eine schwarze Motorhaube, und der Fahrer schob sich bei jeder möglichen Gelegenheit an der Schlange der vielen Autos vorbei und ließ sich dann wieder zurückfallen, wenn er begriff, dass er nicht überholen konnte.

Endlich sah Karen die Einfahrt zur M3. Jetzt würde sie relativ freie Fahrt haben. Sobald es ihr erlaubt war, trat sie auf das Gaspedal und beschleunigte den Wagen auf 110 Stundenkilometer. Sie genoss die Schubkraft. Auf dem Tachometer sah sie, dass sie den Wagen auf bis zu 240 Stundenkilometer hochjagen konnte, und fühlte sich versucht, auszuprobieren, was das Auto leisten konnte und wie sie auf diese Gefahr reagieren würde.

Die Erinnerungen an Peters Verletzungen brachten sie rasch wieder zur Vernunft, noch bevor sie an die Radarfallen dachte.

Autofahren half ihr oft dabei, ihre Gedanken zu entwirren und zu ordnen. An diesem Nachmittag, an dem die strahlende Sonne noch hoch am Himmel stand, rasten ihr viele Gedanken durch den Kopf. Die dunklen Bäume in der Landschaft Surreys schwirrten an ihren Fenstern vorbei und störten ihre periphere Sicht ebenso wenig wie die Sonne und der Himmel. Sie war dem Berufsverkehr entkommen und frei.

Große blaue Verkehrszeichen mit Hinweisen auf Fahrstrecken und mit anderen Informationen tauchten vor ihr auf. Sie fuhr immer wieder auf die Kriechspur, wenn sie dazu gezwungen war, wobei sie sich kaum auf die Koordination zwischen Gehirn, Augen, Händen und Füßen konzentrierte. Was ihr immer wieder durch den Kopf ging und den Fluss ihrer Gedanken, Vermutungen und Verdächtigungen störte, war die Annahme, dass Maggie Spack ihr nicht alles erzählt hatte.

Das nächste blauweiße Schild wies sie darauf hin, dass die nächste Tankstelle nur noch eine Meile entfernt lag. Karen nahm den Fuß vom Gas und sah zu, wie die Tachometernadel von 110 Kilometer pro Stunde auf unter 100 bis auf 60 fiel. Sie setzte den Blinker und reihte sich in die kurze Schlange ein, die nach links abbog.

Nichts von den köstlichen Angeboten einer Raststätte konnte sie verlocken. Sie wollte auch nicht tanken, sondern nur parken und ihr Telefon aus ihrer Tasche kramen. Sie tippte Maggies Nummer ein.

»Maggie?«, meldete sie sich, als abgenommen wurde. »Hier ist Karen Taylor. Sie sind zu vernünftig und zu selbstschützend, um das nicht festgehalten zu haben.«

»Um was nicht getan zu haben?« Ihre warme Stimme klang jetzt ein wenig rau – vor Anspannung oder vor Furcht.

»Silas falsches Alibi. Sie haben sich nach seinen Drohungen nicht aus dem medizinischen Bereich zurückgezogen, und Sie haben auch Ihren Namen behalten. Hätten Sie Angst davor gehabt, dass er tatsächlich Ihren Ruf ruinieren könnte, hätten Sie beides getan. Also haben Sie etwas gegen ihn in der Hand. Was ist es? Unterlagen, die der Schauspieler und Strohmann unterschrieben und auf denen er seine Fingerabdrücke hinterlassen hat? Oder ein Foto? Hatten Sie Ihr Handy dabei und haben Sie ein paar Aufnahmen gemacht, um sich abzusichern? Ist es das?«

Maggie antwortete nicht, was dem Eingeständnis gleichkam, das Karen brauchte. Für die Polizei würde das jedoch nicht reichen.

»Ich brauche eines davon«, erklärte Karen. »Nur eines. Und ich verspreche, dass ich nicht verraten werde, woher ich es habe, bevor Silas in Gewahrsam genommen worden ist. Aber ich brauche etwas, damit die Polizei mir glaubt.«

Ihre Gedanken überschlugen sich, beinahe so, als würde die schweigende Maggie ihr Informationen über den Äther schicken.

»Sie haben ihn gesucht, richtig?«, fragte Karen, als würde sie auf eine hörbare Stimme reagieren. »Den Schauspieler. Sie hatten die Fotos, und Sie haben nach ihm in *The Stage* oder einem ähnlichen Magazin gesucht, richtig?«

Maggie sagte immer noch nichts, aber ihr Atem verriet Karen, dass sie noch nicht aufgelegt hatte.

»Also kennen Sie seinen Namen. Großartig. Ich will Sie nicht dazu zwingen, ihn mir zu verraten, weil die Polizei das sehr gut selbst herausfinden kann, aber ich brauche eines der Fotos. Könnten Sie mir eines davon per Mail schicken?«

Karen hörte ein leises Seufzen, und dann ein gemurmeltes ›Okay‹.

»Prima. Meine E-Mail-Adresse steht auf der Karte, die ich Ihnen gegeben habe. Sobald ich zurück bin, werde ich meinen Posteingang überprüfen. Es wird allerdings noch ein paar Stunden dauern. Vielen Dank, Maggie.«

Wieder ein Seufzer. Und dann ein Klicken, das besagte, dass die Verbindung unterbrochen worden war. Trotzdem war Karen zufrieden. Sie legte ihr Telefon in das Handschuhfach, damit sie nicht in Versuchung geriet, einen Anruf entgegenzunehmen, sah dann in den Rückspiegel und ließ den Motor an.

Aus dem Augenwinkel sah sie einen schwarzen Porsche, der ungeduldig wartete.

»Zufall«, sagte sie sich, während sie Max' Wagen startete.

Und dann begann es. Jedes Mal, wenn sie in den Rückspiegel schaute, sah sie den Porsche. Manchmal war er direkt hinter ihr, dann lag er drei oder vier Wagen zurück. Wenn sie auf der Kriechspur die Geschwindigkeit auf gefährliche 50 Stundenkilometer verringerte, fuhr er ebenso langsam hinter ihr her.

Sie beschleunigte wieder, aber es war, als befände sich ein Band zwischen ihnen. Er passte sich ständig ihrer Geschwindigkeit an. Und er wechselte ebenso die Spur wie sie. Dann riskierte sie selbstmörderisch eine Fahrt über drei Spuren hinweg und nahm die Ausfahrt, aber wenige Sekunden später befand er sich auf der Zufahrtsstraße wieder hinter ihr. Als sie dreimal den ersten Kreisverkehrsplatz umrundete, folgte er ihr und fuhr hinter ihr wieder auf die M3.

Vor Jahren hatte sie sich mit Peter Spielbergs *Duell* angesehen, und Peter hatte sich abschätzig darüber geäußert, wie übertrieben angepasst der Fahrer anfangs unterwegs gewesen war und wie sehr er sich dann von dem gesichtslosen Lastwagenfahrer, der ihn kilometerweit auf einer verlassenen Straße in der Wüste verfolgte, psychisch hatte unter Druck setzen lassen.

Aber das hier hat damit nichts zu tun, sagte sich Karen.

Das war nur ein schwarzer Porsche, der ihr nach Southampton und zu dem Red Jet Katamaran folgte, der sie zur Insel zurückbringen würde. Sie war sich nicht sicher, ob er Silas gehörte, aber es war wahrscheinlich. Und möglicherweise war das auch der Wagen, der sie bereits durch Wandsworth, Putney und Sheen auf ihrem Weg zur Autobahn verfolgt hatte.

War er ihr bereits den ganzen Tag über gefolgt? Sollte sie Maggie warnen, dass er möglicherweise sie beide verfolgte und – vielleicht – herausgefunden hatte, worüber sie sich unterhalten hatten?

Oder war es einfach nur Zufall? War er geschäftlich in London unterwegs gewesen und hatte sie in der U-Bahn gesehen?

Unwahrscheinlich. Vor allem, wenn er wirklich der alles methodisch planende Killer war, für den sie ihn mittlerweile hielt.

Je schneller sie in das sichere Polizeirevier kam, um so besser.

Aber ohne Maggies Foto würde sie keinen der Beamten überzeugen können. Und Silas lief weiterhin frei herum, konnte Schrecken verbreiten und töten. Selbst wenn er Spike nicht aus dem Gefängnis holen konnte, damit dieser als Sündenbock herhielt, würde er irgendeinen Weg finden. Männer mit psychopathischen Störungen gelang das immer.

Warum war sie so dumm gewesen und hatte, nur weil sie sich an das Gesetz hatte halten wollen, ihr Handy in das Handschuhfach gelegt? Wenn sie sich bei dieser Geschwindigkeit jetzt vorbeugte, um es herauszuholen, wäre das viel gefährlicher, als das Handy auf den Knien zu balancieren und nur eine Nummer einzutippen.

Sie waren bereits an Basingstoke vorbeigefahren, und die Ausfahrt nach Winchester war nicht mehr weit. Auf der A33 gab es dann jede Menge Parkbuchten. Dort konnte sie halten, Max anrufen und ihn bitten, sich mit ihr am Red Jet Terminal zu treffen, damit sie ihm seinen Wagen zurückgeben konnte. Und er konnte ihr auch noch anderweitig helfen.

Konnte sie ihm in Bezug auf ihr E-Mail-Passwort trauen?

Passwörter waren leicht zu ändern, und sie brauchte ihn, damit er das Foto, das Maggie Spack ihr hoffentlich geschickt hatte, speicherte und ausdruckte. Gedanken machte sie sich über all die anderen E-Mails, die sich in ihrem Postfach befanden.

Alle Mails von Aidan, diejenigen, die sie Will geschickt hatte und seine an sie waren für jeden sichtbar, der ihr Passwort wusste. Ein wahres Fest für Max, der eine Abhandlung über beziehungsgestörte Erwachsene schrieb.

Konnte sie ihm vertrauen?

Eine dreiviertel Stunde später wartete Max auf sie. Er trug eine weite Jeans, das übliche Leinenjackett und ein dunkelblaues Hemd, das sich über seinem Bauch spannte. Er hatte einen Fuß auf einen Poller gestellt und sah in einer Pose auf das Meer hinaus, die andeutete, dass er von seinen neuen italienischen Schuhen begeistert war. Aber diese Art von Eitelkeit passte nicht zu ihm, obwohl er schon ein paar Eigenarten hatte. Er führte etwas im Schilde.

»Hi«, begrüßte sie ihn.

»Ist er Ihnen noch auf den Fersen?«

»Ich glaube schon, aber ich will mich nicht umschauen und ihm die Befriedigung geben, dass er mir Angst gemacht hat. Hat sie das Foto geschickt?«

»Ja.« Max reichte ihr einen Umschlag, und sie steckte es rasch unter ihr T-Shirt. »Es sind auch einige Gehirn-Scans dabei, die Sie sicher interessieren werden. Ich habe mir erlaubt, eines aus einem Anhang Ihrer E-Mails für mich auszudrucken. Die anderen … hatte ich bereits. Sehen Sie sie sich in aller Ruhe an.«

Der Anhang mit dem Scanbild war sicher von Spikes Anwalt geschickt worden und hilfreich. Und sehr schnell angekommen. Sie hatte noch keinen Anwalt kennengelernt, der so rasch auf eine Anfrage reagiert hatte. Spike hatte ihr offensichtlich eine gute Referenz gegeben.

Aber all das bedeutete auch, dass Max Zugriff auf ihre anderen E-Mails hatte.

Mistkerl!, dachte Karen. Ich hoffe, er hat nicht alle vorherigen gelesen.

»Silas hat uns bestimmt gesehen«, sagte sie laut und legte die Hand auf ihre Brust, um sich zu versichern, dass das Kuvert immer noch dort verstaut war.

Dann dachte sie daran, was sie wohl erwarten würde, wenn sie Eve Clarke auf der Insel gegenübertreten musste. Karen zog das Kuvert aus ihrem T-Shirt, nahm die Fotos heraus, faltete sie und stecke sie zwischen die Seiten des *Evening Standard,* den sie in der U-Bahn gelesen hatte. Das Foto des Schauspielers, der sich als Silas ausgegeben hatte, wanderte in ihre Tasche.

Max sah sie fragend an.

»Silas hat bestimmt beobachtet, dass Sie mir etwas gegeben haben«, erklärte sie. »Und wenn er versucht, sich das zu holen, dann möchte ich nicht, dass er sich alles schnappen kann. Vielleicht wäre er mit den Scanbildern zufrieden, und diese könnten Sie mir noch einmal ausdrucken.«

»Ich glaube, ich sollte mit Ihnen auf die Insel zurückfahren«, sagte Max und zog seine Augenbrauen so weit nach oben, dass sie über seiner Nase zusammenstießen.

»Und Ihr Auto mit nur einem Parkticket ausgestattet hier stehen lassen? Sicher nicht.«

Er runzelte die Stirn und sah sie mit einem so grimmigen Gesichtsausdruck an, wie sie ihn noch nie bei ihm gesehen hatte.

»Ich würde dreißig Strafzettel dafür in Kauf nehmen, um Sie zu beschützen«, sagte er. »Und mir nicht vorstellen zu müssen, dass Sie über den Solent fahren und einen Mörder im Schlepptau haben.«

Sie lachte, um ihre Gefühle zu verbergen. »Wir haben Berufsverkehr. Der Jet wird ausgebucht sein. Er kann mir nichts tun.«

»Außer, Ihnen ein Messer in den Leib zu rammen«, entgegnete Max ernst. »Lassen Sie mich Sie begleiten.«

»Nein. Damit muss ich allein fertig werden.« Trotz ihrer Größe musste sie sich strecken, um ihm einen Kuss auf die Wange zu drücken. »Aber es ist sehr lieb von Ihnen, sich so väterlich zu verhalten, anstatt mich, wie sonst, immer dazu anzutreiben, Risiken einzugehen.«

»Ich fühle mich nicht väterlich.« Diese Vorstellung schien ihn zu empören. »Aber ich fühle mich verantwortlich.«

»Weil Silas mich verfolgt?«, fragte sie und dachte sich dabei, dass er anscheinend doch ein Gewissen hatte.

Max schüttelte den Kopf. Sein dunkles, von grauen Strähnen durchzogenes Haar flog ihm um das Gesicht. »Weil ich Sie dazu angestachelt habe, nach Parkhurst zu fahren und in Spikes Unterbewusstsein herumzuwühlen.«

»Als ich Sie fragte, warum Sie ihn empfohlen hatten, erklärten Sie mir, dass er derjenige an einer schweren Persönlichkeitsstörung leidende Mörder sei, zu dem man am besten Zugang bekäme. Das ergab Sinn.«

Etwas an seinen sich verdüsternden Augen und zusammengepressten Lippen verriet ihr, dass das nicht die ganze Wahrheit war.

»Was haben Sie gedacht, was ich bei einer Begegnung mit ihm herausfinden würde?«

Max' Lächeln wurde noch schiefer.

»Kommen Sie, Professor. Raus damit.«

Er hob die Hand, als wollte er sie tätscheln, ließ sie dann aber wieder fallen. Er sah sie nicht an, sondern betrachtete die Möwen, die sich um irgendwelche Reste am Rand des Piers stritten.

»Ich wollte, dass Sie den Unterschied zwischen Fantasien über einen Mord und dem tatsächlichen Geschehen sehen. Diese riesige Lücke – die Kluft –, die sich zwischen einem Mann wie Spike und Ihnen auftut, und ...«

Karen lehnte sich so weit vor, dass sich ihre Arme berührten. »Und ich bin nur auf Ähnlichkeiten gestoßen. Ich wusste nicht, dass Sie so viel von meiner ... Vergangenheit wissen.«

Sie spürte, wie er mit den Schultern zuckte und sich leicht zurückneigte.

»Woher wissen Sie das alles?«, fragte sie nach.

»Sie erwähnen manchmal das eine oder andere«, erwiderte er. »Das gab mir Gelegenheit, Fragen zu stellen, also wusste ich, dass irgendetwas vorgefallen war.«

»Das genügt mir nicht. Irgendjemand hat darüber geredet. War es ... war es Will?« Karen hatte auf verräterische Weise ihre Stimme gesenkt. Nur so konnte sie verhindern, dass diese zitterte.

»Will Hawkins? Gütiger Himmel, nein. Weiß er denn darüber Bescheid?«

»Nur oberflächlich. Also, wer war es?«

Max hustete, als hätte er sich an einem Krümel verschluckt. Es klang so unangenehm, wie es sich wahrscheinlich anfühlte.

»Also wer? Raus damit, Professor.«

»Nein. Ihr Boot läuft gerade ein. Wenn Sie einen Sitz neben einigen netten Fremden haben wollen, die Sie beschützen, dann sollten Sie jetzt gehen. Viel Glück. Und wenn Sie sich doch dazu entschließen sollten, sich einen Anwalt zu nehmen, dann rufen Sie mich an.« Er lächelte gequält. »Vielleicht kümmere ich mich schon einmal darum, um einen in Bereitschaft zu haben. Nur für alle Fälle.«

Der einzige Anwalt, den ich haben möchte, ist Aidan, dachte Karen. Selbst, wenn er sich auf der anderen Seite des Atlantiks befindet und im falschen Rechtsbereich arbeitet.

»Ich komme schon zurecht. Vielen Dank dafür, dass Sie mir Ihren Wagen geliehen haben. Und für das Herunterladen des Fotos. Auf Wiedersehen.«

Sie wartete seine Antwort nicht ab, sondern lief auf das Boot und setzte sich zwischen zwei ältere, mit Einkaufstüten beladene Frauen. In der Reihe gab es nur drei Sitzplätze, und es war offensichtlich, dass die beiden den mittleren für ihre Einkäufe haben wollten. Und da auf beiden Seiten des Mittelgangs noch genügend Plätze frei waren, wirkte es merkwürdig, dass Karen sich auf diesen Sitz versteifte. Aber sie brauchte genau einen solchen Schutz. Und die beiden waren zu höflich, um ihren offensichtlichen Unmut in Worte zu fassen. Sie rutschten nur zur Seite und verdrehten genervt die Augen.

Silas Falconer schlenderte an der kurzen Sitzreihe bis zum Ende vorbei und drehte sich dann um, um ihr ins Gesicht zu schauen.

»Gute Wahl, Dr Taylor«, sagte er, verzog das Gesicht zu einer Grimasse, die ein Lächeln darstellen sollte und bleckte dabei die Zähne.

26

Silas saß zwei Reihen vor Karen und ihren Reisebegleiterinnen mit den Einkaufstaschen. Als der Katamaran die Calshot Lifeboat Station passiert hatte, zog er allzu offensichtlich sein Telefon hervor, drückte auf die Kurzwahltaste und legte das Telefon an sein Ohr.

»Ja. Ja. Richtig«, erklärte er laut. »Wir befinden uns jetzt beide auf dem Red Jet. In fünfzehn Minuten werden wir da sein. Großartig. Was? Nein. Nein, ich werde nicht noch zu einer Unterhaltung bleiben.«

Damit war Karen gewarnt. Wie erwartet sah sie Detective Sergeant Clarke am Kai auf sie warten. Neben ihr standen zwei Polizisten in Uniform. Silas hatte es also nicht darauf abgesehen, ihr einen körperlichen Schaden zuzufügen, sondern er hatte sie demütigen wollen.

Damit wusste sie umzugehen. Sie betrat den Kai mit geradem Rücken und festen Schritts und streckte ihre Hand aus, um Eve Clarke zu begrüßen.

»Sie hätten nicht hierherkommen müssen, um mich abzuholen«, erklärte Karen langsam und selbstbewusst. »Ich hätte mir auch ein Taxi nehmen können. Aber es ist nett von Ihnen, mir diese Mühe zu ersparen.«

Sie hatte Schwierigkeiten, das aufsteigende Lachen zu unterdrücken. Detective Sergeant Clarke schien außer sich zu sein und sich um ein besonderes Vergnügen betrogen zu fühlen.

»Wollen wir gehen?«, fragte Karen, in der Absicht, so lange wie möglich die Oberhand zu behalten. Sie hielt auch den beiden uniformierten Beamten ihre Hand hin.

»Hi. Ich bin Dr Karen Taylor.«

Der jüngere und weniger erfahrene der beiden nahm ihre

Hand und schüttelte sie kräftig. Dabei lächelte er sie auf eine nachlässige, freundliche Weise an. Der andere wirkte peinlich berührt, sah ihr nicht in die Augen und nahm auch ihre Hand nicht in seine. Er warf Detective Sergeant Clarke einen Blick zu, die den Kopf schüttelte.

Aha, dachte Karen. Er hat sich gefragt, ob ich formell verhaftet und mir Handschellen angelegt werden sollten, und die Gebärde hat ihm gezeigt, dass das nicht nötig sei, solange ich mich nicht weigere.

Später musste er sie allerdings doch berühren, als er ihr die Hand auf den Kopf legte und sie auf den Rücksitz des Streifenwagens schob. Er ließ sich dann auf dem Beifahrersitz nieder, während sein Kollege sich neben Karen setzte und ratlos und peinlich berührt aussah.

Schon kurze Zeit darauf hatten sie das Polizeirevier erreicht, und Karen wurde nun offiziell festgenommen, dem diensthabenden Polizeibeamten für den Arrest vorgeführt und aufgefordert, ihre Habe abzuliefern.

»Ich habe Sie vorgewarnt und Ihnen gesagt, Sie sollten einen Anwalt mitbringen«, meinte Detective Sergeant Clarke. In ihren an Stachelbeeren erinnernden grünen Augen lag ein warmer Glanz von Befriedigung. »Leider werden wir Sie für eine Weile in einer Zelle unterbringen müssen, bis wir Zeit für eine Befragung haben.«

Sie wirkte nicht so, als täte ihr das leid oder als würde es sie beunruhigen. Eher so, als würde sie nach langem Warten endlich Spaß haben.

»Und ich bin nicht sicher, wann das sein wird. Der neue Ermittlungsbeamte möchte dabei sein, und er ist im Augenblick beschäftigt. Sind Sie sicher, dass wir keinen Pflichtverteidiger benachrichtigen sollen?«

»Ganz sicher, danke.« Karen sah Detective Sergeant Clarke nach, als sie aus der Arrestzelle rauschte, ihre Gehilfen im Schlepptau. Dann wandte sie sich an den Arrestbeamten. »Könnte ich bitte meine Zeitung haben?«, fragte sie ihn höflich.

»Da ich anscheinend eine gewisse Zeit hier verbringen muss, wäre das eine gute Gelegenheit, die Nachrichten zu lesen.«

Er sah in die Richtung, in die Detective Sergeant Clarke verschwunden war, lächelte dann und sagte, er sähe keinen Grund, warum das nicht möglich sein sollte.

Karen wurde in ihre Zelle gebracht und durfte den *Evening Standard* behalten.

Ihre Zelle war nicht gerade gemütlich. Die Wände waren gelb gefliest, in einer Ecke stand eine Toilettenschüssel aus Stahl und ohne Deckel. Unter dem Fenster an der gegenüberliegenden Wand befand sich eine Pritsche, die auch als Sitzbank diente. Zumindest roch es nach nichts anderem als nach Desinfektionsmitteln. Karen zog ihre Schuhe aus, setzte sich mit angezogenen Beinen auf die Bank und lehnte ihren Kopf an die kalte gekachelte Wand.

Sie hatte in der U-Bahn bereits den Großteil der Zeitung gelesen, aber das Kreuzworträtsel würde für ein wenig Zerstreuung sorgen. Und zwischen den Seiten des Wirtschaftsteils steckten die beiden Ausdrucke von Spikes Brainscans. Sie hatte sie nicht herzeigen wollen, bevor sie sie sich in aller Ruhe anschauen konnte. Glücklicherweise hatten weder Eve Clarke noch der Untersuchungsbeamte daran gedacht, die Zeitung auszuschütteln, obwohl sie ihr befohlen hatten, ihre Taschen zu leeren, und ihr ihre Handtasche abgenommen hatten.

Du musst das jetzt einfach durchstehen, dachte sich Karen. Mach ihnen nicht die Freude, dich aufzuregen. Detective Sergeant Clarke hat dem Ermittlungsbeamten wahrscheinlich noch nicht einmal mitgeteilt, dass du hier bist.

Sie machte sich auf eine lange Wartezeit gefasst, ließ die Zeitung in ihren Schoß fallen und schloss die Augen. Dann begann sie in Gedanken, die Geschichte zu rekonstruieren, wie sie glaubte, dass sie sich ereignet hatte. Das würde ihr helfen, sie präzise und flüssig vorzutragen, wenn sie die Möglichkeit hatte, mit dem Ermittlungsbeamten zu sprechen. Aber ihre Gedanken flogen davon wie die Samen einer Pusteblume, und stattdessen tauchten die Erinnerungen an die Nacht auf, in der Peter gestorben war.

Karen wusste, wohin ihr Unterbewusstsein sie führen wollte. Da sie sich seit so langer Zeit seinen Tod gewünscht hatte, hatte sie ab einem bestimmten Punkt immer das Gefühl gehabt, dafür bestraft werden zu müssen, und sie hatte nicht das Bedürfnis, dagegen anzukämpfen. Vielleicht hatte sie deshalb ihre Schwiegermutter nicht angerufen, um gegen die Anschuldigungen zu protestieren, die diese in alle Richtungen verbreitete. Möglicherweise hatte sie insgeheim geglaubt, sie seien gerechtfertigt.

Und vielleicht hatte Spike ähnlich reagiert. Charlie Trench hatte Karen erzählt, wie merkwürdig entspannt Spike gewesen war, als er verhaftet worden war, wie wenige Fragen er gestellt und dass er kaum seine Unschuld beteuert hatte. Sie hatten alle angenommen, dass das daran lag, dass er nicht so unschuldig war, wie er später behauptete. Vielleicht fühlte er sich jedoch unterbewusst schuldig und war erleichtert gewesen, als man ihn festgenommen hatte.

Hatte Silas' Hass Spikes sich entwickelnden Verstand so verzerrt, dass er zu glauben gelernt hatte, das zu verdienen? Dazu kam noch die Vernachlässigung seiner leiblichen Mutter und Colonel Falconers offensichtliche Ablehnung seiner Person. Konnte das ausgereicht haben, um Spike glauben zu machen, dass er die Schuld für alle Verbrechen tragen musste, die Silas begangen hatte?

Zwei Stunden später, um viertel nach neun, öffnete sich die Zellentür, und der Untersuchungsbeamte stand vor ihr und winkte sie heran.

Karen richtete sich auf und zog ihre Jeans und das T-Shirt zurecht, das sie sich von ihrer Mutter geborgt hatte. Dann fuhr sie sich mit den Fingern durch ihr dichtes Haar, das sich verknotet und an den Spitzen verfilzt anfühlte, aber dagegen konnte sie jetzt nichts unternehmen.

»Gut. Danke.«, sagte sie. »Dann lassen Sie uns gehen. Oh,

gibt es Neuigkeiten von Detective Chief Inspector Trench? Bei meinem letzten Besuch sah er besser aus, aber er hatte offensichtlich noch große Schmerzen.«

Das herzliche Lächeln des Beamten sagte ihr einiges über seine Einstellung zu Charlie Trench und erklärte auch, warum er ihr bereitwillig die Zeitung zurückgegeben hatte. »Es geht ihm nicht schlecht. Ich würde sagen, dass er in einer Woche wieder arbeiten kann.«

»Wird er dann die Ermittlung dieses Falls wieder übernehmen?«

Sein Lächeln wurde noch breiter. »Soweit ich gehört habe, ja.«

»Großartig«, sagte Karen laut. Deshalb war Detective Sergeant Clarke so versessen darauf, mich zu verhaften, weil sie jetzt noch Einfluss darauf nehmen kann, wie die Ermittlungen verlaufen, dachte sie im Stillen.

Der Sergeant brachte Karen zu einer jungen uniformierten Beamtin, die sie in einen sauberen, unpersönlichen Besprechungsraum führte und mit ihr dort wartete, bis Detective Sergeant Clarke mit einem wesentlich älteren Mann an ihrer Seite erschien. Er stellte sich ihr als Detective Chief Inspector Perks vor und zeigte ihr den Kassettenrekorder, bevor Detective Sergeant Clarke zu sprechen begann.

Sie wirkte so angespannt, dass Karen befürchtete, sie würde platzen, wenn jemand sie berührte. Wieder erinnerte sie Karen daran, dass sie ihr empfohlen hatte, sich einen Anwalt zu besorgen.

»Ja.« Karen schenkte ihr ein geduldiges Lächeln, was Eve Clarke noch mehr auf die Palme brachte.

Karen glaubte, Perks Lippen als Reaktion darauf leicht zucken zu sehen. Er sah so viel älter aus als Trench, dass sich Karen fragte, ob man ihn möglicherweise gebeten hatte, seinen Ruhestand zu unterbrechen und hier die Stellung zu halten, bis Trench sich wieder erholt hatte. Niemand erwähnte den Detective Inspector, den sie bereits letztes Mal kennengelernt hatte, als Eve sie hierherbrachte, und es sprach auch niemand davon, welche Rolle er spielte.

Perks war nicht halb so eindrucksvoll, aber seine Haltung verriet Selbstbewusstsein und bildete einen Gegensatz zu der wütenden Anspannung, unter der Detective Clarke stand.

»Ich brauche keinen Anwalt«, erklärte Karen und sah von einem zum anderen. »Jetzt, wo Sie beide hier sind, kann ich Ihnen sagen, was ich in London herausfinden wollte.«

»Das ist kein Geplauder, Dr Taylor«, sagte der Ermittlungsbeamte. »Das ist ein Verhör, weil Sie festgenommen wurden.«

»Das weiß ich. Aber Sie haben keine Beweise gegen mich.« Sie warf einen Blick auf Detective Sergeant Clarke und stellte überrascht fest, dass sich ein süffisantes Grinsen auf dem hageren grauen Gesicht ausbreitete. »Was? Was glauben Sie, gegen mich in der Hand zu haben?«

»So läuft das hier nicht. Wir wollen wissen, wohin Sie gefahren sind, nachdem Sie am Montag vor zwei Wochen das Gefängnis verlassen haben.«

Montag vor zwei Wochen. Karen grübelte über alles nach, was geschehen war. War das der Tag, an dem ich nach Chillerton gefahren bin? Ich wollte mir anschauen, wo man Spike gefunden hat, betrunken und in seinem dicken Tweedmantel an einem heißen Sommertag. Und ich wollte mir den Ort ansehen, an dem die Familie Sanders erschossen wurde. Ich glaube, das war an diesem Tag.

Zum ersten Mal dachte sie darüber nach, warum Spike sich betrunken hatte, wenn es ihm doch nur darum ging, seine Befriedigung aus der Tötung von vier Menschen zu ziehen. Warum hatte sie daran nicht vorher gedacht? Das passte nicht zusammen.

»Sie haben sich mit Jim Blake getroffen, nicht wahr?«, fragte Detective Sergeant Clarke und holte damit Karen wieder in die Gegenwart zurück. »Geben Sie es zu. Wir haben Aufnahmen von der Überwachungskamera im Empfangsbereich des Gefängnisses. Sie vereinbaren etwas mit ihm und gehen dann.

Zehn Minuten später hat er Dienstschluss und folgt Ihnen. Was haben Sie mit ihm vereinbart?«

»Das ist Unsinn.« Karen blieb ganz ruhig, weil diese Fragen so weit von allem entfernt waren, was Spikes Flucht oder Jim Blakes Tod betraf. »Ich habe mit Jim Blake am Empfang gesprochen, weil ich meine Habseligkeiten zurückhaben wollte. Meine Schlüssel. Da muss er es wohl getan haben.«

»Was getan haben?«, fragte der Ermittlungsbeamte, und warf Detective Sergeant Clarke einen Blick zu, die störrisch dreinschaute.

»Wahrscheinlich hat man Ihnen berichtet, dass mir ein markantes Messer aus meinem Haus gestohlen wurde, obwohl es keine Anzeichen für einen Einbruch gab. Zumindest hoffe ich, dass man Ihnen das gesagt hat. An diesem Tag – es war ein Montag – hatte Jim Dienst am Empfang, anstatt seinen üblichen Job im Gefängnistrakt zu erledigen. Ich habe ihm meine Schlüssel gegeben, wie ich das tun musste. Und ich nehme an, dass er sie sich irgendwie hat nachmachen lassen oder sich einen Abdruck davon genommen hat, sodass er damit in mein Haus gelangen und das Messer mitnehmen konnte, ohne Spuren zu hinterlassen. So muss es gewesen sein. Zu diesem Zeitpunkt gab es noch keine sehr aufwendig hergestellten Schlüssel.«

»Wie meinen Sie das? Zu diesem Zeitpunkt?«, fragte Perks. »Schlüssel werden doch nicht besser.«

»Sie wurden nicht ausreichend informiert, richtig?« Karen gestattete sich ein kleines nachgiebiges Lächeln, um zu zeigen, wie unberührt sie das alles ließ. »Vor Kurzem, nachdem Spike aus Parkhurst geflüchtet war, versuchte er, bei mir einzubrechen. Ich brauchte danach eine neue Tür, und der Handwerker installierte viel modernere Schlösser.«

»Sie beschuldigen also einen toten Gefängnisbeamten mit jahrzehntelanger Berufserfahrung und einem ausgezeichneten Ruf, Ihre Schlüssel entwendet und sich dann in Ihr Haus begeben zu haben, um das Messer zu stehlen, mit dem er dann einem Insassen bei der Flucht geholfen hat? Ist es so?«

»Nein, Chief Inspector.« Karens Verärgerung ließ ihre Stimme rauer und gefühlsbetonter klingen. »Ich beschuldige ihn, Beweismaterial gestohlen zu haben, das er entsprechend einsetzen konnte, als er die Flucht organisierte, um dann …«

»Warten Sie einen Moment.« Perks hob eine Hand, als würde er den Verkehr aufhalten wollen. »Der Mann ist im Solent in der Nähe Ihres Hauses ertrunken aufgefunden worden. Mit abgeschlagenem Kopf.«

»Ich weiß.« Sie verdrängte rasch die Bilder von seinem Kopf in den Wellen.

»Wollen Sie sagen, dass er das auch organisiert hat?«

»Das geht jetzt an der Wirklichkeit vorbei. Vielleicht hätte ich mir doch eine Anwältin besorgen sollen. Sie hätte Sie davon abhalten können, Zeit mit so etwas zu verschwenden. Ihre und meine.«

Detective Sergeant Clarke, die zusammengesunken, ihr Kinn an den Hals gepresst, dasaß, murmelte etwas vor sich hin. Karen brauchte einen Augenblick, bis sie die Worte verstand: Darauf würde ich mich nicht verlassen.

»Jim Blake muss dafür bezahlt worden sein, Spike aus dem Gefängnis zu holen«, begann Karen, wurde aber sofort von Detective Sergeant Clarke unterbrochen.

»Das wissen wir«, sagte sie ungeduldig, und ihre Stimme klang verächtlich. »Wir haben die fünfhundert Pfund, die Sie ihm gegeben haben, unter den Holzdielen in seiner Wohnung gefunden.«

»Die habe ich ihm nicht gegeben«, erwiderte Karen. »Und warum hätte er mein Sushimesser stehlen sollen, wenn ich das getan hätte? Ich habe Jim Blake niemals Geld gegeben.«

»Niemals?« Detective Sergeant Clarke schien plötzlich alarmiert.

Oh, verdammt! Karen hoffte, dass sie jetzt nicht rot wurde. »Nein, bis auf den Zehner, als er für eine Stiftung für geistig Behinderte gesammelt hat.«

»Das ist eine raffinierte Erklärung dafür, dass wir Ihre Fingerabdrücke auf dem Geldschein gefunden haben, mit dem der Rest in seiner Wohnung zusammengebündelt war. Aber ich glaube Ihnen nicht«, erklärte Clarke.

Das ist also das Beweismittel, dachte Karen. Meine Fingerabdrücke auf einem Schein von Jims Geld. Aber das reicht nicht aus. Und es ist viel zu schlüssig. Jemand muss das alles eingefädelt haben.

»Was haben Sie dazu zu sagen, Dr Taylor?«

»Hören Sie gut zu, Detective Sergeant Clarke, denn es ist etwas kompliziert.«

Sergeant Clarke drehte sich mit ihrem Stuhl um und schien protestieren zu wollen, aber die Anwesenheit ihres Vorgesetzten reichte aus, dass sie sich zurückhielt.

»Ja, Dr Taylor?«, fragte er.

»Wie Sie sicher wissen, habe ich schon öfter gesagt, dass mir bewusst eine Falle gestellt wurde. Wer immer das getan hat, ist so weit gegangen, Jim dazu zu überreden, sich von mir Geld geben zu lassen, um einen Schein zu besitzen, auf dem meine Fingerabdrücke zu finden sind. Und von dem vorherigen Vorkommnis wissen Sie wahrscheinlich noch nichts.«

»Ich höre«, erwiderte Perks und deutete mit einem Kopfnicken auf den Kassettenrekorder. »Das Gerät auch.«

»Ich weiß. Wenn Sie sich die Unterlagen über die Erschießung der Familie Sanders ansehen – das sogenannte Picknick-Massaker –, dann werden Sie feststellen, dass Spikes Bruder, Silas Falconer, ein stichfestes Alibi hat.« Sie drückte sich förmlich aus und sprach so langsam, dass man gut ein Diktat hätte aufnehmen können.

Perks warf Detective Sergeant Clarke einen Blick zu. Sie nickte. »Er war in einem Krankenhaus in London, Sir«, erklärte sie. »Er hat sich neun Stunden lang verschiedenen Tests unterzogen, wurde geröntgt und so weiter. Das steht alles in den Akten.«

»Nur war er nicht der Mann, der im Krankenhaus untersucht wurde«, warf Karen ein und amüsierte sich dabei. »Das versuchte ich Ihnen bereits zu sagen. Silas Falconer hat einen arbeitslosen Schauspieler dafür bezahlt, sich an diesem Tag für ihn auszugeben – an dem Tag, an dem sein adoptierter, an einer gefährlichen Persönlichkeitsstörung leidender Bruder angeblich eine unschuldige Familie ausgelöscht hat. Ist das nicht interessant?«

Zwanzig Minuten später konnte Karen die Polizeistation verlassen. Man hatte ihr alle ihre Sachen zurückgegeben, bis auf das Foto des Schauspielers, das Max ihr ausgedruckt hatte. Das hatte die Polizei behalten. Jetzt atmete sie die weiche, warme Luft auf der Insel ein und hörte das Knistern des *Evening Standards,* in dessen Seiten immer noch die beiden Aufnahmen der Gehirn-Scans steckten.

Obwohl die Sonne bereits am Horizont verschwunden war, war der Himmel noch nicht dunkel. Sein strahlendes Blau hatte sich zu einem klaren Grau mit rosafarbenen Streifen verwandelt. Das Meer roch ausnahmsweise nur nach Salz. Und all die schweren Gerüche, die in der letzten Woche während der Cowes Week in der schwülen Luft gehangen hatten, waren mit einem Mal verschwunden.

Karen machte sich auf die Suche nach ihrem Wagen. Wie erwartet, zierten einige Strafzettel die Windschutzscheibe.

»Das war es wert«, sagte sie laut, während sie sie abnahm und in ihr Handschuhfach steckte.

Die Polizei hatte nun alle Informationen, die sie gesammelt hatte, außer den Scans. Jetzt konnten sie die Sache übernehmen, den Schauspieler suchen, ihn befragen, Silas ins Verhör nehmen und schließlich die Wahrheit herausfinden.

Karen startete den Motor, legte den Gang ein und fuhr los. Zum ersten Mal freute sie sich darauf, in ihr feuchtes kleines Häuschen ohne Telefonanschluss zurückzukehren. Dann erinnerte sie sich an Rodericks Versprechen, ihr weitere Kaninchen zu bringen. Wenn er Wort gehalten hatte, dann würden sie seit sechsunddreißig Stunden auf ihrer Türschwelle in der Sonne schmoren. Der Geruch würde ekelhaft sein.

27

Ich bin hier fast fertig, Professor«, sprach Karen in ihr Handy, als sie am nächsten Morgen am Empfangspunkt im Auto saß. »Obwohl ich nicht das erreicht habe, weswegen ich gekommen bin.«

Sie hatte die Tür geöffnet, streckte die Beine aus dem Wagen und wandte ihr Gesicht der Sonne zu, deren Strahlen immer noch durch die Bäume fielen.

»Was haben Sie erreicht?«

»Silas wurde verhaftet. Er wird im Augenblick verhört. Wir werden bald mehr darüber wissen.«

»Wollen Sie damit andeuten, dass er derjenige mit einer schweren Persönlichkeitsstörung ist?«

»Ich habe nicht genügend Beweise dafür, Professor. Aber, wie schon gesagt, ich bin mir mehr oder weniger sicher, dass Spike nicht an einer schweren Persönlichkeitsstörung leidet.«

Karen beobachtete einen kleinen braunen Vogel, der mit seinem Schnabel eine Schnecke aufpickte und sie fest auf einen flachen Stein schleuderte. Nachdem er das mehrmals wiederholt hatte, holte sich der Vogel genüsslich das noch zuckende Fleisch aus der zerschmetterten Schale.

»Haben Sie sich die Röntgenaufnahme von ihm angesehen, als er noch ein Baby war, Professor?«, fuhr sie fort. »Als er in Pflege genommen wurde, nachdem er vom Wickeltisch gefallen ist und sich den Schädel gebrochen hat?«

»Natürlich«, erwiderte er. »Ich habe die Aufnahme bei meinen Akten, seit ich zum ersten Mal mit seinem Fall in Berührung gekommen bin. Selbst damals konnte man sehen, dass sich sein präfrontaler Cortex nicht so entwickelte, wie es sein sollte.«

»Und konnten Sie sich die Aufnahme ansehen, die mir sein Anwalt geschickt hat? Die gemacht wurde, als er vierzehn Jahre alt war?«

»Natürlich.« Er lachte, und seine raue Stimme klang dabei heller als sonst. »Ich habe mich gefragt, ob die Unterlagen im Krankenhaus möglicherweise vertauscht worden waren. Also habe ich das überprüft. Aber es handelt sich tatsächlich um Ultraschallbilder von Spike. Sie haben eine ganze Reihe davon aufgenommen. Und alle zeigen dasselbe Bild.«

»Ein absolut normaler präfrontaler Cortex, der auch Ihnen oder mir gehören könnte.«

»Interessant, nicht wahr?«

»Denken Sie über Supermütter auch so wie ich?« Karen dachte an die Ergebnisse der zahlreichen Tests, die man mit Laborratten durchgeführt hatte.

Die Experimente zeigten, dass ein vernachlässigtes Baby, das alle Verhaltensstörungen aufwies, die sich auch bei einem unterentwickelten präfrontalen Cortex ergaben, durch die intensive Fürsorge und Pflege einer Superratte gesunden konnte. Verhaltensforscher und Psychologen nahmen an, dass das auch bei Menschen zutraf, jedoch war es aus ethischen Gründen nicht möglich, entsprechende Tests durchzuführen.

»Sie kommen nicht darum herum«, meinte Max. »Irgendjemand hat den Schaden begrenzt. Das ist die einleuchtendste Erklärung dafür.«

»Das passt auch zu meinen Gedanken, die ich mir schon seit einer Weile mache«, erwiderte Karen. »Ich glaube, dass Sylvia immer Angst vor ihrem Mann hatte, und deshalb ihrem Sohn, der ihm so ähnlich ist, keine große Zuneigung entgegenbringen konnte. In den ersten Jahren, bevor sie vollkommen eingeschüchtert war, hat sich zwischen ihr und Spike eine starke Bindung entwickelt, und sie hat ihn erreicht, als er noch jung genug war, um den Schaden, den er als Säugling erlitten hatte, wiedergutzumachen.«

Karen hielt inne, dachte an die beiden Treffen mit Sylvia Falconer und wünschte, sie hätten mehr Zeit miteinander verbringen können.

»Ich nehme an, dass Sylvia Spike als Außenseiter gesehen hat, ebenso wie sich selbst, und ihn deshalb mit ihrer Fürsorge und Liebe überschüttet hat«, fuhr Karen fort.

»Wollen Sie damit andeuten, dass Silas alle diese Verbrechen begangen hat?«, fragte Max. Sein Tonfall ließ darauf schließen, dass er nicht wirklich eine Antwort darauf haben wollte, sondern sich ernste Sorgen um Karens Zurechnungsfähigkeit machte. »Die Straftaten in der Schule, der aufgeschlitzte Hund und die Morde am Chillerton Down?«

»Mehr oder weniger«, antwortete Karen.

»Warum waren dann einige davon so gut geplant und präzise und sauber ausgeführt, während andere – wie das Picknick-Massaker – so chaotisch abliefen? Sie waren diejenige, die als Erste auf diese Diskrepanz hinwies.«

»Weil Silas sich das so gestaltet hat.« Karen unterdrückte ihre Ungeduld. Max hatte keinen dieser Menschen kennengelernt. Er hatte nur schriftliche Unterlagen, und das war ihrer Überzeugung nach nie ausreichend. Sie beschloss, ihm weitere Informationen zu geben, um ihm die wahre Geschichte näherzubringen.

»Silas ist clever, Professor, und die auffällige Art, wie er mich von London bis auf die Insel verfolgt hat, zeigt seine theatralische Fantasie, die viele Menschen besitzen, welche sich manisch gegen ihr unerträgliches Inneres zur Wehr setzen. An dem Tag, an dem Familie Sanders getötet wurde, hat er sich meiner Meinung nach versichert, dass Spike genügend Drogen zur Verfügung hatte, um sich zuzudröhnen. Wahrscheinlich hat er ihm das Geld dafür gegeben, das seine Mutter ihm verweigert hatte. Dann hat er sich Spikes alte Kleidung angezogen, die Sylvia gerade gegen etwas Besseres ausgetauscht hatte. Und dann ist er mit der abgesägten Schrotflinte Amok gelaufen. Sicher hat er damit seine Gefühle abreagiert.«

Zwischen den grünen Bäumen tauchte aus der Dunkelheit der Elefantenmensch auf, und wie immer trug er sein Gewehr mit sich. Als er sie sah, hob er die Hand zum Gruß. Sie nahm ihr Telefon vom Ohr und schwenkte es durch die Luft, damit er verstand, warum sie im Augenblick nicht mit ihm sprechen konnte. Er wirkte peinlich berührt, scharrte mit den Füßen im Laub und wandte sich dann errötend ab.

»Und warum der Mord an genau dieser Familie?«, rief der Professor in das Telefon. »Warum am Chillerton Down? Warum genau in diesem Moment?«

Karen lachte. »Es hat mir schon immer gefallen, wie Sie versuchen, bei allen meinen Darstellungen eine Schwachstelle zu finden.«

»Nein, das stimmt nicht«, erwiderte Max, aber seine Stimme klang jetzt wieder auf menschliche Weise mitfühlend. »Sie können es nicht leiden und haben Mühe, sich zurückzuhalten, und Sie sind der Überzeugung, dass ich Ihnen glauben sollte, ohne nachzufragen. Ich weiß genau, wie Sie in diesem Moment aussehen. Sie schmollen ein wenig, ihr Gesicht ist geröteter als üblich, und in Ihren Augen spiegelt sich Eigensinn.«

»Vielleicht. Zuerst dachte ich, dass es möglicherweise eine Verbindung zwischen ihm und Dan Sanders geben könnte, da beide im Bankenviertel gearbeitet haben. Aber jetzt bin ich der Meinung, dass das reiner Zufall war. Ich glaube, das war ein abgekartetes Spiel. Silas wollte, dass Spike wegen eines Verbrechens verhaftet wird, das so schwerwiegend war, dass er ihn damit für immer aus dem Weg schaffen konnte.«

»Aber …«

»Ich glaube, Silas hatte genug von den Spielchen, die er die ganze Zeit über gespielt hatte, und wollte etwas anderes«, fuhr sie rasch fort, bevor er ihren Gedankengang unterbrechen konnte. »Es waren Schulferien, also konnte er davon ausgehen, dass sich einige Touristen am Down aufhalten würden. Die Familie Sanders hatte das Pech, zur falschen Zeit am falschen Ort zu sein.«

»Ich nehme an, Sie könnten recht haben. Was wollen Sie jetzt tun, Karen?«

»Ich würde gern mit Silas sprechen, aber das wird mir noch nicht gelingen – wenn überhaupt jemals. Wie schon gesagt wurde er vorläufig festgenommen, aber sie haben nur sechsunddreißig Stunden Zeit, um ihn anzuklagen. Wenn es nicht dazu kommt, müssen sie ihn wieder laufen lassen. Falls es ihnen gelingt, ihn in Untersuchungshaft zu behalten, bekomme ich möglicherweise eine Gelegenheit, mich mit ihm zu unterhalten und mehr herauszufinden.«

»Das bezweifle ich. Wenn er wirklich so berechnend ist, wie Sie glauben, dann wird er nicht kooperieren. Spike ist im Vergleich zu ihm wahrscheinlich direkt geschwätzig. Glauben Sie, dass Spike gewusst hat, was Silas im Schilde führte?«

»Bis zu einem gewissen Grad schon. Das könnte erklären, warum er sein Verhalten bei unseren Gesprächen oft abrupt änderte. Manchmal klang er vollkommen vernünftig, dann kicherte er wieder hysterisch oder dachte sich widerliche, gewalttätige Geschichten aus. Ich denke, das ist seine Art, von Fragen abzulenken, die der Wahrheit zu nahe kommen könnten.«

»Warum hat er seinen Bruder nicht verraten? Warum die Schuld auf sich genommen, wenn er wusste, wie es sich wirklich zugetragen hat?«

»Zu Spikes anderen Problemen – und davon hat er viele –, gehört das fundamentale Bedürfnis, seinen geliebten Bruder immer zu beschützen«, erklärte Karen. »Sie kennen doch die Situation, wenn Betrunkene eine höfliche Phrase pausenlos wiederholen, weil es der einzige sichere Satz ist, den sie sagen können?«

»Natürlich.«

»Spikes Zuneigung zu Silas war damit zu vergleichen. Es war das Einzige, was sicher und real war, unabhängig von dem Gefühlschaos, in dem er damals steckte. Oder, wie ich annehme, gleichgültig davon, wie viele Drogen man ihm zugesteckt hat.«

Max schwieg eine Weile. Offensichtlich dachte er über das

nach, was sie gesagt hatte. »Wir müssen uns unterhalten«, sagte er schließlich. »Kommen Sie heute nach Southampton zurück?«

»Nein, aber bald.« Will kam noch einmal für ein letztes Wochenende zu ihr in ihr Häuschen, aber das würde sie Max nicht verraten.

Als Wills Fähre in den Hafen einlief, hatte Karen das Häuschen mit Blumen gefüllt. Großer blassblauer Rittersporn, gemischt mit rosa- und cremefarbenen Lobelien erhellten die dunklen Ecken und verbreiteten in dem schäbigen Häuschen einen Duft, der beinahe so herrlich war wie der im Wintergarten der Bridgers. Sie hatte die Bettwäsche gewechselt und dafür gesorgt, dass sich in dem Tank über der Dusche ausreichend heißes Wasser befand. Das Sushimesser war noch in Polizeigewahrsam, aber die massive, elegante Schachtel hatte einen Ehrenplatz auf dem Regal über der Spüle bekommen.

Die Kaninchen, die ihr der Elefantenmensch gebracht hatte, köchelten im Herd in einer Mischung aus Zwiebeln, Weißwein und französischem Senf. Sie hatte Äpfel aufgeschnitten und sie mit Zitronensaft beträufelt. In zwanzig Minuten, wenn die Kaninchen fertig sein würden, würde sie sie mit einem Becher saurer Sahne zur Soße geben. Der Dampf roch bereits sehr appetitlich, und die Vorstellung, Kaninchen zu essen, hatte für sie jeglichen Schrecken verloren und verursachte ihr keinen Ekel mehr. Im Gefrierfach stand ein leckeres Himbeersorbet bereit, und im Kühlschrank lag eine Flasche Weißwein, die für eine besondere Gelegenheit gedacht war.

Sie stellte sicherheitshalber den Herd auf eine niedrigere Stufe, schloß dann die Tür hinter sich ab und fuhr nach Yarmouth, um Will abzuholen.

Es hatte sich bereits eine kleine Menschenmenge angesammelt, die auf die einfahrende Fähre wartete. Die Möwen kreischten, als seien sie in Ferienstimmung, und ließen sich von den warmen Luftströmen in den blauen Himmel tragen, der so klar war, als hätte ihn jemand mit Acrylfarben gemalt. Will stand an der Reling am Oberdeck der Fähre und winkte ihr mit einer Leidenschaft zu, die nicht zu dem unterkühlten, kontrollierten Verhalten passte, das er üblicherweise an den Tag legte.

Er trug eine weite Khakihose und ein eng anliegendes schwarzes T-Shirt. Sein kurzgeschnittenes blondes Haar stand ihm vom Kopf ab, und er trug die ihr vertraute Reisetasche aus Leinenstoff und Leder, als hätte sie kein Gewicht.

»Du siehst unglaublich jung aus«, sagte sie und drückte ihm zur Begrüßung einen Kuss auf den Hals, wobei sie mit tiefen Atemzügen seinen vertrauten Geruch einatmete.

»Und du siehst durch deinen Triumph über die Polizei völlig verändert aus. Ich war kurz davor, hierher zu kommen und jemanden zu verprügeln, als du mir sagtest, dass sie dich tatsächlich verhaftet hatten. Was für eine Unverschämtheit!«

»Das war noch nicht alles«, erklärte Karen und dachte an Detective Sergeant Clarkes Versuche, sie daran zu hindern, Charlie Trench zu besuchen. »Aber als der vorübergehend eingesetzte Ermittlungsbeamte meine Beweise gehört und gesehen hatte, war ich sofort wieder frei.«

»Wie geht es Trench? Hast du von ihm gehört?« Will nahm seine Tasche in die andere Hand, damit er ihr seinen rechten Arm um die Schulter legen konnte, während sie zu ihrem Auto gingen.

Sie hatte noch nie jemanden kennengelernt, der sich so spielend ihrem Schritt anpasste. Wenn sie sonst mit jemandem so wie jetzt oder Hand in Hand gegangen war, war sie meist immer wieder an ihn gestoßen oder gestolpert. Mit Will war es beinahe so, als würde sie mit ihrem eigenen Spiegelbild spazieren gehen.

»Ich habe gehört, dass er aus dem Krankenhaus entlassen wurde, sich aber noch erholen muss. Zum Abendessen gibt es Kaninchen. Ist das in Ordnung?«

»Aber nicht dieselben?«, fragte Will entsetzt.

Sie lachte. »Dummkopf! Natürlich nicht. Roderick hat mir zwei frische vorbeigebracht. Sie werden sicher gut schmecken.«

Will wischte gerade mit einem Stück Baguette den letzten Rest Soße von seinem Teller, als sie ein Auto hörten. Er sah auf und hob die Augenbrauen.

»Ich erwarte niemanden«, erklärte Karen. »Wahrscheinlich fährt der Wagen zu dem großen Haus am Ende des Wegs.«

Aber der Motor wurde abgestellt, und eine Wagentür wurde heftig zugeschlagen, so, als sei der Fahrer sehr wütend.

»Was zum Teufel …?«, sagte Will, als jemand laut an die Tür klopfte.

Als Karen öffnete, sah sie Charlie Trench vor sich. Ihr erster Impuls war, ihm ihre Arme um den Hals zu werfen, ihm zu gratulieren, dass er sich wieder erholt hatte, und ihm noch einmal dafür zu danken, dass er sie vor Verbrennungen oder noch Schlimmerem bewahrt hatte. Aber sein Gesichtsausdruck war so aggressiv, dass nichts davon möglich war.

»Kommen Sie herein«, lud sie ihn ein. »Will und ich haben die Flasche noch nicht ganz ausgetrunken, also …«

»Ich will nichts trinken.« Er zeigte ihr jetzt wieder diese unerträgliche Abneigung, wie an dem Tag, an dem er sie verdächtigt hatte, die Entführung und die Geiselnahme eingefädelt zu haben.

»Was kann ich dann für Sie tun?« Sie trat einen Schritt zurück.

»Sie können damit aufhören, mich zu verarschen und unsere Ermittlungen mit Ihren Fantasien zu versauen. Wie mit diesem Mist über Silas Falconer, der angeblich ein falsches Alibi angegeben hat, um die Familie Sanders am Chillerton Down umzubringen.«

»Hey, immer mit der Ruhe!«, mischte Will sich ein. »Selbst, wenn sie sich täuscht, ist das noch lange kein Grund …«

»Ich habe Sie nicht gesehen«, unterbrach Trench ihn scharf. Offensichtlich brachte er für Will ebenso wenig Toleranz auf wie für Karen.

»Und warum hat Silas sich dann eine so ausgeklügelte Aufführung mit einem echten Schauspieler ausgedacht?« Karen

spürte all die Freude an ihrem Abend mit Will schwinden.
»Kommen Sie herein und setzen Sie sich, Charlie. Was immer ich auch getan habe, es wird Ihnen nicht weiterhelfen, wenn Sie sich jetzt aufreiben. Sie sind gerade erst aus dem Krankenhaus entlassen worden. Ich habe eigentlich damit gerechnet, dass Sie Ihren Dienst erst in einigen Wochen wieder aufnehmen können.«

»Wir haben eine Leiche gefunden«, zischte er. »In der Nähe von Freshwater.«

»Claire irgendetwas? Die Studentin, die hier einen Job als Bedienung hatte?«, fragte Karen. »Handelt es sich um sie?«

»Vielleicht. Auf den ersten Blick sieht es so aus, als hätte sie bereits acht Jahre dort gelegen. Ein Mann, der seinen Hund ausgeführt hat, hat sie gefunden, während ich im Krankenhaus war. Es handelt sich auf jeden Fall um eine Frau; das kann man sofort feststellen. Es wird eine Autopsie vorgenommen, und die Proben befinden sich alle im Labor. Bald wird man mehr wissen.«

»Prima, Charlie. Das ist wirklich großartig. Nach all der Skepsis muss das eine Rechtfertigung für Sie bedeuten.«

»Nicht mehr.« Sein Geordie-Akzent war stärker als je zuvor, und in seinen dunklen Augen lag ein feindseliger Ausdruck.

»Als ich aus dem Krankenhaus kam, habe ich die Neuigkeiten gehört, und plötzlich war ich in aller Munde.«

»Da bin ich sicher«, meinte Will, runzelte jedoch die Stirn.

»Von der Hauptinsel kommen Teams, um die Insel nach all den anderen Leichen abzusuchen, von denen ich weiß, dass sie hier irgendwo sein müssen. Und jetzt sorgt die Frau, die man als meine nette Seelenklempnerin bezeichnet, mit einem Mal für die Verhaftung von Silas Falconer. Und mir wird man die Schuld geben, wenn das alles schiefgeht! Meine Güte! Davon werde ich mich nie wieder erholen.«

»Schiefgehen? Wie?«, fragte Will nach und stellte sich noch näher neben Karen, um notfalls seinen muskulösen Körper zwischen sie und Charlies große Fäuste zu werfen, falls das nötig werden sollte.

»Seine Verteidiger haben Beweise erbracht, dass Silas am Tag des Picknick-Massakers in die Vereinigten Staaten geflogen ist.« Trenchs Worte kamen nun wie Schrotkugeln hervorgeschossen, die, eine nach der anderen, auf Karens Gesicht gerichtet waren.

»Er war in der Luft, als sie erschossen wurden. Also ist er wieder auf freiem Fuß, und wir stehen wie Volltrottel da. Und meine Karriere ist im Eimer. Wieder einmal. Verdammt.«

»Aber wenn sich Silas tatsächlich auf dem Weg in die Vereinigten Staaten befunden hat, dann gibt es keinen Zweifel mehr daran, dass er ursprünglich ein falsches Alibi angegeben hat. Er hat während der ersten Ermittlung gelogen«, sagte Karen. »Wie können Sie das auf die leichte Schulter nehmen? Dafür muss es einen Grund geben.«

»Hören Sie auf damit!«, schrie Trench. »Halten Sie endlich Ihren verdammten Mund, und hören Sie mir zu.«

»He!« Will trat ein paar Schritte vor, sodass er nur noch dreißig Zentimeter von Trench entfernt war. »Sie befinden sich in ihrem Haus, Freundchen. Unterlassen Sie dieses aggressive Verhalten.«

Trench streckte eine Hand vor, als ob er Will an der Schulter wegschieben wollte.

Karen sah, wie Will Trenchs Armgelenk mit festem Griff packte und Trench zusammenzuckte.

»Hört auf damit. Beide«, mischte sie sich ein. »Will, lass ihn los. Charlie, setzen Sie sich.«

Sie füllte ein frisches Glas zur Hälfte mit Wein, schob es an eine leere Stelle auf dem Tisch und klappte den dritten Campingstuhl auf.

»Setzen Sie sich.«

Trench rührte sich nicht.

»Über alles andere können wir später sprechen. Jetzt sollten wir uns auf Silas konzentrieren«, meinte Karen und versuchte, nicht darüber nachzudenken, was er ihr antun könnte, jetzt, wo er wieder auf freiem Fuß war. Glücklicherweise war Will hier. »Also, was ist der Grund dafür, dass Sie Silas' Lügen so leicht geschluckt haben?«

Trench zuckte die Schultern. Er schien einzusehen, dass er sich ein wenig kindisch benahm, und zog den Campingstuhl mit dem Fuß unter dem Tisch hervor, sodass er sich darauf setzen konnte. Karen nahm ebenfalls Platz, aber Will blieb mit verschränkten Armen am Spülbecken stehen, lehnte sich mit dem Rücken dagegen und wartete ab.

»Ursprünglich gab Mrs Falconer uns das falsche Alibi; als Silas nach den Morden danach gefragt wurde, bestätigte er ihre Aussage«, erklärte Trench. »Jetzt behauptet er, er habe sie mit der Wahrheit nicht bloßstellen oder ihr Ärger bereiten wollen.«

»Reichlich dünn«, meinte Will.

»Vielleicht. Aber wir haben nichts in der Hand, um das zu widerlegen.«

»Das ist mir egal«, meinte Karen. »Welchen Grund hat er dafür angegeben, dass er sich ein Alibi ausgedacht hat, das es nicht gibt? Es muss einen geben. Und ich glaube nicht, dass es sich um etwas Harmloses handelt.«

»Er und einige seiner gleichaltrigen Freunde aus dem Bankenviertel hatten ein nicht ganz ordnungsgemäßes Insidergeschäft geplant, von dem sie sich Millionen versprachen«, stieß Trench zwischen zusammengebissenen Zähnen hervor. Und seine Stimme klang so wütend, dass sie um ihre berufliche Zukunft bangte. Konnte sie sich derartig geirrt haben?

Als keine weitere Frage kam, fuhr er fort. »Falls jemand herausfinden würde, was sie getan hatten, und den Handel zu Silas' Computer zurückverfolgen könnte, dann hätte er nachweisen können, dass er sich neun Stunden lang im Krankenhaus befunden hatte. Auf diese Weise hätte er behaupten können, dass ihn jemand hereingelegt hatte.«

Karen dachte darüber nach. Wenn sie sich überlegte, wie rücksichtslos er mit seinem teuren Porsche fuhr und sich dabei in Szene setzte, musste sie sich eingestehen, dass das möglich war.

»Dann schickte ihn seine Firma kurzfristig nach New York, weil dort ein Kollege krank geworden war, und seine Freunde haben den Schwindel ohne ihn abgezogen. Da er den Schauspieler bereits bezahlt hatte, ließ er ihn auch das Alibi stellen. Er sagte, er habe das Geld lieber umsonst ausgegeben, als den Schauspieler misstrauisch zu machen.«

»Ich halte das immer noch für recht fadenscheinig.« Will stieß sich von dem Spülbecken ab, kam an den Tisch zurück und setzte sich. »Ich war nie von der Theorie überzeugt, dass Silas seinen Bruder zu all diesen Verbrechen angestiftet hat. Aber ich stimme eindeutig mit Karen überein, was dieses kunstvoll ausgearbeitete Alibi betrifft. Es ist ein zu großer Zufall, dass Silas es für diesen bestimmten Tag vorbereitet hat, um nicht des Picknick-Massakers verdächtigt zu werden, und es dann nicht genutzt hat.«

»Wartet«, sagte Karen, plötzlich aufgeregt, bevor Trench darauf etwas erwidern konnte. »Die Ermordung der Familie Sanders gehörte nicht zum ursprünglichen Plan. Warum habe ich das bisher noch nicht gesehen?«

Die beiden Männer sahen sich an. Zum ersten Mal an diesem Abend feindeten sie sich nicht an, sondern schienen sich für einen Augenblick lang einig zu sein. Karen wurde bewusst, dass sie nun der gemeinsame Feind war, aber das störte sie nicht.

»Habe ich das nicht schon immer gesagt?«, fragte Trench herausfordernd und sprach für sie beide. »Spike sah Isabelle Sanders, die dem Typ entsprach, auf den er aus war. Er wollte sie töten und wurde unterbrochen, bevor er sie sich schnappen konnte.«

Karen tat den Gedanken mit einer Handbewegung ab, als wollte sie einen Schwarm Raubvögel verscheuchen.

»Sie liegen falsch. Völlig falsch. Hören Sie gut zu: Weder sie noch der Rest ihrer Familie sollten das eigentliche Opfer sein. Es war Spike, der an diesem Tag hätte sterben sollen. So muss es gewesen sein. Und die arme Familie Sanders stand einfach nur im Weg.«

»Was denn noch?« Trench klang jetzt eher müde als zornig, so, als wäre er gezwungen worden, durch so viele Reifen zu springen, dass er den nächsten verweigerte.

»Oh, Charlie, seien Sie nicht so herablassend«, meinte Karen. »Menschliches Verhalten ist nicht vernünftig im absoluten Sinn, aber es besitzt eine eigene, interne Logik. Die Kunst besteht darin, diese Logik herauszufinden. Und der einzige Weg dazu ist es, sich eine Geschichte nach der anderen vorzustellen, bis man diejenige gefunden hat, bei der sowohl die internen als auch die externen Umstände stimmen.«

»Externe Fakten? Oder Beweise?« Seine Stimme triefte vor Ironie.

»Wenn es welche gibt, ja.« Sie ließ sich nicht einschüchtern. »Denken Sie an Folgendes: Spike war für Silas sein ganzes Leben lang ein Problem. Die Eltern sagten mir beide, dass Silas Angst vor Spike hatte, obwohl Spike sich selbst als Silas' Beschützer sieht. Silas wird beruflich erfolgreich, aber es ist bekannt, dass sein Bruder ein Gammler ist, der Drogen nimmt. Peinlich. Ein Mensch, der ihm zwar peinlich ist, aber auf den er einmal sehr eifersüchtig war. Wahrscheinlich hasst er ihn immer noch dafür, dass seine Mutter ihn ihm vorgezogen hat.«

»Okay«, meinte Charlie. »Das ergibt Sinn.«

»Als Silas dann einen Besuch im White House macht und mit seinem Vater am Sonntag spazieren geht, kommt Spike zurück«, fuhr Karen fort und verwendete wieder die Gegenwartsform, während sie die Bilder vor ihrem geistigen Auge abspulte. »Er steht unter Drogen und redet wirres Zeug. Er riecht nicht gut, ist hungrig und will unbedingt Geld haben. Als er Drohungen ausstößt, verliert Sylvia zum ersten und einzigen Mal ihre Geduld und sagt Spike, dass sie wünschte, sie hätte ihn nicht adoptiert, und dass er ihr Leben ruiniert habe.«

Karen konnte die Szene auf der geschwungenen, halbkreisförmigen Treppe vor der Haustür vor sich sehen. Sylvia schrie. Spike ebenfalls.

»Ich nehme an, dass Silas von dem Spaziergang zurückkam

und das Gespräch zufällig hörte, oder dass Sylvia ihm später am Abend davon erzählte. Dann sah er in ihrem Frontwechsel die Erlaubnis dafür, Spike für immer loszuwerden.«

Karen hielt inne, um über die verschiedenen Aspekte der möglichen Geschehnisse nachzudenken.

»Ich wette, er plante, ihn mit der abgesägten Schrotflinte zu erschießen«, fuhr sie schließlich fort. »Und es wie einen Selbstmord aussehen zu lassen. Silas hatte sicher vorgehabt, sich mit Spikes alten Klamotten zu verkleiden. Falls ihn jemand auf seinem Weg zu seiner Tat gesehen hätte, würde dieser annehmen, es wäre Spike gewesen.«

»Soll ich etwa glauben, Silas hätte dieses ausgeklügelte Alibi innerhalb von vierundzwanzig Stunden auf die Beine gestellt?«, fragte Charlie. »Dass ich nicht lache!«

»Nein. Habe ich Ihnen das noch nicht erzählt? Meine Quelle hat mir verraten, dass das Alibi lange im Voraus geplant worden war und dass Silas in einem Anruf am Sonntagabend erklärt hatte, dass es am folgenden Morgen ab acht Uhr dreißig benötigt werden würde.«

»Aber als die Morde passierten, befand Silas sich im Flugzeug«, warf Will ein. Unnötigerweise, wie Karen dachte. »Er war auf dem Weg in die Vereinigten Staaten, als diese Familie getötet wurde. Deine Theorie ist sehr erfindungsreich, aber die Geschichte stimmt nicht mit den bekannten Fakten überein.«

Karen starrte ihn zornig an. Er sollte eigentlich auf ihrer Seite sein.

»Kommt schon, Jungs«, sagte sie. »Seid nicht so negativ. Es muss eine Erklärung für dieses Alibi geben, und ich glaube nicht an die Geschichte von dem Insiderhandel.«

»Warum nicht?«, wollte Charlie wissen.

»Weil sie zu sehr der Geschichte gleicht, die er der Person erzählt hat, die ihm half, das Alibi aufzubauen. Meiner Meinung nach würde ein so hinterhältiger Mensch wie er kein so unnötiges Risiko eingehen. Damit hätte er sich für den Rest seines Lebens der Gefahr der Erpressung ausgesetzt.«

Karen sah, dass Will ihr allmählich zu glauben schien, und sie lächelte ihn an. Dann fiel ihr eine ganz neue Geschichte ein. Und diese war so schlüssig, dass sie sich fragte, warum sie erst jetzt darauf kam.

»Möglicherweise hat Silas nicht allein gehandelt.« Sie hatte Mühe, sich ihre Aufregung nicht anhören zu lassen, damit sie eher bereit waren, ihre neue Idee zu akzeptieren. »Erinnert ihr euch, dass ich über eine mögliche *Folie à deux* gesprochen habe? Wenn nun nicht Spike und Silas, sondern Silas und sein Vater zusammengearbeitet haben? Das würde erklären, warum das ausgefeilte Alibi nicht benutzt wurde, und auch die Tatsache, dass die Morde geschahen, während Silas sich im Flugzeug befand.«

»Also, bitte!« Der Protest kam von einem der beiden Männer. Karen hörte kaum hin, während sie sich den Weg durch diese neue Möglichkeit erkämpfte.

»Das ist durchaus möglich. Wir wissen, dass Silas als Kind Angst vor seinem Vater hatte und sich nach seiner Anerkennung sehnte.«

»Ach ja?«, fragte Charlie.

»Ja. Glauben Sie es mir. Aber jetzt schätzt Colonel Falconer Silas sehr, und Silas ist zum Stellvertreter seines Vaters geworden.« Karen dachte an den Tag, an dem Silas ihr befohlen hatte, sich von seiner Mutter fernzuhalten und sich angehört hatte, als sei er ihr Gefängniswärter. Einer ihrer Wärter.

»Und wenn ein Teil ihrer Bindung durch ihren gemeinsamen Hass auf Spike zustande gekommen war?«, fuhr Karen fort.

»Das klingt einleuchtend«, meinte Will.

»Und wenn sie dann darüber nachdachten, wie es wäre, ihn loszuwerden? Diese Fantasien konnten sich sehr leicht in konkrete Pläne verwandelt haben, die dann schließlich in die Tat umgesetzt worden waren. Der Colonel hatte gewusst, dass Silas ein unwiderlegbares Alibi für den Mord brauchte, den sie zusammen begehen wollten. Also gehörte es zu ihrer langfristigen Strategie, ein dementsprechendes Alibi zu basteln und damit die nötige Vorarbeit zu leisten, für den Fall, dass sie sich entscheiden sollten, ihren Plan tatsächlich auszuführen. An dem Wochenende, an dem Sylvia endlich ihre Zustimmung gegeben hatte – oder die Entschuldigung, die sie dafür brauchten –, hatte der Vater entschieden, zuzuschlagen. Also sagte er zu Silas, er solle den Schauspieler für den nächsten Tag, also den Montag, beauftragen.«

»Und was ist mit dem Vater?«, fragte Will und warf Trench einen Blick zu. »Ich meine Colonel Falconer. Hat er ein gutes Alibi für den Tag des Picknick-Massakers?«

Charlie schüttelte den Kopf. »Nichts von Bedeutung. Er und seine Frau waren beide zu Hause. Niemand hatte einen Grund, das anzuzweifeln. Sie gehören zu den angesehensten Bürgern, bei denen man sich nicht einmal ein Verkehrsdelikt vorstellen kann, ganz zu schweigen von einer Gewalttat.«

»Also kein Alibi«, stellte Karen fest. »Sie würde ihn nie verraten, und sie steht so sehr unter seiner Fuchtel, dass sie der Polizei alles sagen würde, was er ihr vorschreibt – so wie auch Silas alles getan hat, was man ihm befohlen hat.«

Sie legte eine Pause ein, um die wenigen Fakten gegen alle Möglichkeiten abzuwägen. »Außer wenn jemand mit mehr Macht ihn davon abhielt«, fuhr sie dann fort. »Wie seine Vorgesetzten, die ihm befahlen, an diesem Montag in die Vereinigten Staaten zu fliegen. Ich frage mich, warum der Colonel dann den Mord allein in Angriff genommen hat. Vielleicht hatte er sich in seiner Vorstellung bereits so verfestigt, dass er ihn einfach ausführen musste.«

Karen schenkte Charlie ein strahlendes Lächeln. »Es ist ironisch, nicht wahr? Ohne die zu kunstvoll ausgearbeitete Vorstellung des Schauspielers im Krankenhaus, die gar nicht notwendig war, hätte mir wahrscheinlich niemand zugehört, und Silas wäre nie zu einem Verhör abgeholt worden.«

»Ihre Gedankengänge gleichen denen eines Lügners, der nicht weiß, wann er aufhören muss«, knurrte Charlie verbittert, ohne sich im Entferntesten von ihrem Lächeln besänftigen zu lassen. »Und wie erklären Sie sich bei dieser verrückten Geschichte, in der Spike getötet werden sollte, dass die Familie Sanders erschossen wurde?«

»Einer von ihnen muss gesehen haben, wie der falsche Spike mit der abgesägten Schrotflinte herumfuchtelte, und versuchte, um Hilfe zu rufen. So etwas in der Art. Und das erschreckte ihn so sehr, dass er dann schoss. Genau.« Karen wurde immer aufgeregter, je mehr Ideen sich miteinander verbinden ließen. Es war wie bei den verschiedenen Zutaten für eine Mayonnaise, die sich schließlich zu einer perfekten Emulsion zusammenfügten. Seine Beleidigung hatte sie nicht einmal wahrgenommen. »In den Akten heißt es, es seien nur vier Patronenhülsen gefunden worden, richtig?«

Trench nickte ruckartig und deutete damit eher Ungeduld als Zustimmung an. Er wirkte, als wäre seine Geduld, die er bisher aufgebracht hatte, nun endgültig erschöpft. Aber davon ließ sie sich nicht beirren.

»Ob es sich nun um den Colonel handelte oder nicht – der Killer hatte anscheinend nur vier Patronen bei sich. Damit hat er die Familienmitglieder nacheinander erschossen, und deshalb hat Spike überlebt. Hätte der Mörder noch eine weitere Patrone gehabt, hätte er sie in das Gewehr geschoben, nach Spike gesucht und ihn ebenfalls getötet. Aber er da er keine mehr hatte, hielt er es für die beste Lösung, die Patronenhülsen aufzusammeln, Spikes Fingerabdrücke darauf anzubringen und ihm so das Massaker anzuhängen. Und das hat funktioniert. Haben Sie die originalen Ergebnisse der Untersuchungen in den Akten, Charlie?«

»Ja.«

»Könnten Sie diese noch einmal überprüfen? Und nachschauen, von welchen der anderen Falconers sich Spuren auf dem Mantel, dem Gewehr, den Handschuhen, der Wollmaske und den Patronenhülsen befinden? Auf diese Weise …«

»Das wird uns nicht weiterhelfen. Alle Kleidungsstücke, die Spike trug, kamen aus dem White House. Die der gesamten

Familie sind also wahrscheinlich darauf zu finden. Dem Colonel hat die Kleidung früher gehört, Sylvia hatte sie in den Händen, und Silas ebenfalls. Und weil die Patronenhülsen in der Manteltasche gefunden wurden, sind auch diese nicht verwertbar. – Spuren helfen hier nichts.«

»Und alles andere auch nicht«, meinte Will und streckte ihr eine Hand entgegen. »Deine Idee ist sehr scharfsinnig, Karen, aber ich kann mir nicht vorstellen, wie du sie ohne ein Geständnis jemals beweisen könntest.«

»Aber Sie glauben mir dieses Mal, oder, Charlie?« Ihre Augen brannten vor Anstrengung, ihn dazu zu bewegen, weitere Maßnahmen in dieser Richtung zu ergreifen.

»Nein, das tue ich nicht. Das ist bescheuert. Warum wollen Sie Spike unbedingt unschuldig sehen?«

Aus dem Augenwinkel sah sie Will zusammenzucken. Er wusste, warum es ihr viel bedeutete.

»Ich frage mich, wie viel Sylvia weiß – oder vermutet. Sie ist eindeutig verängstigt, aber sie muss die wahre Geschichte kennen.«

»Und warum sollte sie dann nichts sagen, wenn ihr Lieblingssohn untergeht – wegen etwas, was er nicht getan hat?«, fragte Charlie schroff.

»Ihre Angst ist zu groß«, erwiderte Karen, ohne zu zögern. Das war einfach. »Sie ist zu sehr daran gewöhnt, ihren Mann versöhnlich stimmen zu müssen. Und sie hat zu viel Angst davor, was er Spike antun könnte, wenn sie die Wahrheit sagen würde. Vielleicht handelt es sich auch um ein Beispiel von kognitiver Dissonanz.«

»Was?« Charlie sah sie noch störrischer an als zuvor.

»Kognitive Dissonanz ist der Begriff, mit dem man den Prozess bezeichnet, der abläuft, wenn wir uns selbst belügen«, erklärte Karen und hoffte, sie klang nicht herablassend. »Festinger und Carlsmith haben Ende der 50er-Jahre eine Arbeit darüber veröffentlicht. Darin haben sie, wie ich denke, dargestellt, dass wir umso mehr lügen, um unseren Standpunkt aufrechtzuerhalten, je mehr wir darin investiert haben. Sylvia Falconers Ehe hat sie emotional sehr viel gekostet, also belügt sie sich möglicherweise selbst, um diese Investition erträglich erscheinen zu lassen.«

Charlie runzelte die Stirn. Er war immer noch wütend und nicht davon überzeugt.

»Interessanterweise trägt die Forschungsarbeit von Festinger und Carlsmith den Untertitel ›Kognitive Konsequenzen erzwungener Zustimmung‹«, fügte Karen hinzu.

»Das reicht jetzt«, erwiderte Charlie. »Wie ich sehe, macht es Ihnen Spaß, Ratespiele mit akademischen Ausdrücken zu spielen, aber ich muss wieder an die Arbeit. Und Ihnen habe ich es zu verdanken, dass ich mich mit entlaufenen Hunden und solchen Dingen herumplagen muss, während die Ermittlungen in Freshwater ohne mich weiterlaufen.«

Er sah sich in dem schäbigen Häuschen um und richtete seinen Blick dann wieder auf Karen.

»Es gibt keine Gerechtigkeit«, stellte er fest. »Sie müssen für diesen Schlamassel lediglich mit der Verbannung von der Insel rechnen, und darüber werden Sie nach alldem sicher nicht sehr traurig sein.«

»Was meinen Sie mit Verbannung?«, fragte Karen und folgte seinem Blick.

Er lachte. »Sie haben die Polizei zum Gespött gemacht. Sie haben die Familie Falconer verärgert, Spike dazu gebracht, den besten Beamten umzubringen, den Parkhurst je hatte, sich selbst zum Narren gemacht und Ihren Berufsstand in Verruf gebracht. Um Ihretwillen hoffe ich, dass niemand Ihre dummen Streiche publik macht. Ich verabschiede mich jetzt.«

In Karen stiegen gefährlich zornige Worte auf. Sie lagen ihr auf der Zunge und wollten heraus. Mit Mühe hielt sie sie zurück und sah Will an, der ihr einen mitfühlenden Blick zuwarf, jedoch nichts sagte.

»Würden Sie sich eine meiner Tonaufnahmen anhören, bevor Sie gehen, Charlie?«

»Tonaufnahmen?« Er hatte einen Fuß bereits auf die Türschwelle gesetzt. »Welche Aufnahmen?«, fragte er.

»Ich nehme jeden Tag meine Gespräche mit Spike auf. Und in einer unserer früheren Unterhaltungen sagte er etwas sehr Interessantes. Warten Sie, ich muss es suchen.«

Charlie zögerte, und sie lief rasch zu dem Stapel mit Kassetten. Sie hatte alle Bänder mit Datum und Uhrzeit versehen, konnte sich aber nicht mehr genau daran erinnern, welcher Tag der richtige war. Charlie wurde immer ungehaltener, während sie eine Kassette nach der anderen einlegte und vorspulte, bis sie die richtige Stelle gefunden hatte.

»Hier«, sagte sie und hielt das Band an. »Hören Sie gut zu, was Spike sagt, nachdem ich ihn gefragt habe, wer Lara getötet haben könnte, wenn er es nicht war.«

Sie drückte auf den Knopf, um das Band wieder zum Laufen zu bringen. Ihre Stimme klang ruhig und gelassen:

»Also, wer hat sie umgebracht?«

Dann ertönte Spikes Stimme, schnell, beinahe panisch, trotz des Lachens: »Wahrscheinlich hat Pa versucht, uns Angst zu machen.«

»Und das nehmen Sie ernst?«, fragte Charlie empört und stürmte aus dem Haus.

»Scheißkerl!«, entfuhr es Karen.

Sein Motor heulte auf. Sie beobachteten, wie das Licht der Scheinwerfer herumschwang und die hässlichen Bäume beleuchtete. Dann hörten sie, wie der Wagen stotternd den schlammigen Weg entlangfuhr. Sie hoffte, er würde von der Straße abkommen und im Matsch stecken bleiben.

Will stellte sich hinter sie, wie er es am liebsten tat, und legte seine Arme um ihre Taille.

»Lass dich nicht von ihm verunsichern.«

»Das ist nicht so einfach.« Sie nahm Wills Hände in ihre, sodass sie sich zu ihm umdrehen konnte. Jetzt wusste sie, dass Großmutter recht gehabt hatte. Wenn man sich in die Schusslinie begab, musste man auch damit rechnen, getroffen zu werden. Sie konnte beinahe spüren, wie ihr jetzt das Blut an ihrem kopflosen Hals heruntertropfte.

»Wenn er nicht auf mich hört und nichts tut, um herauszufinden, welcher der Falconers der wahre Mörder ist, was wird dann mit Spike geschehen?«, fuhr sie fort. »Der arme vernachlässigte, misshandelte Spike, der so durcheinander ist, dass er nicht weiß, wer er ist oder welche Rolle er jeden Tag spielen soll. Er wird weiter die Verantwortung für die Gewalttaten eines anderen Menschen übernehmen und für immer dafür bestraft werden, dass er das grauenhafte Pech hatte, in die falsche Familie geboren worden zu sein und an eine zweite weitergereicht zu werden.«

Sie legte ihm die Hände auf die Schultern und schüttelte ihn, als wäre er ein Gedanke, den sie entwirren musste.

»Dabei kann ich es nicht belassen, Will.«

»Warum nicht? Es ist nicht deine Angelegenheit.«

»Außer mir wird sich niemand für Spike einsetzen«, erwiderte sie. »Ich habe dieses Durcheinander angestellt und die Dinge schlimmer gemacht, als sie vor meiner Ankunft waren. Ich kann nicht von hier weggehen, ohne zumindest zu versuchen, es wieder hinzubiegen.«

28

Der Parkplatz des *Goose Inn* war leer und briet in der heißen Sonne. Selbst die Gänse wirkten wie gelähmt und kauerten sich um den Wassertrog. Karen war bewusst, dass jeder, der von der Hauptstraße abbog, ihren Wagen sehen würde, aber eine andere Möglichkeit gab es nicht. Es gab hier kein Versteck und auch keinen Schatten. Sie zog die Sonnenblende herunter, um ihre Augen zu schützen.

Es war Dienstag, also der Tag, an dem Colonel Falconer immer ein Treffen außer Haus hatte, und außerdem der Tag, an dem Peg pflichtbewusst wie alle drei Wochen Spike in Parkhurst besuchen würde. Diese zeitliche Planung war in Karens Augen kein Zufall. Silas hatte ihr gesagt, dass seine Mutter nie wieder allein gelassen würde. Aber das konnte auch nur eine Drohung gewesen sein. Karen hoffte, dass Sylvia ihre Freiheit heute dazu nutzen würde, um zum *Goose Inn* zu kommen, rechtzeitig, um Peg Telefonkarten, Zigaretten oder Nachrichten für Spike mitzugeben, wie sie es schon so oft in der Vergangenheit getan hatte.

Karen rutschte auf dem Sitz hin und her und drehte ihren Kopf in den Nacken. Wenn Sylvia nicht bald kam, würde sie aussteigen und ihre Arme und Beine ausschütteln müssen, um keine Krämpfe zu bekommen.

Das Geräusch eines gerade gedrosselten Motors rüttelte Karen auf. Rasch senkte sie den Kopf. Sie wollte nicht, dass Sylvia sie erkannte und gleich wieder wegfuhr.

Ein dunkelblauer Volvo bog in den Kiesweg vor der Kneipe ein und blieb stehen. Karen rührte sich nicht. Nachdem sie sich eine Weile ganz still verhalten hatte, schaute sie vorsichtig aus dem Seitenfenster und sah, dass Sylvia sich vor ihrem Rückspiegel ihr Haar zurechtzupfte. Dann legte sie Puder und Lippenstift auf, bevor sie sich zurücklehnte.

Kam Peg üblicherweise heraus?, fragte sich Karen. Dann würde es schwierig werden.

Nein, Sylvia stieg schließlich aus dem Wagen. Karen wartete, bis sie die Funkfernbedienung auf das Auto gerichtet hatte, um die Türen zu verschließen.

»Mrs Falconer?« Karen stieg aus ihrer staubigen Blechkiste. »Kann ich kurz mit Ihnen sprechen?«

»Haben Sie nicht schon genug Schaden angerichtet, Dr Taylor? Ich bin Ihnen wirklich dankbar dafür, wie Sie Spike geholfen haben, aber Silas verhaften zu lassen war absurd! Wie konnten Sie das tun?«

»Ich wusste, dass Spike diese Morde nicht begangen hat.« Karen musterte Sylvias Gesicht und wartete auf ein Zeichen der Erleichterung, der Hoffnung oder sogar der Verleugnung, aber sie konnte nichts entdecken.

Sie sagte kein Wort, sondern stand einfach nur in ihrer altmodischen, einfachen Eleganz da und wartete ab.

»Wollen Sie denn die Wahrheit nicht wissen?«, fragte Karen.

Sylvia antwortete immer noch nicht. Die Sonne brannte auf ihre Köpfe. Der älteren Frau schien das nichts auszumachen, aber Karen hatte trotz ihres dichten Haars das Gefühl, dass die Sonne ihre Kopfhaut versengte.

»Haben Sie das Gefühl, dass Spike im Gefängnis sicherer ist, weil sein Vater ihm dort nichts antun kann?« Karen war bereit, alle Theorien, an die sie sich erinnern konnte, auszuprobieren, um die kognitive Dissonanz – oder das bewusste Lügen – zu durchbrechen, was immer es war, das Sylvia daran hinderte, ihr Wissen preiszugeben.

»Er ist nicht immer sicher.« Sylvias Stimme klang leise – beinahe so, als würde sie mit sich selbst sprechen. Sie sah an Karen vorbei, und in ihren Augen war immer noch keine Gefühlsregung zu erkennen. »Er ist mehrere Male angegriffen worden. Solche Dinge kann man in einem Gefängnis nicht verhindern, selbst wenn man jemandem wie Jim Blake aus eigener Tasche etwas zusteckt, damit er das verhindert. Der letzte schreckliche Vorfall war der Angriff mit der Gabel auf Spikes Gesicht. Und jetzt, wo Jim nicht mehr da ist, könnte ihm alles Mögliche zustoßen.«

»Ich habe von der Gabel in Spikes Gesicht gehört.« Karen war so dankbar, dass das Schweigen gebrochen war, dass sie beinahe alles gesagt hätte, um den Dialog aufrechtzuerhalten. Sie machte sich eine gedankliche Notiz über die Erwähnung von Jim Blake und die Geldzuwendungen. »Und ich habe Spike nur ein paar Tage danach gesehen, bevor die Wunde verheilt war. Es schien ihm nicht allzu schlecht zu gehen.«

»Aber hatte er Schmerzen?« Sylvias Stimme klang jetzt atemlos vor unterdrücktem Leid und ein wenig lauter.

»Ich denke schon«, gab Karen zu. »Aber man sagte mir, dass er nur gelacht habe, als es passierte, selbst als die Gabel in seiner Haut steckte und ihm das Blut über das Gesicht lief.«

Sylvia drehte den Kopf und ließ das Kinn auf den dünnen Hals sinken.

»Er hat immer gelacht«, sagte sie und klang beinahe verzweifelt. »Einer der Psychiater, zu dem wir ihn am Anfang gebracht haben, erklärte uns, dass unangebrachtes Gelächter eines der ersten Zeichen einer Psychopathie sei.«

Sie schloss die Augen. Ihre Lippen formten sich zu einem schmalen Strich.

»Das stimmt. Glauben Sie das nicht?«, fragte Karen und ließ ihre Stimme freundlich und urteilsfrei klingen. »Was das Gelächter betrifft, meine ich.«

Sylvia öffnete die Augen. »Wie könnte ich das nicht glauben? Der Arzt war ein Experte. Er wusste alles darüber, während wir auf unsere ungeschickte Weise nur versuchten, es irgendwie zu verstehen.«

»Aber *Sie* haben Spike verstanden. Sie haben den Schaden wiedergutgemacht, der durch die Vernachlässigung seiner Mutter bei ihm entstanden war.«

Sylvias wohlgeformte graue Augenbrauen zuckten. Sie schüttelte den Kopf und hob beide Hände, so, als wollte sie alle neuen Theorien, die ihr noch bedrohlicher als die vorherigen erschienen, abwehren.

»Sie verstehen ihn immer noch«, fügte Karen hinzu. »Also, was sehen Sie noch in diesem Lachen, Mrs Falconer?«

Es entstand eine lange Pause. Karen wartete regungslos. Sylvia kaute auf ihrer Lippe und verschmierte den sorgfältig aufgetragenen Lippenstift.

»Es ist seine einzige Möglichkeit, sich selbst zu schützen«, erwiderte sie schließlich und ließ dabei ihr eigenes Schutzschild sinken. »Aber er hatte schon lange aufgehört, über die Gabel in seinem Gesicht zu lachen, schon bevor Jim uns den wöchentlichen Bericht brachte und uns von dem Anschlag erzählte. Wir waren sehr besorgt, als er uns die Wunden an Spikes Wange beschrieb. Es klang, als sähen sie so aus wie die Schnitte, die man Lara vor langer Zeit zugefügt hatte.«

»Haben Sie sich jemals gefragt, ob es wirklich Spike war, der Lara getötet und ihren Körper verstümmelt hat?« Karen ließ ihre Stimme so sanft und so wenig bedrohlich wie nur möglich klingen, aber das half nichts.

Sylvia trat zwei Schritte zur Seite und kam dann wieder zurück. Ihr Gesicht wirkte ernst, beinahe hart, und ihre Traurigkeit blieb dahinter verborgen.

»Ich weiß zu schätzen, was Sie zu tun versuchen, Dr Taylor, aber Sie täuschen sich, was mich und Spike betrifft. Es stimmt, dass ich versucht habe, den Schaden wiedergutzumachen. Aber ich bin gescheitert. Das konnten wir an allem sehen, was er getan hat.«

»Was meinen Sie damit?«

Sylvia seufzte. »Es handelte sich nicht nur um Lara. Als er noch klein war, riss Spike Kaninchen die Köpfe ab.«

»Sind Sie …?«

»Sein Vater sagt, er habe ihn einmal dabei beobachtet«, warf Sylvia so schnell ein, als könnte sie den Gedanken an ein

Kreuzverhör von Karen nicht ertragen. »Und alle Ärzte und Psychiater, zu denen wir ihn gebracht haben, sagten uns, dass das die typische Vorstufe zu Gewalt gegen Menschen sei. Ebenso wie das unangemessene Lachen. Alle Kriterien treffen auf ihn zu. Ich wünschte, das wäre nicht so, aber es stimmt. Das Urteil war richtig. Spikes Träume von einer erfolgreichen Berufung sind nicht realistisch. Das müssen Sie mir glauben.«

»Wurde Spike nach den Vorfällen mit den geköpften Kaninchen bestraft?« Karen war bewusst, dass sie sehr vorsichtig vorgehen musste, wenn sie die Unterhaltung lange genug aufrechterhalten wollte, bis Sylvia ihr verriet, was sie so lange geheim gehalten hatte.

»Natürlich«, erwiderte Sylvia. »Niemand konnte diese Grausamkeiten ignorieren, vor allem nicht, da wir gewarnt worden waren, wozu sie führen konnten.«

»Und trotzdem hat er mir mehrere Male erzählt, dass sein Vater ihn nie geschlagen habe«, sagte Karen.

»Das stimmt. Er wurde immer nur mit Worten bestraft.«

»Er hat mir einmal erzählt, dass er in sein Zimmer geschickt wurde und dort schweigen musste. Das klingt nicht nach verbaler Strafe.«

»Verbal. Nicht verbal. Was macht das für einen Unterschied? Es war eine psychologische Bestrafung, keine physische. Das ist das Wichtige daran. Nachdem Fergus Spike in sein Zimmer geschickt hatte, sprach er kein Wort mehr, und mir war es nicht erlaubt. Fergus hatte die Theorie, dass Spike durch diese Ächtung lernen würde, dass er durch das, was er getan hatte, nicht gesellschaftsfähig war. Er hat etliche Tage allein in seinem Zimmer verbracht. Ich durfte ihm etwas zu essen machen, Tabletts mit Grundnahrungsmitteln zu ihm nach oben bringen, aber nicht mit ihm sprechen.«

»Was wäre passiert, wenn Sie etwas zu Spike gesagt hätten?«, fragte Karen und sah, dass sie damit einen Nerv getroffen hatte.

Sylvia warf ihr einen kurzen Blick zu und sah dann zur Seite. Direkter Blickkontakt fiel ihr schwer – ebenso wie Spike.

»Ich habe nie etwas gesagt«, erwiderte sie. »Ich habe es nie gewagt, die Regeln zu brechen.«

»Hat Ihr Mann Sie geschlagen?«, wollte Karen wissen. »Tut er es immer noch?«

Sylvia schüttelte den Kopf. Dann drehte sie sich um und wollte so schnell davongehen, dass sie über ihre eigenen Füße stolperte, stürzte und auf ihre linke Seite fiel. Ihr Rock rutschte dabei bis zur Taille nach oben und entblößte dünne Beine, die in altmodischen Strümpfen steckten. Durch das Nylon sah Karen eine Reihe von akkuraten, geraden Narben. Die meisten waren verblasst, aber einige waren noch rosafarben, und zwei davon waren so dunkellila, als wären sie noch frisch.

»Wer weiß davon?«, fragte Karen und versuchte vergeblich, sich ihren Schock nicht anhören zu lassen. Sie bückte sich und half Sylvia, ihren Rock nach unten zu schieben und dann aufzustehen.

»Ich weiß nicht, was Sie meinen.« Sylvia strich ihren Rock zurecht, sodass der Saum wie üblich zehn Zentimeter unter ihren Knien lag. »Und ich darf meine Nichte nicht länger warten lassen. Leben Sie wohl, Dr Taylor. Wir werden uns nicht wiedersehen.«

»Gehen Sie nicht. Bitte. Wenn nichts getan wird, um Ihren Mann aufzuhalten, wird er Ihnen weiterhin Leid zufügen – und auch anderen Menschen. Sie wissen doch von der Schwimmerin, oder?«

»Schwimmerin?« Sylvia sah sie ausdruckslos an. Dieses Mal glaubte Karen jedoch, dass Sylvias Unverständnis echt war. »Welche Schwimmerin?«

»Diejenige, die in der Alum Bay gestorben ist.«

»Dort gibt es gefährliche Strömungen. Ich weiß, dass dort einige Menschen ertrunken sind.«

»Diese Frau wurde ermordet, und die Polizei nimmt an, dass Spike sie getötet und dann ihren Körper verstümmelt hat – mit den gleichen Schnitten, die man auch an Laras Kadaver gefunden hat. Möglicherweise gibt es auch noch weitere Opfer.«

Sylvia schüttelte den Kopf. Sie wirkte sehr blass. Karen versuchte, ihre Ungeduld zu unterdrücken.

Sie wusste, dass Frauen, die geschlagen und misshandelt wurden, lernten, sich passiv zu verhalten, und in einer gewissen Weise mitspielten, weil sie glaubten, das sei die einzige Möglichkeit, wie sie die Gefahr, in der sie sich befanden, verringern und kontrollieren konnten.

»Aber Sie und ich wissen, dass Spike nie jemanden getötet hat, richtig?«, fragte Karen vorsichtig.

Sylvia schüttelte den Kopf. Sie schloss ihre Augen, damit sie ihr Blick nicht verraten konnte.

»Das Urteil war gerechtfertigt, Dr Taylor«, erklärte sie beharrlich. »Spike ist ausgerastet, nachdem ich alle diese unverzeihlichen Dinge zu ihm gesagt habe. Und dann hat er die vier Mitglieder der Familie Sanders am Chillerton Down erschossen. Er hat es getan. Und es war meine Schuld.«

»Sie wissen, dass das nicht wahr ist.« Karen hatte das Gefühl, dass sie nun um ihren Verstand ebenso kämpfen musste wie um den Sylvias. »Auch wenn es noch so schwer ist, müssen Sie die Wahrheit akzeptieren. Ihr Mann und Silas sind beide gefährlich. Das ist weder Ihr Fehler noch Silas'. Ich glaube, Sie haben sich eingeredet, dass Spikes Vater ihn nun, da er im Gefängnis sitzt, nicht mehr dazu benutzen kann, sich hinter ihm zu verstecken. Daher hielten Sie es für das Sicherste, niemandem etwas zu verraten. Aber ...«

»Diesen Unsinn kann ich mir nicht mehr länger anhören.« Sylvia ging los und verschwand in dem Pub. Karen setzte sich in ihrem Wagen auf den Fahrersitz und war so frustriert, dass sie es kaum ertragen konnte.

Sylvia Falconer war ein Opfer, ebenso wie Spike, und vielleicht auch wie Silas. Jemand musste Colonel Fergus Falconer aufhalten. Sonst würde er wie allzu viele Männer mit Geld und gesellschaftlichem Ansehen nicht nur das Gesetz umgehen, sondern auch den Experten entkommen, die seine Persönlichkeitsstörung bereits vor Jahren hätten diagnostizieren sollen.

Aber kein Polizist würde ihn jemals festnehmen, ohne einen eindeutigen Beweis dafür zu haben, wer er war und was er getan hatte. Karen fluchte insgeheim, als sie daran dachte, dass Charlie Trent sich geweigert hatte, ihrem Verdacht Glauben zu schenken. Wenn sie auch nur einen kleinen Beweis hätte, dann könnte sie ihn vielleicht dazu bringen, nach weiterem Beweismaterial zu suchen. Sie selbst hatte nicht die Mittel, um das auf eine Weise zu tun, die vor Gericht verwertbar war.

»Nur ein einziger Beweis oder eine Zeugenaussage von irgendjemandem, der weiß, was geschehen ist«, murmelte Karen.

Es gab nur zwei Menschen, die ihr möglicherweise die Wahrheit sagen konnten. Karen dachte an einen ihrer ersten Besuche bei Spike und an ihre Überzeugung, dass er ihr etwas verheimlichte. In ihrer Tasche kramte sie nach dem Notizbuch, das sie immer bei sich trug. Als sie ihren Kugelschreiber gefunden hatte, schrieb sie:

Liebe Mrs Falconer,

an einem Tag im Gefängnis erzählte Spike mir – so beiläufig, dass ich ihn damals nicht ernst genommen habe –, dass er glaube, sein Vater habe Lara umgebracht und verstümmelt.

Ich glaube, Sie und Spike haben beide darüber geschwiegen, was Sie über die Verbrechen Ihres Ehemanns wissen, weil Sie zu große Angst vor den Konsequenzen einer Aufdeckung haben. Das verstehe ich, aber das Leben, das Sie und Spike deswegen geführt haben, ist nicht erträglich. Sollten Sie irgendeinen Beweis haben, welcher Art auch immer, lassen Sie ihn bitte der Polizei zukommen. Sie müssen Ihren Namen nicht nennen. Niemand muss erfahren, dass Sie ihn abgegeben haben. Er muss aufgehalten werden, bevor noch jemand sterben muss.

Karen Taylor

Sie riss die Seite aus dem Notizblock und nahm sie mit in die Kneipe. Das Bild, das sich ihr bot, als sie die Tür öffnete, würde sie nie vergessen.

Peg kniete auf dem Boden und zerrte an den Händen ihrer Tante, die diese vor ihre Augen geschlagen hatte.

»Weine nicht, Tante«, sagte Peg. »Weine nicht. Du hättest es nicht verhindern können, dass Spike diese Leute umgebracht hat. Es ist nicht deine Schuld. Wenn ihn jemand zum Mörder gemacht hat, dann war es Onkel Fergus. Du weißt, wie er mit den Jungs umgegangen ist. Wie brutal er war. Du weißt, wie er sie terrorisiert hat.«

Als Peg Karens Schritte hörte, drehte sie sich um und rief: »Lassen Sie sie in Ruhe! Das ist alles zu viel für sie.«

»Das weiß ich«, erwiderte Karen und fügte dann einen Moment später hinzu: »Mrs Falconer, ich habe vergessen, Ihnen diesen Brief zu geben. Er ist privat, und ich habe versprochen, ihn Ihnen zu geben.«

Sylvia nahm die Hände von ihren tränenüberströmten Augen, sah Karen an und nickte. Karen wusste, dass Sylvia dachte, der Brief käme von Spike.

»Lassen Sie ihn nicht herumliegen, okay?«, sagte Karen.

Sylvia las ihn und gab ihn ihr ohne ein Wort zurück.

29

Die verwelkten Stiele und der Rittersporn lagen immer noch auf dem früheren Blumenbeet unter dem Küchenfenster, wohin Karen sie geworfen hatte. Die verblassten Blüten und die schleimigen Stängel bildeten einen unordentlichen Haufen, aber sie würden ohnehin bald verfaulen. Sie waren kein Müll im herkömmlichen Sinn. Karen schüttete das stinkende Wasser aus der Vase darüber und fragte sich, warum Blumenwasser nach so wenigen Tagen so furchtbar stank.

Sie stellte die Glasvase in das Becken, um sie zu spülen. Bei dem Gestank, der durch das offene Fenster hereindrang, würgte es sie. Verwesung. Dabei musste sie an all die Frauenleichen denken, die vielleicht noch irgendwo hier auf der Insel lagen.

Wie konnte sie die Insel verlassen, ohne auch nur irgendetwas geklärt zu haben? Mit ihrer Bitte an Sylvia hatte sie nichts erreicht. Charlie Trench weigerte sich immer noch, zu glauben, dass der Colonel etwas mit den Verbrechen zu tun haben könnte. Und Silas war auf freiem Fuß und durch sein Alibi von der Fluggesellschaft aus dem Schneider.

Karen schlug das Fenster zu, spritzte Spülmittel in die Vase und ließ einen Strahl Wasser darüberlaufen. Schon bald würde sie nur noch den schwachen, künstlichen Zitronenduft des Reinigungsmittels riechen.

Der Kühlschrank brummte nicht mehr. Seine Tür stand offen, damit er abtauen konnte, und das schmelzende Eis tropfte langsam in die Plastikschalen und zusammengeknüllten Tücher. Die Bettwäsche, in der sie und Will geschlafen hatten, lag zusammengerollt in einem Plastiksack auf dem Rücksitz ihres Wagens, ebenso wie ihr Gepäck und die Kisten mit ihren Akten und Unterlagen. Die Bettwäsche hier zu waschen, hatte keinen Sinn.

Aber sie hatte gefegt und gründlich Staub gewischt. Alle Fenster waren offen, um das ganze Haus gut durchzulüften. Sobald das Wasser wieder heiß war, würde sie den Boden wischen.

Eigentlich war es nicht nötig, denn wahrscheinlich würde sie die letzte Besucherin des Häuschens sein, aber sie wollte es nicht schmutzig zurücklassen.

Sie wünschte, es wäre ebenso einfach, das Chaos, das sie bei Spike verursacht hatte, zu beseitigen. Ohne die Unterstützung der Polizei hatte sie keine Möglichkeit, die Wahrheit aus Colonel Falconer herauszupressen. Und wenn sie keinen Zugang zu Sylvia mehr bekam, konnte sie ihr auch nicht dabei helfen, das impulsive Geständnis zu verarbeiten, zu dem sie sich offensichtlich durchgerungen hatte, als sie Karen Spikes letzten Besuch im White House geschildert hatte. Oder sie dazu bewegen, über die unzähligen Narben auf ihren Oberschenkeln zu sprechen.

Hatte Colonel Falconer sie mit einem Messer verletzt? Oder hatte sie sich die Schnitte selbst zugefügt? Gehörten sie zu seinen Versuchen, Befriedigung daraus zu gewinnen, hübsche Frauen mit schmalen Gesichtern aufzuschlitzen? Oder hatte sich Sylvia selbst dafür bestraft, dass sie ihm nicht die Stirn geboten hatte, als er Spike für seine eigenen Verbrechen verantwortlich gemacht hatte?

Es musste der alte Colonel Falconer gewesen sein, der sich Spikes abgetragenen Mantel und die Wollmaske übergezogen und dann die Familie am Chillerton Down erschossen hatte – gleichgültig, ob er Spike damit etwas anhängen wollte oder ob er sich auf grausige Weise geirrt hatte, als er Spikes Selbstmord vortäuschen wollte. So musste es sich abgespielt haben. Silas hatte sich zu dem Zeitpunkt mitten über dem Atlantik in der Luft befunden. Und bei all den Anti-Terror-Sicherheitsmaßnahmen, denen er sich an den Flughäfen hatte unterziehen müssen, gab es keinen Zweifel daran, dass es wirklich er gewesen war, der in die Vereinigten Staaten geflogen war.

Etliche Gedanken schossen Karen durch den Kopf, nur angeschnitten, halb beendet und rasch aufeinanderfolgend. Wie sah Colonel Falconers Laufbahn in der Armee aus? Wo war er an dem Tag, an dem die Schwimmerin getötet wurde? Gab es tatsächlich noch weitere Leichen hier auf der Insel, oder vielleicht auf der Hauptinsel, die ebenfalls sorgfältig ausgeführte horizontale Schnitte aufwiesen? Wie viel wussten Sylvia und Spike wirklich davon, was er getan hatte?

Was hatte Charlie Trench am Anfang gesagt? Irgendetwas darüber, warum Colonel Falconer ein ›Mädchen aus der örtlichen Kneipe‹ geheiratet hatte. Er war abgeschirmt in einer kalten, lieblosen Familie aufgewachsen und hatte bei ihr Wärme und Normalität gesucht. Etwas in dieser Art. Hatte die Kälte zur Missachtung geführt? War er so behandelt worden, dass es zu einer unzureichenden Entwicklung des präfrontalen Cortex geführt hatte und damit zu einer lebenslangen Unfähigkeit, Empathie für andere Menschen zu empfinden oder seine eigenen destruktiven Emotionen zu verstehen und zu kontrollieren?

Und der arme Spike hatte die Verantwortung ebenso wie die Schmerzen auf sich genommen, als Kleinkind gelernt, sie zu verbergen, seine Bedürfnisse, seine Ängste und seinen Zorn zu verleugnen, weil er wusste, dass er bestraft würde, wenn er davon etwas zeigte.

Karen ergriff bei diesen Gedanken eine so starke Wut, dass ihr die Vase aus den seifigen Händen glitt, in das Spülbecken fiel und in kleine Teile zersplitterte. Ohne nachzudenken hob sie die Scherben auf und bemerkte erst dann, dass Blut über ihre Finger lief und sich mit dem weißen Schaum und den klebrigen Resten der verrotteten Blumenstiele vermischte.

Sie riss sich zusammen, drehte das kalte Wasser auf, hielt ihre Hände unter den Hahn und spülte all den Schmutz weg. Ihre Finger brannten und schmerzten, als das Wasser auf die Ränder von Dutzenden kleinen Schnitten prallte. Dann wickelte sie sich ein sauberes Geschirrtuch um ihre rechte Hand und machte sich auf die Suche nach einem Pflaster und einer Schere.

Natürlich gab es das nicht in diesem Haus. Sie hatte ja bereits gepackt. Sie stieß die Haustür auf und blieb abrupt stehen, als sie eine rechteckige Tupperware-Schüssel mit etwas Langem und Dunklem darin sah. Was hatte Roderick dieses Mal für sie erlegt?

Als sie sich bückte, konnte sie mehr erkennen. In der Schüssel befanden sich die abgesägten Läufe eines Gewehrs. Karen benutzte einen sauberen Zipfel des Geschirrtuchs, damit sie keine Fingerabdrücke oder Blutspuren auf der Schüssel hinterließ, hob sie auf und trug sie ins Haus.

Rasch schloss sie alle Fenster, griff nach ihrem Handy, verließ das Haus und schloss die Haustür hinter sich zwei Mal ab.

An der Stelle angelangt, an der sie Funkverbindung hatte, durchsuchte sie ihren Rufnummernspeicher, bis sie Charlies Telefonnummer fand. Er meldete sich nach wenigen Sekunden.

»Karen? Wo sind Sie?«, fragte er eindringlich.

»In meinem Haus. Mehr oder weniger. Warum?«

»Sie sollten doch auf der Fähre sein, die um drei Uhr fuhr. Ich habe auf Sie gewartet. Jetzt ist das Schiff abgefahren.«

Sie lächelte unwillkürlich. Das einzig Gute in den letzten Tagen war, dass nach einer Phase des Misstrauens und des Zorns eine Freundschaft wiederhergestellt war.

»Ich wollte sie erreichen, aber das Packen hat länger gedauert, als ich dachte. Und nun hat mir jemand ein Geschenk vor die Tür gelegt – die abgesägten Läufe eines Gewehrs. Sie sollten sie sich anschauen.«

»Bin schon unterwegs«, erwiderte Trench atemlos. »Zehn Minuten.«

Sie legte auf und machte sich auf den Rückweg zu ihrem Häuschen, wobei sie an all die Dinge dachte, die sie tun würde, wenn sie die Möglichkeit dazu hätte.

Sie würde ein paar Polizeibeamte zu Peg schicken, die eindeutig mehr wusste, als sie ihr und Charlie erzählt hatte. Auch von der Armee könnte man sicher aufschlussreiche Informationen bekommen. Es gab sicher Unterlagen über Colonel Falconers Dienstzeit, in denen stand, ob an ihm eine Persönlichkeitsstörung aufgefallen war, oder ob er jemals Anzeichen von Gewalt gezeigt hatte. Karen war sich sicher, dass er das genossen hatte, und dass das jemand registriert haben musste. Wenn das der Fall gewesen war, hatten seine Vorgesetzten sicher Meldung davon erhalten, auch wenn es danach nie publik gemacht worden war.

Und es wäre auch wichtig, herauszufinden, ob Jim Blake gemeinsam mit Falconer in der Armee gewesen war. Viele Gefängniswärter hatten vorher dort gedient. Eine Verbindung zwischen den beiden Männern könnte erklären, warum Jim für den Colonel besondere Arbeiten verrichtete, und warum er sogar gegen seinen Berufskodex verstoßen hatte, um Spikes Flucht zu unterstützen.

Karen hörte einen Wagen, der sich mit hoher Geschwindigkeit auf dem schlammigen Weg näherte, und zog sich rasch hinter die Bäume zurück. Ihre Hand, mit der sie ihr Handy umklammerte, war schweißfeucht. Ihr Herz begann mit einem Mal heftig zu klopfen, als sie sich vorstellte, dass der Colonel möglicherweise Wind von ihren Absichten bekommen hatte und hinter ihr her war.

Aber der Wagen, der an ihr vorbeiraste, war der breite dunkelblaue Ford von Charlie Trench.

Karen lief ihm hinterher und winkte. Die Bremsen quietschten, als er den Wagen anhielt.

»Steigen Sie ein«, forderte er sie ohne Umschweife auf.

30

Warum starren Sie auf diese lausige kleine Insel?« Max Pittons raue Stimme klang, als ob er sich kaum das Lachen verkneifen konnte. »Denken Sie etwa an Ihren barschen Polizisten? Sollte Will sich Sorgen machen?«

»Machen Sie sich nicht lächerlich«, erwiderte Karen. Sie schenkte Wein in zwei Gläser und reichte eines davon Max. »Ein Sommer, der sich bis in den September erstreckt, hat wirklich etwas für sich.«

Sie saßen auf dem kleinen Balkon vor ihrem Wohnzimmer mit Blick auf das Meer, und sie trug wie fast immer eine kurze Hose und war barfuss. Heute hatte sie einen durchscheinenden zinnfarbenen Nagellack auf ihre Zehennägel aufgetragen.

»Wenn es sich nicht um den Polizisten handelt, um was dann? Sie haben doch wohl nicht Heimweh nach der Hütte, die Sie mir so anschaulich mit allen abscheulichen Details beschrieben haben.«

»Es geht um den Fall«, erwiderte Karen. »Charlie gibt mir alle Informationen, die er hat, aber das reicht nicht. Ich möchte dabei sein, wenn sie Colonel Falconer festnehmen.«

»Machen Sie sich nicht lächerlich. Keine Polizeitruppe dieser Welt würde einen interessierten Beobachter bei einer so schwierigen Verhaftung wie dieser teilhaben lassen.«

»Das weiß ich. Aber es ist so frustrierend! Vor allem jetzt, wo er gerade verhört wird. Sie haben jede Menge detaillierter Beweise, aber sie reichen nicht aus.«

»Detaillierte Beweise? Welche?«, fragte Max.

»Falconer hat in der Armee mit Jim Blake gedient, und als Jim wegen eines zerschmetterten Knöchels ausgemustert wurde, hat Falconer ihm den Job im Gefängnis besorgt. Sobald

Spike in Parkhurst war, hat Falconer Jim jeden Monat eine großzügige Summe zukommen lassen.«

»Das hilft Ihnen nicht weiter, Karen. Er wird behaupten, dass er dankbar für die Hilfe war, die Jim seinem straffälligen Adoptivsohn geleistet hat.«

»Das weiß ich, aber Falconer und Jim sind zusammen auf einer Aufnahme einer Überwachungskamera in Cowes zu sehen. Sie wurde in der Zeit aufgenommen, in der Spike aus Parkhurst entflohen und Jims Leiche während des Motorbootrennens aufgetaucht ist. Leider kann man auf dieser Aufnahme nur einen flüchtigen Blick auf die beiden erhaschen. Also reicht es wohl nicht aus, um zu beweisen, dass sie gemeinsame Sache gemacht – oder einen Mord begangen haben.«

»Und daran können Sie nichts ändern.« Max hatte zwar keine Frage gestellt, aber Karen hatte trotzdem das Gefühl, dass sie darauf antworten musste.

»Das weiß ich. Fast wünschte ich mir deshalb, dass ich zur Polizei gegangen wäre, statt Psychologin zu werden.«

»Machen Sie sich deshalb keine Gedanken. Die Staatsanwaltschaft wird Sie in diesem Fall möglicherweise hinzuziehen.«

»Falls es jemals zu einem Verfahren kommt«, erwiderte Karen niedergeschlagen. »Wenn Charlies Team kein Geständnis erhält, wird es wohl nicht dazu kommen. In den Labors konnte man auf den abgesägten Gewehrläufen nichts Brauchbares finden. Sie wurden eindeutig von dem Gewehr abgesägt, das bei dem Picknick-Massaker benutzt wurde, und die DNA der Familie Falconer ist überall darauf zu finden. Soviel haben die Untersuchungen ergeben. Aber wenn man bedenkt, dass Spike zu dem Zeitpunkt, als er angeblich das Gewehr abgesägt hat, Kleider trug, die sich jahrelang im White House befunden hatten, hilft uns das nicht weiter. Und Sylvia gibt immer noch vor, von all dem nichts zu wissen. Niemand hat sie gesehen, als sie mir das Gewehr vor die Tür gelegt hat. Also gibt es auch nichts, was sie zum Sprechen bringen könnte. Sie muss sehr früh hier gewesen sein, denn weder Jan Davies noch der Elefantenmensch haben sie gesehen. Das gibt mir zu denken, verstehen Sie?«

»Gibt es Neuigkeiten von Spike? Hat ihm jemand erzählt, dass sein Vater in Haft genommen wurde?«, fragte Max und verzog das Gesicht, als er den Wein kostete.

Wenn er ihm nicht schmeckte, war das nicht Karens Schuld. Schließlich hatte er ihn mitgebracht. Sie probierte auch einen Schluck. Der Weißwein schmeckte gut. Herb und nicht unangenehm süßlich.

»Keine Ahnung«, erwiderte sie. Dann klingelte ihr Telefon, und sie griff danach, obwohl Max ihr einen missbilligenden Blick zuwarf, und drückte auf die Empfangstaste.

»Karen Taylor.«

»Karen, hier ist Charlie.« Seine vertraute Stimme klang heiser, so, als hätte er sie überstrapaziert. »Wir kommen hier nicht weiter. Falconer ist ein aalglatter Typ. Manchmal denke ich, dass wir ihn festgenagelt haben, und dann ist er uns wieder durch die Finger geglitten. Vielleicht gibt es für alles eine gute Erklärung. Meine Güte, ich hoffe nicht. Ich habe alles auf Sie gesetzt, trotz allem.«

»Charlie, nicht weich werden! Ich weiß, dass er es ist.«

»Das reicht mir nicht. Viele Leute glauben zu wissen, dass es Spike war. Ich brauche Sie hier, um Fragen zu stellen, mit denen man ihn festnageln kann.«

Endlich! Karen hätte am liebsten gejubelt. Sie warf einen Blick auf Max und sagte dann: »Wann?«

»Sofort. Die Uhr tickt. Ich schicke einen Wagen los, der Sie am Fountain Quay abholt, an der Anlegestelle des Red Jets.«

»Ich mache mich gleich auf den Weg.«

»Beeilen Sie sich. Wir haben nur noch sieben Stunden Zeit. Und wir brauchen jetzt ein Geständnis, oder alles war umsonst – und ich bin ruiniert.«

Karen legte das Telefon auf den Tisch und sagte: »Ich muss Sie jetzt leider verabschieden, Professor – ich muss los.«

Er wirkte empört, also erklärte sie ihm die Situation, während sie durch die Wohnung lief und zusammensuchte, was sie brauchte. Selbst, als sie hinter der geschlossenen Badezimmertür auf der Toilette saß und dann ihre schwarze Jeans überstreifte, sprach sie weiter.

»Ich fahre Sie zu den Jets. Kommen Sie, Karen.«

Sie liefen zu seinem Wagen. Als er bereits nach knappen 50 Metern schnaufte und keuchte, machte sie sich Sorgen um seinen Cholesterinspiegel. Kurz nachdem sie von der Straße abgebogen waren, steckten sie im Stau fest.

»Ich gehe lieber zu Fuß«, meinte sie und lehnte sich über den Schaltknüppel, um ihm einen Kuss auf seine runde Wange zu drücken. »Wir sehen uns, sobald ich zurück bin.«

»Gut. Und was soll ich Ihrer Schwiegermutter sagen? Sie ruft mich jeden Tag an.«

Karen blieb mit der Hand an der Tür stehen. »›Verpiss dich‹ ist wohl passend«, sagte sie und schlug die Wagentür zu. Endlich war sie von den Schuldgefühlen und der Angst, die sie die letzten zehn Jahre belastet hatten, befreit.

Der Colonel saß neben seinem Anwalt. Beide trugen makellose Anzüge. Der Colonel hatte einen grünbraunen Tweedstoff gewählt; sein Anwalt einen Anzug aus fein meliertem, dunkelgrauem Stoff.

Karen schob sich auf einen der für die Zuschauer aufgestellten Stühle neben Detective Sergeant Clarke, die ihr ungeduldig einen hasserfüllten Blick zuwarf.

»Jetzt haben Sie wirklich alles vermasselt«, zischte sie. »Ich hoffe, Sie sind stolz auf sich. Sonst ist es niemand.«

»Dann läuft es wohl nicht gut?« Karen gab vor, gut gelaunt zu sein.

»Wie ein Zugunglück.«

Karen setzte sich einen der noch übrigen Kopfhörer auf und hörte den Colonel sagen:

»Das ist eine Farce. Wenn ich nicht wüsste, dass Sie nichts Böses im Schilde führen und diese übereifrige, ungenügend ausgebildete Psychologin versucht, Ihnen Sand in die Augen zu streuen, würde ich beim Polizeipräsidenten Einspruch einlegen. So, wie die Lage nun ist, haben Sie nur noch eine letzte Chance, Ihre Karriere zu retten, und zwar indem Sie diese Absurdität beenden, Detective Chief Inspector Trench.«

Charlie Trench schaute zwar nicht bittend in Richtung des Einwegspiegels, aber Karen sah, wie er seine Schultern anspannte, und wusste, dass er Hilfe brauchte.

»Fragen Sie ihn nach den Schnittverletzungen an den Oberschenkeln seiner Frau«, sagte sie in das Mikrofon, das mit seiner versteckt angebrachten Hörkapsel verbunden war. »Sie sind ganz gerade, alle etwa fünf Zentimeter lang, und es sind viele. Einige sind so alt, dass die Narben kaum mehr sichtbar sind; andere sind frisch und neu.«

»Tun Sie das nicht«, sprach Eve Clarke in ihr eigenes Mikrofon. »Damit riskieren Sie verdammt viel. Und Sie verschlimmern die Situation noch.«

Karen hörte sie kaum, weil sie den Colonel aufmerksam beobachtete, während Charlie Trench diese Frage stellte. Der Colonel schien sich ein wenig unbehaglich zu fühlen und warf seinem Anwalt einen Blick zu. Auf dessen Gesicht zeichnete sich Besorgnis ab. Sie steckten die Köpfe zusammen und flüsterten kurz miteinander. Dann schüttelte der Colonel den Kopf und wandte sich wieder an Trench.

»Es überrascht mich, dass Sie davon wissen. Ich bin schockiert, dass unser Arzt so indiskret war, aber das muss ich wohl hinnehmen. Meine arme Frau hat, seit ich sie kenne, den Drang, sich selbst zu verletzen, wenn sie unter unerträglicher Anspannung steht. Wie ich gehört habe, handelt es sich um ein bekanntes Syndrom, das ich persönlich jedoch nicht nachvollziehen kann. Ich kann ihr nur mein Mitgefühl schenken und dafür sorgen, dass die Wunden sauber sind und verbunden werden.«

»Fragen Sie ihn, warum einige der Schnittverletzungen frisch sind«, sagte Karen in das Mikrofon.

»Einige der Schnitte sind noch frisch«, sagte Charlie, ohne

eine Pause zu machen – beinahe so, als hätte er die Frage bereits parat gehabt.

Das macht er sehr gut, dachte Karen erleichtert.

»Was hat Ihre Frau in letzter Zeit belastet, Colonel?«, fügte er hinzu.

Falconer schwieg einen Moment lang und stieß dann hervor: »Wie können Sie mir diese Frage stellen? Ihre Beamten haben meinen Sohn Silas verhaftet und ihn falscher, erdichteter Taten beschuldigt. Sie haben diesem Mädchen von der Hauptinsel erlaubt, aufdringliche, lästige Fragen über Spike zu stellen und damit alles wieder aufgewühlt, was wir in mühsamer Arbeit zu vergessen versucht haben. Und so wurde Spike dazu gebracht, wieder zu töten. Jim Blake war einer der besten Menschen, die ich jemals kennengelernt habe.«

Der Colonel bedeckte für einen Moment seine Augen. Karen sah, dass seine Hand mit Leberflecken übersät war. Und sie zitterte. Nach einer Weile hustete er laut und senkte dann die Hand. Sein Gesicht wirkte mit einem Mal verhärmt.

Was für ein Schauspieler!, dachte Karen.

»Dass er ermordet wurde, verursacht mir größere Übelkeit als alles andere, was Spike getan hat«, sagte Falconer mit leicht zitternder Stimme. Er straffte die Schultern und sah Charlie an. »Überrascht es Sie etwa, dass diese ganze Sache meine Frau unglücklich gemacht und sie so aufgewühlt hat, wie sie noch nie zuvor in ihrem Leben gewesen war? Natürlich stand sie unter Stress.«

»Wollen Sie mir damit sagen, dass Sie mit diesem Stress nichts zu tun hatten?«, fragte Charlie. Karen nahm diese Frage bewundernd zur Kenntnis.

»Wie können Sie es wagen?« Die Stimme des Colonels klang so eisig und wütend, dass Karens Magen sich zusammenkrampfte und sie schauderte. Sie konnte sich vorstellen, welche Wirkung das auf ein Kind haben musste, auf ein Kind, das ungewöhnlich folgsam und verschüchtert war – und auf seinen jüngeren, noch ängstlicheren Bruder.

Das ist das Monster in der Mitte von Spikes Labyrinth, dachte sie. Wir müssen ihn festnageln.

»Sprechen Sie ihn jetzt auf die Schwimmerin und deren Schnittverletzungen an«, sagte sie zu Charlie. »Und auf Claire Wilkins – oder sagen Sie ihm zumindest, dass Sie eines seiner anderen Opfer in der Nähe von Freshwater gefunden haben. Fragen Sie, ob Sylvia ihn jemals dabei gesehen hat, wie er seine Opfer aufgeschlitzt hat, selbst wenn es nur der Labrador war.«

»Die Schnittverletzungen gleichen zu sehr denen, die wir an der Leiche einer Schwimmerin in der Alum Bay gefunden haben. Wir haben auch weitere Leichen gefunden. Eine davon in der Nähe von Freshwater. Die anderen werden wir auch bald entdecken. Auf der ganzen Insel sind Einsatzkräfte mit Spezialausrüstung und Spürhunden unterwegs. Sie werden das alles nicht mehr lange verheimlichen können.«

Colonel Falconer zeigte keine Reaktion.

»Die Verletzungen der Schwimmerin gleichen den Schnitten, die Sie dem Labrador zugefügt haben. Der Familienhund hieß Lara, richtig? Hatten Sie Vergnügen daran, ihn zu töten, aufzuschlitzen, die Eingeweide herauszuziehen, ihn dann umzudrehen und ihm die Schnitte in die Haut zu ritzen?«

»Das reicht!« Der Anwalt sprang auf.

Verdammt, dachte Karen. Nicht Sie sollten darauf reagieren. Setzen Sie sich wieder hin und lassen Sie uns mit Fergus Falconer weitermachen.

»Charlie«, sagte sie in ihr Mikrofon. »Konfrontieren Sie ihn jetzt mit irgendetwas, was er Spike angetan hat, aber nennen Sie Spike dabei ›Ihr Sohn‹. Dagegen hat er sich immer gesträubt. Das könnte ihn jetzt zum Kippen bringen. Los. Jetzt sofort.«

»Sie sind doch bescheuert«, sagte der Colonel und hörte sich viel moderner an als der straffe Soldat, für den er sich normalerweise ausgab.

»Vielleicht«, erwiderte Charlie. »Aber ich leide nicht an einer Persönlichkeitsstörung. Sie jedoch schon, richtig? Spike, Ihr Sohn, hat sein ganzes Leben lang die Schuld für die Dinge, die

Sie getan haben, auf sich genommen – oder für die Dinge, die er getan hat, weil Sie ihn dazu gezwungen haben. Ihren eigenen Sohn.«

»Er ist nicht mein Sohn. Kein eigener Sohn von mir würde so handeln. Oder solche entsetzlichen Verbrechen begehen.«

»Das funktioniert nicht; das war mir klar«, sagte Eve Clarke, nachdem sie die Hand über ihr Mikrofon gelegt hatte. »Jetzt sind wir alle angeschissen. Und Sie sind schuld daran.«

Karen sah sie nicht einmal an. Für Schwarzseherei war jetzt nicht der richtige Zeitpunkt.

»Fragen Sie ihn nach den Kaninchen«, sagte sie in ihr Mikrofon.

»Erzählen Sie mir von den Kaninchen«, forderte Charlie, ohne eine Pause zu machen.

»Welche Kaninchen? Wovon zum Teufel reden Sie?« Das Gesicht des Colonels färbte sich so dunkelrot wie eine rohe Leber, und in einem Mundwinkel bildete sich ein Speicheltropfen.

»Fragen Sie ihn, wie alt Spike war, als er zum ersten Mal seinen Vater dabei sah, wie er Kaninchen köpfte.«

»Spike hat Sie dabei gesehen, richtig?«, fragte Charlie Trench, und seine Stimme klang so, als sei er davon absolut überzeugt. »Sie haben die Kaninchen geköpft, und er hat sie dabei beobachtet. Wie alt war er damals?«

Karen, die neben Eve Clarke hinter dem Einwegspiegel saß, beobachtete, wie der Colonel seine mit Leberflecken übersäten Hände hob und zur Faust ballte.

»Er war sieben Jahre alt, richtig? Kurz bevor das mit dem Labrador passierte, und deshalb ist es auch geschehen.«

»Ich weiß nicht, was Sie meinen.«

»Das glaube ich schon, Colonel. Ihr Sohn sah, was Sie taten, also mussten Sie sicherstellen, dass Sie nicht auffliegen würden. Darum ging es. In diesem Moment beschlossen Sie, ihn zum Inselfreak zu machen, obwohl Sie der Täter waren.

»Das reicht jetzt«, schaltete sich der Anwalt wieder ein. Aber es reichte noch nicht. Nicht annähernd.

»Und Ihre Frau wusste es, nicht wahr? Deshalb hat sie sich selbst verletzt, weil sie nicht stark genug war, um jemandem die Wahrheit über Sie zu erzählen.« Charlie Trench lehnte sich zurück und kippte seinen Stuhl nach hinten. »Wenn Sie uns jetzt nicht die ganze Geschichte erzählen, werden wir Ihre Frau hierherbringen lassen.«

Das kann er nicht, dachte Karen. Ein Teil seiner Persönlichkeitsstörung wird ihn daran hindern, irgendeine Geschichte zu erzählen, geschweige die richtige.

»Sie weiß alles, und wir werden einen Weg finden, sie zum Sprechen zu bringen …« Charlie Trench sah von dem Anwalt zu dem Colonel und nach einer nervenaufreibenden Pause wieder zurück. »Sie wird ihr Schweigen brechen«, fügte er dann hinzu.

»Wenn Sie sich meiner Frau nähern ohne den Schutz unserer Anwälte, die dafür sorgen werden, dass sie nichts sagt, werde ich Sie feuern lassen.«

»Okay, Charlie«, sagte Karen. »Jetzt sagen Sie ihm, dass Sie Silas verhaften lassen und ihn wegen Beihilfe zum Mord anklagen werden. Machen Sie deutlich, dass wir alles wissen.«

Charlie Trenchs Schultern entspannten sich. Karen sah die Bewegung von ihrem Platz aus. Er nahm sich Zeit, um seine Unterlagen zu ordnen, während der Colonel sich beruhigte und wieder setzte.

»Kommen wir zu Silas«, sagte Charlie schließlich in einem sehr ruhigen Ton, der beinahe gelangweilt klang.

»Was ist mit ihm? Er hat damit nichts zu tun.«

»Oh, doch. Er hat sich für den Tag des Picknick-Massakers ein falsches Alibi besorgt, um Sie zu begleiten. Sie wollten gemeinsam Spike umbringen und es wie einen Selbstmord aussehen lassen, nicht wahr? Dann waren Sie gezwungen, es allein zu tun, weil seine Vorgesetzten in der Bank ihn kurzfristig in die Vereinigten Staaten schickten. Wie Sie sehen, wissen wir alles darüber, und wir haben einen Zeugen, der bestätigt hat, dass Silas einen Schauspieler an seiner Stelle in das Krankenhaus geschickt hat.«

Er hielt inne, aber weder der Colonel noch sein Anwalt sagten etwas. Charlie sprach weiter.

»Daher hat Silas sich der Beihilfe zum Mord schuldig gemacht. Die Strafe dafür ist die gleiche wie für Mord. Lebenslänglich. Das haben Sie Silas angetan. Er wird gemeinsam mit Ihnen auf der Anklagebank sitzen und zu einer lebenslangen Freiheitsstrafe verurteilt werden.«

»Lassen Sie meinen Sohn aus diesem Wahnsinn heraus.«

»Das können wir nicht. Wegen der Dinge, die Sie ihm beigebracht haben, ist er gefährlich. Und wir werden ihn aufhalten, komme, was da wolle.

Karen bewunderte das scheinbar echte Bedauern in Charlie Trenchs Stimme.

»Er steckt bis zum Hals mit drin«, fuhr er fort. »Und er ist nicht so hart im Nehmen wie Sie. Er wird reden. Er wird uns sagen, wie der ursprüngliche Plan war, und warum die Familie Sanders am Chillerton Down erschossen wurde. Sie sind Ihnen in die Quere gekommen, als Sie Spike an diesem Tag umbringen wollten, richtig?«

Karen wusste, dass sie wachsam bleiben musste, falls Charlie weitere Hilfe brauchte, aber es schien so, als würde er es allein schaffen. Das musste einfach funktionieren.

»Sie sind dorthin gefahren, um Spikes Selbstmord vorzutäuschen, nicht wahr? Sie wussten, dass er im Wald schlief, und Sie dachten, dass Sie ihn ein für alle Mal loswerden könnten.«

»Was Sie sagen, ist abscheulich.«

»Jetzt sprechen Sie mit ihm über die Kleidung, Charlie. Spikes verdreckte Kleidungsstücke, die der Colonel an diesem Tag getragen hat«, schaltete sich Karen rasch über das Mikrofon ein.

»Dann haben Sie sich die schäbigen Klamotten angezogen, die Ihre Frau von Spike bekommen hatte, als sie ihm dafür einige Ihrer alten Sachen gab.« Charlie Trench machte eine kunstvolle Pause. »Für einen so gepflegten Mann wie Sie muss es schwer gewesen sein, Spikes Sachen anzuziehen«, fuhr er dann fort. »Der Geruch. Aber das mussten Sie in Kauf nehmen, nicht wahr? Falls Sie jemand sehen sollte, musste er glauben, Spike vor sich zu haben.«

Er hielt wieder inne. Der Colonel blieb reglos sitzen und wirkte so hart wie die Sarsensteine in Stonehenge.

»Und jemand hat Sie gesehen. Mindestens eines der Familienmitglieder, die dort gepicknickt haben. Und als Sie angesprochen wurden, sind Sie in Panik geraten. Für einen Soldaten sehr ungewöhnlich. Wahrscheinlich schämen Sie sich mehr dafür als für die Morde.«

Es kam keine Antwort. Charlie ließ nicht locker und klang immer noch so, als wäre er sich ganz sicher in Bezug auf alles, was er sagte.

»Vier Picknicker, und nur vier Patronen in Ihrer Tasche, also mussten Sie sich, nachdem Sie sie alle getötet hatten, etwas Neues ausdenken, nicht wahr, Colonel? Sie reagieren sehr schnell. Das gehört auch zum Training in der Armee, richtig? Also haben Sie Spike die Morde angehängt und gedacht, dass Sie sich auf diese Weise nie wieder mit ihm beschäftigen müssten, bis Karen Taylor von der Hauptinsel herüberkam und eine Beziehung zu ihm aufbaute.«

Der Colonel hatte den Kopf auf die Brust sinken lassen. Es sah beinahe so aus, als würde er schlafen.

»Hat Jim Blake Ihnen gesagt, dass Spike sich sehr offen mit Dr Taylor unterhalten hat? Haben Sie sich deshalb dazu entschlossen, Spike einen weiteren Mord anzuhängen, um sicherzugehen, dass niemand glauben würde, was er ihr erzählt hat? Haben Sie deshalb Jim Geld gegeben, damit er Spike aus dem Gefängnis holt? Haben Sie da schon geplant, Jim umzubringen? Oder sind Sie der Eingebung des Augenblicks gefolgt? Hat er sich vielleicht im letzten Moment anders entschieden und sich geweigert, gemeinsam mit Ihnen Spike zu quälen? So war es, richtig? Weil Jim Spike mochte, nicht wahr? Ihr Helfer hat sich geweigert, die Arbeit auszuführen, die Sie von ihm verlangt haben. Deshalb mussten Sie ihn beseitigen.«

»Ich habe keine Ahnung, wovon Sie sprechen«, erwiderte der

Colonel und hob den Kopf. Seine Stimme klang schleppend, so, als sei er erschöpft. »Spike ist ein psychopathischer Mörder, bei dem eine gefährliche schwere Persönlichkeitsstörung diagnostiziert wurde. Er hätte niemals zur Adoption freigegeben werden dürfen. Er war immer eine Zeitbombe, die jederzeit explodieren konnte.«

»Kein Wunder, dass Sie so wütend auf Dr Taylor sind«, fuhr Charlie fort, als hätte der Colonel nichts gesagt. »Besiegt von einer langbeinigen, hübschen Blondine von der Hauptinsel. Aus der Arbeiterklasse, wie ich. Das tut weh, nicht wahr? Der große Mann ist plötzlich der Gnade der Menschen ausgeliefert, die eigentlich sein Haus putzen und ihm die Mahlzeiten servieren sollten. Menschen wie Karen Taylor und ich. Das muss ein schrecklicher Gedanke sein.«

Jetzt rastete der Colonel aus. Karen konnte kaum fassen, dass eine kleine spöttische Bemerkung ihn geknackt hatte, nachdem alles andere nicht gewirkt hatte, aber es war tatsächlich der Fall.

»Sie Mistkerl! Sie intriganter Emporkömmling! Sie belästigen meine Familie mit Ihren schmutzigen Gedanken, beeinflussen meine Frau, bedrohen meinen Sohn, und das alles, um diesen verrückten Psychopathen wieder aus dem Gefängnis zu holen. Ja, ich habe diese verdammten Picknicker erschossen. Wer zum Teufel hätte das nicht getan? Das Mädchen hat Fotos gemacht, und obwohl ich mich mit der verdreckten Kleidung des Psychopathen verkleidet hatte, hatte sie damit einen Beweis, mit dem man mich hätte identifizieren können. Ich nahm ihr die Kamera ab, um sie zu zerstören, aber dann mischte sich ihre Mutter, dieses Miststück, ein. Sie kam zwischen den Bäumen auf mich zu. Und dann folgten ihr die anderen. Ich hatte keine Wahl.«

»Gut gemacht, Charlie«, sagte Karen in das Mikrofon und stand auf, um ihre schmerzenden Muskeln zu lockern.

Erst als ihre Beine ihr Körpergewicht trugen, spürte sie, wie stark sie ihre Muskeln angespannt hatte. Sie wäre beinahe gefallen.

Postskriptum

Also Karen, erzählen Sie mir jetzt, warum Ihr Mann in dieser Nacht sein Auto zu Schrott gefahren hat?«

Sie drehte sich um und sah Charlie Trent in dem Dämmerlicht des beinahe perfekten Oktoberabends an. Er sah sehr gut aus, als er sich gegen die massive weiße Wand des *Goose Inn* lehnte und an seinem Glas mit Pegs speziellem Bier nippte. Und er schien all die Kraft, die er bei der Explosion des Rennbootes und durch seine Verbrennungen verloren hatte, wiedererlangt zu haben. Heute Abend wirkte er ständig wachsam, und das erinnerte sie an ihr Gespräch über Schwergewichtsboxen. Ein starker Kämpfer, der sich seiner Technik und seiner Fitness sicher war, musste so aussehen, wenn er in den Ring stieg.

»Warum nicht?« Karen lächelte ihn an. »Sie können Geheimnisse gut für sich behalten.«

»Nur manchmal«, erwiderte er. »Aber bei diesem trifft das auf jeden Fall zu.«

»Okay. Ich hatte entdeckt, was Peter plante, nachdem ich mir alle seine Unterlagen angesehen hatte.« Sie traute Charlie Trent, weil sie viel gemeinsam durchgemacht hatten. Außerdem mochte sie ihn. »Ich konnte es nicht glauben, dass er sie nur im Haus aufbewahrte, damit niemand sie einsehen konnte. Sie verrieten alles. Den ganzen Betrug. Er war selbstständiger Finanzberater und hatte jahrelang Menschen, die verwundbar und verängstigt waren und sich leicht überreden ließen, Geld abgeluchst. Ich habe mir jede unlautere Geschäftspraktik notiert und die Aufzeichnungen darüber ausgedruckt, um sie ihm vorzulegen.« Karen hielt inne, als sie Peters wütendes, fahles Gesicht vor sich sah. Seine Kinnmuskeln hatten gezuckt, und er hatte ihr seine Faust direkt vor ihre Augen gehalten.

»Ich sagte ihm, dass ich diesen Bericht bereits an die Finanzaufsichtsbehörde geschickt hätte.« Sie unterbrach sich und wartete, ebenso wie damals. Peter war im letzten Moment noch einen Schritt zurückgewichen, sodass der Schlag in ihr Gesicht keinen großen Schaden angerichtet hatte. Sie konnte den Schlag immer noch spüren, aber er hatte ihr nicht die Nase gebrochen und auch die Haut nicht aufgerissen.

»Aber das war gelogen, oder?«, fragte Charlie.

»Ja, es war eine Lüge«, gab sie zu. »Eine Lüge, die vielleicht in dieser Nacht mein Leben gerettet hat«, fügte sie hinzu.

»Ihres, aber nicht seines.« Dieses Mal formulierte Charlie keine Frage, sondern machte eine Feststellung. »Er ist davongefahren, hat sich mit seinem Wagen umgebracht, und Sie fühlen sich seither schuldig an seinem Tod.«

Karen sah keinen Grund, darauf zu antworten. Sie wussten beide, dass er recht hatte.

»Da wir schon über Wahrheit und Lüge sprechen …«, begann sie. »Können Sie mir sagen, warum Eve Clarke sich Ihnen gegenüber so besitzergreifend benimmt? Hatten Sie beide eine Beziehung, die gescheitert ist?«

Er lachte humorlos. »Es geht um mehr.«

»Das ist immer so.«

»Sie verstehen das nicht. Sie hat eine Schwester. Eine jüngere Schwester. Und ich hatte eine Auseinandersetzung mit Daisy, als ich noch bei der Londoner Polizei arbeitete.« Seine Miene verdüsterte sich, und es wirkte, als würden Jalousien vor seine Augen und seinen Mund gezogen, sodass er nichts preisgeben konnte.

Karen fragte sich, in welcher Beziehung er zu Daisy gestanden hatte. War es eine romantische gewesen? Oder eine berufliche? Auf jeden Fall war er noch nicht darüber hinweggekommen, das sah sie ihm an.

»Eve war immer der Überzeugung, dass sie sich um die Menschen kümmern müsse, die ihre Schwester fertiggemacht hatte. Davon gab es einige. Die Londoner Polizei wollte, dass ich mich eine Weile erhole, also wurde ich krankgeschrieben. Eve hat davon gehört und mir die Details über diesen Job zukommen lassen. Ich war zu … zu angeschlagen, um durchzuhalten. Seit dieser Zeit kümmert sie sich um mich.«

»Und bringt Sie auf die Palme«, meinte Karen. Sie dachte an das Telefonat, das sie mitgehört hatte, als sie sich zum ersten Mal mit ihm getroffen hatte.

Karen interessierte sich aus beruflichen Gründen für alles, was Charlie ihr erzählt hatte. Aber sie mochte ihn zu gern, um weiter nachzufragen. Eines Tages würde er ihr vielleicht den Rest der Geschichte erzählen. Sie öffnete den Mund, um irgendetwas Neutrales zu sagen, was sie beide aus der Vergangenheit bringen würde, aber er kam ihr zuvor.

»Warum liegt eine tote Katze in ihrer Tasche?«, fragte er. Sein Bemühen zeigte, wie sehr ihm daran gelegen war, sich von den Gedanken an Daisy und ihre Schwester zu befreien.

Karen sah auf und lachte, als sie einen Blick auf das graue Fellknäuel warf, das auf ihren Unterlagen lag.

»Roderick, der Elefantenmensch, der hier mein Nachbar war, hat mir eine Mütze aus Kaninchenfell gemacht und sie mir als Abschiedsgeschenk gegeben. Das ist sie.«

Charlie begann zu summen. Nach einem Moment erkannte Karen, dass es sich um ein altes, früher sehr bekanntes Kinderlied handelte. Seltsamerweise war es eines von Aidans bevorzugten Schlafliedern, wenn er versucht hatte, sie zum Einschlafen zu bringen, während ihre Eltern unterwegs waren. In ihrer nächsten E-Mail an ihn hatte sie ihm viel zu erzählen. Und sie würde versuchen, ihn nach England zurückzulocken, selbst wenn es nur für einen Besuch war. Charlie summte weiter, und ihr fielen die Worte dazu ein, die Aidan so oft gesungen hatte:

Schlaf mein Baby.
Dein Vater ist auf der Jagd,
um dir ein Kaninchenfell zu bringen,
in das er sein Baby einwickeln kann.

»Dann fahren Sie jetzt wieder zurück zu Ihrem kühlen Chirurgen?«, fragte Charlie und durchbrach die Stille.

»Mehr oder weniger«, antwortete sie und fragte sich, ob sie Aidan die Mütze aus Kaninchenfell schicken sollte, damit er die bitterkalten Winter in New England besser überstand. Die Geschichte von dem Elefantenmenschen und ihrer merkwürdigen Beziehung zu ihm würde ihm gefallen. Sie konzentrierte sich wieder auf die Gegenwart. »Will ist nicht so kühl, wie Sie glauben«, erklärte sie.

»Wenn Sie das sagen, glaube ich es Ihnen. Soll ich Sie am Fontain Quay absetzen? Ich fahre ohnehin in diese Richtung.«

Sie stellte bedauernd ihr Glas auf den Tisch. Das *Goose Inn* kam ihr heute Abend besonders einladend und gemütlich vor. Aus der Erde stieg noch Wärme empor, und an dem klaren Himmel konnte man viele Sterne sehen. Die Umrisse der watschelnden Gänse waren immer verschwommener geworden, als das Tageslicht allmählich verschwunden war. Aber auf der Hauptinsel wartete Will auf sie.

»Danke. Das wäre großartig. Und nun können wir alle wieder unser Leben leben. Nach all den Zweifeln haben wir letztendlich doch alles aufgeklärt.«

»Nur was die Morde an der Familie Sanders am Chillerton Down betrifft«, meinte Charlie.

»Und Jim Blake. Vergessen Sie nicht den armen Jim, der nach all der hingebungsvollen Arbeit für die Falconers ermordet wurde, weil er zu viel wusste und den Colonel hätte verraten können.«

»Ich habe Jim nicht vergessen. Aber ich wünschte, wir könnten Falconer auch wegen des Mordes an der Schwimmerin in der Alum Bay und an Claire Wilkins anklagen – oder wegen der anderen Frauen, von denen ich mir sicher bin, dass er sie irgendwo auf dieser Insel vergraben hat.«

»Obwohl Ihre Kollegen von der Hauptinsel keine weiteren Leichen gefunden haben«, sagte Karen ohne eine Spur von

Spott in ihrer Stimme. »Sind Sie sich immer noch so sicher, dass er sie umgebracht hat?«

Charlie zuckte mit den Schultern. »Falls er es nicht getan hat, dann müssen wir wieder davon ausgehen, dass zwei Psychopathen gleichzeitig auf dieser kleinen Insel ihr Unwesen getrieben haben. Das ist heute ebenso schwer zu glauben wie vorher.«

»Vielleicht. Und was ist mit Silas? Werden Sie ihn anklagen können?«

Charlie schüttelte deprimiert den Kopf.

»Wir können froh sein, dass wir das Geständnis vom Colonel bekommen haben. Und das sollten wir nicht aufs Spiel setzen, indem wir Silas wegen Mittäterschaft unter Druck setzen.«

»Das klingt so, als wäre ein Abkommen zustandegekommen«, meinte Karen.

»Wir lassen nicht mit uns handeln.« Ein Lächeln erhellte Charlies düstere Miene. »Aber Silas wird wohl immer derjenige sein, der ungestraft davonkommt. Ich bezweifle, dass er jemals wieder auf die Insel zurückkommen wird. Ich hoffe nur, dass er seine Mutter nicht mehr drangsaliert – oder Spike. Oder dass er noch jemanden umbringen will.«

»Es könnte sein, dass er nur dem Plan, Spike zu töten, zugestimmt hat, weil er seinem Vater ergeben war. Ohne den Colonel kommt Silas möglicherweise gut zurecht.«

»Ich hoffe, Sie haben recht«, erwiderte Charlie. »Er bereitet mir auch weniger Kopfzerbrechen als die anderen Opfer des Colonels. Die Suche wurde abgebrochen. Hätte man an Claire Wilkins Leiche noch Schnittverletzungen finden können, hätten sie vielleicht weitergesucht. Aber es waren keine mehr zu sehen, also gibt es keine Verbindung zu der Schwimmerin.«

»Oder zu Lara, dem Labrador«, ergänzte Karen und dachte an ihre erste Begegnung hier im *Goose Inn,* als Charlie ihr die schrecklichen Bilder gezeigt hatte. »Aber es ist nicht schlecht ausgegangen. Falconer wird eine lebenslange Strafe abbüßen müssen. Und in seinem Alter bedeutet lebenslänglich wirklich, dass er den Rest seines Lebens im Gefängnis verbringen wird. Er wird nie wieder auf freiem Fuß sein. Wenn er der Serienkiller der hübschen dunkelhaarigen Frauen ist, dann wird es keine weiteren Morde mehr geben.«

»Trotzdem geht es mir gegen den Strich. Aber Sie müssen sich keine Sorgen machen, Karen.« Charlie bemühte sich offensichtlich, ein wenig fröhlicher zu klingen. »Wie ich gehört habe, haben sich bereits einige Verteidiger um Sie bemüht. Sie werden gut vorankommen.«

»Es sieht fast so aus.« Karen dachte an Max Pittons Glückwünsche und seinen letzten Kommentar: »Sie sehen, Sie müssen sich nicht selbst sabotieren. Es passiert nichts Schreckliches, wenn Sie Erfolg haben. Nichts wie ran. Geben Sie alles.«

»Und Spike wird nach seiner Berufung entlassen werden«, sagte Charlie und versuchte immer noch, seine Stimme heiter klingen zu lassen. »Er wird auch eine Entschädigung bekommen, aber wie wird er sich ein neues Leben aufbauen können?«

Karen stand auf und sah in Charlies besorgtes Gesicht.

»Er braucht jahrelange Einzeltherapie mit einem geduldigen Therapeuten, um den Schaden wiedergutzumachen«, sagte sie und empfand Schmerz und Mitgefühl für ihn. »Ich weiß allerdings nicht, ob das gelingen wird. Wie Sie wissen, stehen für die Behandlung von psychischen Krankheiten kaum Mittel zur Verfügung.«

»Können Sie ihm nicht helfen?«

»Ich arbeite nicht als Therapeutin, Charlie. Aber ich habe Sylvia bereits die Namen der besten Psychiater auf diesem Gebiet gegeben. Ich wünschte, ich könnte sagen, dass ich ein Auge auf ihn haben werde, aber das ist nicht realistisch.«

Sie dachte zurück an ihren letzten Besuch im Gefängnis, bei dem sie Spike erzählt hatte, was geschehen war, und wie froh sie war, dass er nun in Berufung gehen konnte.

»Sie werden ins Gericht kommen, Dr Taylor?«, hatte er sie gefragt und aufrichtiger geklungen als je zuvor. »Ich möchte, dass Sie dabei sind.«

»Ich werde es versuchen.« Das war alles, was sie ihm hatte versprechen können, und sie hatte in seinen Augen gesehen, dass er sie verstanden hatte.

Sie schüttelte den Kopf, um sich von der Erinnerung daran zu befreien. Sie konnte Spikes Leben nicht ändern. Und er hatte auch keinen Platz in ihrem Leben.

Charlie nahm ihr Handgelenk in seine Hand und drückte es. »Karen?«

»Ja. Es tut mir leid, ich war gerade abgelenkt. Was haben Sie gesagt?«

»Ich habe Sie gefragt, wie Sylvia es aufgenommen hat.«

»Schweigend.« Karen sah auf die geschlossenen, mit Fensterläden gesicherten Fenster. »Peg hat mir erzählt, dass sie auf die Hauptinsel gefahren ist und eine Therapie wegen ihrer Selbstverstümmelung macht, aber das ist alles, was man weiß.«

»Also kein Happy End?«

»Nein. Das ist bei solchen menschlichen Katastrophen nicht möglich – bei denen, wo es nicht ausreicht, dass man unschuldig ist. Man muss auch Glück haben.«

»Ich weiß.« Charlie stand auf und trat neben sie. »Ich werde Sie jetzt zurückbringen. Aber verschwinden Sie nicht.«

»Das habe ich nicht vor.«

»Wir können sehr gut miteinander arbeiten. Das kommt nicht oft vor. Deshalb will ich darauf nicht verzichten.«

Sie lachte. »Dann werden wir uns wohl wiedersehen.«

»Sicher.«